체
오
지

§ 체인지 §

2008년 11월 3일 초판 1쇄 인쇄
2008년 11월 11일 초판 1쇄 발행

지은이 § 최정화
발행인 § 곽중열
기획&편집디자인 § 신연제 곽은옥
발행처 § (주)조은세상

등록 § 2002-23호(1998년 01월 20일)
주소 § 경기도 고양시 일산동구 장항동 558번지 6호
Tel § 편집부(02)309-2977
영업부(031)906-0890
e-mail bukdu@comics21c.co.kr
값 9,000원

*본서의 내용을 무단 복제하는 것은 저작권법에 의해 금지되어 있습니다.

Copyright© 최정화 2008. Printed in Seoul, Korea

*파본이나 잘못된 책은 바꾸어 드립니다.

ISBN 978-89-6159-193-5

GOODWORLD ROMANCE STORY

최정화 장편소설

체인지

change

(주)조은세상

contents

프롤로그
1화. 23년 만에 남자가 되다! 그 혹은 그녀. 변태(變態)인가?
2화. 첫 경험과 선의의 거짓말
3화. 위기탈출
4화. 최악의 궁합
5화. 혼돈
6화. 감정
7화. 마음이 움직이다
8화. 땅이 굳다
9화. 안정
10화. 고백
11화. 그녀는 작전 수행 중
12화. 질투의 화신(化神)
13화. 상실의 고통
14화. 대한건아. 최도운
에필로그 1
에필로그 2
에필로그 3

들어가기 전

　체인지도 이렇게 책으로 찾아뵙게 되네요. 음, 체인지는 약간의 상상력을 가지고 읽어주셨으면 좋겠습니다. 쉽게 일어날 수 있는 일이 아니잖아요? 글 속이니 이것도 가능하지 않았을까 싶네요. 저도 이런 설정을 잡은 게 쉽지는 않았습니다. 처음엔 그냥 재미있어서 무작정 써내려갔던 것 같습니다. 그런데 수정을 하면서 아, 쉬운 게 아니었구나. 정말 이 책속의 주인공은 죽을 만큼 아픈 고통을 갖고 있었구나, 라고 느꼈습니다. 음, 주인공의 입장이 되어서 쓰려고 많이 노력했어요. 그런데 제가 남자는 될 수 없잖아요. 그래서 애꿎은 동생들만 제 황당한 질문에 땀을 쩔쩔 매야 했죠. 저 변태 아니냐는 소리까지 들었습니다.
　연재 할 때 너무 즐거워했던 지라, 수정하면서는 주인공에게 너무 미안했네요. 제가 아는 게 너무 없고, 너무 즉흥적으로 쓴지라.

하하, 체인지는 뭐랄까. 앞에서 말했다시피 굉장히 즐기면서 쓴 글이에요. 연재할 때는 말이죠. 그런데 수정하니까 장난이 아니더라구요. 덕분에 교정자님께서 엄청나게 고생을 많이 하셨습니다. 그 점에서 정말 감사하다고 전하고 싶습니다.

원고를 제때 넘겨주지 못해서 애타셨을 교정자분, 출판사 관계자분들께 다시 한 번 사과를 드립니다. 늘 제가 늦어서 힘드셨을 거예요.

늘 힘이 되어주는 가족, 친구들 고맙습니다. 늘 하시는 일 잘 되시길, 행복하길 빌게요. 대체 책이 언제 나오느냐 푸념하셨던 우리 카페 식구분들. 드디어 체인지 나왔습니다. 많이 사랑해주세요.

프롤로그

 시끄럽게 울리는 자명종 소리에 팔을 뻗었다. 하지만 무언가 이상했다. 항상 손을 뻗으면 바로 버튼을 누를 수 있는 자리에 놓아뒀었는데 누군가가 만졌는지 바로 코앞에 있는 느낌이었다. 겨우 버튼을 누르자 귀를 찌를 것 같던 기계음이 사라졌다. 그리고 커튼도 누군가가 걷어 놔 창으로 쏟아져 들어오는 햇빛 때문에 힘겹게 눈꺼풀을 들어 올렸다. 눈가가 따가워서 아파왔지만 손을 들어 올려 비비며 겨우 정신을 차리려 애를 썼다.
 노란 벽지의 익숙한 천장이 눈에 들어왔다. 설명을 할 수 없을 만큼, 지독할 정도로 온몸이 아직까지 아파왔다. 세상에 태어나 23년간 이토록 지독하게 아픈 것은 처음이었다. 얼마나 정신을 차리지 못할 정도로 아팠는지 아직까지 머리가 지끈거릴 정도였다. 이렇게 아플 바에야 차라리 죽고 싶다고 느낄 정도였으니 말이다.

천천히 몸을 일으켜 침대에서 내려왔을 때 의아함을 느꼈다. 왠지 모르게 천장이 많이 낮아진 듯했다. 그리고 이상하게 몸이 가벼워진 느낌이랄까. 그 이상한 느낌에 주위를 둘러보았다. 시트가 제멋대로 흐트러져 있는 침대도, 컴퓨터가 놓인 책상도, 옷장도 모든 것이 그대로였지만 무언가 느낌이 이상했다. 왠지 모르게 모든 것이 작아진 듯한 느낌이었다.

한 번도 이 방의 크기가 작다고 느껴 본 적이 없었는데 오늘따라 유난히 방이 비좁아 보였다. 밖으로 나가기 위해 무의식적으로 손을 뻗었다. 그런데 손이 허공에서 빗나갔다. 분명히 이쯤 되었으면 문고리가 있어야 하는데 그건 한 뼘 아래에나 있었다.

뭔가 이상하다고 생각하면서 머리를 긁적이고는 거실로 빠져나왔다. 목이 아프고 따끔해 목소리도 제대로 나오지 않았다. 적막감이 느껴질 정도로 집은 텅텅 비어 있었다. 그리고 역시 느낌이 이상했다. 소파도, 장식대도, TV도, 거실도 작게 느껴졌다. 지끈거리는 머리를 몇 번이나 꾹꾹 눌렀지만 눈이 이상한 건지, 아직 정신이 제대로 돌아오지 않은 건지 주위가 낯설게 느껴졌다.

목이 타는 것을 느껴 부엌으로 발길을 돌리기 전 TV를 켜고 화면 왼쪽 상단에 나오는 날짜를 발견했다. 3월 21일. 순간 눈이 커졌다. 믿을 수 없는 얼굴로 탁자 위에 있는 달력을 들어 확인했다. 분명히 기억 속에는 3월 13일이 남아 있었다. TV가 거짓말을 하는 것이 아니라면 꼬박 일주일 내내 정신도 차리지 못할 정도로 앓았던 것이 분명했다. 이를 부득 갈았다.

'부모가 돼서 자식이 이렇게 아프면 병원엘 보내줬어야지. 제정신인 사람들이 아니야.'

힘없이 달력을 내려두고 부엌으로 들어갔다. 언제나 이 집은 자식들보다는 부모가 우선인 집이었다. 다른 집과 너무나 다르다며 한때 항의도 했었지만 그것도 소용없는 짓이었다. 왠지 다리도 부들부들 떨려오는 게 심한 몸살감기를 제대로 앓은 것 같았다.

'아, 오늘 정말 이상하네. 왜 이렇게 다 작아 보여.'

인상을 찌푸리면서 홈 바를 열어 물을 꺼내 마셨다. 차가운 물이 식도를 타고 넘어가자 그제야 살 것 같았다. 분명 일주일 동안 그렇게 누워있었다면 일주일 내내 먹은 것이 없을 터였다. 하지만 워낙 오랫동안 속이 비어서 그런지 배가 고프다는 느낌은 들지 않았다. 아예 위가 쪼그라들었을지도 몰랐다.

생리의 욕구로 화장실에 가고 싶어 몸을 돌리려다 식탁 위에 놓인 조그만 메모지를 발견했다. 메모지엔 정갈한 글씨로 딱 여덟 글자가 새겨져 있었다.

〈여행 다녀오마. - 부모〉

이제 현기증이 일 것 같았다. 일주일 동안 정신도 차리지 못하도록 아팠는데 그 상황에서 부모란 사람들이 여행을 다녀온다고 달랑 쪽지 한 장 남기고 사라지다니……. 절로 머리가 흔들어지며 혀가 끌끌 차졌다.

시계는 열 시 삼십 분을 향하고 있었고 동생인 도석과 도진은 학교에 간 모양인 듯, 집을 비우고 없었다. 방광이 그새 가득 찼는지 빨리 풀어달라고 성화였기에 생각은 나중에 하기로 하고 빠른 걸음으로 욕실로 향했다.

욕실로 들어와 바지와 팬티를 벗고 앉으려는데 익숙하지 않은, 무언가 정말 이상한 것이 눈에 들어왔다.

'어? 이게 뭐지? 혹인가?'

뭔가 이상해 살짝 가려져 있는 커다란 셔츠를 걷어 올린 그의 눈엔 생전 처음 보는 아니, 포르노물에서나 봤던 남자의 그것이 눈에 들어왔다. 손을 들어 올려 몇 번이나 눈을 비볐지만 그것은 아직도 달려있었다.

'꿈이야. 이건 절대 꿈이야.'

손을 들어 올려 볼을 꼬집었다. 아팠다. 정말 무지하게 아팠다. 아닐 거리고, 이건 정말 꿈이나 환상일 것이라고 생각했다. 애써 진정하려 숨을 몇 번이나 내쉰 뒤 천천히 눈을 감고 자리에서 일어나 몸을 돌렸다.

'그래. 이건 꿈이야. 그럴 리가 없어.'

굳게 감았던 눈을 천천히 떴다. 하지만 차마 거울을 볼 용기가 나지 않았는지 아직도 시선은 바닥을 향하고 있었다. 하지만 다시 눈에 들어오는 그 물건에 놀라 고개를 들어 올렸다. 그리고 거울 속에 있는 낯선 사람과 눈이 마주치자 절로 숨이 턱하고 막혔다.

반듯한 이마, 짙은 눈썹, 연한 쌍꺼풀이 있는 매섭고 찢어진 큰 눈. 높디높은 콧대, 두툼하진 않지만 붉고 윤기 있는 입술, 날렵한 턱선, 그리고 남자들에게서만 볼 수 있는 애덤스 애플이라는 것이 눈에 들어왔다. 거기다 넓은 어깨에 납작한 가슴. 이건 꿈이 아니었다. 거울에 비친 건 완벽한…… 남자의 모습이었다.

"으아아아악!"

1화. 23년 만에 남자가 되다! 그 혹은 그녀. 변태(變態)인가?

누군가가 정윤의 뺨을 때리기 시작했다. 아프고, 따끔한 느낌에 몇 번이나 헛손질을 했지만 그건 무용지물이었다. 더욱 세차게 뺨을 내려치는 바람에 눈을 떠야만했다. 눈을 뜨니 익숙한 천장이 눈에 들어왔다. 여긴 바로 거실이었다. 그리고 누워 있는 곳은 3인용 소파였다. 그런데도 머리와 발은 이미 그 길이를 넘어서 있었다. 벌떡 자리에서 일어났을 땐 도석이 의아한 눈빛으로 보고 있었다.

"야, 도석아. 어떻게 된 거야? 내가 왜 거실에 나와 있어? 내가 아까 꿈을 꿨는데 진짜 리얼했다? 어떻게 된……."

"누구신데 아랫도리까지 벗고 우리 집 욕실에 쓰러져 있죠?"

정윤은 아차 싶었다. 아무래도 그 악몽 같던 게 꿈이 아닌 모양이었다. 자리에서 벌떡 일어서서 커다란 거울 앞으로 걸어갔다. 아닐 거라고, 절대 아닐 거라고 생각했지만 또다시 정윤의 입에선 비명소리가 쏟아졌다.

"으아아아아아아악! 말도 안 돼! 이건 꿈이야!"

"경찰 부르기 전에 나가주세요."

"야! 도석아. 나야. 최정윤! 네 누나!"

정윤이 정말 억울한 얼굴로 외쳐도 도석은 미친 사람 보듯 고개를 절레절레 흔들었다. 하긴, 정윤도 기절할 정도로 충격이 컸는데 도석이 자신을 알아보기는 힘들지도 몰랐다. 도석은 정말 신고를 하려는 듯 수화기를 들었고 정윤은 그랬다간 정말 큰일 날 것 같아 재빨리 수화기를 빼앗아 들었다.

"나도 믿기 힘들어. 오죽했으면 욕실에서 기절까지 했겠어? 일주일 동안 꼬박 아프고 나더니 이 상태야! 진짜 미치겠네."

정말 미치고 환장하고 펄쩍 뛸 노릇이었다. 정윤은 손가락을 머리카락 사이에 넣고 머리를 북북 긁어댔다. 잠시 의아한 눈빛으로 겨우 주먹 하나가 들어 갈만큼의 거리에서 도석이 뚫어지게 정윤을 바라보았다.

마치 수사관이나 탐정이라도 되는 것처럼 얼굴 하나하나를 살피며 잠시 주춤하던 도석이 순간 너무 놀라 중심을 잡지 못하고 뒤로 넘어갔다. 거실바닥에 쿵, 소리를 내며 엉거주춤 주저앉은 도석이 믿기지 않는다는 듯 손가락으로 부들부들 떨며 정윤을 가리켰다. 그리곤 말을 더듬었다.

"저, 정윤 누나?"

"그래! 아, 미치겠네. 너까지 그러는 거 보니까 이건 꿈이 아닌 것 같고. 아니야. 말도 안 돼. 이건 지독한 악몽이야! 그래. 말이 안 돼."

여전히 놀란 듯 커다랗게 눈을 뜨고 믿기지 않는 얼굴로 있는 도석을 향해 정윤이 상황을 설명하기 시작했다. 처음엔 놀란 듯 심장을 부여잡고 헉헉 대던 도석이 어느 순간부터 심각한 얼굴로 자리를 잡고 정윤의 말을 경청하기 시작했다.

정윤이 일주일 동안이나 사경을 헤매며 아픈 것은 도석도 잘 알고 있었다. 어릴 때도 한번 이런 적이 있다며 부모님들은 해열제를 먹인 뒤 의사인 막내 작은아버지를 불렀다. 별 이상은 없다는 말에 안심을 했고 점차 그 엄청났던 고열이 내리기 시작해 도석은 부모님들을 안심시켰다. 그리고 오늘 새벽 부모님들은 계에서 예정된 해외여행을 떠났다. 그리고 두꺼운 이불로 온몸을 꽁꽁 싸매고 있었으니 정윤이 이렇게 커졌을 것이라는 것은 아니, 남자로 변했을 것이라는 건 전혀 상상도 할 수 없는 일이었다. 그리고 이 사실을 재빨리 부모님께 알려야 했지만 평상시에도 전화를 잘 안 하시는 부모님들이 해외에 나가서 전화를 할 리도 없었다.

"부모님은 연락도 안 되는데……."

"그렇게 아팠다가 깨어났다고 해서 이렇게 될 수 있는 거야? 말이 안 되는 거잖아!"

가까스로 진정된 도석은 아직도 커다란 키로 안절부절 자리에 가만히 앉아있지를 못하는 정윤을 바라보며 방으로 들어갔다. 그리고 정윤이 편하게 입을 수 있는 트레이닝복과 새로운 속옷을 가져와 소파 위로 내려놓았다. 무슨 뜻인지 잘 모르는 얼굴로 서 있는 정윤을 향해 한숨을 내뱉으며 자리에 앉았다.

"갈아입어. 지금 꼴이 얼마나 추한지 알고 있어? 그 모습으로 여자 팬티라니. 웃기지도 않는다."

"야! 너 지금 내가 얼마나 충격을 받았는데……."

결국 정윤의 커다란 눈에서 눈물이 쏟아지기 시작했다. 도석은 꽤 현실적이고 상황판단이 빠른 편이었다. 지금 역시 꿈을 꾸고 있는 것인지, 아니면 환상이라도 보는 것인지 확실치는 않았지만 우선 정윤이 남자가 되었단 것은 분명히 인지하고 난 뒤였다.

확실히 얼굴엔 여자였을 때의 모습이 많이 남아 있었다. 처음 집에 들어와 욕실에서 쓰러져 있는 정윤을 발견했을 때 세상에 이렇게 잘생긴 남자도 있을 수 있구나 하고 생각했었다. 평상시에도 도석은 자신이 전혀 빠지는 얼굴이 아니라고 생각했었다. 갸름한 계란형 얼굴에 쌍꺼풀이 짙은 큰 눈은 누나인 정윤도 부러워할 정도였다. 하지만 남자로 변한 정윤의 앞에서 그는 한낱 평범한 남자일 뿐이었다. 물론 여자일 때도 정윤은 확실히 예쁘긴 했었다. 다만 지나칠 정도로 살이 쪄서 이목구비가 잘 보이지 않았던 것뿐이었다.

생각해 보니 이상했다. 집안 자체가 전혀 살이 찌지 않는 체질이었지만 중학교 때부턴가? 정윤의 몸무게가 급격히 불기 시작했다. 살을 빼라고 그렇게 구박을 했는데도 귓등으로 듣더니 결국 몸무게가 70에 육박하고 있었다. 키는 164정도로 그렇게 작지 않은 키였지만 몸무게가 그렇게 불다보니 보기에 살짝 부담스러운 건 사실이었다.

구슬리고 구슬려 봤었다. 살만 빼면 원피스를 사주겠다, 아르바이트를 두세 달 뛰어서라도 명품 백을 사주겠다며 애원, 협박을 다 했었지만 아무 소용이 없었다. 그렇게까지 구슬렸던 이유는 정윤이 살만 빼면 미인이 될 것이라고 항상 생각했었기 때문이었다. 하지만 하루아침에 이렇게 변한 아니, 아예 성별이 바뀌어 버린 정윤은 도석의 예상을 훨씬 뛰어넘고 있었다.

"아냐. 내가 이러고 있을 때가 아니야."

어느덧 울음을 멈추고 엉거주춤한 포즈로 사각팬티를 들고 입어야 할지 말아야 할지 고민하던 정윤이 여자 삼각팬티를 입은 채 사각팬티를 입자 도석이 기겁을 하며 말렸다.

"변태로 진짜 오인 받을 일 있어? 나가서 옷도 사야 할 거 아니야. 누나 지금 키에 내 옷 맞지도 않아. 지금 딱 봐도 누나하고 내 키가 거의 10센티는 차이 날 거라고."

그 말에 정윤이 잠시 도석을 내려다보았다. 확실히 여자였을 때와는 다르게 지금은 자신이 도석을 내려다보고 있었다. 완전히 상황이 뒤바뀐 것이었다. 도석은 176센티로 그렇게 작지 않은 키였다. 그런데도 도석을 한참 내려다 봐야 하다니……. 정윤은 다시 머리가 지끈거리는 것 같았다.

"지금 적어도 누나 키가 180은 넘을 거라고."

부모님이라도 있으면 이게 어떻게 된 일이냐고 따지고 싶었다. 23년을 여자로 살아왔는데……. 첫 키스도 못해봤고, 더군다나 3년 전부터 짝사랑했던 대학 동기인 강현에게 아직 고백도 못했는데.

신은 너무나도 가혹했다. 조금 성격이 소탈하고 여자치고 터프한 면은 있었지만 여자로 태어나서 정말 다행이라고 생각했던 적이 한 두 번이 아니었다. 거기다 이렇게 변화 된 모습이 세간에라도 알려진다면? 그것만은 절대 안됐다. 생각만 해도 끔찍했다.

"야! 이거 절대 비밀이야! 그 누구에게도 알려져서도 안 돼! 쪽팔려! 쪽팔려서 어떻게 하냐고! 내가 못 살아! 못 살아! 진짜!"

"당연하지. 우리 집이 무슨 구경거리 될 일 있어? 우선 나가서 누나 옷 좀 사 입고, 핸드폰 번호도 좀 바꾸자."

"그게 말이 돼? 지금 이 꼴로 어딜 나가?"

정윤은 화를 내며 방으로 들어갔다. 몇 번이나 도석이 문을 두드렸지만 정윤은 끝끝내 방 밖으로 나오지 않았다.

집 전화 코드도 다 뽑아두고 방 밖으로 나오지 않은 지도 일주일째였다. 그동안 성정체성으로 미친 듯 고민을 했지만 뚜렷한 해결책도 나오지 않았다. 식사는 도석이 문 앞에 놓아두는 김밥이나, 샌드위치로 대충 해치웠지만 제일 곤욕스러운 것은 물밀듯이 밀려오는 생리현상이었다. 차마 그것(?)을 잡을 용기가 나지 않아 샤워를 하며 해결했다. 큰 것을 해결해야 할 때는 두 눈을 질끈 감았다. 물론 그 모든 행위는 동생들이 모두 집을 비운 뒤에야 하는 일이었다.

대학생인데다 아르바이트까지 뛰고 있는 도석은 집에 붙어 있는 시간이 거의 없었고 고등학교 3학년인 도진은 새벽에 나가서 새벽에 들어오는 일상이 계속 되고 있었다. 도진 역시 도석에게 정윤의 상태를 익히 들어 알고 있었지만 아직 정윤이 모습을 비추지 않아 무척 걱정스러우면서도 궁금해 했다. 여행에서 돌아오신 부모님들까지 그 사실을 도석에게 듣고 나서 몇 번이나 문을 두드렸지만 아무런 반응도 없었다. 석희는 기절까지 했다 겨우 일어났고 순식은 끊었던 담배까지 입에 물 정도였으니 얼마나 상황이 심각한지는 말하지 않아도 알 수 있었다.

"애 안에서 죽은 거 아니니?"

"아니야. 엄마. 아까 내가 두었던 김밥이 없어진 걸로 봐선 먹고 잠들었을 거야."

"이게 무슨 일이라니. 여보, 정말 왜 이래요?"

석희가 급하게 물었다. 하지만 순식도 고개를 좌우로 흔들 뿐이었다. 갑자기 생각난 듯 순식이 재빨리 방문을 두드렸다.

"정윤아! 할아버지 댁에 가보자. 아버지는 뭘 알고 계실 거다. 빨리 문 열어 봐!"

순식의 그 외침에 거짓말 같게도 문이 서서히 열렸다. 그리고 나타난 정윤의 모습에 석희는 제대로 서 있지도 못하고 그 자리에 주저앉고 말았다.
"오, 부처님……."
석희의 입에서 저도 모르게 신을 찾는 비명이 흘러나왔다. 이미 도석은 봤기 때문에 익숙한 듯했지만 순식과 도진은 그 자리에 그대로 굳어 정윤을 올려다보고 있었다. 집안 모두가 작은 키는 아니었지만 대한민국 표준 키 정도 됐었다. 석희의 키는 160센티, 순식은 172센티, 도진은 175센티였으니 모두들 작은 키는 아니었다. 하지만 지금 눈앞에 있는 정윤은 키가 180센티는 훌쩍 뛰어넘을 만한 큰 키를 하고 있었다.
식구들의 놀란 모습에 정윤이 다시 문을 닫으려고 할 때 도석이 재빨리 문을 잡았다. 그리고 정윤의 손을 이끌고 거실로 나오게 만들었다. 믿기 힘들만큼 정윤은 완벽한 남자의 모습을 하고 있었다. 그리고 하얀 피부에 어울리지 않게 수염도 자라나 있었다. 틀림없이 샤워를 하면서도 거울은 쳐다보지도 않았음은 자명한 일이었다.
"충분히 거품을 발라야지."
"아, 내가 왜 이런 걸 해야 하는데!"
"해야 돼! 남자니까!"
도석은 침착하게 정윤을 욕실로 끌고 가 면도를 하는 방법을 가르쳤다. 처음엔 싫다고 거부하던 정윤이 어느 순간 거울을 보고 깨달은 모양이었다. 일주일이나 지났는데 이 상태였으니 다시 여자로 돌아가는 건 불가능하다고 생각하고는 있었지만 막상 거울을 보니 또다시 눈물이 흐르기 시작했다. 정윤은 겨우 눈물을 멈추고 도석이 알려준 방법대로 면도를 하기 시작했다. 거울을 보면서 한 번씩 경기를 일으키듯 놀라는 정윤을 보면서 도석이 한숨을 내쉬었다.

"나가서 누나 몸에 맞을 만한 옷으로 좀 사왔어. 씻고 나와."

도석이 욕실을 나가자 멍하니 뒷모습을 바라보고 있던 정윤은 들고 있던 면도기를 내려놓고 세수를 하기 시작했다. 그동안 며칠이나 잠을 설치면서 생각해 낸 결론은 차마 죽을 수 없으니 모든 걸 묻고 다시 시작하자는 것이었다. 하지만 하루에도 몇 번이나 그 결심은 무너졌다. 아무리 생각해도 이건 상식적으로 용납할 수 있는 범위를 넘어선 변화였다.

더군다나 더욱 경악스러운 일은 손에 닿아 있는 피부의 감촉이 예전과는 너무 다른 것이었다. 예전엔 피부 하나는 좋아서 아이 피부처럼 손에 착착 감기는 맛이 있었는데 지금은 왠지 껍데기만 잡히는 느낌이었다. 키가 갑자기 큰 바람에 상대적으로 말라서 그런 것이라고 해석할 수도 있었지만 분명히 피부의 느낌은 달랐다.

"진짠가. 이제 돌아갈 수 없는 건가."

욕실에서 나오자 도석을 뺀 나머지 식구들은 여전히 얼떨떨한 얼굴로 정윤을 바라보고 있었다. 그런 눈빛이 마치 '넌 괴물이야' 라는 의미라도 된 듯해 정윤의 어깨가 자꾸 움츠러들었다. 도석은 정윤의 뒤에서 식구들에게 눈치를 줬고 눈치를 받은 석희가 자리에서 일어나며 자연스럽게 웃었다.

"옷 갈아입고 나와. 빨리 할아버지 댁에 가자. 응?"

정윤은 고개를 끄덕이며 방으로 들어갔다. 침대 위에는 도석이 놓고 간 옷가지들이 깔끔하게 놓여있었다. 몇 번이나 한숨을 내쉬다 사각팬티를 입고, 청바지, 니트, 재킷까지 입은 뒤 방에서 나온 정윤은 말없이 현관문 쪽으로 향했다. 잠시 얼떨떨한 표정으로 서 있던 도석이 다가와 새로 사온 운동화를 내밀었다.

확실히 정윤은 좌중을 압도할 만한 얼굴을 가지고 있었다. 모델을 해도 손색이 없을 것 같은 키와, 얼굴. 거기다 여자일 때와 거의 다르지 않은 머리 크기까지. 현재 정윤은 남자로서 모든 것이 완벽했다. 다만 어깨까지 내려오는 머리카락이 문제였다. 다행히 층이 많은 단발머리라 그저 남자가 계속 머리를 기른 것이라고 설명할 수도 있었지만 일반적인 가치관을 가지고 있는 남자들은 이렇게 긴 머리를 하지 않았다. 물론 정윤도 머리카락이 긴 남자를 제일 싫어했었다.

도석은 모자를 건네주었고 정윤은 거울을 보며 머리카락을 모두 쓸어 올린 뒤 모자를 썼다. 왠지 그 모습을 보니 진짜 남자가 된 듯해 정윤의 눈에 또 눈물이 고였다.

"그만해! 울어도 소용없어. 누나는 이미 남자야. 남자가 우는 게 얼마나 꼴 보기 싫은 줄 알아?"

"너, 너무해."

정윤이 두 손으로 얼굴을 감싼 채 그대로 주저앉았다. 여자였다면 봐줄 수도 있는 일이었지만 이미 모든 게 남자인 정윤이 그런 포즈를 취하자 모두의 얼굴이 굳었다. 도석의 말대로 정말 두 눈을 뜨고 못 봐줄 정도였다. 겨우 정윤을 달랜 석희는 고3으로 주말 역시 학교에 나가야 하는 도진을 두고 집을 나섰다.

고속도로를 타고 내려가는 와중에도 정윤은 아무 말이 없었다. 그저 멍하니 창밖의 스치는 풍경만 보고 있을 뿐이었다.

"딸, 배고프지 않아?"

"고파."

"불편하지는 않아? 다리가 길어져서 닿지는 않아?"

"엄마."

"말해."

"나 팬티 안 입은 느낌이야. 휑해."

그 말에 잠깐 차체가 흔들렸다. 운전을 하고 있던 순식이 그 말에 웃었기 때문이었다. 거기다 도석이 마시던 물을 정윤의 바지에 뿜어 냈다. 석희는 휴게소로 들어설 때까지 웃음을 참지 못했다. 그건 순식과 도석도 마찬가지였다. 그러면 그럴수록 정윤의 얼굴은 더욱 굳어져갔다.

"지금 웃음이 나와? 난 미치고 환장하겠는데!"

차가 세워지자마자 정윤은 화를 내며 차에서 내렸다. 도석이 재빨리 차에서 내리며 정윤의 뒤를 쫓아갔다. 정윤이 여자 화장실 쪽으로 몸을 틀자 그럴 줄 알았다는 듯 도석은 재빨리 정윤을 붙잡으며 남자 화장실로 끌고 들어갔다.

"야! 너 미…… 엄마야!"

서서 볼일을 보던 남자들 때문에 정윤이 놀란 듯 외치며 화장실을 빠져나가려고 했다. 하지만 도석은 끝까지 정윤을 놓지 않았다. 어차피 남자가 되었으면 이런 것부터 차근차근 해나가야 한다고 생각했기 때문이었다.

도저히 지퍼만 내리고 볼일을 못 보겠다고 말하는 정윤을 도석이 다시 붙잡으며 소변기 앞에 서게 만들었다. 지퍼를 내리고도 도무지 그 물건(?)을 만지지 못하자 도석은 직접 자신이 시범을 보였다. 그 모습에 뜨악한 표정을 짓고 있던 정윤도 급했기 때문에 어쩔 수 없이 도석을 따라 하기 시작했다. 이건 정말 생소한 일이었다. 일어서서 볼일을 보다니……. 정말 천지가 개벽할 노릇이었다. 정윤은 거의 절망한 얼굴로 재빨리 지퍼를 끌어 올리고 세면대로 걸어가 손을 빡빡 문지르기 시작했다.

"어때? 소감이?"

"시끄러! 그런 걸 내 손으로 만지게 될 줄이야!"

"누…… 아니, 형. 생각보다 튼실하더라? 아들 셋, 넷은 거뜬히 낳겠던데?"

"야! 너 미쳤어?"

도석이 놀리듯 말하자 정윤은 손을 뻗어 도석의 뒤통수를 내리쳤다. 그리고 화장실을 빠져나와 스낵코너로 걸어가기 시작했다. 차에서 내릴 때부터 계속 사람들의 시선이 느껴졌다. 정윤은 사람들이 자신을 쳐다보는 느낌에 괜히 주눅 들어 어깨도 제대로 펴지 못하고 있었다. 도석은 앞으로 걸어가 정윤의 어깨를 잡았다.

"너무 잘생겨서 사람들이 다 쳐다보는 거야. 주눅들 필요 없어. 어깨 펴!"

도석이 몇 번이나 어깨를 두드리고 먼저 앞서 걸어갔다. 손을 들어 올려 엄지손가락을 몇 번인가 깨물던 정윤은 이젠 '에라, 모르겠다.'라는 심정으로 도석의 뒤를 쫓아갔다. 식탁엔 우동과 김밥 등이 놓여있었고 정윤은 자리에 앉자마자 정신없이 먹기 시작했다.

석희는 천천히 먹으라며 음료수를 내밀었다. 목이 말랐는지 정윤은 순식간에 음료수를 들이켰다. 핏줄과 뼈마디가 그대로 드러나는 정윤의 손을 보자 석희의 눈시울이 붉어졌다. 갑자기 키가 큰데다 2주 동안이나 제대로 먹지 못했으니. 아무리 전에 몸무게가 70킬로그램이 나갔다고 해도 키가 저렇게까지 크니 정윤은 현재 많이 마른 상태였다.

"그런데 호적 문제는 어떻게 할 거예요?"

정윤의 입에서 우동 면발과 함께 김밥이 뿜어졌다. 순식과 석희도 사레가 들린 듯 기침을 하며 고통스러워했다. 도석의 말이 틀린 건 아니었다. 다만 이제껏 도석 빼고는 모두 현실감에 젖지 못해 그 생각을 하지 못한 것뿐이었다.

그 상황에서 부모인 순식과 석희는 너무나 아무렇지도 않게 현실을 직시하고 받아들이고 있는 도석이 고마웠다. 하지만 여전히 굳은 얼굴로 도석을 멍하니 보고 있는 정윤을 보니 또 다시 부모로서 마음 한구석이 시큰해져 왔다.

"나 성전환 수술 시켜줘."

정윤의 그 말에 세 사람이 놀라 고개를 돌렸다. 그뿐이면 괜찮았다. 바로 옆에 앉아 우동을 먹고 있던 아가씨들이 거의 튀어나올 듯한 눈으로 정윤을 보고 있었다. 세 사람은 재빨리 자리에서 일어서며 정윤을 질질 끌고 나갔다. 발악을 하며 끌려 나가지 않으려는 정윤을 애써 차에 태운 뒤 출발시켰다.

"누나! 제정신이야? 그 사람 많은 데서 그렇게 큰 소리로 말하면 어떡해? 거기다 내가 보기엔 지금 키가 185는 되어 보이는데 그 덩치에 여자가 어울린다고 생각해? 누나 지금 스물셋이야. 현실을 직시해. 나도 이 시간 이후로 실수로라도 누나라고 부르는 일 없을 거야. 처음부터 내겐 형이 있었어."

냉정한 도석의 말에 정윤의 눈에서 다시 눈물이 흐르기 시작했다. 어차피 이미 벌어진 상황이었고 돌이킬 수도 없으니 순식과 석희도 아무런 말을 할 수가 없었.

"넌 어떻게 그렇게 쉽게 인정이 돼? 이게 현실에서 있을 수 있는 일이야? 만화책에서도 불가능하다고! 젠장, 어차피 미련 없어. 치여 죽는 게 나아!"

정윤은 어차피 미련 없는 세상에 살 것 없다며 차 문을 열어 떨어질 거라며 난리를 피워댔고 그 통에 도석만 고생을 해야 했다. 겨우 정윤을 끌어안은 도석은 온몸이 휘청대는 느낌에 몇 번이나 시트 밑으로 굴러 떨어질 뻔했다.

기진맥진해진 네 사람은 겨우 시골로 들어설 수 있었고 차가 세워지자 정윤은 한숨을 내쉬며 내린 뒤 걷기 시작했다. 마을 제일 안쪽에 있는 할아버지 댁이 오늘처럼 길게 느껴진 적은 없었다. 마음이 급해서 그런지 자꾸만 스텝이 꼬이는 것 같았다. 육중한 나무 대문을 벌컥 열고 들어서자 나물을 씻고 있던 할머니의 눈이 휘둥그레졌다.

"누구……. 아이고, 우리 강아지 왔구나."

그 말에 눈이 휘둥그레진 건 정윤도 마찬가지였다. 할머니가 이렇게 변한 자신의 모습을 알아보다니. 역시나 피는 어디가지 않았구나, 라고 생각했다.

"하…… 할머……."

하지만 할머니가 버선발로 뛰어간 곳은 바로 도석이 있는 곳이었다. 허탈해진 마음으로 뒤를 돌아보던 정윤은 서재에서 마루로 걸어 나오시는 할아버지를 보고 다짜고짜 걸어가 신발도 벗지 않고 마루 위로 올라섰다.

"뉘신데 이렇게……."

"할아버지! 나 어떻게 된 거야? 어? 내 몸 돌려내!"

한 번에 화가 뿜어져 나왔는지 정윤은 할아버지의 어깨를 붙잡고 흔들기 시작했다. 그 모습에 기겁을 한 도석과 순식이 달려와 정윤을 떼어내었다.

"아…… 아버지."

"아니, 뉘신데 저러시느냐?"

"그게 저…… 정윤입니다. 아버지."

그 말이 끝남과 동시에 할아버지가 잠시 정신을 잃으셨다. 당연히 집안은 난리가 났고 할아버지를 안방 보료에 눕힌 뒤 식구들은 안절부절못하고 있었다. 할머니는 여전히 믿기지 않는 듯 아니, 완전히 처음 보는 사람을 관찰하듯 뚫어지게 정윤을 바라보고 있었다. 정윤 역시 불안한 눈빛으로 좌불안석인 듯 몸을 가만히 두지 못하고 있었다.

할머니와 할아버지의 모습에 실망한 건 정윤이었다. 비록 딸이긴 했지만 집안의 첫째로서 항상 할아버지, 할머니께 장남인 도석보다 오히려 귀여움을 받고 자랐었다. 하지만 지금은 자신도 알아보지 못하는 조부모님 앞에서 섭섭할 수밖에 없었다. 하지만 정윤은 내색하지 않기 위해 억지로 웃음을 띠고 있었다. 사실 웃어도 웃는 게 아니었지만. 지금 당장이라도 소리치며 죽고 싶다고 말하고 싶은 것을 참아내야만 했다.

"아이고, 정윤아!"

할머니가 드디어 정윤의 얼굴을 찾은 모양이었다. 그럼에도 여전히 믿을 수 없다는 눈으로 정윤의 몸 구석구석을 더듬으시며 눈물만 글썽이고 계셨다. 정윤의 눈에도 눈물이 고였지만 이제 울 수는 없다고 생각했다. 도석의 말대로 이런 모습으로 눈물을 보이면 꼴사나울 뿐이라는 것을 이미 알고 있었다. 거기다 이제껏 경황이 없어 몰랐는데 목소리도 이미 확실한 남자였다. 왠지 다시 한 번 상황을 확인하는 것 같아 가슴 속에서 무엇인가가 울컥 솟아오를 것만 같았다.

"아, 아버지. 정신이 드십니까?"

영하가 천천히 눈을 뜨며 정윤을 향해 손을 뻗었다. 정윤은 무릎을 꿇은 채 앞으로 걸어가 그의 손을 꼭 붙잡았다. 영하의 눈에도 눈물이 그렁그렁 했다.

"할아버지 죄송해요. 혈압도 높으신데……."

할아버지가 일어서려 하자 정윤은 재빨리 등을 받치며 수월히 일어날 수 있도록 도왔다. 분명 이것도 남자의 힘이었다. 여자였을 때라면 분명히 낑낑대면서 해내지도 못할 일이었다. 노인이라고는 하지만 너무나도 가뿐하게, 성인 남자를 아무렇지도 않게 일으켜 세워 앉게 만들 수 있다니……. 거기다 아까 안방으로 안아 들어 올린 것도 바로 자신이었다. 걱정스러운 표정을 짓고 있던 정윤의 표정이 다시 굳었다.

"그러니까 내 할아버지의 큰형님이라고 해야 하나? 그분도 정윤이와 같으셨다."

한참 동안 정윤을 주시하다 말을 꺼낸 할아버지를 보며 정윤의 표정이 일그러졌다. 확실한 건, 병이 아니라는 것과 이렇게 변한 것은 유전적 요인에 의한 것 같았다.

"굉장히 어릴 때의 일이라 기억이 잘 나지 않지만……. 때가 때이니만큼 그분은 계속 세상을 떠돌아다니기만 하셨다고 들었다."

"몇 살 때? 할아버지 말씀 끊어서 정말 죄송한데 내가 너무 급해서 그래요. 그분이 몇 살 때 남자가 된 거예요? 그리고 여자로 돌아오기는 했어요?"

"아마 그분의 나이 열아홉 살 때의 일이라고 들었다. 출가를 했다 다시 돌아오셨을 때는 아내와 아이 두 명을 데리고 오셨다고 했다. 그리고 여자로 돌아가는 일은 돌아가실 때까지 절대 일어나지 않았다지."

정윤은 힘이 풀린 듯 철퍼덕 소리를 내며 쓰러졌다. 여자로 돌아갈 수 없다니, 그건 절망적인 일이었다. 그렇다면 앞으로 여자를 좋아해야 한다는 말인가? 정윤은 분명히 노말(normal)이었다. 그런데 문제의 그 할아버지는 남자라는 것을 받아들이고 부인과 자식까지 얻으셨다니.

이 엄청난 소식에 고모들과 삼촌들까지 모두 모였다. 처음엔 너무나 당황스러워 하던 친척들은 동정 어린 시선으로 정윤을 바라보고 있었다. 그 때 또 정윤의 입에서 말 한마디가 터져 나왔다.

"그럼 나, 군대 가야 돼? 나 거기 가기 싫어! 아빠랑 엄마는 내가 군대 간다는 거 상상할 수 있어? 나 절대 안 가! 못 가!"

우선 변호사이신 둘째 작은아버지의 힘을 빌려야 했다. 하와이에서 살고 계셨었는데 저번 겨울 한국에 들어왔다가 도현이라는 아들을 잃었다. 다행히 아직 도현의 사망신고가 되지 않은 상태였다. 더군다나 이미 외국시민권자였기 때문에 정윤이 군대에 가지 않아도 되었다. 도현은 정윤과도 굉장히 친했었기 때문에 마음이 아팠지만 이미 유령으로 공중에 붕 뜬 자신이 소속 될 곳은 달리 없었다.

법적으로 순식과 석희의 아들이 되지 않는 것은 상관없었다. 어차피 평생을 모셔야 할 부모였고 또한 자신은 친자식이 분명했으니까. 거기다 도현은 자신보다 네 살이나 어렸으니 현재 법적으로는 도진과 동갑인 상태였다.

동생과 같은 나이가 된 것도 정윤에게는 상관이 없었다. 어쨌거나 군대를 안 간다는 사실 하나로 위안을 삼을 수 있었으니 말이다. 하지만 영하가 그래선 안 된다며 정윤을 순식의 양자로 입적시켰다. 그리고 이름도 바꾸었다. 최정윤에서 집안 항렬을 따라 최도윤으로. 작은아버지가 무슨 힘을 쓴 것인지는 몰랐지만 법적으로는 3주 만에 모든 것은 바뀌어 있었다.

거의 한 달이 지난 지금까지 도윤은 정신을 차릴 수가 없었다. 벌써 4월이 되어 있었고 학교는 석희가 가서 자퇴신청을 하고 왔다. 아직도 도윤이라는 이름에는 적응이 되지 않아서 반응도 느렸다. 정윤이라 불러도, 도윤이라 불러도 그는 거의 반응을 하지 않고 있었다.

그는 거의 우울증에 가까운 상태라서 방에 박힌 채 밖을 나가려고 하지도 않았다. 어린 사촌들에겐 몸이 아파 어릴 때부터 외국에서 컸던 도진의 이란성쌍둥이라고 속였고 주위의 이웃들에게도 그렇게 말해야했다.

"정, 아니. 도윤아, 엄마 모임 다녀올 건데……. 혼자 있을 수 있겠어?"

"내가 어린애야? 걱정하지 말고 다녀와."

석희는 끝끝내 불안한 얼굴로 나갔다. 식구들은 이미 이 몸에 익숙해진 듯했지만 그는 전혀 아니었다. 하루에도 몇 번씩 스쳐지나가다 거울을 볼 때나, 볼 일을 볼 때나, 씻을 때는 거의 기절 직전까지 갔다. 하지만 그 사이에 많은 변화도 있었다. 사각팬티가 편해졌다는 것과, 자연스럽게 면도를 한다던가, 일어서서 소변을 보는 일이 편해졌다던가 하는 사소한 것들이었다. 이제 웃통을 벗고 다녀도 아무 거리낌이 없었다.

하지만 죽어도 적응이 되지 않는 건 아침만 되면 거리낌 없이 일어서 있는 문제의 물건(?)이었다. 처음엔 너무나 당황스러워서 죽고 싶었다. 어떻게 하면 이놈을 제대로 정리(?)할 수 있을지 당혹스러웠다. 워낙 부끄러운 일이라 누구에게도 말을 할 수가 없었다. 그리고 겨우 도석을 불러 알아냈다.

"야, 넌 어떻게 잠 재우냐?"

"뭘?"

"아침만 되면 이 문제의 물건이 발딱 서 있는 거야. 미치겠다."

그 말에 도석은 미친 듯이 웃었다. 그는 귀까지 빨갛게 변해 있었는데 그 문제가 도석에겐 그냥 웃긴 일이었나 보다. 하지만 정말 어떻게 혼자 해결 할 수가 없어서 도석을 불러낸 것이었다. 혹시 자신만 이러나 싶어 조바심이 일었다.

"야, 혹시 나만 그러는 거야? 내 몸이 이상해서?"

"아니야. 남자라면 누구나 겪는 생리적 현상이지. 그럴 땐 말이지 경건한 마음으로 애국가를 부르거나 큭, 독수리 오형제를 빌려도 좋아."

경건한 애국가는 이해를 했지만 독수리 오형제는 이해하지 못했다. 도석은 잠시 고개 좀 숙여보라고 말했고 도윤은 고개를 숙인 뒤 귓속말을 들었다. 그리고 그 말에 기겁을 하면서 빽 소리를 질렀다.

"너 미쳤어?"

"정상적인 남자라면 90퍼센트 이상은 자위행위를 해. 나쁜 것도 아니야. 정자는 끊임없이 생성되는 거라서 그렇게 한 번씩 빼주는 게 오히려 몸에 이로워. 그렇게 참다가 뭐, 어차피 형도 곧 몽정이라는 세상을 확인하게 될 거야."

도윤은 정말 그럴 리는 없다고 생각했다. 몽정이라니. 말도 안 됐다. 하지만 바로 오늘 새벽 상상하기도 힘든 엄청난 꿈을 크고 축축한 느낌에 몸을 일으켰을 때 바로 그것에 도석이 웃으며 말해주었던 몽정이라는 것을 알게 되었다. 혼자 욕실에 들어가 팬티를 빨면서 도윤은 속으로 울음을 삼켜야 했다.

팬티를 널고 나서 이왕 빨리 일어난 김에 밖을 한 번 나가볼까 생각했다. 아직 밖은 깜깜했고 나간다 해도 사람과 부딪칠 일이 없을 것 같았다. 방으로 들어가 대충 옷을 걸쳐 입은 다음 모자까지 쓰고 밖으로 나왔다. 엘리베이터에서 내릴 때까지도 도윤은 긴장의 끈을 늦추지 않고 있었다.

마치 아기가 처음 걸음마를 배우듯 그의 발걸음은 어색했다. 하지만 정말 오랜만에 맡아보는 바깥 공기에 기분이 상쾌해지는 것 같았다. 처음엔 그저 아파트 주차장만 돌 생각이었는데 어느새 걷다보니 상가 주변까지 나오게 되었다.

이 동네에서 태어나 자랐는데 왠지 모든 것이 낯설게 보였다. 그 때문에 도윤의 마음이 조금 심란해졌다. 한숨을 팍 내쉬며 고개를 돌리던 순간 누군가와 부딪치고 말았다.

"엄마야!"

"악!"

악 소리를 내지르며 넘어진 여자를 향해 손을 뻗었다. 하지만 여자는 아무렇지도 않은 듯 자리에서 툭툭 털고 일어나더니 이어폰을 빼고 있었다. 순간 두 사람의 눈이 마주쳤고 도윤은 놀란 듯 움직이지 못했다.

"눈 좀 똑바로 뜨고 다녀요! 아, 진짜. 멍 지겠네."

분홍색 트레이닝복을 입고 있는 사람은 다름 아닌 유민숙이었다. 도윤이 여자일 시절에 철천지원수였던 그 유민숙.

심장이 멎을 것 같았는데 민숙은 다시 이어폰을 끼고 뛰기 시작했다. 생각해 보니 민숙은 바로 이 동네에 살고 있었다. 도윤은 뭐에 홀리기라도 한 것처럼 집을 향해 뛰기 시작했다. 그래, 아직 세상 밖으로 나오기엔 일렀다.

역시나 오후 1시쯤 일어나니 집엔 아무도 없었다. 석희는 장에 다녀온다며 쪽지를 남겨두고 외출한 상태였다. 도윤은 편안한 통이 넓은 마소재의 바지만 입은 채 부엌을 어슬렁거리면서 냉장고에서 우유팩을 꺼내 마시기 시작했다. 요즘은 이게 일어나서 제일 먼저 하는 일이 되었다. 갑자기 키가 커서 온몸의 칼슘이 빠져나간 느낌이었다.

"순대가 먹고 싶으니까 엄마한테 사오라고 해야겠군."

휴대폰을 찾는 순간 초인종이 울렸고 그는 우유를 마시면서 문을 벌컥 열었다. 당연히 석희나 도석이라고 생각했다. 하지만 일순 그의 눈이 커졌다.

"엄마야!"

그 소리의 주인공은 다름 아닌 대학 동기이자 1학년 때부터 친하게 지내왔던 화선이었다. 당황한 도윤은 들고 있던 우유를 떨어뜨렸고 덕분에 앞에 서 있던 화선의 원피스에 우유가 튀긴 것은 물론이요, 그 옆에 서 있던 강현의 검은 재킷에까지도 흰 우유가 튀겼다. 반가운 마음에 인사를 하려던 마음도 잠시, 도윤은 현재 자신이 예전의 자신이 아니라는 걸 직시했다.

"저흰 정윤이 친구들인데 여기 정윤이네 집 아닌가요?"

"마, 맞아. 들어와."

강현의 물음에 도윤은 고개를 끄덕이며 뒤로 물러섰다. 그리고 자신이 웃통을 훌러덩 벗고 있단 것도 잊은 채 두 사람을 거실 소파로 안내했다. 막 자리에 앉기 위해 윗옷을 걷어 올리려는 순간 옷을 입지 않고 있다는 것을 기억해 내고는 재빨리 방으로 들어가 가벼운 면 티를 하나 걸치고 나왔다.

"아, 마실 거라도 잠깐만."

도윤은 재빨리 부엌으로 들어와 머리를 북북 긁어대기 시작했다. 이런 망신스러운 모습을 보이다니……. 정말이지 접시 물에 코라도

박아 죽고 싶은 심정이었다. 그렇다고 해서 계속 이렇게 있을 수만
도 없는 일이었다. 가볍게 마실 수 있는 주스와 쿠키를 꺼내 와 탁자
에 내려놓으면서 권했다.
 "저…… 그런데 방금 들어가셨던 방 정윤이 방 아닌가요? 우린
정윤이가 계속 학교에도 나오지 않고 갑자기 자퇴신청을 했다고 해
서……."
 쌍꺼풀이 없이, 다소 작지만 동그란 눈을 갖고 있는 화선이 물었
다. 겨우 키가 155가 조금 넘는 화선은 항상 귀여웠지만 오늘따라
유난히 작게 보였다.
 "건강하던 녀석이 갑자기 자퇴신청을 해서……. 그런데 누구세
요?"
 "나? 어, 저기, 나는 말이지. 정윤이 쌍둥이 오빠야. 쌍둥이."
 "쌍둥이요?"
 화선은 전혀 들어본 적도 없었다는 듯 의아한 눈빛으로 물었다.
그 시선에 도윤은 등 뒤로 식은땀이 흘러내리는 것을 알 수 있었다.
정말 쌍둥이라는 말은 엉겁결에 튀어나왔다. 뭐, 법적으로는 도진과
동갑이었지만 친구들보다 갑자기 네 살이나 어려졌다는 것과 또 친
구들에게 존댓말 같은 것을 쓸 수는 없었기 때문이었다.
 "그, 그래. 쌍둥이. 내가 몸이 안 좋아서 태어나자마자 외국에서
살았었어. 뉴, 뉴질랜드 알지? 공기도 좋고 의, 의료 수준도 좋아서
쭉 거기 있었던 거야."
 평소엔 그렇게 거짓말을 잘했는데 막상 이렇게 하려니 온몸에서
땀이 비 오듯 흐르는 것 같았다. 제발 이런 말도 안 되는 얼렁뚱땅
지어낸 거짓말에 두 사람이 속아 넘어가 주길 바랐다. 그리고 곰곰
이 생각했다. 뉴질랜드의 의료 수준이 좋은지. 하지만 아무리 생각

해도 알 수 있는 길이 없었다. 그렇지만 다행히 두 사람은 고개를 끄덕이고 있었고 도윤은 낮은 한숨을 내쉬었다. 물론 두 사람은 얼떨결에 고개를 끄덕인 것 같았다.

"정윤이 자식. 이렇게 잘 생긴 오빠가 있었다면 이야기 좀 하지. 그럼 동갑인데 말 놔도 되는 건가?"

강현이 물어왔고 도윤은 재빨리 고개를 끄덕였다. 강현은 여전히 다정한 눈빛으로 웃고 있었다. 지금 도윤의 모습처럼 중성적으로 예쁘장한 모습이 아닌 남자답게 선이 굵은 강현은 시원스럽게 웃었다. 물론 그 모습에 반해 도윤도 오랜 기간 동안 짝사랑을 해왔었다. 하지만 친구로만 생각하는 강현에게 고백을 해서 껄끄러운 관계를 만들고 싶지 않았기에 참고 있었다. 하지만 지금 생각해보니 고백을 안 한 것이 천만다행이라는 생각이 들었다.

"난 김강현이라고 해."

강현이 이름을 말하며 손을 뻗었다. 도윤도 얼떨결에 손을 뻗어 강현의 손을 붙잡았다. 예전엔 마냥 크다고만 생각했는데 지금은 오히려 도윤 자신이 강현의 손보다 더 큰 것 같았다. 그 사실에 도윤은 정말 또다시 자신이 남자가 되었다는 사실을 절실히 느낄 수밖에 없었다. 이제는 모든 것들을 받아들이고 인정할 수밖에 없는 무시무시한 현실감이 느껴질 뿐이었다.

"난 이화선. 정윤이하고는 친한 친구야."

"그, 그래."

난처하지만 애써 웃으며 도윤은 또 화선의 손을 잡았다. 화선의 손은 정말 작고 작은 손이라서 조금만 힘을 줘도 부서질 것 같았다. 그래서 제대로 손에 힘을 주지도 못했다. 또다시 느껴지는 현실을 원망하는 수밖에 없었다. 사실을 말한다고 해도 믿어 주지도, 아니

스스로도 믿기 힘든데 다른 사람들이 믿어줄 리도 없었다.
"저기…… 그런데 정윤이는?"
"그래. 정윤이 자식은 우리가 왔는데 왜 보이지도 않는 거야?"
두 사람의 궁금해 하는 모습에 도윤의 이마에서 식은땀이 흘러내리기 시작했다. 게다가 정말 찾기 위한 것인지 자리에서 일어나려 하고 있었다. 그 때 도윤의 입에선 다시는 돌이킬 수도 없는 말이 튀어나왔다.
"죽었어!"
그 말에 두 사람의 움직임이 멈추고 눈이 커졌다. 아우 오랜 시간 동안 말이 없는 두 사람을 보던 도윤의 표정이 다시 일그러졌다. 이 말을 주워 담을 수도 없는 노릇이었다. 가슴이 저릿했다. 그리고 숨도 막히는 것 같았다. 누군가가 억지로 위에 올라타 가슴을 짓누르는 느낌이었다.
"뭐? 농담하지 말고."
강현이 웃으며 고개를 갸웃거렸다. 도윤은 눈을 질끈 감았다. 어차피 여자로서의 최정윤은 절대 돌아올 수 없었다. 그러니 살아 있다는 희망을 주며 언젠간 볼 수 있을 거라는 말을 꺼내고 싶지 않았다. 모든 인간관계가 무너졌다고 생각했다. 도윤은 스스로 23년간의 최정윤을 죽이기로 마음먹었다.
"죽었어. 한 달 전에. 정확히 3월 13일."
강현은 믿을 수 없다는 얼굴로 신음소리가 흘러나오는 입을 손으로 막았다. 화선의 눈에서도 눈물이 흐르기 시작했다. 그러더니 이내 바닥에 엎드려 통곡 소리를 내며 울기 시작했다.
도윤은 난처한 듯 손으로 턱을 쓸어내렸다. 까칠한 느낌에 손끝이 저렸다. 확실히 남자가 되어가는 모양이었다. 정말 울고 싶어 하는 얼굴로 자신을 보고 있는 강현을 보며 도윤은 확인 사살이라도 하듯 고개를 좌우로 흔들었다.

거의 실신할 정도로 울던 화선이 자리에서 일어나 도윤의 방으로 뛰어 들어갔다. 실낱같은 희망을 갖고 들어간 방이었지만 흔적은 찾을 수도 없었다. 그도 그럴 것이 이틀 전 도석이 모든 여자 물건을 처분하고 난 뒤였다. 게다가 더 이상 은은했던 정윤의 향도 느껴지지 않았다.

"형, 나 왔어. 손님 와 있……. 화선 누나. 강현 형."

도석은 아찔했다. 현관문을 열면 바로 보이는 도윤의 방에서 화선은 침대에 거의 쓰러져 울고 있었고 강현의 쌍꺼풀이 없는 커다란 눈에도 눈물이 그렁그렁 맺혀있었다. 도윤도 거의 죽을 것 같은 얼굴로 울고 있는 화선을 내려다보고 있었다. 어떻게 상황을 이해해야 할지 몰라 눈치만 살피고 있는데 강현이 도석의 어깨를 붙잡고 따지듯 물었다.

"도석아! 정말이야? 정윤이가 죽은 게 확실해? 도대체 왜?"

도석은 어떻게 해서든 말을 맞춰야 한다고 생각했다. 하지만 도윤이 무슨 말을 꺼냈을지 몰라 그냥 고개만 끄덕였다.

"심장마비야. 자다가 죽었으니 힘들진 않았을 거야."

도윤의 목소리가 낮게 깔렸다. 물론 그렇게 말하고 있는 도윤 자신도 속으로 놀라고 있었다. 이렇게 낮은 남자 목소리가 나올 줄은 꿈에도 생각하지 못했다. 스스로 너무 놀라워하고 있는데 그 말에 화선이 통곡을 하며 울기 시작했고 강현의 눈에서도 눈물이 흐르기 시작했다. 도석은 그저 강현의 어깨를 두드릴 수밖에 없었다. 하지만 정말로 이 자리에서 목 놓아 울고 싶은 사람은 도윤이었다. 그러나 그럴 수 없다는 사실에 절망하며 두 눈을 감아야 했다.

어느 정도 진정이 되었는지 따뜻한 커피를 마시는 화선의 얼굴도 많이 진정된 상태였다. 그런 화선의 모습에 도윤은 양심에 찔려 몸을 가만히 두지 못하고 다리를 떨었다가, 손톱을 물어뜯었다가, 머리칼에 손가락을 묻고 긁적이기도 했다.

도윤은 마치 가시방석에 앉아 있는 느낌이었다. 하지만 지금 이 상황에서 어떻게 자신의 친구들을 위로해 줄 수도 없는 상황이었다. 스스로도 정리가 되지 않는데 남을 설득하기란 어려웠다. 그리고 설마 이 엄청난 거짓말들이 들키지는 않을까 싶어 몇 번이나 아랫입술을 깨물며 불안한 기색을 떨치지 못했다.

계속 느껴지는 시선에 고개를 들었을 때 강현과 눈이 마주쳤다. 떨리는 눈동자를 스스로도 느끼고 있었기 때문에 도윤은 서둘러 강현의 눈길을 피했다. 다시 두려움이 증폭되는 느낌이었다. 평소에는 거짓말도 밥 먹듯이 너무나 태연하게 잘했는데 이상하게 이번만은 그게 되지 않았다. 아니, 될 수 있을 리가 없었다. 스스로 자신이 죽었다고 말하는 사람이 졸도라도 하지 않는 게 다행이었다. 아니, 이미 기절은 한 번 해봤으니 그것으로도 족했다. 여기서 행여나 여자의 몸으로 돌아오지 않을까, 그렇지 않으면 기절할 일은 앞으로 더 이상 없을 것 같았다.

"그러고 보니 많이 닮았네. 쌍둥이라 그런가……. 정윤이와 같이 있는 느낌이야. 참, 그러고 보니 이름도 듣지 못했구나."

많이 정리가 된 것 같은 강현이 말을 꺼냈다. 그 말에 도윤과 도석은 아차 싶었다. 물론 법적으론 도윤이라는 이름을 갖고 있었지만 영어로는 제대로 된 이름도 정해놓지 않고 있었다.

도석은 재빨리 도윤을 쳐다보았다. 도윤은 정말 굳은 얼굴 그대로를 숨김없이 내비치고 있었다. 이럴 때 표정관리가 힘들다는 것은 알겠지만 이대로 있다간 모든 것을 두 사람에게 다 밝힐 것 같은 도윤의 표정에 조급해졌다. 도석은 어떻게 해서든지 머리를 짜내야 한다고 생각했다. 자존심 강한 도윤이 이대로 사실을 말하고 난다면 정말 상상하기도 힘든 일을 강행할 수도 있다고 생각했다.

"에, 에릭이었어. 조금 촌스럽지?"

하지만 너무나도 자연스럽게 도윤은 그냥 생각나는 대로 지껄였다. 한참 인기 있는 그룹의 멤버 이름을 대긴 댔지만 워낙 외국에선 흔한 이름이니 속아 넘어가리라고 생각했다. 교재든, 영화든 많이 나오는 이름 중 하나였다. 마치 우리나라의 영수나, 철수처럼. 잠시 말이 없는 강현과 화선을 보며 통하지 않았나 생각했다. 하지만 이내 밝아지는 강현의 얼굴을 보며 안심했다.

"멋있는데? 참, 한국 이름은?"

그 말에 또 도윤이 멈칫했다. 다행이라는 듯 숨을 내쉬고 있던 도석도 마찬가지였다. 아직은 최도윤이라는 이름이 어색했다. 하지만 법적으로도 이제 최도윤이 되었으니 꺼릴 것이 없었지만 왠지 자신의 이름이 아닌 느낌이랄까? 물론 문제가 있다면 본래의 나이보다 네 살이나 어려졌다는데 있을까?

"최도윤이야."

무척이나 덤덤하게 말하는 도윤을 보며 도석은 안도의 한숨을 내쉬었다. 잠시 멍한 표정으로 도윤을 바라보던 강현과 화선이 겨우 웃어보였다.

"그래. 앞으로 좋은 친구로 지내자. 최도윤."

강현이 앞으로 내민 손을 보며 도윤은 침을 삼켰다. 저 손을 잡는 순간 이제 정말 여자로서의 최도윤은 완전히 사라지는 것이었다. 도윤은 그 손을 잡으며 속으로 외쳤다.

'Good bye. My love.'
그렇게 도윤은 속으로 피눈물을 흘려야 했다.

2화, 첫 경험과 선의의 거짓말

한 차례의 폭풍이 지나간 뒤 집안 분위기는 싸했다. 우울한 표정으로 앉아 있는 도윤을 보면서 도석은 아무런 말도 하지 못했다. 도윤이 좋아하는 고구마 케이크를 사왔다며 들어오던 석희도 낮게 가라앉아 있는 분위기에 눈치를 살피며 자리에 앉았다.

도윤은 석희가 온 것을 자각하지 못한 것인지 심각한 얼굴로 소파에 앉아 있었다. 도석만이 눈길을 줄 뿐이었다.

조각상처럼 굳어 있는 도윤은 석희의 눈에도 정말 멋있어 보였다. 비록 딸에서 아들로 변하기는 했지만 어떤 여자가 보더라도 한눈에 반할 만큼 잘생긴 얼굴을 갖고 있었다. 희고 깨끗한 피부와 갸름한 얼굴에 깊고 진한 눈동자, 높고 오뚝한 코와 물을 들여 놓은 듯 붉은 입술을 보며 자신도 모르게 만족스러운 미소를 지었다. 자기 배에서 저렇게 잘난 아들이 태어났다고 생각하니 기분이 좋아지는 것은 당연했다. 하지만 반대로 딸을 잃었다는 생각에 마음 한구석이 아려왔다. 도윤을 낳고 처음 품에 안았을 때 얼마나 많은 눈물을 흘렸는지 모른다. 건강하게 태어나 준 것이 너무 고마워서 울고 또 울었다.

하지만 어찌 되었건 도윤은 그저 도윤일 뿐이었다. 남자인 것도, 여자인 것도 아니, 성별이 뭐가 되었든 중요하지 않았다. 중요한 사실은 소중한 자식이라는 것이었다. 계속 심각하게 굳어 있는 도윤을 보며 석희는 억지로라도 웃음기 있는 목소리를 내었다.

"우리 아들 너무 잘 생겨서 배우 해도 되겠네. 아니, 모델도 잘 어울리겠어."

아니, 확실히 생김새가 확실한 미남이었으니 무엇을 해도 멋있을 것이라고 생각했다. 하지만 아직 도윤은 여자라는 것을 지나치게 의식하고 있었다. 이해할 수 있었다. 23년간 여자로 살아왔고 앞으로의 꿈도 있었을 텐데 하루아침에 뒤바뀐 상황이라니……. 그래도 최악의 선택을 하지 않고 스스로 자신을 인정하며 받아들이고 있는 도윤이 고마워 며칠 밤을 제대로 잠도 자지 못하고 울었다. 마치 도윤이 태어났던 그 날처럼.

"친구들한테 최정윤 죽었다고 했어. 그리고 이제부터 내가 최도윤으로 산다고 했으니까 그렇게 알아."

무서울 정도로 낮게 깔린 음성으로 말하는 도윤에게 석희는 아무런 말도 하지 못했다. 아직 어린 나이인데다 너무나도 감당할 수 없는 큰 짐을 지워준 것 같았다. 그동안은 현실성이 없어 잘 알지 못했는데 점점 인정하게 되면서 석희 역시 혼란스러움에 머리가 아파올 지경이었다. 그건 순식도 마찬가지인 듯 오늘 아침 출근을 하면서도 걱정스러운 표정을 감추지 못했다.

제일 혼란스러울 사람은 다름 아닌 도윤일 것이라는 걸 잘 알고 있었다. 그랬기 때문에 가족으로서 흔들리지 않는 모습을 보여주어야만 했다. 그래도 그중에 도석이 제일 현명하게 판단하며 행동하고 있었다.

순식은 아예 도윤이 상처를 받을까 봐 말도 제대로 걸지 못하고 있었고 그건 석희 역시 마찬가지였다. 도진은 집에 있을 시간이 거의 없었으므로 도윤의 얼굴조차도 제대로 보지 못하고 있었다. 그나마 도석이 과외를 하나 줄임으로써 도윤의 대화 상대가 되어주고 있었다. 그래봤자 베란다로 나가 밖을 보며 하루를 보내는 일이 전부였지만 말이다.

도윤은 쉽게 밖으로 나갈 생각을 못하고 있었다. 뭐든지 두려웠다. 어렸을 때부터 살아왔던 동네라 눈을 감아도 뻔할 정도로 알 수 있는 곳인데도 불구하고 말이다.

석희는 도윤의 기분 전환 좀 시켜주자며 도석을 부추겼다. 잠시 고민하는 듯하던 모습을 보이더니 고개를 끄덕이며 도윤의 앞에 앉았다. 언젠가는 부딪쳐야 할 문제였다. 아무리 도윤이 거부하고 있어도 이런 문제부터는 가족들이 조금씩 도와주면서 해결해 나가야 했다.

"형, 매일 집에만 박혀 있는 거 지겹지도 않아? 벌써 한 달째다. 나가자. 나 아르바이트비도 탔는데 맛있는 거 사줄게. 그리고 옷도 사고, 속옷도 사고 그래야 하잖아. 언제까지 남의 속옷 빌려 입을 작정이야? 찝찝하지도 않아?"

"나갔다가 아는 사람이라도 만나면?"

아침에 나갔다 민숙을 만났던 게 충격이었다. 그래서 도윤은 저도 모르게 그렇게 말하고 말았다.

"뭐가 걱정이야? 여자였던 최정윤을 알아볼까 봐? 말도 안 돼. 나도 처음엔 신고하려고 했어. 잊었어? 아니, 아무도 모를 거야. 확신 할 수 있어. 그렇게 친했던 화선 누나와 강현 형도 못 알아 봤어. 거기다 무슨 수로 알아봐. 여자가 갑자기 남자로 변할 수 있어? 그건 상식적으로 말도 안 돼. 그리고 이제 최도윤이잖아. 그러니까 빨리 일어 서. 나가자. 이건 현실이야."

확실히 그건 맞는 말이었다. 가족인 도석 역시 알아보지 못했는데 친구였던 강현과 화선이 알아 볼 일은 전혀 없었다. 더군다나 하룻밤 사이에 여자가 남자로 바뀌다니, 그건 있을 수도 없는 일이었다. 게다가 이건 꿈이 아닌 현실이었다. 어떻게 해서든지 살아가야만 했다. 비록 거짓투성이인 삶을 살게 되더라도.

결국 도석의 설득으로 도윤은 방으로 들어가 딱 한 번 외출할 때 입었던 옷으로 갈아입었다. 잠시 거울 앞에 섰던 도윤은 자세히 자기 모습을 들여다보았다.

워낙 외모에 대한 기준이 없었던 터라 도윤은 자신의 모습에도 시큰둥했다. 다만 알 수 있는 건 보통 사람들, 그것도 남자들보다 키가 크다는 것쯤은 알 수 있었다. 차라리 키라도 보통 정도만 되었어도 사람들의 시선을 덜 받을지도 몰랐다는 생각에 괜히 신체가 원망스러웠다. 도석은 너무 잘생겨서 그런 것이라고 했지만 잘생긴 얼굴에 대한 정보는 전혀 없었다. 연예인에게도, 이성에게도 워낙 관심이 없었기 때문에 그저 남자답게 생겼으면 됐다고 생각했기 때문이었다.

물론 친구 중에 잘생긴 사람도 있었다. 유민혁과 유민숙. 두 사람은 남매 쌍둥이였는데 화려한 외모로 유명했었다. 다만 사이가 안 좋아서 문제였지.

두 사람을 생각하며 웃고 있는데 그 치렁치렁한 머리 좀 자르자고 도석이 끌고 간 미용실에서 도윤은 끝끝내 눈물을 참지 못했다. 얼마나 서럽게 우는지 머리카락을 자르던 헤어디자이너가 가위질을 멈출 정도였다. 뒤에 앉아 있던 석희와 도석은 차마 볼 수 없는지 몇 번이나 눈을 가리기 일쑤였다.

"어머, 아드님이 너무 잘생기셨어요. 배우 해도 손색이 없겠다."

"오호호, 그래요? 우리 아들이 잘생기긴 정말 잘생겼죠."

잘생겼다는 칭찬에 석희는 어느새 기분이 좋아졌는지 우는 도윤을 창피해 하던 것도 잊어버리고 맞장구치느라 정신이 없었다.

"어머님께서 워낙에 미인이라서 그런가 봐요."

"호호, 우리 아들들이 외탁을 했지."

"사연 있는 머리카락이었나 봐요?"

"우리 형이 완전히 우리 곁으로 돌아왔거든요. 기쁨 때문에 눈물이 나온 거예요. 그렇지 형?"

"뭐, 그렇다고 해두지. 빨리 계산이나 해."

허리까지 오는 카운터 앞에 기대어 있던 도윤은 어느새 지겨워져 빨리 계산하라며 성화였다. 자꾸 자신을 쳐다보고 있는 주위의 눈길에 더 이상은 버티고 있기 힘들어졌다. 어려서부터 남들의 시선에는 익숙하지 못했기 때문에 더욱 이 자리가 곤욕스러웠다. 석희는 아쉬운 듯 인사를 하며 계산을 마쳤고 도윤은 모자를 손에 든 채 꾸짓거리며 석희와 도석의 뒤를 따랐다.

워낙 주위에 신경을 쓰고 걷는 성격은 아니었지만 한 번씩 자신을 쳐다보며 걸어가는 사람들의 시선에 몇 번인가 고개를 숙이던 도윤은 더 이상 참지 못하고 모자를 뒤집어썼다. 하지만 모자를 쓴다고 해서 가려질 얼굴이 아니었다. 결국 도윤은 고개를 푹 숙인 채 걸었다. 그리고 제대로 앞을 보지 못해 누군가와 부딪쳐 그대로 길바닥에 나뒹굴었다.

놀란 도윤이 고개를 들었을 땐 덩치가 꽤 큰 남학생이 험악한 얼굴을 하고 서 있었다. 잠시 멍한 표정으로 남학생을 바라보고 있던 도윤은 상황을 파악하고 재빨리 자리에서 일어났다. 여긴 도심 한복판이었고 자신은 지금 멍청하게 땅바닥만 보고 걸어가다가 다른 사람과 부딪친 거였다.

"이 새끼 뭐야? 부딪쳤으면 일어나서 사과를 해야지."

판단을 못하고 있던 도윤은 그 새끼라는 호칭이 자신을 향하고 있다는 것을 알아차리며 고개를 끄덕였다.

"미안해요. 잠시 생각을 좀 하다보니까."

"이 아저씨 뭐야. 얼굴 좀 반반하다고 유세 떠는 거야. 뭐야?"

그 말에 도윤도 더 이상은 참을 수 없던지 허리춤에 손을 얹고 한숨을 내쉬었다.

"야! 내가 너만 한 막둥이 동생이 있어. 이게 어디서 반말을 찍찍 내뱉어?"

순간 무식한 주먹이 도윤을 향해 날아왔다. 생각지도 못했던 주먹에 얼굴을 고스란히 내준 도윤은 또다시 땅바닥에 몸이 붙고 말았다. 눈앞이 노래졌다. 거기다 머리 주위로 별도 도는 것 같았다. 이런 식으로, 그것도 남자에게 맞아본 적은 처음이었기 때문에 너무나 당황스러워 눈물도 나오지 않았다.

언젠가 웃으며 지나가는 말로 "제일 무서운 게 고등학생이다. 만나면 알아서 피해라"라던 민혁의 말이 떠올랐다. 하지만 너무 억울하고 어이가 없어 이대로 당할 수만은 없다고 생각했다. 게다가 자신의 옆엔 학창시절 주먹으로 한창 날리던 도석까지 있었다.

"야!"

자리에서 일어난 도윤은 무작정 달려들어 왁스로 마구 멋을 낸 그 남학생의 머리를 쥐어뜯기 시작했다. 무조건 살아남아야 한다는 본능이었기 때문에 앞뒤 잴 것도 없었다.

"야, 이 무식한 놈아! 넌 그렇게 사람 패라고 집에서 배웠냐? 네가 그러고도 사내자식이야? 어디서 여자를 패? 이 무식한 놈아!"

이미 이성을 잃고 무지막지한 힘으로 머리를 뒤흔들고 있던 도윤은 자신이 지금 무슨 말을 하고 있는지도 몰랐다. 결국 곧 경찰들이 몰려오고 석희와 도석, 그리고 그 남학생의 친구들이 모두 달라붙은 다음에야 도윤은 떨어졌다. 거기다 두 손엔 엄청난 수의 머리카락이 쥐어져 있었다.

근처에 있는 파출소로 도착해 앉아 있는 도윤은 끝까지 그 남학생에게서 눈을 돌리지 않았다. 두 눈엔 독기가 가득했다.

"저 머리카락 뽑힌 거 안 보여요? 다짜고짜 달려들어서 이래놨다니까 진짜. 거기다 뭐? 나참, 기가 막혀서 말도 안 나오네. 여자를 팬다고? 자기가 무슨 여자라도 된다고? 아, 재수 없어서. 저 새끼 변태야, 뭐야?"

그 말에 도윤이 다시 발끈하며 자리에서 일어섰다. 하지만 뒤에서 느껴지는 어깨를 누르는 손에 다시 자리에 앉을 수밖에 없었다.

"정신 차려. 여자는 무슨 여자야! 지금!"

귓가에 대고 속삭이는 도석의 말에 도윤은 그제야 상황판단이 됐다. 남자였다. 이미 남자였는데도 불구하고 그런 말을 마음대로 지껄인 것이었다. 도윤은 자신도 모르게 손을 들어 입가를 막았다. 하지만 쓰려려 오는 느낌에 다시 손을 떼어야 했다. 처음 주먹을 맞았을 때 아무래도 입 안이 찢어진 것 같았다. 그제야 피비린내가 강하게 진동하는 것을 느꼈다. 손등에 묻어 있는 피가 현실을 말해주고 있었다.

"학생들이 먼저 시비건 것은 목격자들이 있어서 알고 있어. 이보세요. 그래도 그렇지 동생 같은 애 머리카락을 그렇게 뽑아 놓으면 어떡합니까?"

"정말 죄송합니다."

거의 들어갈 것 같은 목소리로 말하면서 도윤은 고개를 숙였다. 다행히 현재 남자인 자신을 아는 사람들이 없어서 다행이었지 정말 그 추한 모습은 죽고 싶을 정도로 괴로웠다. 덩치는 일반 남자들보다 크면서 여자처럼 소리를 지르며 달려들어 머리카락이나 쥐어뜯다니. 당장 호신술이라도 배워야 할 것 같았다. 게다가 더 난감한 것은 이 파출소에 순식이 근무하고 있다는 것이었다.

"됐으니까 서로 적당히 사과하고 끝냅시다."

경찰의 그 말에 도윤은 안도의 한숨을 내쉬었다. 학생들에게 미안하다고 사과를 하고 나서 먼저 돌려보낸 다음 경찰들에게 인사를 한 뒤 파출소를 나서며 한숨을 내쉬었다. 그리고 막 문을 나서는 순간 정복을 입고 들어오던 순식과 마주쳤다.

"소장님, 오십니까."

안에 있던 경찰들이 모두 자리에서 일어서며 인사를 했지만 순식의 눈은 도윤에게 고정되어 있었다. 아니, 정확히 도윤의 얼굴 상처에 고정되어 있었다.

"뭐냐?"

"아빠. 그게 아니라……. 길을 가다가 그냥 시비가 붙었는데 별거 아니었어요."

"당신! 아직 몸도 성치 않은 애를 밖으로 데리고 오면 어떻게 하자는 거야?"

 순식이 버럭 소리를 지르자 파출소 안은 적막감만 감돌았다. 평상시에 워낙 순한 인품으로 소문나 있었기 때문에 그런 순식의 모습은 식구들만이 아닌 직원들도 처음 보는 것이었다.

 "여, 여보."

 "아버지. 그게 아니라 제가 형한테 나가자고 한 거였어요. 죄송해요. 제가 생각이 짧았어요."

 도석이 그렇게 말했지만 순식은 여전히 화가 단단히 난 듯했다. 그런 순식의 모습에 도윤은 괜히 눈물이 날 것 같았다. 분명히 순식은 딸인 자신을 걱정하고 있는 것이었다. 지금 모습은 싸움을 끝내고 정리도 못한 상황이라 분명히 엉망진창일 것은 보지 않아도 알 수 있었다. 그런 자신의 모습에 순식은 아마도 아버지로서 가슴이 무너지는 느낌을 받았을 것이 틀림없었다. 도윤은 순식을 이끌고 밖으로 나왔다. 그리고 애써 웃었다.

 "제가 잘못한 거예요. 괜히 움츠러들어서 땅만 보고 걷다가 부딪친 거거든. 그리고 나 이제 남자잖아. 아직 적응은 잘 못하겠지만 이 정도로 아프다고 엄살 부리지는 않아요. 그렇게 걱정하지 않으셔도 되니까 화 푸세요, 아버지."

 진심이었다. 어차피 남자로 살아가기로 생각했고 또한 그렇게 적응해야 한다고 생각했다. 하지만 저도 모르게 나오는 여자의 성향은 도윤으로서도 어떻게 할 도리가 없었다. 그리고 앞으로 좋아질 거라는 확신도 없었다.

 "천천히 적응하도록 해. 누구도 너에게 빨리 적응하도록 강요한 적 없다. 어차피 피할 수 없는 일이니 계속 방관할 수는 없다만……. 미안하구나. 도윤아."

순식은 정말 미안한 듯 고개도 제대로 들지 못했다. 왠지 아버지의 작은 모습을 보는 것 같아 도윤도 울컥 솟아오르는 눈물을 애써 참아야만 했다.

화목한 가정을 꾸리고 있었고 엄했지만 언제나 가족에 대한 사랑이 느껴지도록 중심을 잡아주고 있던 아버지였다. 그런 아버지가 항상 커보여서 어렵기만 했었다. 하지만 오늘은 아버지가 너무 작아 보여서 꽉 안아주어야만 할 것 같았다.

"정말 괜찮아요. 아버지. 저도 빨리 적응하려고 애쓰지 않아요. 천천히, 아주 천천히 해나가고 있어요. 걱정 마세요."

"그래. 믿는다."

도윤은 고개를 끄덕였다. 이제부터라도 확실히 정신을 차려야만 했다. 아슬아슬한 곡예를 하는 자식을 보듯 아파하는 순식과 석희의 모습을 더 이상은 보고 싶지 않았다.

어차피 밖에 나왔으면 뭐라도 해야 한다는 일념으로 도윤은 스스로 백화점으로 향했다. 석희와 도석은 불안한 듯 보였지만 설마 더 이상 무슨 일이 있으랴 싶어 도윤의 말대로 행동하기로 결정했다.

한창 봄 시즌이라 그런지 백화점 안은 사람들로 바글바글했다. 워낙 평상시에 사람들이 많은 걸 좋아하진 않았지만 도윤은 어차피 이런 것들도 부딪쳐야 한다고 생각했다. 그리고 여전히 느껴지는 끈적끈적한 시선에는 적응이 되지 않았지만 말이다.

"도석아, 나 속옷 사이즈 뭐였냐?"

"형은 키가 있어서 100은 입어야 할 거야."

"네 건 뭐였는데?"

"나? 100."

"그래? 이걸로 한 열 개 주세요. 네 것도 맞던데? 좀 말라서 그런 가?"

직원은 황홀한 얼굴로 도윤을 올려보고 있었다. 그 모습을 눈치 챈 것인지 못한 것인지 도윤은 한숨을 내쉬며 주위를 둘러보았다. 지금 도윤은 남의 시선이나 관심에 신경을 둘만한 여유가 없었다. 머릿속은 어떻게 남자로 잘 살아갈 것인가로 복잡했기 때문이었다.

남자들에게 필요한 것들이 뭔지 자세히 몰라 꼼꼼하게 도석에게 자문을 구했다. 도석은 최대한 앞으로 도윤이 편하게 입을 수 있는 스타일로 옷을 골라주었다. 그리고 명품 지갑을 하나 도윤에게로 건넸다.

"이거 비싼 거잖아."

"남자는 지갑이 제일 중요한 법이야. 그리고 어차피 하나 사주려 고 했었어. 그냥 아무 말 말고 받아."

"고맙다. 나는 뭐 하나 제대로 해준 적도 없는데……."

감동을 받았는지 도윤이 말끝을 흐렸다. 그런 두 사람의 모습을 보며 석희는 흐뭇한 얼굴로 바라보았다. 다행히 도윤이 서서히 적응 을 잘 해나가는 듯했다. 석희는 먹고 싶은 것을 골라보라고 말하며 비싸도 상관없다고 말했다.

"됐어. 아빠는 뽕빠지게 일하는데 우리가 무슨 비싼 걸 먹어. 그 냥 지하에 가서 먹어."

도윤은 평상시에도 경제관념에 투철한 편이었다. 그렇다고 구두 쇠처럼 아끼진 않았지만 쓸 땐 쓸 줄 알고 모을 땐 모을 줄 알았다.

지하 매장으로 들어서서 음식들을 시킨 다음 가져와 앞에 내려놓 자 한상 가득이었다. 요즘 도윤은 체격이 커져서 그런지 예전보다 훨씬 많은 음식을 먹고 있었다. 정신없이 프라이드치킨을 뜯는 도윤을 보며 석희가 손을 뻗어 입가에 묻은 부스러기를 털어주었다.

"엄마도 좀 먹어."

"더 먹고 싶은 건 없어?"

"됐어. 이걸로도 충분해. 그런데 오늘 엄마 너무 무리하는 거 아니야? 오늘 쓴 돈만 해도 꽤 될 텐데. 내가 아르바이트 뛸게."

"긍정적이구나. 우리 도윤이는."

석희의 눈빛이 흐려졌다. 사실 하나밖에 없는 딸을 잃었다는 생각에 몇 번이나 가슴이 아려오는 것을 참으려고 했다. 물론 주어진 상황을 받아들이며 일부러라도 밝아 보이려는 도윤을 보자 석희는 더 이상 참지 못하고 울음을 터뜨리고 말았다. 햄버거를 가득 베어 먹던 도윤은 옆으로 걸어가 석희를 안아주었다.

"엄마. 나 진짜 괜찮아. 이제 걱정하지 않아도 돼. 그리고 이거 먹고 막내삼촌한테 가자. 나 검사 받아야 하잖아."

담담한 목소리로 말하는 도윤을 보며 석희는 고개를 끄덕였다. 그런 두 사람을 바라보고 있던 도석은 무엇인가 울컥 올라오는 것을 삼켰다. 그리고 음식이 식겠다며 빨리 먹자고 말했고 도윤은 고개를 끄덕이며 다시 입속으로 음식들을 집어넣기 시작했다.

* * *

검사 결과는 상당히 좋았다. 키는 186.5센티가 나왔고 몸무게는 69킬로그램으로 마른 상태였지만 건강상으로는 이상이 없다고 말했다. 물론 키가 커서 183센티쯤은 넘을 거라고 생각했지만 예상보다 훨씬 큰 키에 도윤은 아찔해졌다. 거의 모델들과 맞먹는 키였다. 키까지 커서 남들 눈에 띄고 싶은 생각은 추호도 없었지만 이미 커버린 것을 잘라낼 수도 없는 일이었다.

"유전자 상으로도 완벽한 남자이기는 한데……. 여자일 때 생리는 했었니?"

"생리? 1년에 한두 번쯤? 그것도 하루도 안 갔던 것 같아. 엄마. 그렇지?"

"음……. 변비가 심했던 건 없었고?"

"변비가 심하긴 했지."

"사실 생리도 아니고 변비 때문에 출혈이 있었던 건 아닐까?"

도윤은 심각하게 고개를 끄덕였다. 남들처럼 적게는 3일에서 길게는 7일까지 한다는 생리는 한 번도 해본 기억이 없었다. 그저 잠깐씩 피가 비추고 말 뿐이었기 때문에 생리대를 착용할 일도 전혀 없었다. 어쩔 수 없이 도윤은 처음부터 자신이 여자가 아니었다고 생각할 수밖에 없었다. 그렇게 생각하자 마음 한구석이 편해지는 것과 동시에 또 다른 쪽이 꽉 막히는 느낌이 들었다.

"가슴은? 진짜 가슴은 어디 갔지? 원래 그렇게 큰 편도 아니었지만……."

"유두는?"

"어휴, 삼촌도. 함몰형이라고 항상 걱정했었잖아요. 지금 생각하니 다행이네요."

석희가 그렇게 말하며 웃자 도윤도 정말 다행이라는 듯 고개를 끄덕였다. 남자라서 가슴이 없는 건 당연한데 만약 없는 가슴에 유두라도 서 있었다면? 도윤은 생각도 하기 싫다는 얼굴로 고개를 절레절레 흔들었다.

"어쨌든 현대 과학으로는 풀 수 없는 문제 같구나. 그런데 중요한 문제가 남아 있는데……. 잘 할 수 있을지……. 다행히 선천적으로 포경은 되어 있는 상탠데…….”

그렇다. 진식의 말대로 문제는 바로 지금부터였다. 그건 바로 정자 검사를 해야 한다고 했는데 도윤은 도무지 캄캄한 방 안에 들어가 비디오를 보며 혼자 욕구를 해결할 자신이 없었다. 아직도 볼 일을 해결할 때 손을 덜덜 떠는데 혼자 자위행위를 해서 그 원수 같은 정자를 배출해 내야 한다니…….

고개를 돌려 도석을 보았다. 이제껏 현명하게 상황을 판단해 주었던 도석도 난처한 듯 보였다. 삼촌인 진식 역시 난감한 얼굴로 눈길을 외면하고 있었다. 개인 병원이라고는 하지만 몇 개의 과를 운영하고 있는 원장이었으므로 검사를 하는 데는 아무 문제가 없었지만 정자 검사는 피해갈 수가 없었다.

겨우 용기 하나를 들고 방으로 들어간 도윤은 한숨을 내쉬었다. 한 1.5평 정도 되어 보이는 방은 아늑한 소파가 있었고 조명은 은은한 주황빛이었다. 머리를 긁적이던 도윤이 자리에 앉자마자 TV화면이 켜지며 영상이 흘러나오기 시작했다.

초조한 듯 손톱을 깨물고 있던 도윤은 화면 가득히 들어오는 여자의 풍만한 가슴에 자신도 모르게 침을 꿀꺽 삼켰다. 적나라하게 보이는 외국 남녀의 나체의 모습이 두 눈에 가득 들어왔다. 자신도 모르게 가슴이 크게 오르락내리락 거리기 시작했다.

“오오…… 퍼, 퍽커 우, 갓뎀.”

남자의 신음 섞인 목소리가 들려왔다. 그리고 급하게 여자의 몸 안으로 밀고 들어가는 남자의 커다란 분신이 적나라하게 화면에 펼쳐졌다. 도윤의 눈이 커진 건 두말할 것 없는 사실이었다. 외국 남자들 것이 크다는 소리는 들었지만 저렇게 클지는 전혀 몰랐었다. 스스로도 자신의 분신에 적응이 되지 않는데 다른 남자의 것은 정말 너무나도 감당하기 힘든 물건이었다.

"오우, 예. 베이비, 오 마이 갓."

"소 스윗……. 으어억."

정말 적나라한 신음소리였다. 도윤은 저도 모르게 부풀어 오른 자신의 분신을 붙잡았다. 머리끝이 찡하고 울리는 게 아무래도 곧 사정할 신호 같았다. 재빨리 지퍼를 푼 다음 몸에서 분출해 낸 고단백질을 받으면서 도윤은 심장이 꺼질 것 같은 경험을 했다.

'아, 이게 남자들이 느낀다는 그 오르가즘인가?'

용기를 탁자 위에 내려놓은 뒤 몸을 소파에 편하게 기대었다. 왠지 모르게 허무감이 밀려왔다. 이제야말로 정말 남자가 된 기분이었다. 그리고 이젠 다시는 돌아갈 수 없는 길로 들어온 뒤였다.

그 아늑할 정도로 야리꾸리 한 방에서 나온 도윤은 잔뜩 풀이 죽은 모습이었다. 귀는 물론 목덜미까지 붉어진 채 간호사에게 문제의 그것을 내밀고는 의자에 주저앉았다. 왠지 다리에 힘이 풀려 제대로 서 있을 수가 없었다.

"마스터베이션은 어땠어?"

"말도 마. 그런 거 할 필요도 없이 나왔으니까."

"하긴, 나도 처음엔 그랬지."

도석이 픽 웃었다. 사실 도윤은 혼자 속으로 걱정하고 있었다. 왠지 너무 빨리 사정한 듯해서 자신이 혹시 조루는 아닐까 의심하고 있던 것이었다. 하지만 처음에 자신도 그랬다는 도석의 말에 안도의 한숨을 내쉬었다. 그렇게 한숨을 내쉬면서도 어이가 없어 웃음이 튀어나왔다.

"허, 그럼 넌 도대체 몇 살에 해봤다는 거야?"

"요즘은 중학생 때 그런 거 다 해. 아니, 초등학생도 할걸? 형."

"왜?"

"오늘 그 총각딱지 떼어 보는 게 어때?"

도윤의 눈이 커진 건 당연한 결과였다. 여전히 재미있다는 듯 삐죽삐죽 웃고 있는 도석의 낯짝을 보며 도윤은 손을 들어 올려 손끝으로 도석의 얼굴 이마에서부터 턱까지 긁어내렸다. 따가운 느낌에 도석이 두 눈을 질끈 감았다.

"쓸데없는 소리 하지 말고 도장이나 알아봐. 실전에서 뭐가 제일 강하냐? 검도? 아니지, 그건 손에 뭔가 들려 있어야 하고 태권도는 방어만 하는 거고. 야, 합기도가 좋겠다."

새삼 빨라진 적응에 놀란 듯 도석의 눈이 커졌다. 하지만 알지 못했다. 억지로라도 현실을 인정하고 받아들이려는 도윤의 노력을.

그 다음날부터 도윤은 바빠지기 시작했다. 오전에는 합기도와 검도를 배우기 시작했고 오후에는 아르바이트를 하기 시작했다. 아르바이트라고 해봤자 동네에 있는 작은 카페 집이었는데 그냥 음료수나 차를 서빙하면 되는 일이었다. 물론 도윤의 외모를 보자마자 카페 사장이 아르바이트 비를 올린 것은 당연한 일이었다.

흰 셔츠에 조금은 통이 넓은 검은색 바지가 유니폼이었고 그 앞으로 허리에 두르는 앞치마만 하면 되었다. 워낙에 키가 큰 탓인지 남들에겐 정강이까지 오는 앞치마의 길이가 도윤에겐 겨우 무릎까지밖에 닿지 않았다.

사장의 바람대로 도윤을 보러 오기 위해 오는 손님들의 숫자가 늘어났다. 도윤으로 인해 매상이 다섯 배 이상은 뛰었다고 해도 과언은 아니었다.

오후 여섯 시가 되자 다른 아르바이트생이 왔고 도윤은 앞치마를 벗으며 인사를 하고 카페를 벗어났다. 5월이 되자 해도 많이 늘어났다. 이젠 여름이 오려는지 사람들의 옷차림이 많이 가벼워져 있었다.

강현과 화선을 만나기로 한 장소로 향하던 도윤은 어느덧 많이 긴 머리카락을 잘라야 한다고 생각하며 가까운 미용실로 들어갔다.

"다듬어 주세요."

남자로 변하면서 머리카락 성향까지 바뀌었는지 완전히 생머리가 되어 오히려 귀찮았다. 여자일 때는 생머리를 부러워했었는데 오히려 지금은 여자였을 때의 말 잘 듣는 반 곱슬머리가 그리워졌다.

그냥 보통의 커트머리이긴 했지만 워낙 차분한 머리카락이라 앞머리까지 충분히 가라앉아 있었다. 요즘 유행하는 머리 스타일이었지만 도윤에겐 전혀 관심 없는 것 중의 하나였다. 여자일 때나 남자일 때나 편한 게 최고 좋은 것이라고 생각됐었다.

그냥 스포츠로 확 쳐버릴까를 생각하다 그랬다가는 얼굴이 더 드러날 것 같아 포기했다. 그러다 스포츠머리를 한 자신의 모습이 상상돼 웃음이 튀어나왔다. 열심히 머리를 매만지고 있던 헤어디자이너와 도윤의 눈이 거울 속에서 마주쳤다. 갑자기 헤어디자이너의 얼굴이 잘 익은 홍시처럼 붉게 물들어 갔다.

'뭐야. 왜 혼자 얼굴을 붉히고 그래. 이상한 여자다.'

도윤은 그렇게 생각하며 눈을 감았다. 차라리 그 편이 좋을 것 같았다. 그런데 무릎에서 무언의 온기가 느껴져 눈을 뜨니 겨우 대여섯 살이나 되어 보이는 여자 아이가 자신의 무릎에 두 손을 떡 하니 올려놓고 있는 게 아닌가. 평상시에도 워낙 아이들을 싫어했던 터라 귀찮아진 도윤은 입가에 억지로 경련이 일어나도록 웃었다.

"꼬마야, 엄마한테 가라? 엉?"

"오빠, 되게 잘생겼다."

순간 그 말에 도윤의 몸이 경직됐다. 아니, 머리를 현재 맡겨놨기 때문에 그렇지 않아도 경직된 상태였는데 그 꼬마의 말에 온몸의 근육이 뭉치는 것 같았다. 도윤은 고개를 들어 올려 거울 속의 자신을 바라보았다.

딱히 누군가를 닮은 건지 몰라 이제껏 별로 얼굴에 대한 자각이 없었다. 그저 남들 보기 부담스러운 정도는 아니라는 것 정도로만 알고 있었다. 괜히 기분이 좋아진 도윤은 웃으며 계산을 마치고 미용실을 빠져나왔다.

약속 장소인 학교 근처까지 가는 도중에도 도윤은 실없는 사람처럼 실실 웃으며 걷고 있었다. 그 웃음에 그렇지 않아도 잘생긴 그의 얼굴은 더욱 빛나보였다. 사람들은 그런 도윤에게서 시선이 머물러 있었지만 그는 그런 시선도 느끼지 못하고 있었다.

술집에 도착하자 강현과 화선이 이미 와 자리에 앉아 있었고 도윤은 자연스럽게 화선의 옆으로 가서 앉았다.

"오랜만이다. 잘 지냈지?"

도윤의 물음에 두 사람은 가볍게 고개를 끄덕였다. 맥주와 소주 그리고 안주 이것저것을 시킨 도윤은 편안하게 몸을 소파에 기대며 팔을 들어 올려 걸쳤다. 그 때문에 화선이 몸을 움츠렸지만 도윤은 그것도 눈치 채지 못하고 있었다. 그건 예전부터 있었던 도윤의 자연스러운 버릇이었다.

"야, 깐돌이 장 교수는 잘 지내냐?"

도윤의 그 말에 화선의 눈이 커졌다. 그제야 도윤도 아차 싶었다. 워낙 자연스럽게 술을 마시다 보니 착각을 하고 만 것이었다.

"저, 정윤이가 이야기를 많이 해줬었어. 너희들 이야기도 그렇고,

교수님들 이야기도 그렇고. 우리가 전화를 좀 자주 했었거든. 야, 뭐 해? 술 식겠다. 마시자. 마셔!"

도윤은 오버를 하며 반쯤 남은 맥주를 모두 비워내었다. 강현과 화선도 너무나 자연스럽게 오래전부터 알고 지냈던 사이처럼 대해주는 도윤이 편해 그저 고개만 끄덕였다.

"뉴질랜드는 어땠어?"

갑작스런 화선의 물음에 도윤은 마시던 맥주를 뿜을 뻔했다. 그녀는 일본이나 중국, 태국 정도는 다녀온 적이 있었지만 아시아권을 벗어나 본 적이 없었다. 재빨리 머리를 굴렸지만 뉴질랜드에 대해 기억나는 건 드넓은 잔디밭과, 반지의 제왕쯤이랄까?

"뭐, 잔디 많고, 집도 띄엄띄엄 있고. 사람도 많이 없고. 아, 사람들은 그냥 맨발로도 많이 돌아다녀. 자연이 깨끗하거든."

"아, 여기야."

그 때 강현이 손을 들어 올리며 누군가를 반겼다. 도윤이 다행이라는 듯 한숨을 내쉬고 몸을 틀어 뒤를 돌아보았을 때는 원수지간이었던 민혁이 서서 걸어오고 있었다. 순간 도윤의 표정이 일그러졌다. 하지만 애써 자연스러운 모습을 보이기 위해 입가에 힘을 주며 웃어야했다.

'저런 여우같은 새끼를 여기서 또 봐야 하다니. 젠장!'

강현의 옆으로 앉던 민혁은 도윤을 보고 놀라운 듯 눈을 떼지 못하고 있었다. 그도 그럴 것이 혼자서 엄청난 후광을 내뿜으며 술잔을 들고 있는 모습조차도 막 TV나 잡지 속에서 빠져 나온 것 같은 인물 같았기 때문이었다.

"민혁이 모르지? 다 같은 동아리 동긴데. 뭐, 두 사람 만나면 티격태격 싸우긴 했었지만 그래도 친한 사이였어."

도윤의 미간이 살짝 일그러졌다. 하지만 그 모습조차도 너무나 매력적으로 보여 민혁은 물론 강현까지 순간 멈칫했다.

'친한 사이? 내가 저 자식하고? 내가 당한 게 얼만데.'

도윤은 애써 속으로 화를 삼키며 먼저 손을 내밀었다.

"이야기는 들었지? 최도윤이라고 한다. 만나서 반갑다."

"어? 아, 그래. 나는 유민혁이라고 한다. 잘 부탁해."

고개를 끄덕이며 손을 잡긴 잡았지만 도윤은 울컥 솟아오르는 짜증을 애써 참아야만 했다. 그리고 애꿎은 맥주만 벌컥벌컥 들이켰다.

앞에 앉은 민혁은 여전히 도윤에게서 눈을 떼지 못하고 있었다. 학교 킹카로도 꽤 유명했던 민혁이었기 때문에 다른 사람이나 혹은 연예인 앞에서도 주눅 들어 본 기억이 없었다. 하지만 지금 자신의 앞에 있는 도윤은 처음으로 그 자만심을 꺾은 인물이었다. 거기다 친구였던 정윤의 쌍둥이 오빠. 매일매일 하루도 빠지지 않고 정윤을 만나면 땅이 꺼지겠다며 놀렸던 민혁이었다. 그런데 정윤에게 쌍둥이가 그것도 이토록 잘생긴 쌍둥이가 있다는 이야기는 4년 동안 한 번도 들어본 기억이 없었다.

거기다 자연스럽게 사람들을 리드하는 도윤의 모습을 보면서 역시 피는 어디 가지 않는구나, 라고 생각했다. 민혁의 입에서 씁쓸한 웃음이 흘러나왔다.

"최도윤이라고? 처음 들어 보는데? 너희들도 그렇지 않냐?"

"맞아. 정윤이에게 들어 본 적이 없어."

"그러고 보니 그러네."

순간 도윤은 등골이 오싹해짐을 느꼈다. 민혁은 예리하고 눈치가 빠른 친구였다. 평소 잔머리의 귀재라고 생각했었지만 이럴 때면 꿀

먹은 벙어리가 된 것 같았다. 하지만 이 위기 상황을 어떻게든 넘겨야 했다.

"뉴질랜드에서 뭐하다가 왔어?"

민혁의 눈은 예리했다. 그게 무서워서 도윤은 저도 모르게 숨을 헉, 하고 들이켰다. 머리는 진공상태인 것처럼 윙윙하는 소리만 내고 있는 것 같았다.

"아, 그냥 취미 생활로, 맞다. 여, 연극을 하다가 왔어."

"What role do you play?(어떤 역을 했지?)"

큰일이었다. 비록 학창시절에 성적이 좋긴 했지만 영어에는 꽝이었다. 특히 회화에는 정말 자신이 없었다. 하지만 민혁은 어린 시절 캐나다에서 유학을 했다고 했었다.

"I, I play the role of one of the friends. Best friends.(친구 중의 한 명이었어. 친한 친구.)"

생각나는 대로 대충 지껄였다. 제발 문장만 틀리지 않았기를 바라면서.

"역시……."

뭔가를 눈치 채고 있는 것일까? 도윤은 눈을 질끈 감았다.

"발음이 좋네."

겨울에 유럽 여행을 갈 거라고 발음 연습을 하고 있었던 것이 다행이었다. 그리고 이제부터라도 영어 공부를 열심히 해야겠다고 다짐했다. 갑작스러웠던 상황에 목이 탄 도윤은 서둘러 앞에 있는 맥주를 마셨다.

미세하게 귀를 스치고 지나가는 웃음소리에 도윤이 마시던 술잔을 내려놓고 민혁을 응시했다. 그러다 이제 이미 지나간 일 더 이상 들쑤셔서 뭐하랴 하는 심정으로 모두의 잔에 맥주를 따랐다. 화선이

건배를 외치자 모두들 건배를 외치며 맥주를 들이켰다.

"나 물어볼 게 있는데."

"말해봐."

강현이 말하자 도윤은 심드렁한 표정으로 물었다.

"내가 잘생겼냐?"

그 말에 맥주를 마시던 민혁과 화선의 입에서 맥주가 튀어나왔다. 도윤은 진심으로 물어 본 것이었다. 얼굴엔 자만심도 전혀 없었다. 오로지 정말 궁금함이라고 적혀 있었다.

"이제까지 내가 본 남자 중에서 제일 잘생겼어."

"나도 동감."

강현의 말에 화선이 찬성했다. 도윤은 얼떨떨해진 기분으로 이마를 긁적였다.

"외국에서 살다 와서 기준을 잘 모르나 보구나? 그래도 이렇게 생겼다면 외국에 있을 때도 미남이라는 말은 많이 듣고 다녔을 것 같은데? 솔직히 길 가다가도 한 번씩 돌아보게 될 정도로 잘생겼거든."

강현의 칭찬에 도윤은 기분이 묘하게 좋아졌다. 그리고 진심으로 다행이었다. 만약 남자로 변했어도 만약 그대로의 키였다면? 상상도 하기 싫었다. 대한민국에서 키 작은 남자라고 하면 제대로 쳐다보지도 않는 게 현실이지 않은가.

"그리고 역시 쌍둥이라 많이 닮았어. 정윤이도 사실 살이 쪄서 그랬지 얼굴은 상당히 미인이었잖아. 그렇지 않아?"

강현이 물었고 화선이 고개를 끄덕였다. 하지만 도윤의 관심은 민혁이었다. 조심스레 민혁을 바라봤는데 그도 인정한다는 듯 고개를 끄덕였다. 의외의 반응에 도윤의 눈이 살짝 커졌지만 그냥 아무렇지도 않은 듯 웃었다.
 '강현이가 날 미인이라고 생각했었다니. 뿌듯하군.'
 혼자 기분이 좋아져 도윤은 맥주를 벌컥벌컥 들이켰다.
 "그럼 뭐해? 계집애 주제에 빡빡 기어오르려고 하고. 하여간 나쁜 계집애 같으니라고."
 민혁이 혼자 툴툴 거리며 맥주를 마시자 도윤의 이마가 꿈틀거렸다. 무릉도원처럼 떠올랐던 기분이 한순간에 쫙 가라앉았다. 그런 도윤의 모습에 화선이 웃으며 도윤의 어깨를 두드렸다.
 "민혁이가 말은 저렇게 해도 정윤이…… 그렇게 되고 나서 제일 힘들어 했었어."
 화선의 위로에 도윤은 고개를 끄덕였지만 끝까지 민혁의 얼굴에서 눈을 떼지 않았다. 그럼에도 불구하고 민혁은 그냥 애꿎은 술만 계속 마시고 있을 뿐이었다. 어쨌든 머리부터 발끝까지 마음에 들지 않는 녀석이라고 생각하며 시원한 맥주를 들이켰다.
 "그래도 나라면 이렇게 잘생긴 오빠가 있었다면 자랑했을 것 같은데. 맞다. 정윤이는 해외여행 별로 간 적 없었는데. 어떻게 만났어?"
 "어? 방학 때나 그럴 때 내가 들어왔어. 이번 겨울에도 들어왔고."
 어쨌거나 도현이 자주 그렇게 했었으니 완전한 거짓말은 아니었다. 도윤은 몇 번이나 심장마비를 감수하며 술도 자제해야했다.

 결국 민혁은 그 많은 술을 마시더니 고주망태가 되었고 강현은 머리를 긁적이며 고민을 했다. 민혁과 도윤의 집은 무척이나 가까웠고 강현의 집은 아예 반대편이었으니 민혁을 데려다 주기도 힘든 상황이었다. 거기다 도윤은 오늘 민혁을 처음 만난 것이었으니 다짜고짜 부탁한다며 맡길 수도 없는 일이었다.

"걱정 마. 내가 데리고 갈게."

강현은 미안해하며 민혁의 원룸 주소를 적어 주었다.

"걱정하지 말고 가봐. 화선이나 잘 데려다 주고. 화선아, 다음에 보자."

"응. 조심히 들어가."

택시를 타고 멀어지는 것을 확인한 뒤 다시 술집으로 들어왔을 때 민혁은 혼자 소주를 마시고 있었다. 도윤은 짜증난다는 표정으로 걸어가 소주병을 빼앗아 들고 민혁을 일으켜 세웠다. 자신의 키만큼이나 큰 민혁은 예상 외로 무거웠다. 그동안 남자의 힘이 되어서 아무것도 아니라고 생각했었지만 거의 비슷한 체격의 민혁은 도윤에게도 역시 힘이 달렸다.

민혁은 괜찮다며 비틀거리는 걸음으로 부축도 거부하고 걷고 있었다. 도윤은 어차피 잘됐다고 고개를 끄덕이며 뒤따라 걷기 시작했다. 저 무식한 놈 때문에 괜한 힘을 쓸 필요는 없었다. 그러고 보니 항상 넷이 술을 마시면 강현과 화선이 같은 방향이라 같이 갔고 자신과 민혁이 같이 갔었다.

왠지 이것도 굉장히 오랜만인 것 같아서 도윤은 쓴웃음을 내뱉었다. 그런데 민혁이 공원이 있는 쪽으로 방향을 틀었고 도윤은 짜증난다는 혼잣말을 하며 민혁의 뒤를 걸어갔다. 벤치에 앉은 민혁은 등받이에 두 팔을 기대어 하늘을 보며 한숨을 토해내고 있었다.

'쯧쯧, 쓸데없이 많이 마시더라니.'

도윤은 가서 술 깨는 약이라도 사올까 하다가 저런 녀석에겐 단돈 100원도 아깝다는 생각이 들어 벤치로 걸어가 앉았다. 도윤도 편하게 등을 기대고 한숨을 내쉬었다. 그리고 앞으로는 아는 사람들과의 만남을 자제해야만 했다.

괜히 옛 생각이 떠올라 웃고는 있었지만 속은 문드러졌다. 잊어가는 듯해도 같은 추억을 갖고 있는 사람들을 계속 만나면 오히려 더욱 과거를 그리워할 것 같아서였다.

민혁이 담배 하나를 꺼내 입에 물고 도윤에게도 건넸다. 잠시 망설이던 도윤도 담배를 받아 입에 물었다. 민혁이 불을 붙여주자 도윤은 담배를 깊게 빨았다. 하지만 이내 기침을 해대며 괴로워했다. 그럼에도 불구하고 민혁은 신경도 쓰지 않고 자신의 담배에 불을 붙이고 있었다. 태어나서 처음으로 입에 물어보는 담배는 무척이나 썼다. 마치 그의 처지처럼 말이다.

하얀 연기가 까만 공기에 흩뿌려졌다. 도윤은 자신의 손끝에서 타들어가는 담배 연기만 바라보고 있었다.

"진짜 나쁜 계집애네. 최정윤."

그 말에 도윤의 반듯한 미간에 다시 주름이 잡혔다. 정말 상종할 수 없는 인간이라고 생각하며 자리에서 일어나려고 했지만 민혁의 눈에서 떨어지는 눈물 때문에 더 이상은 움직일 수가 없었다. 바로 앞에서 민혁의 눈물을 보는데도 불구하고 도윤은 도무지 믿을 수가 없었다. 왕싸가지에, 우주황태자 같은 놈이 자신을 위해 눈물을 보이고 있다니…….

도윤은 몇 번이나 바지에 손바닥을 문지르고 민혁을 향해 손수건을 건네주었다. 본래 손수건은 절대 들고 다니는 성질이 아니었지만 석희가 남자들은 손수건이 필요하다고 해서 몇 번이나 쥐어주어 바지 속에 넣고 다니는 것 중 하나였다. 민혁이 손수건을 잡는가 싶더니 두 손으로 도윤의 손을 잡고 그곳에 머리를 묻었다.

당황한 도윤은 손을 빼내려고 했지만 민혁이 여전히 얼굴을 묻고 손에 힘을 주고 있어 쉽게 빼지 못했다. 커다랗게 흔들리는 어깨를 보며 도윤은 자유로운 한 손을 들어 올려 민혁의 어깨를 두들겨 주었다.

한참 동안 울고 났는지 민혁은 쑥스럽게 웃으며 팔을 들어 올려 눈가를 가렸다. 도윤은 슈퍼에 가서 시원한 음료수를 사와 민혁에게 건네준 다음 자신도 음료수 캔을 땄다. 픽하는 소리와 함께 공기가 빠지는 소리가 났다. 갈증에 음료수를 벌컥벌컥 들이켰다.

"많이 좋아했었는데."

그 말과 동시에 도윤의 입가로 음료수가 흘렀다. 너무 놀라 차마 삼키지 못한 것이었다. 정신을 차린 도윤은 재빨리 소매로 입가를 닦아내었다.

"그, 그래. 정윤이도 네 이야기 많이 하더라. 좋은…… 친구라고."

물론 속으론 전혀 아니었다. 만날 때마다 어떻게 하면 유민혁을 평생 동안 보지 않고 살까하는 고민만 하고 있었다. 그만큼 민혁은 도윤이 짜증이 날 정도로 괴롭혔다.

"첫눈에 반하거나 한 건 아니었는데 어느 날 갑자기 미치게 예쁘게 보이더라고. 늘 편한 티에 청바지만 입던 모습을 보다가 어느 날이던가…… 화장을 하고 왔는데. 내가 미쳤다고 생각했었지. 놀리느라 바빴던 최정윤을 좋아하게 될 줄이야."

그 말에 당황한 건 도윤이었다. 친구로서 좋아한다는 말인 줄 알았는데 여자로서 느끼고 좋아하고 있었다니……. 왠지 기분이 묘했다. 아직 자신이 여자였어도 민혁이 고백을 했다고 하면 절대 받아 줄 리가 없었다. 하지만 이상하게 가슴이 설레었다. 자신을 좋다고 하는 남자는 민혁이 처음이었기 때문이었다.

"왜…… 고백은 못했는데?"

"자기가 좋아하는 여자가 다른 사람을 쳐다보고 있는데 어떻게 고백해?"

"어떻게 알았어? 좋아하는 사람이 있는지?"

"왜 몰라. 강현이만 보고 있는데."

"너 내가 강현이 좋…….''

도윤이 민혁의 어깨를 붙잡으며 흔들자 민혁의 눈이 커졌다. 도윤은 그렇게 말하다 급히 입을 막았다. 그리고 어깨를 흔들고 있던 손을 내렸다.

"정, 정윤이가 강현이 좋아하는 거 어떻게 알았어? 강현이도 그거 알아?"

"당연히 말 안 했지! 배 아파 죽겠는데 내가 왜 강현이한테 그런 말을 해?"

민혁이 신경질을 부리며 도윤의 손을 쳐냈다.

'하여간 추접한 놈. 밴댕이 소갈딱지.'

도윤은 쩝 소리를 내며 다시 몸을 틀어 벤치에 등을 기대었다. 확실히 충격적이긴 했다. 학교 최고의 킹카라고 소문난 민혁이 자신을 좋아하고 있었다니. 도윤은 아이러니함을 느끼며 고개를 몇 번인가 좌우로 흔들었다.

"정윤이가……. 내 이야기는 안 했어?"

거의 기어들어가는 목소리로 민혁이 물어왔다. 잠시 당황했던 도윤은 몇 번인가 눈썹을 긁적이며 입을 열었다.

"뭐, 장난기가 심하긴 하지만 좋은 녀석이라고. 오는 여자 안 막고 가는 여자 안 막아서 성병도 걱정되지만 그런 말했다간 괜히 자기 좋아하는 거라고 착각하면 곤란해서 말은 안 하고 있다고 하더라."

"웃긴 계집애."

도윤은 괜히 그렇게 말했나 싶어 머리를 긁적였다. 하지만 진심으로 민혁이 걱정되었던 것은 사실이었다. 얼마나 여자들을 많이 만나고 다녔는지 학교에 있는 여자들 열 명 중 다섯은 민혁과 자봤을 거라고 소문이 났었기 때문이었다. 물론 민혁이 잘난 얼굴이라는 것은 잘 알고 있었다.

"좋아한 거 깨달은 뒤부터는 아무도 안 만나고 다녔는데."

도윤의 눈이 놀란 듯 다시 커졌다.

"소문은 믿으면 안 되는 거였군."

"소문?"

"아니, 뭐. 너 바람둥이로 유명했잖아. 어쨌건 그 때가 언젠데?"

"1학년…… 이맘때쯤?"

민혁이 그렇게 말한 뒤 쓰러졌다. 놀랄 틈도 없이 쓰러진 민혁을 흔들었지만 이미 잠에 취한 듯 눈도 뜨지 못했다.

"하여간 유민혁. 짜증나 죽어."

도윤은 그렇게 말하면서도 민혁을 업고 자신의 집으로 향하기 시작했다. 그래도 여자였던 자신을 좋아해준 민혁이라 얼어 죽게 만들 수는 없다고 생각했기 때문이었다. 그리고 이곳에서는 민혁의 집보다는 훨씬 가까웠다.

차라리 민숙에게 전화해서 데려가라고 하고 싶었지만 여기서 민숙을 아는 척을 할 수도 없는 상황이었다. 더군다나 두 사람은 쌍둥이인 주제에 서로는 절대 같이 못 살겠다며 원룸도 따로 구해 살지 않은가.

민혁을 업고 집 앞에 도착하자 온몸에 땀이 뻘뻘 흘렀다. 자신보다 10킬로그램은 더 나갈 거라고 생각하면서 대문을 열었을 때 도석이 나오며 민혁을 받아 들었다.

"헉헉. 돼지 같은 놈. 더럽게 무겁네."

"민혁이 형 왜 이렇게 취했어?"

"몰라. 혼자 폭주하더니 그 상태야. 가서 내 방 침대에 좀 눕혀라."

도윤은 이마에 흐르는 땀을 닦으며 소파로 걸어가서 그대로 누웠다. 그동안 운동도 열심히 해서 체력을 많이 쌓았다고 생각했는데, 술에 취해 몸이 축 늘어진데다 자신과 비슷한 체격의 민혁을 들쳐 메고 왔으니 피곤할 만도 했다.

도석이 방문을 닫고 나오면서 도윤의 반대편에 앉았다.

"이제 남자 다 됐네? 저런 장정도 업고 오고."

"야, 인마. 내가 누구냐? 이 시대 최고의 남자 최도윤이 될 몸이다."

"형."

말도 하기 귀찮다는 듯 도윤은 도석을 쳐다보았다.

"소개팅 할 생각 없어? 내 친구가 형 소개시켜달라고 하던데."

"날 어디서 보고?"

"형 아르바이트하는 카페. 자주 간다고 하던데?"

"그래? 미안한데 관심 없다고 해라. 나 지금 남자가 됐든 여자가 됐든 사랑할 자신이 없다."

3화. 위기탈출

　사실 도윤은 서서히 몸에 맞춰 적응되어 가는 자신을 보며 놀라기도 했고 한편으로는 다행이라는 생각도 들었다. 하지만 아무리 몸이 남자가 되었다고는 하나 23년간 여자로 살아왔던 그 모든 것들이 쉽게 잊힐 리는 없었다. 아직도 한 번씩 튀어나오는 과거의 자신이 저도 모르게 행동해 당황스럽게 만들었다.
　어쩌면 평생 동안 그것들을 잊을 리 없다고 생각했다. 그래서 도윤은 목울대가 울컥하며 무언가가 튀어나오려는 것을 하루에도 몇 번이나 막아야만했다. 도윤은 고개를 돌려 시체처럼 숨소리도 내지 않고 자고 있는 민혁을 바라보았다.
　확실히 여자의 눈으로 봤을 때도 잘생겼다고 생각했었지만 남자인 눈으로 바라봐도 민혁은 변하지 않은 외모를 가지고 있었다. 민혁은 남자가 된 도윤이 보기에도 완벽한 이목구비를 자랑했다. 쌍꺼풀이 짙은 큰 눈을 가지고 있었지만 예쁘장한 꽃미남은 아니었다. 확실히 남자답게 잘생긴 얼굴을 갖고 있었다. 아마 강현이 없었더라면 보통의 여자애들처럼 민혁을 좋아했을지도 모르겠다는 생각에 피식 웃음이 튀어나왔다.

요즘 도윤은 불면증으로 잠을 제대로 자지 못해 오늘 역시도 푸르스름하게 동이 트는 것을 보고 나서야 서서히 잠이 들었다.

무엇인가가 부스럭대는 소리에 본능처럼 도윤의 눈이 떠졌다. 언제나 잠을 자면 도둑이 들거나, 전쟁이 일어났는데도 불구하고 잠을 잘 거라는 주위의 평들이었지만 남자가 된 뒤로 도윤은 작은 소리에도 민감해졌다. 신경이 예민해졌다고 해야 할까? 괜한 신경질이 한 번씩 치고 올라와 스스로 놀랄 때도 있었다. 하지만 그것도 거의 나아지고 있는 참이었다. 도석의 말대로 갑작스러운 변화에 신경이 곤두선 것이라 믿었다.

언제 일어났는지 침대에 걸터앉은 민혁이 머리를 부여잡으며 고개를 흔들고 있었다. 바닥에서 몸을 일으킨 도윤이 축 가라앉은 목소리로 말했다.

"벌써 깼냐?"

"나 어제 어떻게 된 거야?"

"어떻게 되긴. 징그럽게 많이 퍼마시더니 쓰러져서 내가 널 업고 오느라 허리가 다 나가는 줄 알았다."

"내가 실수한 건 없었어?"

도윤은 고개를 절레절레 내저었다. 뭐, 알아봤자 필요 없다고 생각됐다. 아니, 이제 여자인 최정윤은 죽었으므로 민혁도 쉽게 잊어갈 터였다. 3년간의 짝사랑의 결말이 이렇게 되어서 비참하겠지만 어쩔 수도 없으니 서서히 잊어 가는 것이 좋을 것이라 판단했다. 그게 민혁을 위해서도 좋은 일이었다.

자리에서 일어난 도윤은 부엌으로 나와 꿀물을 타기 시작했다. 그 때 막 욕실에서 나오던 도진이 놀란 듯 흠칫 거렸다. 아직 그에게 적응이 되지 않은 막내 동생을 보며 도윤은 픽 웃었다.

"일곱 시인데 벌써 준비하고 나가?"

"어? 응. 누…… 아니, 그런데 형은 왜 이렇게 빨리 일어났어?"

"유민혁 씨가 숙취로 고생중이시다. 공부 열심히 해라. 고3때 남는 건 오로지 성적뿐이다. 그것도 수능성적."

몇 번인가 도진의 어깨를 두드린 다음 방으로 들어온 도윤은 민혁에게 컵을 내밀었다. 정말 속이 좋지 않은 건지 민혁은 한 번에 꿀물을 마시고 몇 번이나 얼굴을 쓸어내렸다.

"씻을래?"

민혁이 고개를 끄덕였고 도윤은 아직 포장도 뜯지 않은 속옷 하나를 내밀었다. 민혁은 정말 어젯밤 일이 기억나지 않는다며 고개를 갸웃거리며 욕실로 들어갔다.

민혁이 씻고 있는 사이에 집 안의 모든 식구들이 일어나 분주히 아침을 준비하고 있었고 도윤은 석희를 도와 국의 간을 맞추었다. 욕실에서 나와 그 모습을 보던 민혁은 왠지 마음 한구석이 아파왔다.

비록 큰아들이 아픈 것을 다 이기고 돌아왔다고 해도 큰딸이 죽었는데 저렇게 평온한 모습으로 웃으며 다 잊었다는 듯이, 아니 마치 처음부터 그런 존재는 없었다고 말하고 있는 것 같았다.

"아, 앉아. 밥 먹자."

도윤이 그렇게 말하며 의자를 가리켰다. 그런데 민혁의 턱 근육이 무엇인가를 참듯 움직이는 것을 보고 도윤은 알아차린 듯 한숨을 내쉬었다.

"무슨 생각을 하는지 잘 알고 있어. 하지만 우리 식구들도 하루에 몇십 번, 몇백 번씩 노력해. 일부러 생각하지 않으려고. 앉아. 속이 많이 불편할 거다."

괜히 자신의 표정이 드러나 단란한 가정에 불편을 끼친 것 같아 민혁은 특유의 능청스러움으로 대처했다. 평상시에 강현, 화선과 자주 집에 놀러왔었던 민혁을 모든 가족들은 편안히 대해주었다. 물론 민혁을 뺀 식구들은 혹시라도 말실수를 하지 않을까 전전긍긍해야 했다.

도윤은 혼자 구시렁대며 민혁을 배웅하기 위해 나와 있는 중이었다. 혼자 가도 될 인물을 왜 배웅해줘야 되는지 이해를 못하겠다는 얼굴이었다. 주말이라 친척들이 모이기로 했는데 혹시라도 일어날지 모르는 사건을 미연에 방지하기 위해 서둘러 민혁을 내보낸 것이었다.

행여 친척들이 볼까 봐 초조한 듯 주위를 두리번거리던 도윤은 민혁을 재촉했다.

"야, 유민숙은 왜 안 와?"

"어? 민숙이 이야기를 내가 했었나?"

잠시 갸웃거리던 민혁을 보고 도윤은 또 말실수를 했다는 것을 알아차렸다. 민혁과 민숙은 이란성 쌍둥이였다. 같은 동기였는데 어제 무슨 일이 있었는지 민숙이 술자리에 나타나지 않은 것이었다. 아니, 도윤과 민숙도 정말 악연 중의 하나였다. 유씨 가문과는 절대 상종해야 하지 않겠다며 외쳐댔는데 어쩌다보니 계속 인연이 거듭 이어지고 있었다.

민숙도 민혁을 닮아 엄청난 미인이었는데 여기저기 뿌리고 다니는 염문이 민혁과 비슷하면 비슷했지 절대 덜하진 않았다. 민숙은 도윤에게 항상 어울리지 않게 내숭을 떤다며 비꼬았고 도윤은 성격도 촌스러운데 이름마저 촌스럽다며 놀려댔다.

"어제 네가 말했잖아. 그리고 나도 정윤이한테 많이 들었었어."

도윤은 또 거짓말을 하면서 진땀을 뺐다. 민혁이 고개를 끄덕이며 휴대폰을 쳐다볼 때 연두색의 폭스바겐이 앞에 와서 멈췄다. 혹시나 새벽에 부딪친 것을 기억하고 있진 않을까, 괜히 걱정스러웠다. 민숙은 차에서 내리지도 않고 창문만 내렸다.

"야, 유민혁. 빨리 타. 목포에서 아버지 올라오셨어."

"미치겠네. 아버진 또 왜 올라오신 거야."

민혁이 머리를 긁적이고 있는 사이 민숙과 도윤의 눈이 마주쳤다. 도윤은 저도 모르게 한쪽 입매를 올리며 웃었다. 사람과 눈이 마주치면 웃는 것이 그의 버릇이었다. 그 웃음에 민숙이 기분 나빴는지 문을 벌컥 열며 차에서 내렸다.

키는 170정도 되어 보이는 것 같았고 몸에 쫙 달라붙는 흰색의 짧은 원피스를 입은 모습에 도윤은 자신도 모르게 하반신이 반응하는 것을 느꼈다. 사실 요즘 조금 선정적인 여자들만 보면 하반신이 반응하고 있었는데, 하필 또 반응하게 만드는 것이 민숙이라는 사실에 도윤은 자존심이 상했다. 트레이닝복을 입고 있던 민숙을 떠올리며 애써 속으로 애국가를 몇 소절인가 불렀다. 다행히 하반신의 움직임은 금방 진정되었고 도윤은 일부러 민숙의 얼굴만 쳐다보았다.

"야, 너 뭔데 날 보고 비웃어?"

"내가 언제?"

"방금 한쪽 입만 올리고 비웃었잖아!"

"야, 민숙아 너 또 왜 그래? 쌈닭 성질을 여기서도 비치면 어떡해? 인사해. 여긴 최정윤 쌍둥이 오빠. 이름은 최도윤."

민혁이 소개를 하자 민숙은 한껏 누그러진 모습으로 손을 내밀었다. 잠시 손을 잡을까 말까 고민하던 도윤은 또 잡지 않으면 쌈닭 기질을 어김없이 발휘하려 들 민숙을 상상하며 고개를 흔들었다.

"만나서 반갑다. 최도윤이야."

악수를 하며 애써 웃었다. 끝까지 눈초리를 내리지 않고 째려보고 있던 민숙이 그나마 많이 부드러워 보이는 얼굴로 도윤을 따라 웃었다. 하지만 도윤은 왠지 민숙이 무서웠다. 실은 법적으로 네 살이나 어리다는 것을 알면 그 성격에 긴 손톱으로 얼굴을 긁으며 '앞으로 누님이라 불러라' 라고 할지도 몰랐다.

"유민숙. 하지만 앞으로 개명할 거니까 그 이름 오래 기억하지 마. 그런데 어디서 본 것 같은데?"

"보, 보긴 어디서 봐?"

"꽤 잘생겼는데. 내가 그런 건 안 잊어 버리는데. 아무튼 나중에 생각이 나겠지. 야, 빨리 타. 유민혁!"

거의 손을 뿌리치듯 놓는 민숙 때문에 도윤은 화가 치밀어 올랐지만 참을 인자 세 번을 새기며 참아내었다. 몇 번인가 손을 흔들자 차는 멀어졌고 도윤은 머리를 긁적이며 집으로 향했다. 그리고 엘리베이터에 올라타서 헛웃음을 터트렸다.

민숙이 뛰어난 미인이기는 했지만 보자마자 몸이 반응을 일으키리라고는 생각도 해보지 못했었다. 분명 저번 새벽에 봤을 때는 이러지 않았다. 스스로 이제 남자가 다 되었다고 생각하면서 고개를 흔들었다.

집엔 이미 친척들이 와 있는지 현관부터 시끌벅적했다. 도윤이 안으로 들어서자 정적이 흐르고 모두의 시선이 도윤에게로 모아졌다. 어색하게 웃으며 인사를 하는 도윤을 보고 사촌들은 접근도 하지 못한 상태로 도윤을 쳐다보고만 있었다.

"가서 인사해라. 도윤아. 너희들에겐 말 못했었지만 뉴질랜드 이모님 댁에 있다가 이제 몸이 다 나아서 왔어."

다시 한 번 이어지는 석희의 변명과도 같은 거짓말에 그제야 사촌들은 하나씩 도윤에게 인사를 해왔다. 도윤은 자연스럽게 웃으며 한 명, 한 명에게 인사를 해준 다음 소파로 가서 앉았다.

말은 하지 않았지만 모든 친척들이 자신을 위해 거짓말을 하고 있다는 것을 잘 알고 있었다. 고마운 마음에 눈시울이 붉어졌지만 도윤은 예전과 같이 사촌들과 장난을 치며 급속도로 친해졌다.

"저기……."

"아, 서현이지? 벌써 고등학생이야? 어른 태가 난다. 그냥 오빠라고 불러. 어색한가 보구나? 음, 정윤이를 많이…… 따랐었지?"

서현의 큰 눈에 물기가 생겼다. 당황한 도윤이 주변을 둘러보며 티슈를 찾을 새도 없이 서현의 볼에 눈물이 떨어졌다. 속이 상했다. 제일 친했던 여동생이었다. 집안 자체에 여자가 많지 않았던 탓에 친자매처럼 친하게 지내고 있었다. 서현은 분명 정윤의 소식을 듣고 많이 속상해하고 아파했을 것이다.

"형은 왜 애를 또 울리고 그래."

"야, 내가 무슨 울리고 싶어서 울린 것도 아니고."

"맞아. 그냥 내가 운 거야."

"앞으론 내가 친오빠가 되어 줄게. 같이 영화도 보고, 밥도 먹고 그렇게 하자."

쓰라린 속을 붙잡으며 도윤이 말했다. 그제야 서현도 예쁘게 웃으며 고개를 끄덕였다. 하지만 도윤의 마음엔 또 하나의 작은 생채기가 생겼다.

모두가 돌아가고 나서 설거지를 하던 도윤이 반찬 정리를 하고 있던 석희와 도석에게 물었다.
"나 분명히 똑똑한 편 아니었지?"
"공부를 안 해서 그렇지 머리는 꽤 좋은 편이었어. 그러니 그렇게 공부를 안 했는데도 대학도 갔지. 엄마 소원이 너 10분만 책상에 앉아 공부하는 거 보는 거였다."
"맞아. 그러고 보면 상당히 똑똑한 거였어. 떡 하니 대학 붙은 거 보고 우리 식구가 얼마나 놀랐었는데."
도석과 석희가 마구 웃어댔지만 도윤의 표정은 심각했다.
"그게 아니라 스쳐지나가는 것도 머리에 저장되는 거 같다니까. 며칠 전에 책을 한 권 읽었는데 몇 페이지에 무슨 문장이 있고, 어떤 사진이 있었던 것도 다 기억이 나더라니까."
"관심 있게 봤나 보지."
석희는 별일 아니라고 말하고 있었지만 도석은 조금 달랐다. 잠시 생각하는 듯하더니 도윤을 쳐다보았다.
"사소한 거 하나까지 다 기억나?"
"그래. 너도 알다시피 내가 수학엔 진짜 뼈도 못 추렸잖아. 그런데 우연히 도진이 정석을 봤는데 그 식이 이해가 되더라니까. 그리고 응용문제가 아무렇지도 않게 풀리더라. 남자로 변하면서 머리까지 좋아진 건가?"
도윤은 자신도 웃기다면서 웃어댔다. 그러다 무언가를 깨달은 듯 그 웃음소리가 딱 멈추었다. 도윤과 도석의 눈길이 부딪쳤다.

도윤은 그 때부터 바빠졌다. 검정고시를 모두 준비해야했고 앞으로 있을 수능도 대비해야했다. 예상대로 도윤은 모든 문제를 쉽게 풀어내었다. 겨우 떠듬떠듬 말하던 영어 단어도 완벽하게 마스터해 불과 두 달 만에 도석을 따라잡았다.

도윤에겐 시간이 많았다. 내년 4월 고등학교 검정고시를 치르고 나면 수능을 볼 수 있었다. 비록 지금 4월이 다 지나가 버려서 바로 시험을 볼 수 없다는 것이 왠지 조금 억울했지만.

도윤은 도진이 가지고 오는 모의고사 시험지도 쉽게 풀어냈다. 도석은 그제야 천재성을 지니고 있는 사람을 처음 만난 것 같다며 미술, 피아노 학원 등에도 다녀 보라고 권했다.

도윤은 피아노도 악보만 보고 이해를 해서 쉽게 쳐낼 수 있었고 미술 역시 몇 번인가 따라하더니 대학입시를 위해 준비하고 있는 학생들과 비슷한 수준으로 그려내었다. 하지만 거기까지였다. 워낙 싫증을 잘 내는 성격 탓에 무엇 하나 오래가는 법이 없었다.

"그냥 법대 들어가. 사법고시 보고 검사 하면서 사는 건 어때?"

석희의 권유에 도윤은 고개를 끄덕였다. 어차피 책이며 기억하고 싶지 않아도 한 번 보고 나면 마치 저장되듯 외워졌으니 사법고시를 보는 일쯤이야 쉬울 것 같았다.

"엄마. 나 의대 갈까? 엄마 막 치과의사, 한의사 노래를 불렀었잖아."

"그래. 이왕 가는 김에 치과의사 어때? 그게 아주 돈을 긁어모은다고 하더라."

돈을 그냥 모은다는 것도 아니고 긁어모은다는 소리에 도윤도 살짝 흔들렸다. 물론 1년밖에 남지 않은 인류학을 버려야 한다는 게 마음에 걸렸지만 치과의사도 해볼만 하다고 생각됐다. 그날부터 도윤은 치대를 목표로 했다. 이유는 단지 돈을 긁어모은다는 것 때문이었다. 하지만 그런 이유로는 절대 납득하지 않는 순식 때문에 도윤은 앞으로 봉사활동을 하고 싶다고 말하며 넘기고는 석희를 향해서 웃었다.

온전한 마음의 휴식을 찾았다고 생각한 도윤은 친구들을 불러내어 파티를 벌였다. 그동안 많이 가까워진 강현, 화선과는 자주 전화통화를 하고 만나고 있었다. 그다지 내키지는 않았지만 민혁과, 민숙까지 부른 다음 도윤은 과하게 술에 취하고 있었다.
"오늘 너무 무리하는 거 아니야? 게다가 이건 무슨 파티야?"
"아니야. 아니야. 절대 무리 안 해. 이건 최도윤이 진정한 남자가 되었다는 걸 기념하는 파티다."
"무슨 말이야. 참, 너희에게 말할 게 있는데……."
강현이 뜸을 들이자 모두들 궁금하다는 얼굴로 다음 나올 말을 기다렸다.
"나하고 화선이 사귀기로 했다. 축하해 줄 거지?"
그 말에 동시에 도윤과 민숙이 외쳤다.
"뭐?"
"너희 둘이?"
"그래."
도윤과 민숙의 눈이 마주쳤다. 어쩌다보니 그의 즐거운 파티가 커플 축하파티로 변해 있었다. 술자리가 끝나자 민혁은 약속이 있다며 먼저 사라졌고 강현과 화선도 먼저 자리에서 일어섰다. 하지만 도윤과 민숙은 그 자리에서 움직일 수가 없었다.
"뭐야. 너도 강현이 좋아했냐?"

"너도? 뭐야, 그럼 넌 화선이 좋아한 거야?"
 민숙의 물음에 도윤은 발끈하며 아니라고 외칠 뻔한 것을 겨우 참아내었다. 한숨을 몇 번이나 내쉰 다음 고개를 끄덕였다. 지금 자신의 모습으로 강현을 좋아한다고 말했다가는 변태로 오인 받을 것은 불 보듯 당연한 일이었다. 그 때부터 도윤과 민숙은 쉬지도 않고 술을 마시기 시작했다.

 * * *

 머리가 깨질 것 같은 고통에 도윤이 눈을 떴을 때 시야에 들어온 건 생전 처음 보는 천장이었다. 거기다 몸에서 느껴지는 부들부들한 감촉은 여자의 슬립이었다. 별일 아니라는 생각에 다시 눈을 감던 도윤이 벌떡 몸을 일으켰다.
 여자의 슬립이라니. 이건 말도 안 됐다. 거기다 뭔가 허전한 느낌에 하얀 시트를 살짝 들춰보았을 때 자신의 모습은 완전 알몸이었다.
 주위를 둘러보다가 무엇인가가 옆에서 움직이는 느낌에 도윤은 시트를 살짝 드러냈다. 그곳엔 다름 아닌 민숙이 엎드려 누워있었고 그녀 역시 아무것도 걸치지 않은 상태였다. 도윤의 고개가 저절로 하늘을 향해 올라갔다.
 '말도 안 돼. 내가 여자하고 잤다는 건가? 아니야. 너무 취했는데 그 짓을 내가 어떻게 해? 그래. 만취상태에서는 절대 그런 행위를 할 수가 없어. 그냥 옷만 벗고 잔 거야. 근데 왜 하필 유민숙하고?'
 수많은 생각들로 터져나갈 것 같은 머리를 정리했지만 기억나는 것은 아무것도 없었다. 잠시 머뭇거리던 도윤은 검지로 살짝 민숙의 머리를 건드렸다. 귀찮은지 손을 몇 번이나 치워내며 머리를 긁적이던 민숙도 무엇인가 이상했던지 몸을 벌떡 일으켰다.

도윤은 자신의 눈에 선명하게 들어오는 민숙의 앞가슴에 재빨리 시트를 들어 올려 그녀의 앞을 막았다. 도윤의 손길에 민숙도 놀랐던지 비명을 지르며 시트로 온몸을 감싸기 시작했다. 그 바람에 도윤도 자신의 앞을 들고 있던 민숙의 슬립으로 가려야했다.

"야, 넌 어떻게 된 계집애가 배려심 같은 건 눈곱만큼도 없냐? 나도 홀딱 벗고 있는 거 안 보여? 시트 나눠!"

"야! 넌 남자잖아! 거기만 가리면 되지 난 가릴 데가 얼마나 많은지 알아?"

확실히 그건 민숙의 말이 맞았다. 도윤은 자신도 모르게 앞가슴을 가리고 있던 팔을 내려놓았다. 두 사람 사이에선 아무런 말이 없었다. 무엇인가 말을 끄집어 내야했지만 입은 본드로 붙이기라도 한 듯 떨어지지가 않았다.

"너…… 기억 나?"

용기 내어 물은 도윤의 대답에 민숙이 고개를 좌우로 흔들었다. 도윤은 신음소리를 내뱉으며 얼굴을 몇 번이나 손바닥으로 문질렀다. 하지만 되돌아오는 기억은 아무것도 없었다.

"모…… 몸이 아프거나 하지 않아?"

민숙이 고개를 끄덕였다.

"그래. 우린 아무 일도 없었던 거……."

그렇게 말하던 도윤의 눈에 무엇인가가 눈에 들어왔다. 침대 한가운데에 자리 잡고 있는 붉은 핏자국에 도윤의 눈이 커졌다.

"너…… 혹시 처녀였냐?"

그 말에 이제껏 죽은 듯 고개를 숙이고 있던 민숙이 번쩍 고개를 들었다. 그리고 완전 잡아먹을 듯한 얼굴로 도윤을 째려보고 있었다.
"뭐야? 너 기억 나? 너 나 덮친 거야?"
"아니! 여기……."
한 대 맞을 것 같아 도윤은 재빨리 손가락 끝으로 자신이 보고 있던 자리를 가리켰다. 거기다 그런 오해를 일으키고 싶지도 않았다. 여자를 덮치다니. 있을 수도 없는 일이었다.
도윤의 손길에 고개를 옮기던 민숙의 눈이 커졌다. 말도 안 된다는 듯 그녀의 눈동자는 쉴 새 없이 흔들리고 있었다.
"헉! 야! 너 어떻게 할 거야? 내 인생 물어내!"
그 때부터 민숙의 일방적인 구타가 이어졌다. 도윤은 도윤대로 앞을 가리며 때리는 것을 막느라 정신이 없었다. 하지만 민숙의 일방적인 구타에 몸에 둘둘 말고 있던 시트가 흘러내리는 것을 보며 도윤은 재빨리 팔을 뻗어 다시 시트를 끄집어 올려주었다. 그렇지 않아도 아침이라 이놈의 물건이 튼실한데 자꾸 여자의 나체를 보니 더욱더 성난 황소처럼 날뛰고 있었다.
'말도 안 돼! 내가 남자의 본능에 지다니!'
도윤은 정말 소리라도 지르고 싶었다. 잠시 흥분을 가라앉힌 민숙이 씩씩대며 냉장고를 열어 음료수를 마시기 시작했다.
"괜찮으니까 아니, 모두 비밀로 지켜줄게. 너 처녀 아니지? 내가 너에 대한 소문을 얼마나 많이 들었는데. 처녀일 리가 없어."
"처녀야! 아니, 처녀였어! 말도 안 돼! 하필이면 너 같은 새끼랑 내가 자다니. 거기다 기억도 나지 않아. 억울해!"
"너만 억울해? 나도 억울해! 나도 처음이었어!"
도윤의 외침에 민숙의 눈이 믿을 수 없다는 듯 커져있었다. 사실 도윤이 상상했던 것 이상으로 잘생기긴 했었다. 하지만 전혀 자신의 취향이 아니었기 때문에 관심도 없었다. 거기다 얼굴은 기생오라비처럼 생겨 인기도 많을 것 같았는데 이번이 처음이었다니. 민숙은 머리를 한 대 맞은 것 같은 충격에 한숨을 내쉬었다.

"너 같은 위인이 이제껏 단 한 번도 경험이 없었다고?"

"그래. 결혼도 안 했는데 경험은 무슨 경험이야."

"야, 우리 기억도 안 나는데 그냥 지우자. 우린 성인이야. 이런 걸로 서로가 서로를 책임져야 할 이유는 없다고 생각해."

민숙의 그 말에 도윤의 미간이 살짝 찌푸려졌다. 도윤은 지금 상당히 심각한 고민을 하고 있는 듯했다. 하지만 민숙은 정말 이런 사건 하나로 도윤과 사귀고 싶지는 않았다. 그동안 그냥 친구들에게 보이기 위한 이유로 여러 남자들을 만나고 다니긴 했지만 그것뿐이었다. 심지어 키스조차도 제대로 한 적이 없었다. 그런데 그렇게 원수이자 최악이었던 최정윤의 쌍둥이 오빠하고 이렇게 된 상황이라니……. 민숙은 억울하고 화가 났지만 이미 엎질러진 물 어떻게 할 수도 없다고 생각했다.

몇 번인가 이마를 긁적이던 도윤이 손바닥을 마주쳤다.

"야! 빨리 옷 입고 나가자. 너 사후피임약 먹으려면 산부인과 가서 처방전 받아야 돼. 틀림없이 피임 같은 거 안 했을 거야. 왜냐하면 여기 있는 콘돔이 고스란히 있거든."

너무나 침착한 자신의 모습에 도윤도 스스로 당황했다. 정말 화가 나고 분통 터지는 일이었지만 시간을 되돌릴 수도 없었다. 그리고 간간이 되돌아오는 기억에 자신은 분명히 민숙과 키스를 하고 있었다. 몇 번이나 고개를 흔들며 지우려고 했지만 키스를 하던 감촉이 생생히 되살아났다.

남자가 된 지 4개월이 지났지만 여전히 그 사이에서 방황을 하고 있었다. 하지만 어제 일로 이젠 어쩔 수 없이 남자가 되었다고 생각하며 도윤은 감고 있던 눈을 천천히 떴다.
"너…… 강현이 잊을 때까지만 내가 남자친구 해줄게. 나와 잤던 여자가 함부로 남자들 만나고 다니는 거 찝찝해서 안 되겠어. 그리고 확실히 난 네게 책임질 짓을 했으니까."
"너 설마…… 기억이 난 거야?"
"확실한 건 잘 모르겠지만 키스를 한 건 기억이 나."
"이 변태자식!"
차마 입에 담지 못할 욕들을 내뱉으며 베개로 자신을 때리는 민숙을 모두 받아주었다. 그렇게 맞으면서도 도윤은 스스로에게 외칠 수밖에 없었다.
'여자였던 최정윤은 이제 진짜 영원히 바이바이다.'
서로 절대 뒤돌아보기 없다고 말하며 옷을 갈아입기 시작했는데 도윤은 끝까지 자신의 팬티가 나오지 않자 안절부절못했다. 몇 번이나 뒤돌아서서 팬티를 찾고 싶었지만 '뒤돌아보면 공포의 손가락이 눈으로 꽂힌다.' 라는 민숙의 협박 때문에 쉽게 돌아볼 수가 없었다.
사실 여자의 나체는 23년간 질리도록 봐왔었다. 석희 때문에 일주일에 한 번씩은 꼭 대중목욕탕을 애용했었다. 이제와 새삼 궁금할 것도 없는데 민숙은 자꾸 과민반응을 보이고 있었다.
"볼 것도 없더만."
"너 지금 뭐라 그랬어?"
"어? 아냐. 아무 말도 안 했어."
결국 도윤은 팬티 입기를 포기하고 청바지를 입기 시작했다. 그때 뒤통수에 무엇인가가 맞고 떨어졌다. 뒤를 돌아보자 자신의 코끼리 팬티가 보였고 도윤은 재빨리 청바지를 벗고 팬티를 갈아입었다.

"야! 너 진……."

"아, 뭐야. 뒤돌아보지 말라면서 왜 돌아 봐."

천천히 옷을 갈아입던 도윤 때문에 민숙은 저도 모르게 손으로 눈을 가리며 다시 뒤로 돌아섰다. 숙취로 인해 아직까지 머리가 아픈 듯 도윤은 몇 번이나 잘생긴 미간을 구기며 티를 입기 시작했다.

빨리 좀 하고 나가자는 민숙의 재촉에 도윤은 머리를 긁적이며 밖으로 나왔다. 엘리베이터로 가는 도중에 만난 몇몇의 연인들은 꼭 달라붙어 좁은 복도를 지나다니고 있었고 살짝 몸이 닿을 때마다 도윤은 흠칫거리며 벽 쪽으로 몸을 붙였다. 그 때 앞으로 걷던 민숙이 살짝 휘청대자 도윤은 재빨리 팔을 뻗어 허리를 낚아챘다.

"괜찮아?"

"괜찮으니까 좀 놔!"

상당히 민망한 포즈였다는 것을 도윤도 알고 있었다. 하지만 여자는 첫 섹스를 하고 나면 걸어 다니기도 힘들다는 것은 주위 친구들의 말을 들어서 알고 있었다. 내키지 않는 얼굴로 끝까지 민숙을 부축하며 엘리베이터를 타고 내려와 카드를 반납한 뒤 완전히 모텔을 빠져나왔을 때 도윤의 눈이 커졌다.

이곳은 다름 아닌 학교 근처였고 설상가상으로 몇몇 익숙했던 얼굴들이 아른거리고 있었다. 도윤은 자신도 모르게 민숙의 얼굴을 손으로 가리고 뒤에서 끌어안다시피 해서 골목길로 들어갔다. 민숙도 반항할 때가 아니라는 것을 알았는지 얌전히 안겨있었다. 몇 번인가 주위를 둘러보던 도윤은 한숨을 쉬며 민숙을 놓아주었다.

"야, 넌 어떻게 된 애가 그렇게 당당하게 밖으로 나가냐? 지금 벌건 대낮이거든? 차는 아직 술 집 앞에 있겠지? 벌써 열두 시다. 병원 문 닫겠어. 빨리 가자."

"됐어. 안전한 날이니까 걱정하지 마. 그리고 가도 나 혼자 가! 네가 왜 따라가?"

민숙은 거칠게 도윤의 팔을 뿌리치며 앞서 걷기 시작했다. 살짝 휘청대는 민숙의 뒷모습을 보던 도윤은 도무지 떨어지지 않는 입을 겨우 열었다.

"저기……. 진짜 괜찮아? 내가 좀 업을까?"

갑자기 자리에서 멈춰 선 민숙은 검지를 들어 올려 오라는 듯 까딱거렸다. 도윤은 앞으로 걸어가 한쪽 무릎을 꿇고 빨리 업히라는 자세를 취했다. 힐을 벗고 양손에 쥔 민숙이 도윤의 등에 업혔다. 힘을 주며 일어서는 도윤의 어깨를 갑자기 민숙이 쳐대기 시작했다.

"야, 이 변태야! 엉덩이를 왜 만져!"

"아, 그럼 어딜 받치라고!"

"허벅지는 폼으로 달렸냐?"

"하여간 주문은 엄청 많아. 목이나 꽉 잡아! 야야, 너무 세게 끌어안지 마. 목 아파."

끝까지 티격태격 하며 걷고 있었지만 주위 사람들의 눈엔 두 사람이 참 행복해 보인다는 걸 두 사람은 알지 못했다.

* * *

며칠간이나 혼자 고민하던 도윤은 더 이상 참기 힘든지 혼자 벽에다 머리를 박아댔다. 그 모습을 보고 있던 도석이 풀고 있던 토익 문제집에서 눈을 뗐다.

"무슨 고민 있어? 공부가 잘 안 돼? 그런데 내가 생각한 건데 형이 갑자기 천재가 된 게 아니라, 남자가 되고 나서 상당히 집중력이 좋아진 것 같아. 원래 뭐든 대충하면서도 은근히 잘했었잖아. 다만 끈기가 없고 집중력이 부족했을 뿐이지."

　도석은 아무래도 도윤이 공부 때문에 괴로워하고 있는 걸로 보인 모양이었다. 사실 여자였을 때도 도윤은 상당히 똑똑한 편이었다. 워낙 어렸을 때부터 석희가 책을 많이 사주고, 읽어 주었기도 해서 책을 읽는 습관도 붙어 있었고 그 양도 상당히 많았다. 거기다 순식은 경찰이었기 때문에 항상 승진 시험을 위해 공부를 했었다. 때문에 자연히 도윤도 책을 가까이 접하고 순식의 옆에 앉아 공부를 하는 시간이 많았다.

　멘사 수준의 천재는 아니었지만 영재 수준에 들 정도로는 공부를 잘했었다. 워낙 노력을 하지 않고 공부에 관심도 없긴 했었지만 무리 없이 일류대에 들어갈 성적은 나왔었다. 덕분에 장남이었던 도석이 받았던 스트레스는 이만저만이 아니었다.

　자신도 상당히 똑똑한 편인 줄 알았었다. 그리고 보통의 학생들처럼 공부를 해서 성적을 유지시켜 전교 10등 안에 들 수 있을 정도로 꾸준히 노력하고 있었다. 하지만 도윤은 단지 순간적인 집중력이 좋은 것인지 그 흔한 과외, 학원, 심지어 문제집도 풀지 않았었다. 그리고 남들 저녁 열한 시까지 한다는 자율학습과 보충학습 같은 것도 받지 않았었다. 그 이유는 단지 받기 싫다는 것뿐이었는데 순식이 직접 도윤의 학교로 찾아가 스스로 공부를 시키겠다고 한 것이었다.

　도윤은 고등학교도 정규수업만 받고 집으로 왔다. 그리고 공부는 커녕 먹고, 자고, TV보기가 도윤의 일상이었으니 도석의 스트레스에 또 엄청난 플러스를 안겨주었다. 그렇게 도윤은 그저 교과서와 학교 수업에만 충실하며 상위권을 유지할 수 있을 정도로 똑똑했었다. 집안의 첫째인데다 워낙 딸이 귀한 집이라 그런 도윤이 귀여움을 받는 것은 당연했다.

거기다 이제 남자가 된 도윤은 집중력이 상당했다. 예전엔 집중력이 채 5분도 가지 않았다면 지금은 하루 몇 시간을 공부해도 집중력을 유지할 수 있었다. 순간순간 강한 집중력을 보였기 때문에 시험에 필요한 공부 이외에도 경제, 정치 등의 어려 문제들도 쉽게 받아들이고 이해했다.

"야, 최도석. 너 여자랑 자본 적 있냐?"

갑작스런 물음에 도석이 당황한 듯 말을 잇지 못했다. 물론 도윤도 쉽게 내뱉은 말이 아니었다.

"그건 갑자기 왜 물어?"

"어? 아, 아냐. 참, 나 말 안 한 거 있는데. 나 사귀는 여자 생겼다."

"여자? 누구? 내가 아는 사람이야?"

"민숙이."

"민숙이 누나? 진짜야? 엄청 사이 안 좋았잖아."

그 말에 도윤의 이마에 주름이 잡혔다. 순간적으로 도석은 두 사람 사이에 무슨 일이 있었다는 것을 가늠했다. 의심스러운 눈초리에 도윤은 괜히 덥다며 방에서 빠져나갔다. 하지만 끝까지 물고 늘어지는 도석 때문에 도윤은 결국 모든 것을 털어놓았다.

"진짜 기억 하나도 안 난다니까. 그런데 그 핏자국은 뭐냐 말이야. 더군다나 유민숙이 처녀라니. 천지가 개벽할 노릇이다."

"결론은 잔 거네."

"아, 미치겠다니까. 왠지 내가 못할 짓을 한 것 같기도 하고."

"형은 어때? 뭔가 바뀐 게 있어?"

"있긴 뭐가 있어. 없어. 그런 거."

"혹시 그 뒤로 연락 한 번도 안 했어?"

잠시 생각하던 도윤이 고개를 끄덕였다. 도석은 아무 말 없이 손을 뻗어 수화기를 도윤의 손에 쥐어주었다. 뭐라고 하기도 전에 이미 신호음은 가고 있었고 초조한 듯 이마를 긁적이다 달칵 하는 소리에 긴장했다.

〔여보세요?〕

민숙의 목소리에 잠시 당황한 도윤은 아무런 말도 하지 못했다.

〔여보세요? 누구세요?〕

도윤이 말을 하지 않자 민숙의 신경질적인 목소리가 바로 수화기를 타고 들려왔다.

"하여간 성질머리 하고는."

〔뭐야? 최…… 도윤?〕

목소리의 주인공을 알아차린 민숙도 잠시 당황한 모양이었다. 무슨 말을 해야 할지 몰라 계속 이마를 긁적이는 도윤을 향해 도석이 연습장을 내밀었다. 그리고는 연습장에 적힌 글을 그대로 읽었다.

"두 시간 후에 시내에 있는 스타벅스 앞에서 만나. 끊는다."

민숙의 의견은 듣지도 않고 도윤은 전화를 끊어버렸다.

"야! 뭐야? 왜 만나!"

"지금 민숙이 누나가 어떤 심정이겠어? 형이 책임진다고 했다면서? 그런데 그 일이 있고 난 뒤로 일주일 동안 아무 연락도 없었는데. 나가서 맛있는 것도 좀 사주고, 영화도 좀 보고 그래."

"데이트를 하라고?"

"그럼. 커플이 만나서 하는 일이 뭔데?"

커플이라……. 잠시 생각을 마친 도윤은 외출 준비를 하기 시작했다. 사실 민숙을 만나 뭘 어떻게 해야 할지 고민이 되기는 했지만 그저 도석의 말대로 평범한 데이트를 하면 될 것이라고 생각됐다. 하지만 워낙 드센 성격의 민숙을 어떻게 받아 들여야 할 것인지 도윤은 벌써부터 머리가 지끈거리는 것 같았다.

"넌 아무렇지도 않아?"

"뭐가?"

"내가 여자랑 잤……다는데."

"뭐, 언젠가는 할 일 아니었을까? 조금 충격적이긴 하지만 그래도 자기가 한 일에 책임질 줄 아는 사람이잖아. 난 그냥 형을 믿는 수밖에 없어."

도윤은 고개를 끄덕였다. 이런 동생이 있어서 정말 다행이었다. 눈물이 날만큼 고마운 존재였다.

약속장소 앞에 서서 기다리는데 10분이 지나도록 이 많은 사람들 중에 민숙의 모습이 보이지 않았다. 일방적으로 약속 장소를 말하고 끊은 것이었기 때문에 도윤은 민숙이 나오지 않을 수도 있다고 생각했다. 하지만 저 멀리에서 간단한 티에 청반바지를 입고 오는 민숙을 발견했다.

덥다고 짜증을 부리는 민숙과 함께 실내로 들어와 시원한 커피 두 잔을 들고 2층으로 올라왔다. 휘핑크림을 젓지도 않고 빨대를 이용해 커피를 마시기 시작하는 민숙을 보며 도윤은 자리에서 일어났다. 준비되어 있는 얼음물을 따라와 민숙의 앞으로 내밀었다.

의외라는 듯 쳐다보던 민숙은 정말 더웠는지 물을 다 마시고 나서 얼음까지 와그작 소리를 내며 씹어 먹고 있었다.

"몸은 좀 괜찮아?"

"그게 언제 일인데. 괜찮아."

아무렇지도 않게 말하고 있었지만 민숙의 얼굴은 홍조를 띠고 있었다. 왠지 의외의 모습인 것 같아 도윤의 입에선 피식 웃음이 새어 나왔다. 하지만 그 웃음에 민숙의 고운 미간에 주름이 잡혔다. 도윤은 손을 뻗어 민숙의 미간을 꾹 눌렀다.
"귀여워서 웃은 거야. 그렇게 찌푸릴 필요 없어."
그 말에 민숙의 얼굴이 더욱 빨갛게 달아올랐다. 의외라 생각했다. 민숙이 남자 앞에서 얼굴이 빨갛게 변할 때도 있다니.
"밥은 먹었어?"
"아니."
"배 많이 안 고프면 나가서 도넛 좀 사올까? 너 좋아하잖아."
"응. 그래."
도윤은 자리에서 일어나 근처에 있는 도넛 전문점으로 향했다. 그리고 아무렇지도 않게 몇 개의 도넛을 골라 들고 다시 돌아왔을 때 민숙이 물끄러미 자신을 쳐다보자 도윤은 멋쩍은 듯 웃으며 자리에 앉았다.
"뭘 그렇게 쳐다 봐?"
"내가 도넛 좋아하는 거 어떻게 알았어?"
민숙의 물음에 도윤은 자신도 모르게 또 옛날 버릇이 나왔다는 것을 알았다. 그리고 잠시 잊고 있었다. 민숙도 그 감 좋은 유민혁의 동생이라는 것을.
"말했잖아. 정윤이가 자주 말했었다고. 먹어 봐. 내 기억이 맞는다면 네가 좋아하는 것들로 사왔으니까."
그동안 도윤은 이런 거짓말에 상당히 익숙해져 있었다. 시도 때도 모르게 나오는 옛 기억에 대한 흔적들이 이렇게 읽히는 것에 어쩔 수 없이 씁쓸한 기분이 들긴 했지만 어쩔 수 없었다. 23년 동안 자신의 몸을 지배하고 있던 것은 바로 여자인 최정윤이었으므로 그 기억까지는 없앨 수 없었다. 비록 몸은 이제 완벽하게 남자가 되어 있었지만······.

물론 상대는 민숙이니 이렇게 말하는 게 가능했다. 만약 민혁에게 아무렇지도 않게 이런 말을 했더라면 또 의심스러운 눈초리를 받았을지도 몰랐다. 그나마 민혁보다 좀 더 나은 민숙이 정감 갔다.

배가 고팠는지 슈거파우더를 입에 묻힌 줄도 모르고 먹는 민숙을 보며 도윤은 손을 뻗어 티슈로 입을 닦아주었다. 잠시 멈칫하던 민숙은 도넛을 하나 꺼내 도윤의 앞으로 내밀었다. 도윤은 웃으며 도넛을 크게 한 입 물었다.

"영화 볼까?"

"아니. 나 옷 살 건데. 이거 먹고 나가자."

손가락에 묻은 부스러기를 털어내는 민숙을 향해 도윤은 억지로 웃었다. 정말 이건 여자일 때도 정말 싫은 일 중의 하나였다. 그냥 대충 몸에 맞고, 그러면 편하게 입는 옷을 여자들은 몇 시간이나 돌아다니며 고르고 골라 결국 제일 싸고 디자인이 예쁜 옷을 골라내었다. 하지만 문제는 거의 대부분이 처음에 봤던 그 옷을 고른다는 데에 있었다.

"원래 디자인 하는 사람들은 많이 둘러봐야 하는 거야. 그래야 스타일을 알지."

"어련하시겠어?"

민숙 역시 다른 여자들과 다르지 않았다. 몇 번이나 옷 가게를 돌아다니고 다닌 끝에야 겨우 한 벌을 샀을 뿐이었다. 하지만 그것을 사놓고도 뭐가 그리 불만인지 혼자 구시렁거리고 있었다.

"나 이거 입었을 때 날씬해 보였어?"

"예뻐. 예뻐. 엄청 예뻤어. 또 뭐 살 거 있어?"
"뭐야. 진심에서 우러나온 말이 아니잖아."
"진짜 예뻤어. 뭐? 구두 하나 사줄까?"
그 말에 민숙은 조금 기분이 풀렸는지 앞에 있는 신발 가게로 들어갔다. 도윤은 잠시 깜빡한 게 있었다. 민숙의 아버지는 목포에서도 상당한 유지였고 민숙뿐만이 아니라 민혁까지 외제차를 몰고 다닐 정도로 돈이 많다는 것을 잊었다는 것이었다.
하지만 민숙이 들어간 곳은 의외로 중저가 브랜드 점이었다. 운동화를 사기로 결심한 듯 이것저것을 쳐다보더니 분홍색 스니커즈를 골라 신었다. 4만 원대의 운동화를 사 신고 나온 민숙은 제법 기분이 좋아보였다.
"뭐야? 왜 그렇게 얼빠진 표정이야?"
"아니, 나는 명품관이라도 들어가는 줄 알았지."
"뭐야. 너 생각해서 저기로 들어갔는데. 너희 아버지 버시는 걸로 너희 다섯 식구 사는데 지장은 없겠지만 공무원 월급으로 무슨 명품관은 명품관이야."
의외로 민숙은 상당히 도윤을 배려하고 있었다. 이제껏 보지 못했던 민숙의 모습을 봐서 그런지 도윤은 상당히 설레는 느낌을 받았다. 화장품은 샤넬에 시계는 에르메스, 구찌나 프라다, 루이비통을 들고 다니던 민숙을 보고 도윤은 쓸데없이 겉멋만 들었다며 대놓고 욕을 할 때도 있었다. 물론 그럴 때마다 민숙은 돈을 써야 경제가 돌아간다며 되받아 치고는 했었다. 괜히 옛 생각이 나자 도윤의 입에선 웃음이 터져 나왔다. 그 때 도윤의 앞으로 민숙이 무엇인가를 내밀었다.
"시계. 너 시계도 없이 다니더라. 남자가 시계도 안 차고 다니면 제대로 경제관념 없어 보여."

그렇게 말한 민숙은 도윤의 왼쪽 손목에 시계를 채워주었다. 그것은 꽤 값비싼 브랜드의 제품이었다.

"야! 이거 비싼 거잖아! 내가 이걸 어떻게 받……."

"시계치고 그렇게 비싼 것도 아니야. 그리고 우선은 내 남자친구니까. 진짜 인정하기 싫지만. 네가 꿀리는 거 싫어. 내 친구들도 만나고 그래야 하는데."

"차라리 내가 살게. 얼마야? 적어도 40만원은 할 텐데. 넌 아끼는 것부터 배워야 해."

다시 시계전문점으로 들어가려는 도윤을 민숙이 막아 세웠다.

"맞아. 나 아끼는 것 좀 배워야 돼. 그 시계는 내가 숍에서 일한 돈으로 산 거야. 아빠 돈 아니라고. 그 정도 선물은 할 수 있잖아."

"우리가 깊게 사귀는 사이도 아니고 난 이렇게 비싼 선물 받을 이유 없어. 이런 거 살 돈쯤은 있으니까 내가 살게. 얼마야?"

"너 진짜 끝까지 내가 자존심 굽혀야겠어? 그냥 내 말 좀 들어주면 어디가 덧나?"

결국 민숙이 참지 못하고 소리를 꽥 지르고 말았다. 그냥 시계 하나쯤 받는 게 어디가 어때서. 펄쩍 뛰는 도윤이 이해가 가지 않았다. 다른 남자들 같았으면 고맙다고 말하며 받아 들였을 것이다. 어쨌건 최씨 집안의 공통점을 찾아내었다. 그놈의 망할 자존심이 얼마나 높은지.

"어떻게 제 동생이랑 그렇게 똑같냐?"

"뭐?"

흥분했는지 쉿소리가 흘러나왔다. 몇 번이나 헛기침을 내뱉던 도윤이 끝내 고개를 끄덕이고 말았다. 그건 민숙의 고집에 졌다는 소리였다.

"어쨌든 이건 고맙게 차고 다닐게. 하지만 앞으론 이러지 마."
"왜? 내가 꾸며주고 싶을 땐 꾸며줄 건데."
"그 땐 의견을 물어봐 줘. 나도 생각이란 게 있는 사람이잖아."
"알았어. 다음엔 먼저 물어볼게. 됐지?"

도윤이 고개를 끄덕였다. 차를 가지고 나오지 않았다는 민숙의 말에 지하철역으로 향했다. 시간대가 일러서 그런지 지하철은 그런대로 한산했다. 자리에 앉은 도윤은 잠시 눈만 감고 있다는 게 잠이 들었다.

그 때 왼쪽 어깨에서 느껴지는 무게에 살짝 눈을 뜨고 봤을 땐 여자의 머리였고 도윤은 민숙도 쇼핑으로 인해 꽤 피곤했다고 생각해 다시 눈을 감았다. 살짝 스치고 지나가는 역 이름에 이제 일어나야 할 때라고 생각해서 민숙의 머리를 살짝 일으키고 일어나는데 갑자기 누군가가 팔을 붙잡았다.

"변태!"

그 목소리의 주인공은 바로 그 머리의 주인공이었다. 잠시 생각을 한 도윤은 민숙이 자신의 오른쪽에 앉아 있었다는 것을 기억해냈다. 고로 바로 왼쪽에 앉은 여자는 생전 처음 보는 여자였다. 그리고 진짜로 자신의 변태(變態)했는데 자꾸 변태라는 소리를 듣는 것도 기분이 나빠 절로 인상이 굳어졌다.

"예? 변태는 무슨. 아니……."
"이 남자가 제가 자고 있는데 계속 만졌다니까요!"

앙칼진 여자의 목소리와 옆 사람들이 도윤을 벽으로 밀치며 몰아붙이자 그는 말도 제대로 하지 못했다. 뭐라고 말을 하고 싶어도 워낙 많은 사람들의 목소리 탓에 도윤의 목소리는 그대로 묻혔다.

"세상에, 멀쩡하게 생겨가지고 저게 무슨 짓이래."
40대 아줌마의 목소리였다.
"잘 생겼는데 변탠가 봐."
10대 여고생들의 목소리.
"하여간, 멀쩡하게 생긴 자식들이 더 지랄질이야."
3, 40대 아저씨들의 목소리.

도윤은 정말 미칠 것 같았다. 얼마나 억울한지 식은땀이 줄줄 흐르기 시작했다. 뭐라고 변명이라도 해야 하는데 다들 싸잡아 욕을 하는 탓에 황당해 말도 나오지 않았다. 도윤은 사람들에게 180도로 둘러싸였다. 바로 뒤로 한 발짝도 움직일 수가 없었다.

"다들 비켜 봐요."

그 때 민숙의 목소리가 들렸다. 도윤은 틀림없이 민숙도 오해하고 있을 것이라고 생각하며 고개를 숙였다. 지하철에서 성추행 범죄를 이용해 남자 하나를 노린 다음 돈을 뜯는 여자들이 있다고는 들었지만 자신이 당할 줄은 꿈에도 몰랐다. 민숙은 모든 사람들의 팔을 뿌리치며 도윤의 앞으로 걸어와 도윤을 잡고 있는 사람들의 손까지 뜯어냈다.

"이 남자 방금 전까지만 해도 나하고 모텔에 있다가 와서 손가락 하나 까딱할 힘도 없었을 텐데 무슨 짓을 했다는 거예요? 거기다 애인인 내가 바로 옆에 앉아 있었는데 성추행은 무슨. 잡으려면 저 여자나 잡아요. 내 남자 허벅지 제대로 주무르고 있던데. 얼굴은 무슨, 거지같이 생겨서. 지금 누굴 넘보는 거야! 다들 눈이 있으면 보이죠? 내 남자친구가 얼마나 잘생겼는데. 저런 여자를 왜 주물러요! 왜!"

4화, 최악의 궁합

 순간 도윤의 눈이 놀라 커졌다. 무작정 방관하지 않을 거라고는 믿고 있었지만 민숙은 지금 다른 사람들뿐만이 아닌 도윤까지 놀라워할 말들을 속사포처럼 쏟아내고 있었다.
 "여기 경찰 없어요? 남자도 충분히 성추행 당할 수 있다고 보는데요? 뭣하시다면 변호사 부르죠. 그리고 제 정신충격으로 인해 상처를 받은 것도 생각해 주세요. 피해보상금은 꽤 나올 것 같네요. 뭐해요? 다들 저 여자 안 잡고."
 민숙의 그 말에 그 때까지 멍하니 도윤을 끝까지 잡고 있던 남자들이 얼떨결에 고개를 끄덕이며 그 여자를 붙잡았다. 여자의 얼굴이 상당히 일그러지고 당혹스러워진 것을 봐서 도윤은 자신의 생각이 맞았다는 것을 알 수 있었다.
 근처에 있는 파출소로 연행되어 오자 민숙은 기분 나쁘다는 얼굴을 여전히 지우지 못하고 있었다. 도윤 역시 살짝 얼이 나간 얼굴로 계속되는 경찰의 물음에 친절히 답을 하고 있을 뿐이었다.

"그럼 고소하시는 겁니까?"

"네? 고소요?"

도윤이 깜짝 놀라 되물었다. 저 여잔 그냥 어깨에 머리를 기댔던 것뿐이지 자신을 만지거나 하지는 않았다. 하지만 생각할수록 꽤씸한 생각에 엄청난 피해보상액을 물어버릴까 고민도 하고 있었다. 만약 고소를 한다면 주민등록번호까지 써야했다. 그랬다간 민숙에게 무슨 트집을 잡힐지 몰랐다. 네 살이나 어리다는 것을 알면 엄청 쏘아댈 것은 분명했다.

"그냥 합의보고 끝내죠? 이봐요. 아가씨. 어떻게 할래요? 고소까지 들어가서 천문학적인 피해보상금을 내놓을 건가요? 아님, 깔끔하게 합의금 주고 끝낼래요? 그렇지 않아도 오늘 저하고 제대로 된 사랑을 나누는 바람에 피곤한 사람에게 이 무슨 사기를 쳐요? 도대체가 제 정신이에요?"

도윤은 입에서 새어나오는 웃음을 참기 힘들었다. 사실 민숙이 상당히 도전적이고, 안하무인에 직선적이라는 것은 알고 있었다. 하지만 저렇게 낯간지러운 말을 내뱉을 정도로 자신을 감싸주고 있다는 생각에 은근히 왼쪽 가슴이 뻐근해져왔다. 하지만 도윤은 웃음을 멈출 수밖에 없었다. 언제 연락이 닿았는지 달려온 순식이 거의 반 죽일 듯한 눈으로 도윤을 노려보고 있었기 때문이었.

완벽히 굳은 얼굴로 그를 노려보고 있는 순식의 눈을 피했다. 하지만 곧 귀를 잡아당기는 순식 때문에 도윤은 그대로 끌려 나갈 수밖에 없었다.

"아, 아버지! 그게 아니……."

"그 입 다물어라."

온몸에 소름이 돋을 정도로 차가운 목소리에 도윤은 눈을 질끈 감았다. 결국 합의금으로 처리를 하고 집으로 돌아왔다.

순식이 먼저 집 안으로 들어가고 뒤에 서서 계속 눈치를 보고 있는 민숙을 보던 도윤은 얼굴을 한번 쓸어내리며 한숨을 내쉬었다. 하지만 피할 수 없다는 것을 알고 민숙의 등을 밀었다.

얼떨결에 현관으로 들어선 민숙은 자신을 맞이하는 석희를 향해 어색하게 인사를 하고서 신발을 벗었다. 뒤를 이어 들어오던 도윤은 허리를 숙여 민숙의 신발을 정리한 다음 안으로 들어섰다.

당장 술상을 봐오라는 순식의 말에 석희는 어리둥절한 표정으로 부엌으로 들어갔다. 도윤이 순식의 앞에 무릎을 꿇고 앉자 민숙도 덩달아 무릎을 꿇었다. 순식은 죽일 듯한 눈으로 도윤을 노려보고 있을 뿐이었다. 자신을 바라보는 눈빛에 잔뜩 실망감이 묻어 있자 도윤은 저도 모르게 그 시선을 피했다. 절대 순식에게 실망감을 안기고 싶지는 않았다. 장남으로서의 모든 도리는 다 하고 싶었다. 하지만 이미 산산조각이 났다는 것을 그 누구보다도 잘 알고 있었다. 순식의 실망스러운 눈빛은 도윤을 저 깊은 절망 속으로 밀어 넣기에 충분했다.

석희가 술상을 봐오자 순식은 그 자리에서 세 잔이나 비워내었다. 그 모습에 도윤은 더욱 겁을 먹고 있었다.

"이름이 뭔가?"

"네? 아, 유민숙이라고 합니다."

"본관은?"

"고흥 유씨 26대손……."

그 때부터 민숙은 시조와 당파까지 들어갈 듯한 목소리로 대답하고 있었다. 주먹을 쥐고 있는 손에 땀이 차는 것을 느끼자 도윤은 몇 번이나 허벅지에 손바닥을 문질렀다. 그리고 얼마나 긴장을 했는지 입안의 침이 자꾸 말라오는 느낌이 들었다.

"누군데 그래요? 우리 도윤이 친……."
"도윤이가 책임져야 할 아가씨네."
"도윤이가 무슨 책임을 져…… 설마."

석희는 설마라는 얼굴로 도윤을 쳐다보고 있었지만 그는 얼굴을 들 수 없는지 고개를 숙였다. 민숙의 얼굴 역시 계란 프라이를 해도 될 정도로 붉게 달아올라 있었다. 석희는 혈압이 오르는지 뒷목을 잡으며 연신 부채질을 하기 시작했다.

"저기 죄송하지만 사실대로 말씀 드릴게요. 사실은 저희 오늘 모텔 같은 데 간 적 없어요. 그냥 시내에서 만나 쇼핑 좀 하다가 지하철에서 아까 그 여자를 만나서. 그 다음은 다 아시는 대로……."
"그럼 도윤이가 아가씨에게 책임질 짓을 전혀 한 적이 없단 말인가?"

순식의 물음에 민숙의 얼굴이 굳었다. 워낙 거짓말을 못하는 솔직한 성격이었던데다 기억은 잘 나지 않는다고 해도 그 무슨 일은 틀림없이 있었기 때문이었다.

"도윤이 네가 말해 봐."

순식의 시선이 도윤에게로 옮겨졌다. 절로 도윤의 고개가 올라갔다. 얼마나 타들어 갈 만큼 무섭게 느껴지는지 도윤은 순식의 시선을 피할 생각도 하지 못했다.

"해…… 했습니다."

도윤과 순식의 눈이 부딪쳤다. 순간 순식의 눈동자가 흔들렸다. 도윤은 살짝 고개를 끄덕였다. 보통의 아버지라면 이런 경우에 응당

아들의 뺨을 내리쳤을 것이다. 하지만 순식은 그러지 못하고 고민을 하고 있었다. 도윤은 이미 남자의 눈이었다. 그것을 순식도 모르지는 않았다.

도윤은 왼쪽 뺨을 사정없이 내리치는 순식의 주먹을 그대로 받아내야만 했다. 얼마나 센 충격이었는지 도윤이 조금도 버티지 못하고 민숙 쪽으로 쓰러졌다. 놀란 건 민숙과 석희도 마찬가지였다.

"괘…… 괜찮아?"

민숙이 놀란 듯 도윤의 얼굴을 어루만졌다. 하지만 이미 순식은 취해있었고 그녀의 행동이 더욱 화를 부추기는 계기가 되었다. 다시 시작되려는 순식의 구타에 민숙은 자신도 모르게 재빨리 두 팔을 뻗으며 도윤을 막아섰다. 계속 이렇게 맞다간 도윤이 죽을 것 같아서였다. 순식이 때리던 것을 멈추고 안방으로 걸어가자 민숙은 다행이라는 듯 한숨을 내쉬며 고개를 숙였다.

"악!"

하지만 바로 이어지는 도윤의 비명소리에 민숙은 재빨리 고개를 돌렸다. 순식은 죽도를 들고 정말 도윤이 솜 인형이라도 되는 듯 마구잡이로 때리고 있었다. 거기다 바보 멍청이처럼 도윤은 그 모든 매를 맞고 있었다. 이미 입술은 터져 피가 흘러내리고 있는데다 눈가는 시퍼렇게 멍이 들고 있었다. 민숙은 눈을 질끈 감으며 다시 도윤의 앞을 막아섰다.

"아가씬 비키게! 남자로서 책임지지 못할 짓을 했으면 맞아야 하네."

"저희 성인이잖아요! 그리고 사귀는 사이예요. 얼마든지 자, 잘 수 있다고 생각합니다. 저, 저도 동의한 거였어요. 그러니까 도윤이 그만 때리세요. 진짜 죽겠어요."

거의 발악에 가까운 목소리에 잠시 정신을 차린 도윤은 몸을 일으키며 이마에서 흘러내리는 피를 닦아내었다. 아무래도 죽도로 맞을 때 머리 안쪽 피부가 벗겨진 모양인지 피가 멈출 생각을 하지 않고 있었다.

세상에 태어나 순식에게 맞은 것은 처음이었다. 하지만 충분히 순식의 마음을 이해할 수 있었으므로 도윤은 아무 말도 할 수가 없었다.

자신도 지금 너무 심란하고 복잡한데 아버지는 오죽하랴. 여자에서 남자로 된 지 겨우 5개월 만에 여자와 사고를 치고 들어왔다고 하니. 순식이 이렇게 행동하는 것이 충분히 이해가 됐다.

도윤의 이마 쪽에서 피가 흐르기 시작하자 순식의 마음이 덜컥 무너졌다. 하지만 이대로 쉽게 넘길 일은 아니었다.

"동의했다고? 성인이 하는 섹스가 단순히 쾌락만을 위해 존재하는 거라고 생각하나? 아가씨는?"

"아, 아닙니다."

"그에 따른 책임도 져야할 줄 아는 게 성인이라고 생각하네. 내 말이 틀렸나?"

"틀리지 않으셨습니다. 옳으신 말씀입니다. 그리고 도윤이는 분명 책임을 지겠다고 말했지만 제가…… 거절한 겁니다."

크게 쩌렁쩌렁 울리던 민숙의 목소리는 끝엔 거의 기어들어갈 듯 작아져 있었다. 그 말에 순식은 더 열이 받은 듯 민숙을 밀쳐내며 다시 도윤을 향해 죽도를 휘두르기 시작했다. 도윤은 무릎을 꿇고 앉아 날아오는 모든 것들을 받아내었다.

분명 이렇게 도윤이 더 맞게 된 것은 자신의 발언이 크나큰 작용을 했음을 깨달은 민숙은 더 이상은 방관할 수 없다고 생각하며 외쳤다.
"제가 책임지겠습니다!"

순식간에 전쟁터를 방불케 했던 거실이 찬물을 끼얹은 듯 조용해졌다. 세 사람의 시선이 순식간에 민숙을 향했고 그제야 그녀는 더 이상 빠져나갈 구멍이 없다는 것을 깨달았다.

내일 당장 목포로 내려가 민숙의 부모님을 찾아뵙고 모든 것을 솔직하게 말하고 오라는 순식의 말에 도윤은 고개를 끄덕였다. 그 어떤 모든 말을 듣더라도 모든 것을 책임지라는 말만 하고 순식은 안방으로 사라졌다. 석희 역시 무슨 말을 할 수 없다는 듯 민숙의 어깨만 두어 번 두드린 다음 안방으로 들어갔다.

긴장이 풀렸는지 도윤은 그대로 쓰러졌다. 놀란 민숙이 몇 번이나 도윤의 볼을 때리기 시작했다. 도윤은 팔을 들어 올려 민숙의 손목을 붙잡았다.

"아파. 그만 때려."
"기절이라도 한 줄 알았잖아."
"일어나. 데려다 줄게."
"어? 아냐. 그 얼굴로 어딜 나가. 그냥 치료나 해."
"빨리 일어나. 너 혼자 보내면 나 또 죽어나니까."

도윤이 자리에서 일어나 민숙의 짐들을 들고 현관 쪽으로 걸어갔다. 민숙도 더 이상 앉아 있을 수만은 없어 도윤의 뒤를 따랐다.

길을 가던 사람들이 모두 한 번씩 고개를 돌려 도윤을 쳐다보았다. 물론 평상시의 잘생긴 모습 때문에 돌아본 것이 아니라 입가와 이마에서 흐르는 피와 푸릇푸릇 생겨나기 시작한 멍 때문이었다. 도저히 안 되겠다고 생각한 민숙이 도윤을 멈춰 세운 다음 까치발을 들어 그의 머릿속을 확인했다.

"야! 찢어졌어! 빨리 가서 꿰매야겠다."

"됐어. 안 아파."

"피가 계속 나와!"

결국 민숙의 고집으로 근처에 있는 병원으로 들어가 치료를 받았다. 마취도 하지 않고 이마를 꿰매는데도 불구하고 도윤은 작은 신음소리 하나 내지 않았다. 간호사가 소독약으로 찢어진 입술을 살짝 누르자 도윤이 미간을 찌푸렸다.

"세상에, 다섯 바늘이나 꿰맨 거 알아? 왜 그렇게 무식하게 맞고만 있냐? 괜히 더 미안해지게."

"됐어. 다 내가 잘못한 건데."

그렇게 말한 도윤은 한숨을 내쉬었다. 아무리 술에 취했어도 그렇지 그놈의 본능이 문제였다. 설마 자신이 여자를 덮치게 될 줄은 정말 꿈에도 생각 못한 일이었다. 그것도 유민숙을 말이다.

의자에서 일어나 잠시 스치다 거울을 본 도윤은 다시 멈춰서며 거울을 들여다보았다. 정말 쳐다보지 못할 정도로 가관이었다. 왼쪽 눈가는 이미 시퍼렇게 멍이 들어 있었다. 그뿐이면 괜찮겠지만 제대로 맞았는지 얼굴은 퉁퉁 부어 있었다. 입술은 찢어져 있었고 머릿속에서 흘러내린 피는 아직도 옆선을 타고 목까지 이어져 있었다.

남자가 되면서 맷집까지 상당히 좋아진 듯했다. 그렇게 맞으면서도 별로 아픈 걸 느끼지 못하다니. 아니, 어쩌면 너무 겁이 나서 그 당시 아픈 걸 몰랐던 것일지도 몰랐다. 살짝 입가를 어루만지다 따끔한 느낌에 절로 인상이 찡그려졌다.

"야, 진짜 괜찮아?"

"아파. 진짜 아프다. 야, 너희 아버지 체격 좋으시지?"

"응. 키도 민혁이 정도만한데다 체격은 더 좋으시지."

한때 유도 선수로 활동한 적이 있었던 민혁도 정말 체격이 좋았었다. 도윤은 눈앞이 노랗게 물드는 것을 느꼈다.

"야, 민혁이 너희 아버지한테 맞아본 적 있어?"

"고등학교 때. 매 맞다가 허벅지에 금갔었어."

"나 내일 죽었다."

도윤의 말을 잠시 이해 못하고 있던 민숙의 얼굴이 하얗게 질려갔다. 하나뿐인 딸이라고 그동안 얼마나 자신을 애지중지, 불면 날아갈까 만지면 부서질까. 얼마나 공주님처럼 받들어져 커왔던가.

그런 민숙의 표정을 보는 도윤의 표정도 점점 일그러져갔다. 그러다 주름이 가는 통에 또 다시 고통에 시달려야했다.

"우리 민혁이 대동해서 가자. 아차, 싶으면 민혁이가 우리 아빠 좀 막으면 되잖아."

"말이 돼? 난 지금 하나뿐인 딸을 빼앗은 불한당인데. 민혁이도 널 지키지 못한 죄로 반쯤은 죽어날 거다. 아, 그러게 왜 책임을 지겠다고 그래!"

갑자기 고함을 지르는 도윤 때문에 민숙이 열을 받은 듯 되받아쳤다.

"안 그럼 너 맞아 죽을 것 같은데 그냥 방관하고 있어? 나 때문에 그렇게 된 건데?"

"그냥 맞아 죽는 게 나았겠다!"

"뭐? 너 지금 말 다했어?"

"저기요! 다음 환자 받아야 하거든요? 나가주시겠어요?"

앙칼진 간호사의 목소리에 도윤과 민숙은 아직 진찰실에 있다는 것을 깨달았다. 조용히 사과를 한 다음 병원에서 빠져나온 두 사람은 앞에 있는 약국으로 걸어갔다. 찰과상에 좋다는 연고를 사온 민숙은 소파에 앉아 있는 도윤의 앞에 앉아 멍들어 있는 곳에 연고를 바르기 시작했다.

"아프잖아. 살살 좀 해."

"요령껏 피해야 할 거 아니야! 그걸 무식하게 다 맞고 있어?"

"그걸 어떻게 요령껏 피해. 나 우리 아버지한테 맞는 것도 태어나 처음이어서 지금 충격 무지 크니까 그만 긁어라. 유민숙."

"맷집이 이렇게 약해서 어떡해? 너 내일 우리 아버지한테 죽었어. 아버지한테 맞는 게 처음이라고? 이상하네. 너 모범생이었어? 민혁이는 엄청 맞고 자랐는데."

민숙이 그렇게 말하며 손가락으로 눈가를 꾹꾹 눌러가며 연고를 발랐다. 아프다고 난리를 쳐대는 도윤을 끝까지 붙잡고 약을 바른 민숙은 그의 손에 연고를 쥐어주었다.

"집에 가서 계속 발라. 조금이라도 좋아진 모습으로 내려가야 하잖아."

민숙이 먼저 자리에서 일어서며 약국을 빠져나갔다. 도윤은 자꾸 때와 장소를 가리지 못하고 흥분하고 있다고 생각하며 약사를 향해 미안한 듯 고개를 숙인 다음 약국에서 빠져나왔다. 택시를 잡고 있는 민숙을 붙잡은 도윤이 말했다.

"민혁이한텐 사실대로 말해라."

"뭐? 야, 너 민혁이한테도 맞고 싶어서 그래?"

"매도 먼저 맞는 게 낫지. 뭐 어쩔 거야. 그리고 나 안 맞아. 걱정 마."

"거, 걱정은 누가 했다고 그래?"

"뭐가. 너 아까부터 나 계속 걱정하는 거 아니었어?"

"야! 불똥이 나한테도 튈까 봐서 그러지!"

105

민숙은 거칠게 도윤의 팔을 뿌리치고 택시에 올라탔다.

"야! 민혁이한테 꼭 말해!"

하지만 그걸 들었는지 못 들었는지 택시는 이미 멀어지고 보이지 않았다.

'뭐야? 좀 걱정해주면 덧나냐? 나도 지금 무지 겁난다고. 이 유민숙 여사야.'

혼자 구시렁대며 집으로 차마 들어가지 못해 서성이던 도윤은 현관문을 열고 나오는 도석 때문에 놀라 앞가슴을 쥐었다.

"야! 놀랐잖아!"

"들어오지 뭐 하고 있는 거야? 엄마한테 다 들었어. 아버지도 많이 화 풀리신 상태니까 들어 와."

도석의 말을 믿고 들어간 도윤은 바로 후회했다. 거실에 앉아 계속 소주를 마시고 있는 순식과 석희를 보자 또다시 두려움이 밀려왔다. 거기다 아직도 거실에서 나뒹굴고 있는 죽도를 보자 공포심은 배가 되었다.

"최도윤. 이리 와서 앉아."

현관 쪽을 쳐다보지도 않았는데 어떻게 알았는지 순식이 그렇게 말하고 있었다. 굳은 듯 뻣뻣하게 서 있던 도윤은 겨우 발걸음을 이끌어 앞으로 걸어가 앉았다. 순식은 도윤을 향해 잔을 내밀었다. 소주가 가득 따라지자 도윤은 재빨리 잔을 입으로 가져갔다. 알코올이 들어가서 그런지 찢어진 입 안이 더욱 쓰려왔지만 티를 낼 수는 없었다.

"내일 가서 사정없이 잘못했다고 빌어. 그리고 민숙 양 책임지겠다고 말해. 무슨 모진 말을 들어도 참고, 때려도 참아."

"네."

"그 아가씨 많이 좋아하는 게냐?"

"제가 무슨 불여……."

도윤은 저도 모르게 '불여시 유민숙 여사'라고 불렀던 별명이 튀어나갈 뻔한 것을 겨우 막으며 고개를 끄덕였다.

"네."

"비록 신체적 변화는 있었지만 넌 이제 어엿한 성인 남자다."

"민숙인 그 사실 몰라요. 아니, 평생을 몰랐으면 합니다."

"전생에 내가 무슨 죄를 그렇게 지었는지……."

석희는 퍽퍽한 듯 가슴만 내려칠 뿐이었다.

"피 난 곳은…… 괜찮은 거냐?"

"네. 괜찮아요. 아버지."

순식의 걱정하는 것은 보고 싶지 않아 도윤은 대충 얼버무렸다. 그 자리에 앉아 소주 석 잔을 내리마신 뒤 방으로 들어온 도윤을 따라 도석이 따라왔다. 도윤은 피곤한 듯 바로 침대로 엎어졌다.

"형, 괜찮아?"

"너 같으면 괜찮겠냐? 머리도 다섯 바늘이나 꿰맸어. 그나저나 내일 죽었다. 야, 유민숙네 아버지 키가 민혁이랑 비슷한데다 체격은 더 좋대. 거기다 유민혁은 맞다가 허벅지 뼈에 금까지 간 적 있단다. 미치겠네. 어쩌다가 불여시 유민숙 여사한테 딱 걸려가지고."

괴로운 듯 머리를 북북 긁어대던 도윤은 생각하기도 싫다는 듯 두 눈을 감았다.

"힘들겠지만 어쩌겠어. 이미 이렇게 됐는데. 같이 지내다 보면 형도 이제 서서히 더욱 완벽한 남자가 될 거고. 민숙 누나가 좋아질 수도 있잖아."

"야, 지금 그게 중요한 게 아니야. 가서 뭐라고 할까? 어떻게 해야 제일 안 맞고 피해갈 수 있을까?"

도윤에겐 미래보다 바로 눈앞에 닥친 상황이 중요한 듯했다. 잠시 생각을 하던 도석이 입을 열었다.

"그냥 가자마자 무릎 꿇고 이렇게 말해."

"어떻게?"

"따님을 제게 주십시오!"

잠시 황당한 표정을 짓던 도윤의 입가에 살짝 웃음꽃이 피어났다. 얼핏 들으면 말도 안 되는 소리 같았지만 그것 또한 은근히 말이 되는 듯했다. 도윤은 그렇게 말해야겠다는 표정으로 고개를 끄덕였다.

아침에 일어나자마자 샤워를 마친 도윤은 최대한 정중히 보일 수 있는 옷으로 갈아입기 시작했다. 찌는 여름이라 사실 정장 따위는 질색이었지만 최대한 공손하게 보이려면 그런 식으로라도 입어야지 어쩔 수 없었다. 비록 오늘 맞아 죽는 한이 있더라도, 옷이 찢어지더라도 이렇게 입어야만 했다. 하지만 역으로 생각해 본다면 현재 자신은 직장인도 그렇다고 학생도 아닌 그저 완전한 백수에 불과했다. 도석의 말대로 '따님을 제게 주십시오.'라고 말하는 건 좋았다. 하지만 그 뒤로 돌아올 질문들에 대해선 차라리 기절이라도 하고 싶은 심정이었다.

재킷을 걸쳐 입으며 도윤은 한숨을 내쉬었다. 얼굴에 푸릇푸릇 든 멍들이 상당히 우스워 보였다. 자신이 보기에도 이렇게 우스워 보이는데 어르신들이 본다면……. 뒤는 생각하지 않아도 뻔했다.

다녀오겠다고 말을 한 뒤 아파트 입구로 나왔을 때는 민숙의 차가 이미 도착해 있었다. 그리고 민숙은 긴장한 얼굴로 차 옆에 서 있었다.

"유민숙. 더운데 왜 나와 있어."

민숙이 고개를 돌려 도윤을 바라보았다. 무척이나 잘생긴 얼굴이라고 생각은 했었지만 저렇게 정장을 입으니 또 사람이 달라보였다. 친구들 말로 남자는 역시 슈트가 잘 어울려야 한다고 하더니. 어쨌거나 도윤의 외모는 무척이나 그녀의 마음에 들었다.

차 위로 올라타며 도윤은 셔츠 단추 하나를 풀어 목을 느슨하게 만들었다. 민숙이 옆에서 뭐라고 말을 걸고 있었지만 워낙 앞으로 닥쳐올 상황에 겁을 먹은 도윤은 제대로 듣지도 못했다. 결국 참다 못한 민숙이 도윤의 어깨를 내려치자 정신을 차린 듯 입을 열었다.

"어. 왜?"

"가서 뭐라고 할 거야?"

"뭐라고 하긴. 그냥……. 몰라. 닥쳐야 아는 상황을 뭐 어쩌라고."

"그렇게 앞뒤가 꽉 막히신 분들 아니니까 괜찮을 거야."

저 말이 진심인지 거짓인지는 몰랐지만 그 말 하나에 도윤은 조금은 진정이 되는 듯했다. 왜 이렇게 도로는 뻥뻥 뚫린 것인지 평상시보다 일찍 도착했다며 차에서 내리는 민숙을 보며 도윤은 살짝 긴장했다. 과일바구니를 하나 들고 내린 뒤 민숙의 뒤를 따라가며 도윤은 기겁했다.

잘 손질된 정원에는 딱 보기에도 값비싸 보이는 나무들과, 분재, 심지어 분수대까지 있었다. 돈이 튀는 집안이라고 듣기는 했지만 생각했던 것보다 훨씬 재력을 자랑하고 있었다. 거기다 큰 소리로 짖어대는, 덩치가 산만 한 개들은 주위에서 흔히 볼 수 없는 종인 것 같았다. 괜히 놀라서 흠칫 거리던 도윤은 걸음을 빨리해 바로 민숙의 뒤를 따라갔다.

대리석으로 되어 있는 현관 안으로 들어섰을 때 빨간 카펫을 밟으며 도윤은 한숨을 내쉬었다. 아무래도 오늘은 맞을 각오를 단단히 하는 게 좋겠다고 생각하며 고개를 들었다. 정자 식으로 이루어진 곳은 다크 브라운 색의 원목 탁자가 놓여 있었고 좌식의자가 놓여있었다. 그리고 그곳엔 민숙이 앉아 도윤에게 손짓을 하고 있었다.
앞으로 걸어가 과일바구니를 옆에 내려놓으며 도윤은 고개를 숙여 인사를 했다.
"만나 뵙게 되어 반갑습니다. 최도윤이라고 합니다."
"만나서 반가워요. 민숙이 엄마예요."
"아, 미인이시군요."
"고마워요. 이쪽으로 앉아요."
민숙 어머니는 굉장히 젊어보였다. 아니, 엄마라는 표현이 전혀 어울리지 않았다. 오히려 민숙과 나이 터울이 조금 있는 언니 정도 쯤으로밖에 보이지 않았다. 외모 상으로는 확실히 모녀지간답게 많이 닮아 있었다. 잠시 넋이 나간 얼굴로 앉아 있던 도윤은 뒤에서 들리는 헛기침 소리에 재빨리 자리에서 일어났다.
한눈에 보기에도 알 수 있었다. 지금 앞에 있는 남자가 바로 그 유민숙과 유민혁의 무시무시한 아버지라는 사실을. 민혁과 많이 닮은 눈매는 무척이나 매서워 보였다. 도윤은 저도 모르게 어깨를 움츠렸다.
"유진한이라고 하네."
"네. 최도윤입니다."
앞으로 불쑥 내밀어진 손을 잡으며 도윤은 고개를 같이 숙였다. 앉으라고 말하며 권유하는 손길에 도윤은 무릎을 꿇고 앉았다. 민혁과 똑같은 눈으로 자신을 훑기 시작하는 눈매에 도윤은 잔뜩 긴장한 듯 온몸에 힘을 주었다. 그 때 진한의 입에서 웃음이 흘러나왔다.
"그렇게 긴장하지 않아도 되네. 편하게 앉게."
"배려해주셔서 고맙습니다."
잠깐이었지만 확실히 근육들이 많이 긴장을 한 듯 다리가 저려왔지만 도윤은 가급적 움직임을 최소한으로 해 편안한 자세로 앉았다.
"두 사람이 교제를 하고 있다고?"
숙정이 차를 따라 앞으로 놓자 진한이 마시며 물었다. 도윤은 최대한 공손한 목소리로 그렇다고 대답하였다. 분명히 집 안은 에어컨 공기로 인해 시원하다 못해 서늘할 정도였지만 도윤은 등가에 식은땀이 배는 것을 느끼고 있었다. 강압적이거나 고압적이지는 않은 분위기였다. 하지만 진한은 그 존재만으로도 엄청난 위압감을 주고 있었다.
"자네 술은 할 줄 아는가?"
"적정 정도의 수준까지는 마실 줄 압니다."
"그럼 한 잔 하지."
진한의 말이 떨어짐과 동시에 탁자 위에 놓여있던 찻잔들은 모두 사라지고 술상이 차려지기 시작했다. 일하는 사람들이 순식간에 탁자 위에 안주들과 양주들을 내려놓고 사라졌다. 한참 동안 술을 마시던 도윤은 현재 자신이 빈속이라는 것을 알아차렸다. 거기다 독한 양주를 스트레이트로 다섯 잔이나 마셨으니 갑자기 취기가 도는 것도 당연한 일이었다.
"피임은 확실히 했나?"
막 여섯 번째 잔을 마시려던 참이었다. 그 소리에 도윤이 술을 내뱉고 말았고 당황한 듯 재빨리 재킷 소매로 입가를 닦았다.
"아빠, 내가 무슨 어린앤가?"

"사귀고 있는 성인남녀 사이에 흔한 일 아니던가? 그런 것에 큰 의의를 두지는 않으니 그저 두 사람이 사귀는 동안은 최선을 다해주게."

도윤은 바로 그 말뜻을 알아차렸다. 사귀는 것 정도는 양해해 줄 수 있으나 그 이상 깊어진다는 건 곤란하다는 말이었다. 안도의 한숨을 내쉬면서도 또다시 심장 부근이 뻐근해지는 것을 느꼈다. 도윤은 다만 너무 긴장했던 것들이 풀어지면서 느끼는 것일 뿐이라고 치부했다.

확실히 진한은 그저 아직 어린 민숙이 만나고 다니는 스쳐가는 한 남자로 지나갈 뿐이라는 것을 계속해서 확인시켜 주었다. 대화의 깊이도, 시선도 그러했다. 잠시 엄지손가락으로 입술을 쓸어내리던 도윤은 아직은 찢어져 있는 입술이 따끔한 것을 느꼈다.

잠시 숙정이 민숙을 불러내자 그 자리엔 진한과 도윤만이 남았다. 비워져 있는 잔에 양주를 따르는 진한을 보며 도윤은 살짝 입을 대고 잔을 내려놓았다. 그리고 진한에게 똑바로 시선을 맞추었다.

"사귀는 동안은 최선을 다할 생각입니다. 그리고 민숙이에게 좋은 남자가 아니, 민숙이가 진심으로 좋아하는 남자가 생긴다면 보내줄 생각입니다."

"만약 자네를 좋아한다고 하면?"

유난히 선이 강해 보이는 턱 근육이 움직이는 것을 보며 도윤은 살짝 눈을 내리깔았다.

"진심을 말씀드려도 되겠습니까?"

"진심이 듣고 싶군."

"저희 아버지께서는 무슨 말을 들어도 혹은 때려도 그저 모두 받아주라고 하셨습니다. 하지만 아버님께서 그렇게 관대할 정도로 이해해주시니 솔직한 심정을 말씀드리겠습니다. 확실히 전 민숙이를 사랑하고 있지는 않습니다. 물론 들으셨겠지만 말이죠. 술에 취한 상태였습니다. 그것도 기억나지 않을 정도로 말입니다. 제가 한 일에 대해 부끄럽다고 생각합니다. 하지만 최대한 책임을 질 생각입니다. 처음엔 민숙이가 거부를 했습니다. 어쩌면 제 마음속에서도 그걸 바랐을지도 모릅니다. 하지만 여기까지 온 이상 저도 한번 최선을 다해서 상대를 배려하고 생각해 줄 생각입니다."

도윤은 자신이 당돌하다는 것을 알고 있었다. 하지만 이상하게 오기가 생겼다. 한수 접고 자신을 바라보고 있는 진한 때문에 그러는 것인지, 민숙에게 있어 그저 지나가는 남자일 뿐이라는 것 때문에 그러는 것인지는 몰랐다. 다만 지금은 민숙과 아무런 상관이 없는 남자가 되는 게 당연하다고 생각되는 것이 싫었다.

비록 완벽한 남자가 될 때까지 얼마의 시간이 걸릴지는 모르겠지만 현재 자신은. 진한의 앞에 앉아 있는 자신은 육체뿐만이 아닌 정신도 완전한 남자였다.

"나도 내 진심을 말하지. 난 자네에게 민숙이를 맡기고 싶은 생각이 전혀 없네. 부모라면 당연한 것이겠지만 난 민숙이를 조금은 편한 환경에서 지낼 수 있도록 해주고 싶어. 내가 보기에 자네는 키도 크고, 얼굴도 잘 생긴데다 매력이 있지. 외형적인 조건은 나무랄 데가 없어. 아니, 민숙이 분에 넘칠 정도지. 헌데, 하고 있는 일이 아무것도 없더군? 그렇다고 해서 대학생도 아닌, 이제 고등학교 검정고시를 치러야 하는 입장이고."

자존심이 상했지만 도윤은 그저 고개를 한번 끄덕일 뿐이었다. 어차피 할 수 있는 말은 아무것도 없었다. 그저 지금은 최대한 숙이고 들어가는 것뿐이었다.

"그런 자네에게 내가 내 딸을 믿고 맡길 수 있겠나?"

"아니요. 저라도 저 같은 놈에게 딸을 주지 않겠습니다."

진한이 입매를 끌어 올리며 웃었다.

"전 민숙이 곁에서 그냥 스쳐지나가는 엑스트라가 아닙니다. 분명 저희 두 사람이 서로를 사랑하고 있지는 않다 하더라도 민숙이의 머릿속에 저는 분명히 큰 존재일 것이고 현재의 전 누가 뭐라고 해도 진짜입니다. 그 사실은 꽤 오랫동안 변하지 않을 것입니다. 무조건 적으로 지나쳐가는 사람으로 보지 마십시오. 혹시 압니까. 민숙이가 제게 매달릴지 말입니다. 그러고 보면 전 꽤 대륙적인 기질을 갖고 있는 사람인 것 같습니다. 얼토당토않은 얘기라고 생각하실지도 모르겠지만 오늘 아버님께서 보여주신 태도에 전 확실히 민숙이에게 새로운 감정 하나쯤이 생겨난 것 같습니다. 그 점은 깊이 고맙다는 말씀을 드리고 싶습니다. 현재의 전 비록 보잘 것 하나 없지만 미래는 달라질 것이라고 말하고 싶습니다."

* * *

차에 올라타자마자 올라오는 취기에 도윤은 몸을 제대로 가누지 못했다. 분명 제대로 인사까지 하고 나서 제대로 안전벨트를 매고 차가 출발했다. 하지만 멀어짐과 동시에 도윤은 몸도 제대로 가누지 못할 정도로 휘청거리고 있었다.

왼쪽으로 핸들을 돌리면 사정없이 민숙의 어깨로 쓰러졌고 오른쪽으로 핸들을 돌리면 창문으로 쓰러졌다. 확 풍겨오는 술 냄새에 민숙이 인상을 찌푸리자 도윤은 시트를 뒤로 눕혔다.

"너희 아버지 술 완전 세시다?"

꼬이지 않은 발음에 민숙은 꽤 놀란 듯했다. 몸은 확실히 취해서 제대로 가누지도 못하고 있었는데 말을 또박또박 내뱉고 있었다.

"살면서 이렇게 긴장했던 적은 처음일 거야. 사실 어제 도석이하고 무슨 이야기를 했는지 알아? 가자마자 무릎 꿇고 따님을 제게 주십시오, 라고 하라고 하더라. 처음엔 웃었는데 그 당시엔 그게 제일 좋을 거라고 생각했어. 그런데 전혀 상상했던 모습과는 달라서 전혀 그 말이 안 떨어지더라."

"아빠하고 무슨 이야기를 한 거야?"

톨게이트를 지나며 민숙이 물었다. 잠시 눈을 감고 있던 도윤은 천천히 눈을 떴다. 그리고 몸을 일으켜 핸들을 잡아 오른쪽으로 돌렸다. 놀란 민숙이 재빨리 갓길로 차를 세우며 사이드 브레이크를 올리고 도윤의 등을 몇 번이나 때렸다.

"야, 너 미쳤냐? 사고 나고 싶어서 환장했어?"

다시 도윤을 때리기 위해 올라갔던 민숙의 손이 잡혔다. 그리고 그 동시에 도윤의 입술이 민숙의 입에 닿았다. 하지만 그뿐이었다. 그저 잠시 입술이 맞닿았다가 떨어진 것. 멀어지는 숨결을 느끼면서 민숙은 동그랗게 뜬 눈을 감지도 못하고 계속해서 도윤을 쳐다보고 있었다.

"애매모호할 정도로 헷갈리던 감정을 일깨워 주시더라. 새로운 감정이 생겨났다고 말씀드렸어."

도윤이 말을 마쳤음에도 불구하고 민숙은 놀란 표정을 지우지 못하고 있었다.

"넌 아니야? 난 지금 심장이 이상할 정도로 뛰고 있는데. 표정을 보니 놀란 것 같긴 하지만."

"그, 그래! 놀라서 그래. 감정이 생기긴 무슨 감정이 생겨? 다시 한 번 말하지만 난 너 같은 타입 아주, 아주 싫어해. 절대로 널 좋아하게 될 일은 없을 거야."

"그럼 내가 쫓아다니면 돼. 월, 수, 금은 수업이 널널하지? 그 날은 만나는 날로 정해. 5분이라도 좋고, 10분이라도 좋아. 우선 표면적으로 우리는 사귀는 사이니까. 그리고 날 만나는 날은 그 짧은 미니스커트에, 눈에 짙은 화장을 삼가주었으면 좋겠어."

"뭐? 내 취향을 왜 너한테 맞춰야 해? 그리고 또 왜 그렇게 자주 만나?"

"말했잖아. 난 새로운 감정이 생겼다고. 거기다 우리는 사귀는 사이이고. 일주일에 세 번 만나는 건 적다고 생각하지만 널 위해서 배려해 준 거야. 네 말대로 네 취향에 맞는 사람을 4일간 찾아다녀. 난 일주일에 3일간을 널 만날 테니까. 예쁜데, 얼굴을 가리는 화장은 조금 아깝잖아. 그래서 나 만나는 날만 자제해 달라는 거야. 그리고 나도 남자니까 내 여자의 다리를 다른 남자들이 훑는 건 싫거든. 뭐 해? 출발해."

긴 말을 끝마친 도윤은 다시 누워 잠을 청하기 시작했다. 어이없어 하던 민숙이 차를 출발시키자 도윤은 생각에 빠져들었다. 일주일에 세 번을 만나가면서 민숙에 대한 감정을 제대로 확인해 갈 생각이었다. 지금 갖고 있는 감정을 불안한 것이라 뭐라 할 확신이 없었다. 하지만 민숙과 함께하는 시간이 많아지면 이 불안한 감정도 점차 정리가 될 것이라고 생각했다.

언제 잠이 들었는지 민숙이 어깨를 흔들자 도윤은 서서히 눈을 떴다. 차는 벌써 아파트 입구에 서 있었고 피곤해서 떠지지 않는 눈을 억지로 부릅뜨며 몸을 일으켰다.

"운전 조심히 하고 들어가."

그렇게 말하는데도 민숙은 아무런 말이 없었다. 분명히 아까의 사건으로 삐진 것이 분명하다고 생각하며 도윤은 손을 뻗어 민숙의 입술을 매만졌다. 그러자 민숙이 재빨리 도윤의 팔을 매섭게 내려쳤다.

"손은 더럽게 매워요."

"시끄러! 빨리 내려!"

"분홍색 립스틱 발라. 피부가 하얘서 잘 어울릴 거야."

"우, 웃기지 마!"

"나 만날 땐 그렇게 하라고. 간다."

더 이상 맞았다간 온몸이 남아나지 않을 것 같다는 생각에 도윤은 재빨리 차에서 내렸다. 인사도 하지 않고 차를 출발시키는 모습을 보며 도윤은 웃었다. 차가 완전히 사라져서 보이지 않을 때까지 지켜보고 있다 더 이상 시야에 들어오지 않자 몸을 돌렸다. 그 때 눈에 들어오는 모습은 담배를 피우며 서 있는 민혁의 모습이었다.

"유민혁?"

도윤의 목소리에 민혁이 고개를 들며 담배를 버리고 도윤의 앞으로 걸어왔다. 그리고 순식간에 도윤에게 주먹을 날렸다. 고스란히 얼굴을 내어준 도윤은 크게 몸을 비틀거렸다. 그리고 또다시 날아오는 주먹을 가까스로 피했다.

"한 대 정도는 맞아 줄 의향이 있어. 맞을 만한 짓도 했고. 두 번째는 뭐야?"

"열댓 번을 맞아도 모자라다는 건 알고 있어?"

"아니."

"뭐?"

민혁의 눈이 매섭게 치켜떠졌다. 그 눈은 다시 한 번 진한의 모습을 떠올리게 만들었다. 도윤은 픽 웃고 말았다.

"부자가 똑같군."

"무슨 소리야?"

"확실히 나와 민숙이 사이에서 무슨 일이 생겼을 시점엔 아무런 감정도 없었어. 하지만 이제 감정이 생겼어. 그래서 최선을 다하고 싶어."

"왜? 한번 자고 나니까 몸에 맞았나 보지?"

"그딴 식으로 말하지 마. 유민혁. 그 날 일은 하나도 기억나는 게 없어. 다만 남자인 최도윤이 여자인 유민숙이 좋아졌다는 말이야. 그리고 그만 때리면 안 되겠냐? 나 우리 아버지한테 맞아서 몰골이 장난 아닌 거 안 보이냐?"

그 말에 민혁도 어이가 없는지 웃고 말았다. 가까운 호프집으로 자리를 옮긴 뒤 맥주를 시켰다. 기본 안주와 함께 시원해 보이는 맥주가 나오자 민혁은 말릴 새도 없이 순식간에 들이켜기 시작했다.

"너희 아버지 무섭더라."

"꼰대 영감이 오죽하겠냐?"

"나도 모르게 긴장해서 어깨가 자꾸 움츠러들더라. 그런데 도대체 하시는 일이 뭐야?"

"우리 아버지? 돈놀이 해."

아무렇지 않게 말하며 맥주를 계속해서 마시는 민혁을 보던 도윤은 진한의 손등 끝에 나왔던 무엇인가를 생각해냈다.

"손등에……."

"문신이야. 용 문신. 봤어? 긴 팔 입고 있었을 텐데."

도윤은 살짝 입술을 깨물었다. 지금은 여름이었다. 거기다 집에 있었으면 반팔 차림인 것이 당연했다. 숙정과 민숙이 반팔 차림인데도 불구하고 진한은 아니었다. 자신은 자리가 자리이니만큼 긴팔을 입고 있었지만 진한은 그럴 필요가 없었다. 거기다 용 문신이라니. 손등 끝으로 꼬리가 살짝 나와 보일 정도라면 도대체 얼마나 거대한 용이 몸에 그려져 있다는 건가.

"돈놀이라면 사채업?"

민혁의 얼굴이 살짝 일그러졌다. 아무래도 말실수를 한 것 같았다.

"말이 사채지. 우리 아버지 깡패야."

분명 민혁의 얼굴표정은 장난이 아니었다. 도윤은 잠시 머리가 어쩔해지는 것을 느꼈다. 정말 최악의 궁합이었다. 경찰 자식과 깡패의 자식이라. 도윤은 저도 모르게 한숨을 내쉬며 등을 편하게 기대었다.

"야."

"왜?"

"경찰은 엄청 싫어하겠네?"

"우리 아버지가 제일 싫어하시고, 피해 가시는 게 짭새지. 상당히 재수 없어 하시거든. 너 꽤 힘들겠다?"

민혁이 재미있는 건수를 하나 발견했다는 표정으로 웃으면 웃을수록 도윤의 표정은 일그러져만 갔다.

5화. 혼돈

 민혁과 헤어지고 집으로 돌아온 도윤은 멍해진 채 소파에 앉았다. 확실히 상극끼리 만났다. 왠지 맥이 탁 풀리는 느낌이었다. 석희와 도석이 기다리고 있었지만 도윤은 혼자만의 생각에 빠져 있었다. 몇 번이나 고개를 흔들다 도석과 눈이 마주치자 도윤은 몸을 똑바로 일으켜 세웠다.
 "뭐야? 몸이 완전히 성한데?"
 "넌 내가 맞길 기대한 모양이다? 하나도 안 맞았어. 그 집에선 그냥 날 스쳐지나가는 남자 하나쯤으로 생각하던데?"
 "그 집 진짜 개방적이네? 그래서?"
 "그래서는 무슨. 그냥 철없이 어릴 때 만나는 만남이니 피임이나 조심하라고 하시지 뭐."
 그렇게 말을 내뱉던 도윤은 한숨을 내쉬었다. 그리곤 잠시 외출하겠다고 말한 뒤 옷을 갈아입고 집을 빠져나왔다. 왠지 마음이 심란해 집에 있다가는 머리가 돌아버릴 것 같았다. 그럼에도 불구하고 갈 곳이 없었다. 남자인 최도윤에게는 추억의 장소도, 친구도 과거도 없었다.

그렇게 생각하자 왠지 갑자기 서러움이 밀려왔다. 23년간을 거짓된 삶을 산 것만 같았다. 특별히 노력을 했던 것은 아니지만 평범하게, 착하게 살아왔다고 자부할 수 있었다. 누군가를 미워하지도, 시기하지도 않았으며 항상 주어진 일에 대하여 최선을 다해왔었다. 하지만 그런 그에게 하늘은 너무나 큰 시련을 안겨 주었다.

상식으로는 도무지 이해할 수 없는 그런 엄청난 일들 말이다. 하지만 이제 돌아갈 곳은 그 어느 곳에도 없었다. 발길이 머무른 곳은 학교 앞이었다. 왠지 웃음이 새어나왔다. 그 때 교문을 빠져나오던 강현이 마주쳤고 같이 한 잔 하자는 말에 근처의 술집으로 들어갔다.

확실히 도윤은 이상하다고 생각됐다. 이미 남자가 되었고, 남자가 할 수 있는 일은 다 해봤는데도 불구하고 강현의 앞에선 심장이 불규칙하게 뛰고 있었다. 도윤은 혼란스러웠다. 아니, 진짜 변태가 된 느낌이라 말로 설명하기 곤란했다.

급하게 소주잔을 들이켜는 도윤을 보며 강현이 팔을 뻗었고 손이 닿자마자 도윤은 화들짝 놀라며 잔을 떨어뜨렸다. 그 바람에 잔이 깨져 종업원이 다시 잔을 내려놓자 강현은 예의 그 미소로 사과를 했다. 도윤은 화끈거리는 얼굴을 감추기 위해 애써 웃으며 소주만 들이켰다.

소주가 한 병 정도 들어가자 속이 뜨뜻해지는 느낌과 함께 괜히 실없는 웃음이 나왔다. 아무래도 민숙의 집에서 마신 술의 영향이 아직까지도 미치는 모양이었다. 그렇지 않으면 분명 소주 한 병에 취할 리는 없었다.

"강현아."

"왜?"

"너 만약에 하루아침에 여자가 되면 어떨 것 같아?"

몇 번이나 누군가에게 내뱉고 싶었던 말을 드디어 내뱉었다. 이 말을 내뱉기까지 얼마나 많은 고민을 해야 했는지 아무도 모를 것이다. 남들이 들으면 그저 상상력이 풍부한 사람이구나, 라고 생각할지도 몰랐지만 도윤에게 있어 이 질문은 목숨을 거는 것과도 비슷했다. 잠시 고민하는 듯하던 강현이 이내 웃으며 말했다.

"처음엔 신기하지 않을까? 왜 남자라면 여자의 신체는 누구나 궁금하잖아. 그런데 아마 많이 힘들 거야. 다시 되돌아가고 싶겠지."

"다시 돌아갈 수 없다면?"

"글쎄. 적응하면서 살아가야겠지? 쉽진 않겠지. 적응하는데 1년이 걸릴지도, 5년 아니, 평생 걸리지 않을지도 모르겠네. 나 같으면 굉장히 힘들 거야. 생각해 봐. 나 같은 얼굴이 여자가 되면 어떨 것 같아? 아마 다들 변태라고 오인할걸?"

강현이 그렇게 말하며 웃었다. 확실히 웃기긴 했다. 남자답게 잘생긴 강현이 여자가 된다니. 도무지 상상이 가지 않았다. 그렇게 얼마나 웃었을까. 웃음소리가 잦아 들을 때쯤 도윤은 다시 소주를 입에 털어 넣었다. 쓰기만 한 알코올의 향이 그대로 넘어와 도윤의 미간은 사정없이 구겨졌다. 그런 도윤을 위해 강현이 음료수를 따라 앞으로 내밀었다.

"나는 말이야. 여자가 된다면 또 힘들 것 같아. 적응하기도. 받아들이기도. 왠지 자신이 없어. 아마 남자가 편해서 그럴 거야."

"확실히 우리나라는 남자가 살기에 편한 나라지."

고개를 끄덕이던 도윤이 손을 뻗어 강현의 손을 붙잡았다. 살짝 놀라 눈이 커진 강현은 자신의 손을 바라보았다. 잡힌 손은 바로 도윤의 왼쪽 가슴에 가 있었다.

"나 심장이 굉장히 빠르게 뛰지?"

"어? 어."

"누가 뭐라고 해도 난 진짜야. 가짜가 아니라. 진짜 최도윤. 거짓이 아니야."

두 사람은 꽤나 얼큰하게 취했다. 어깨동무를 하고 노래를 부르며 지나가는 두 사람을 보고 다른 사람들이 힐끔힐끔 쳐다보고 있었다. 그럼에도 불구하고 두 사람은 노래를 멈추지 않았다.

"아, 쌀 것 같다."

"나도."

슬쩍 눈치를 보던 강현이 골목으로 들어갔다. 도윤은 대체 강현이 뭘 하는 건가 쳐다보다 이내 고개를 돌렸다. 강현은 벽과 전봇대 사이에 서서 볼일을 해결하고 있었다. 이건 말로만 듣던 노상방뇨였다. 여자였을 때는 절대 생각 할 수 없는.

"뭐해? 넌 안 싸?"

"어? 아, 싸. 싸야지."

도윤은 자세를 잡고 지퍼를 내렸다. 하지만 처음 해 보는 거라서 그런지 긴장해서 소변이 나오질 않았다. 강현은 어느새 볼 일을 마쳤는지 몸을 부르르 떨고 있었다. 그런 강현을 보고 웃자 긴장이 풀려서 그런지 도윤도 자연스럽게 일을 볼 수가 있었다.

"이런 젠장! 다 튀었잖아."

"뭐야? 너 이런 거 처음 해봐?"

"해 볼 일이 있었어야지."

그렇게 말해놓고서 도윤은 속으로 뜨끔했다. 하지만 강현은 별로 신경 쓰는 눈치가 아니었다.

"하긴, 외국에서 이런 짓 하면 벌금 장난 아니라는데. 어때? 처음 해 본 소감은?"

"절대 안 하고 싶다."

"자식. 어리긴."

도윤은 남자로서 또 할 수 있는 일을 해봤다고 생각했다. 하지만 여전히 술이 취한 상태라서 방금 노상방뇨를 한 일이 현실인지 꿈인지 구분할 수가 없었다.

* * *

눈을 뜨고 자리에서 일어났을 때는 처음 보는 천장이었다. 거기다 침대 아래에선 강현이 모포 하나를 덮은 채 몸을 웅크리고 있었다. 잠시 멍하니 앉아 있던 도윤은 어제 일이 기억이 났다. 어제의 그 일로 강현이 오해를 할 리는 전혀 없었다. 하지만 여전히 강현을 보며 뛰고 있는 심장은 거짓이 아니었다. 민숙에게서 느꼈던 뻐근한 심장의 울림을 여기서도 받아야 했다. 단지 감정이 정리 되지 않은 것이라고 생각하며 베개를 강현의 머리에 받쳐주었다. 그리고 자리에서 일어나 밥을 하기 시작했다.

냉장고는 역시 남자 혼자 자취하는 집답게 텅텅 비어 있었다. 그나마 쌀이 있는 게 다행이라고 생각될 정도였다. 속이 풀릴만한 것이라곤 라면밖에 없었다. 라면을 세 개 넣고 김치까지 썰어 넣은 다음 강현을 깨웠다.

늘 단정하던 강현은 다소 부어있는 얼굴에 헝클어진 머리까지 하고 있었다. 이런 모습의 강현을 처음 보았기 때문에 도윤은 왠지 생소해서 어색하게 웃고 말았다. 강현은 멍한 얼굴로 도윤을 쳐다보고 있었다.

"똑같이 마시고 잤는데 넌 그대로다."

"뭐가?"

"하나도 안 부었어. 오히려 좋아 보여. 잘생긴 놈들은 이래서 싫다니까."

"헛소리 말고. 야, 반찬도 하나 없다."

"가져오기 귀찮아서."

"우리 집에 와서 좀 가져가. 이러다가 너 영양실조 걸리겠다. 너 이러고 사는 거 너희 부모님도 아시냐?"

막 라면을 입으로 집어넣고 있던 강현의 동작이 멈췄다. 그 모습에 도윤은 무엇인가 잘못 되었다고 생각하며 강현의 그릇에 라면을 퍼주기 시작했다.

"야, 많이 먹······."

"나 집에서 나왔어."

"뭐? 왜?"

"알잖아. 우리 아버지 한의사인 건. 도저히 한의대 갈 성적은 안 나오더라. 사실 우리 과도 겨우 들어왔어. 처음엔 과 수석 입학자인 최정윤이라는 이름을 보고 얼마나 질투했었는데. 1년 장학생에 그 실력이라면 의대나 법대는 충분히 갈 실력이라는 것인데 왜 우리 과를 왔던 것일까. 여자라는 데에 더 묘한 배신감이 느껴지더라. 사실은 남자인 줄 알았었거든."

강현이 쓸쓸하게 웃으며 말하자 도윤의 얼굴에도 쓸쓸함이 감돌왔다. 한 번도 그런 식으로 생각해 보지 않았었다. 강현은 언제나 밝고 활기찬 사람이라서 보는 사람을 늘 편안하게 해주었다. 그리고 자신이 남들의 눈에 그렇게 비칠 거라는 것도 전혀 생각해 본 적도 아니, 생각하려고 하지도 않았었다. 언제나 남의 시선은 무시하고 살았다. 아니, 자신의 삶에만 집중해 있었던 건지도 몰랐다.

물론 그 때는 운이 좋았다. 수능을 보던 날 컨디션이 좋았는지 모의고사 때보다 훨씬 높은 점수가 나왔었다. 덕분에 과 수석으로 들어 올 수 있었던 것이었다.

"사실 그것 때문에 정윤이에게 접근한 거야. 어떻게 공부를 하는지. 또 어떻게 생활하고 있는지 알아보고 싶어서. 난 참 못난 사람이라서 그 땐 그랬어. 그래서 지금은 너무 미안하게 생각해."

그런 강현을 보며 도윤은 아무 말도 할 수가 없었다. 그저 손을 들어 올려 강현의 어깨를 두드려 주는 일밖엔 할 수 없었다. 자신을 그렇게 생각했던 강현이 밉지 않았다. 오히려 인간다운 모습을 보는 듯해 훨씬 강현과 가까워진 마음이 들었다.

이렇게 서서히 강현과 가까워지면 이런 혼란스러운 감정도 서서히 정리가 될 것 같았다. 이제야 완벽한 남자가 될 준비를 하나씩 하고 있는 것 같았다.

갑자기 배가 고파지기 시작했다. 도윤은 라면은 씹지도 않고 마구잡이로 넘기고 있었다. 그 때 강현의 시선이 그대로 느껴져 먹던 것을 멈추고 젓가락을 놓았다. 도윤은 급히 면발을 삼켰다.

"왜? 걸신들린 것 같아?"

"도윤아."

강현의 목소리가 착 가라앉았다. 장난스러운 표정을 짓고 있던 도윤의 표정도 덩달아 심각해졌다. 도윤은 들고 있던 접시를 상에 내려놓았다.
 "참 많이 닮았다."
 "뭐?"
 "당연한 거겠지만. 너와 있으면 꼭 정윤이와 함께 있는 느낌이야."
 분명 방금 전까지 맛있게 먹었던 라면인데 도윤은 가슴 언저리에 꽉, 하고 얹힌 것처럼 느껴졌다. 자각하지 못하고 있었다. 이렇게 살아있지만 다른 사람들에겐 아니라는 것. 왠지 눈물이 울컥 쏟아질 것 같았다. 입술을 질끈 깨물었지만 자꾸 입 안이 쓰고 눈가로 열이 몰렸다. 그렇게 도윤은 다시 한 번 스스로를 억제해야만 했다.

 강현의 권유로 사우나에 오기는 했지만 도윤은 쉽게 옷을 벗을 수가 없었다. 어느새 옷을 다 벗고 팬티 하나만을 걸쳐 입고 있는 강현과는 다르게 도윤은 윗옷도 제대로 벗지 못하고 있었다. 강현이 먼저 안으로 들어갔고 도윤은 괜히 눈치를 보며 옷을 벗은 다음 수건으로 어색하게 앞을 가리고 안으로 들어갔다.
 생전 처음해보는 구경에 도윤은 눈이 어지러웠다. 온통 알몸으로 걸어 다니는 남자들 틈에서 적응이 되지 않고 있었다. 겨우 강현을 찾아 옆에 앉으며 수건을 배와 허벅지 사이에 걸쳐 놓은 다음 정확히 앞만 바라보았다. 도저히 강현의 벌거벗은 모습을 볼 용기가 나지 않았다.
 "너 좀 많이 먹어야겠다."
 갑작스러운 강현의 말에 도윤이 고개를 돌렸다. 하지만 시선은 여전히 아래로 두지 못하고 강현의 얼굴만 보고 있을 뿐이었다.
 "이렇게 말라서 어쩌냐. 아줌마가 고기반찬은 안 해주시나 보지?"

"우리 엄마? 당연하지. 그깟 쥐꼬리 월급이 얼마나 된다고 고기반찬을 해줘? 이러시면서 절대 안 해줘. 난 내가 무슨 토끼가 된 줄 알았다."

도윤은 혼자 시부렁거리며 불만을 토해냈다. 강현은 그저 웃기만 할 뿐이었다. 사우나 안에서 땀을 흘리자 점점 술기운이 깨는 것을 느끼며 앞으로는 사우나에 자주 와야겠다고 생각했다. 사우나 안은 제법 많은 사람들로 붐비고 있었다. 남자들은 괜한 오기가 있어서 먼저 일어서는 것을 지는 것으로 생각하는 모양이었다. 얼굴이 붉어질 정도로 더운데도 불구하고 강현은 자리에서 일어설 줄을 몰랐다. 도윤은 피식 웃으며 먼저 자리에서 일어섰다.

사우나에서 빠져나오자 강현은 화선을 만나기로 했다는 말을 하고는 사라졌다. 잠시 손을 흔들던 도윤은 휴대폰을 꺼냈다. 배터리는 나가있었고 집안은 난리가 났을 거라는 생각에 재빨리 집으로 뛰기 시작했다.

거실로 들어서자 식구들이 모두 거실에 모여서 평안한 얼굴로 과일을 먹고 있었다. 도윤은 한숨을 내쉬며 소파로 걸어가 앉았다.

"다녀왔습니다."

"어제 강현이한테 전화 왔어. 무슨 술을 그렇게 많이 마셨니?"

"그냥 뭐. 마시다 보니까 그렇게 됐어."

머리를 긁적이며 말하던 도윤은 충전기에 휴대폰을 꽂고 전원을 켰다. 혹시 민숙에게서 무슨 연락이 와있을까 싶어 전원을 켰지만 한참이 지나도록 휴대폰은 잠잠했다. 왠지 모를 서운함까지 느껴졌다.

"어제 만나 뵌 건 어떻게 된 거냐?"

휴대폰을 손에 들고 만지작거리던 도윤의 손이 멈췄다. 가만히 눈치를 살폈지만 순식은 포도만 먹고 있을 뿐이었다. 도윤은 괜히 헛기침을 하며 입가를 쓸어내렸다. 사실 할 말이라고는 하나도 없었다. 이미 자신이 했던 말은 도석과 석희에게 들었을 것이 틀림없었다. 그래도 직접 말하는 게 나을 것이라 생각됐다.

"안 들으셨어요? 그 집에선 절대 절 사윗감으론 생각도 안 해요. 거기다 저라는 존재를 상당히 우습게보고. 그냥 유민숙이 가볍게 사귀는 남자 중의 한 사람? 요즘 시대에 육체관계 몇 번으로 결혼까지 생각한다는 건 우스운 거 아니냐. 대충 이런 반응이에요. 거기다 이건 말씀 안 드리려고 했는데……. 그 집안이 조폭이라고."

도윤의 말이 끊어짐과 무섭게 모두의 눈이 커졌다. 그럴 줄 알았다는 표정으로 복숭아를 입으로 집어넣으면서 휴대폰을 탁자 위로 내려놓았다. 그리고 동시에 휴대폰이 울리기 시작했다. 하지만 아무도 휴대폰에 관심을 두지 않았다. 잠시 아무 말 없던 순식은 몇 번인가 손가락으로 탁자를 두드렸다.

"현역?"

"민혁이 말 들어 보니까 그런 것 같더라고요. 그리고 반팔을 입지도 못하던데요? 손등으로 삐져나온 용꼬리도 봤는데. 장난이 아닌 것 같은 크기였어요. 민혁이가 맞으면서 허벅지 뼈에 금이 간 걸 알 것 같……."

"천천히 정리해라."

순식의 말에 세 사람의 시선이 순식의 입에서 멈추었다. 전혀 생각도 못했다는 반응에 도윤은 복숭아를 씹던 턱이 멈춰있었다. 아무리 순식이 경찰직에 몸담고 있다고는 해도 도덕관념이 철저한 사람이라 그만 두라는 말을 꺼낼 거라는 건 생각도 하지 못했었다. 남녀 간의 문제에 굉장히 보수적인 성향을 지니고 있던 순식이었다. 그런데 그런 순식의 입에서 그만 두라는 말이 튀어나왔다.

"그, 그래. 조폭 집안이라니. 안 어울리네. 그리고 사실 요즘 세상에 한번 잤다고 해도 그것도 우습지. 그리고 민숙 누나도 필요 없다고 했었다며. 안 그래? 형?"

"하긴……. 민숙이도 그렇게 말했었지. 저 좀 들어가서 쉴게요. 피곤해요."

자리에서 일어난 도윤은 방으로 들어가자마자 옷도 갈아입지 않고 침대에 누웠다. 왠지 모르게 머리가 복잡했다. 오늘의 혼란스러운 감정도 그렇고, 강현에 대한 감정도, 민숙에 대한 감정도. 무엇 하나 제대로 정리가 된 건 하나도 없었다. 정말 머리가 터질 것 같았다. 거기다 그만 두라는 말에 심장이 덜컥 주저앉는 건 무슨 경우란 말인가? 진심으로 민숙에게 새로운 감정이라도 생겼다는 것인가?

도윤은 스스로 정리되지 않는 생각 때문에 그저 헛웃음만 흘렸다. 처음엔 그저 남자가 되었다는 생각 때문에 정신이 하나도 없었는데 마음을 비집고 들어오는 이 어수룩한 감정에 이젠 아예 머리에 마비가 올 정도였다.

그 누구에게 자신의 모습을 보여도 지금 이 모습이 진짜인 것은 틀림없었다. 하지만 이제 완전히 스스로가 괴물처럼 혹은 모조품처럼 느껴져 차라리 기억상실증이라도 걸렸으면 좋겠다고 생각했다. 미칠 듯 머리를 쥐어뜯어도, 입술이 찢어질 정도로 깨물어도 아무런 해결책은 나오지 않았다. 속이 타는 느낌에 자리에서 벌떡 일어나 벽에 머리를 박아도 답답하기만 했다.

"형, 전화 왔……. 형? 미쳤어?"

도석이 재빨리 안으로 들어오며 쿵쿵 소리가 나도록 머리를 박고 있는 도윤을 일으켜 세웠다.

"안 아파? 혹 났겠다. 어? 진짜 혹 났……."

"도석아."

도윤의 목소리에서는 아무것도 느껴지지 않았다. 삶에 대한 희망도, 아쉬움도, 절망도……. 그저 기계가 만들어 낸 무의미한 목소리로 들렸을 뿐이었다. 하지만 도석은 거기까지 신경 쓸 여력이 없었다. 얼마나 입술을 물어뜯은 것인지 아랫입술이 터져 피범벅이 되어 있는데다 벽에 머리를 박다 다친 것인지 이마도 살짝 찢어져 있었다.

"괜찮아? 진짜 미쳤어? 이렇게 피가 날 때까지 벽을 박으면 어떻게 해?"

"나 미칠 것 같다. 진짜 차라리 죽어버렸으면……. 아니, 차라리 기억상실증이라도 걸린다면……."

"정신 똑바로 차려. 이거 진짜 피할 수 없는 문제야. 지난 시간 동안 다행히 별 생각 없이 형이 잘 따라와 준다고만 생각했어. 그래. 고민했겠지. 미칠 듯이 생각했을 거야. 차라리 처음부터 터트리지 그랬어? 왜 참아 온 거야? 형이 반쯤 미쳐도 우리 가족 중에 누가 뭐라 할 사람 아무도 없었어. 지금도 괜찮아. 참지 마. 남 배려하는 거 이제 안 해도 돼. 우린 가족이야. 설령 형이 살인을 한다고 해도 안아주고 보듬어 줄 거야. 참지 말고 다 터트리라고! 차라리!"

참다못한 도석이 소리를 지르기 시작했다. 온 집안을 울리는 목소리에 석희와 순식이 문을 열고 들어왔다. 멍한 얼굴로 소리만 지르고 있던 도석을 바라보고 있던 도윤이 두 손으로 눈을 가렸다.

입 밖으로 울음소리도 내뱉지 못하고 억눌린 신음만 내뱉는 도윤을 보며 석희가 참지 못하고 눈물을 보이고 말았다. 저렇게 괴로워하는 자식을 보는 부모의 마음은 찢어지는 것 같은 건 당연했다. 하지만 당사자인 도윤은 지금 소리도 내지 못하고 제대로 울지도 못하고 있었다. 그저 가슴 속에 쌓아두었던 모든 아픔을 온몸으로 내뱉고 있었다.

순식은 가슴 저 밑에서부터 무언가가 치고 올라오는 것을 애써 참아 눌렀다. 자신마저 울어버리면 정말 도윤이 무너질 것 같았기 때문이었다.

"유학을…… 가 보는 게 어떻겠냐?"

말이 끝남과 동시에 정적이 감돌았다. 하지만 석희도, 도석도 지금 그것이 최선의 방법이라고 생각했다. 차라리 모든 것들이 처음인 곳으로 가서 시작하는 것이 도윤에게 훨씬 좋을 것이라는 결론을 내렸다.

"그래. 도윤아, 그게 좋겠다. 엄마도 그렇게 생각해."

"형. 그게 좋겠어. 아무도 모르는 곳으로 가서 시작하면서 다시 태어났다는 느낌도 받을 수 있잖아."

"가고 싶은 곳이 있으면 말해라. 네 고모가 있는……."

"도대체 언제까지 날 비겁자로 만들 거야? 유학이란 이름을 빌린 도피를 하라는 거야? 내가 이렇게 태어난 게 죄야? 아니잖아. 그런데 내가 왜 도망을 쳐야하는데? 적어도 난 내 자신에게 떳떳해서 피하고 싶지는 않아. 도망칠 이유도, 피할 이유도 없어. 더 이상은 내가 날 괴물로 생각하고 싶진 않다고."

그 때까지 누워 있던 도윤이 자리에서 일어나며 바락바락 외치기 시작했다. 두 눈을 똑바로 마주보고 있는 순식에게 대들 기세였다. 그런 도윤의 반응에 놀란 건 순식뿐만이 아니었다. 석희와 도석 역시 놀라 도윤에게서 눈을 떼지 못하고 있었다. 확실히 그들은 이제껏 아무것도 모르고 있었다.

도윤은 집안의 첫째로 태어나 늘 남을 배려하는 게 익숙했다. 다만 그게 너무 익숙해져서 당연하다고, 너무나 익숙해하다고 생각해 제대로 느끼지 못했을 뿐이었다. 그동안 얼마나 힘들었을지 제대로 상상도 하지 못했다.

나름대로 이해는 하고 있었지만 그건 이해하는 것이 아니었다. 다만 서로가 너무 힘들어 언제나 그랬듯 도윤이 혼자 잘 해낼 수 있을 거라고 생각했다. 가족이라는 이름으로 보듬어 주기는커녕 방관만 하고 있었다. 믿음이라는 부담감을 얹어 주고만 있었다. 덜어줄 생각은 단 한 번도 하지 않은 결과가 되었다.

이제껏 살아 온 23년간을 송두리째 버려야 했던 도윤에게 너무나도 가혹했다. 온전히 적응이 된 줄로만 알았다. 그래서 자신들도 모르게 완전히 남자인 도윤에게 함부로 대했다. 더욱 세심하게 신경을 써줬어야 했음에도 불구하고 그들 스스로가 너무나 익숙해져 도윤의 아픔은 간과하고 있었다. 억지로라도 짓는 웃음이라는 것을 모르고 그저 적응했다고, 좋아졌다고만 믿고 있던 것이다.

"절대 도망 안 가. 나 그냥 조금 조용한 곳에 들어가 있고 싶어. 그냥 쉬고 싶은 거야. 아무것도 하지 않고. 지금 난 내 정체성을 의심하고 있으니까. 내가 혹시라도 남자를 사랑하게 된다면 그것도 어쩔 수 없는 일이야. 난 아직 어려. 그래서 함부로 생각할지도 모르고, 깊이 보지 못할지도 몰라. 미칠 것 같으니까 그냥 아무도 보지 않는 게 좋을 것 같아."

그 말 한마디로 도윤은 짐을 싸들고 사람들로부터 벗어났다. 말로는 도망치고 싶지 않다고 했지만 도망친 것이나 다름없었다. 스스로가 한심했다. 하지만 떳떳하게 누군가를 마주 볼 용기가 없었다.
 떠나기 전에 민숙을 만난 도윤은 멋쩍게 웃었다.
 "그 메고 있는 가방은 뭐야?"
 "여행 좀 가려고."
 "여행?"
 "그냥. 좀…… 먼 곳으로. 민숙아."
 왜 그러냐는 듯 쳐다보는 민숙을 도윤은 더 이상 보지 못했다. 뭔가 가슴이 서걱거리고 울컥거리는 게 왈칵 눈물이 쏟아질 것 같았기 때문이었다.
 "다녀올게. 너…… 날 잊는 편이 좋겠어. 잊을 것도 없겠지만."
 도망치듯 카페를 빠져나온 도윤은 바로 터미널로 향했다. 뒤에서 그를 부르는 민숙의 목소리가 들렸지만 애써 외면해야 했다.
 그는 산속 깊은 곳에 있는 암자로 들어가 그저 묵묵히 혼자만의 수행을 했다. 그것은 속세를 떠난 것도 아니었다. 자신을 버린 것도 아니었다. 다만 이젠 새로워질 자신을 찾기만을 바랐다.

 어느덧 겨울이 찾아왔다. 이곳으로 들어온 지 벌써 4개월이나 흐른 것이었다. 간밤에 내린 눈 때문에 열심히 길을 치우는데 나무 위에서 까치 두 마리가 지저귀고 있었다. 도윤은 잠시 하던 일을 멈추고 허리를 폈다.
 "반가운 손님이 오려나."
 "형!"
 혼잣말을 마치자마자 거짓말처럼 도석이 찾아왔다. 이러니, 저러니 해도 가족이 그리웠던 것은 사실이었다. 손에 있던 것들도 다 내팽개친 채 도석을 끌어안았다. 도석의 존재만으로도 늘 분위기가 가라앉아 있던 암자가 오늘따라 활기찬 느낌이었다.
 확실히 사람은 혼자서 살아갈 수 없는 생물이라는 것을 도윤은 뼈저리게 느끼고 있었다. 상식으로는 이해할 수 없는 일들을 겪고 나서 영원히 적응하지 못한 채 혼자 미쳐가며 죽을지도 모른다고 생각했었다. 하지만 가족들은 힘이 되어 주었고 이젠 스스로 모든 것을 받아들이고 이해할 수 있을 만큼의 어른이 되었다.
 "아버지……. 많이 힘들어 하셨어. 형을 너무 벼랑으로 내몰았던 것은 아닐까 하시고……. 덕분에 술만 많이 느셨지, 뭐."
 "아버지 술 원래 잘 드셨어. 뭐가 또 나 때문이냐?"
 콧잔등이 시큰해져 오는 것을 막기 위해 괜한 소리를 하며 시선을 문밖으로 돌렸다. 도석도 그런 도윤의 마음을 알고 있었기 때문에 어색하게 웃는 것으로 이야기의 마무리를 지었다. 그 때 문이 열렸다.
 "녹차라도 드시면서 이야기 나누세요."
 "고맙습니다."
 "아이고, 처음에 이 총각 왔을 때 벙어리인 줄 알았잖수. 3개월이나 말이 없어서. 잘생긴 총각인데 안됐다 생각했는데 웬걸, 목소리도 정말 좋네. 내 딸 소개시켜 주면 딱 좋겠다 생각했지. 거기다 동생도 이렇게 미남이고."
 "하하, 고맙습니다. 보살님."
 "그럼 이야기들 나눠요."
 다시 문이 닫히고 도윤은 도석을 보며 웃어 보였다. 녹차 한잔을 앞에 두고 두 사람은 한참 동안 말이 없었다.
 23년간의 모든 일들이 주마등처럼 스쳐지나가며 도윤은 혼자 웃고 말았다. 석희의 말대로 전생에 무슨 죄를 지어서 이런 힘난한 일을 당해야 하는 것이냐며 하늘을 원망해 보기도 했었다. 하지만 부질없는 짓이라는 것을 깨닫고 나서부터는 공부에만 전진하고 있었다. 쓸데없는 상념이 들 때에는 아무 생각 없이 하는 공부가 최고였다.

"정말 3개월간 말도 안 한 거야?"

"해야 할 말이 없었으니까."

"말도 안 했다면서 여긴 어떻게 묵은 거야?"

"스님께서 아무 말 없이 그냥 받아주시더라."

"형. 강현 형하고, 화선 누나가 왔었어. 그리고 민숙 누나……. 날 한 번 찾아왔었어."

녹차를 마시기 위해 움직이던 손길이 멈칫했다. 하지만 도윤은 애써 아무렇지 않게 웃으며 입술을 꾹 다문 채 고개를 끄덕였다. 처음 아무에게도 연락하지 않고 떠나 잘못했다고는 생각했지만 그 당시에는 주위 사람들까지 챙길 틈이 없었다. 스스로에게도 틈이 생기지 않아 그 당시에는 여유가 없었다는 핑계로 스스로를 위로했다. 하여만 역시 민숙의 일은 마음에 걸렸다.

"날…… 책임감 없는 인간이라고 생각하겠군. 하긴, 유민숙 성격이면 뻔하지."

"형을 이해할 수 있다는 말만 하더라. 원망 같은 거, 안 하니까 신경 쓰지 말라고."

왠지 그 말에 도윤의 마음이 허탈해졌다. 하지만 그걸 도석에게 비칠 수는 없었다. 아니, 그런 모습을 보여주고 싶지 않았다는 표현이 정확했다.

"할아버지, 할머니 건강은 좀 어떠셔?"

"그럭저럭. 괜찮아."

"다행이다. 별일 없어서."

도석을 배웅하면서 도윤은 밖으로 나갈 때에 연락을 한다고 말했다. 도석은 꼭 연락하라고 말하며 버스에 올라탔고 도윤은 버스가 보이지 않을 때까지 그 자리에 서서 손을 흔들었다. 가족들을 생각한다는 것, 친구들을 생각한다는 것은 여전히 마음 한구석이 불편하고, 아픈 일이었다.

산에서 내려 와 대입검정고시와, 수능을 치를 때까지도 집에는 전혀 들르지 않았다. 석희가 도석을 통해 보내 온 도시락을 먹으면서 무언가 울컥하는 감정이 치솟아 올랐지만 아직은 가족들을 볼 수 없다고 생각했다.

수능 시험을 마치고 암자로 돌아오기 전 도석을 만나 가볍게 식사를 하며 원서 넣을 대학들을 일러주었다. 증명사진을 20장 가까이나 뽑아놓고 도석에게 건네주었다. 도석은 모든 것이 잘될 것이라고 말했고 도윤은 그저 고개를 끄덕이며 이제 모든 것을 하늘에 맡길 수밖에 없다고 생각했다. 그리고 가볍게 지망 학교에 합격했다.

"그동안 진심으로 감사했습니다. 스님."

"자넨 처음부터 나처럼 땡중이 될 몸이 아니었다니까."

"하하, 정말 절실했는데 안 받아 주셨잖아요."

"도윤아."

"네."

"육체는 육체일 뿐이다. 죽으면 썩어 없어지는 것이지. 하지만 혼은 자신의 것이다. 생이 반복되고 또 반복되어도. 그게 남자든, 여자든 혹은 동물이든 식물이든 말이다."

도윤은 왠지 자신의 벽을 관통당한 것처럼 느껴졌다. 그는 스님을 향해 큰 절을 하고 산을 내려왔다.

1년 4개월 만에 산을 떠나면서 도윤은 확실히 많이 변해있었다. 그저 야리야리했던 인상을 풍겼던 외모도 이제 완벽한 남자가 되어있었다. 예의 그 이목구비는 변하지 않았다고는 해도 왠지 모를 남자로서의 매력이 느껴졌다. 원래 누구나가 지나가다 한 번씩 다시 돌아보는 외모였다는 것도 변하지는 않았다. 하지만 확실히 남자의 강한 페로몬을 풍겼다. 그리고 도윤은 이제 사람들의 시선에 익숙해졌다. 예전처럼 움츠러들지도 않고 눈치를 보지도 않았으며 어깨를 펴고 당당하게 거리를 활보했다.
  미세하지만 많은 변화가 있었다는 건 가족들은 알 수 있었다. 그때 도윤의 의견을 묵살하지 않고 하고 싶은 대로 하게 해준 것이 정말 다행이라고 생각했다. 처음엔 그저 무작정 유학을 보낼 작정이었다. 큰고모가 있는 영국이라든지, 작은이모가 있는 호주로 보낼 요량이었다. 하지만 도윤은 자신의 고집대로 한국을 떠나지 않았다. 자신이 태어나고 자란 땅에서 어쩌면 모든 것을 받아들이고 싶었는지도 몰랐다. 아니, 시작이 여기였으니 끝도 여기서 봐야한다고 생각했다.
  "그래. 내일 입학이지?"
  "네."
  "남들보다 늦었으니까 열심히 하길 바란다."
  "네. 아버지."
  "그동안 고생했다."
  순식의 눈가가 젖어들었다. 덩달아 도윤의 눈가에도 이슬이 맺혔다. 하지만 눈물을 흘리지는 않았다. 예전의 약했던 최도윤으로 돌아가고 싶은 생각은 추호도 없었다. 이젠 완벽한 남자로서 세상을 살아가고 싶었다.

"도진이가 나보다 선배네?"
"응. 형, 그동안 힘들었지?"
 도윤은 앞으로 걸어가 도진을 힘껏 껴안았다. 남자가 된 뒤로 한 번도 도진에게 따뜻한 말 한 마디 건네 본 적이 없다는 게 항상 마음에 걸렸었다. 하지만 도진은 성격답게 묵직하게 믿어주었다. 말은 없었지만 도윤에겐 그 감정이 느껴졌다.
 "선배라고 텃새 부리지 말고 잘 해줘. 근데 넌 무슨 뜬금없이 한의대를 들어갔냐? 뭐, 이로써 우리 집에 의사가 둘이구만."
 도윤이 그렇게 말하며 웃었다. 확실히 셋 중에 머리가 제일 좋은 사람은 도진이었다. 도윤도 머리가 좋았지만 그건 남자가 되고나서 생긴 집중력 때문에 이 자리에까지 오게 될 수 있는 것이었다. 예전엔 치대에 붙을 정도로 성적이 나오지 않았었다. 물론 치대에 갈 생각은 하지도 않았었다. 암자에서의 생활이 도윤에게 많은 것을 남겼다. 돈이 없어 틀니도 제대로 하지 못해 고생을 하고 있는 사람들이 의외로 많았던 것은 도윤에게 충격이었다. 그 뒤로 도윤은 생각할 것도 없이 치대에 지원했다. 예전에 석희와 농담으로 돈을 긁어모은다는 치과의사 이야기를 떠올리며 웃었을 때도 있었다.
 "형은 전액 장학금이지만 난 겨우 1년이잖아. 열심히 해야지."
 "그래. 우리 집에서 제일 똑똑한 최도진은 잘 해낼 거다."
 "나가서 맛있는 거라도 먹자. 엄마가 쏠게."
 명쾌한 석희의 목소리에 모든 식구가 고개를 끄덕였다. 집 밖으로 나오자 순식은 도윤에게 키를 하나 건네주었다. 그건 다름 아닌 자동차 키였다. 의아해 하던 도윤은 아무 생각 없이 순식이 자신에게 운전을 맡긴 것인 줄 알고 리모컨을 눌렀다. 하지만 엉뚱하게도 불이 들어오며 문이 열린 건 요즘 한참 잘 나가고 있다는 한 국내업

체의 SUV 차량이었다. 이게 무슨 일인가 싶어 의아해하는데 순식이 차를 두어 번 두드리며 입을 열었다.
"할아버지께서 선물로 주신 거다. 네게 해주신 게 아무것도 없다면서."
"하지만……. 그래도 그렇지 제가 이런 차를 어떻게 몰아요. 학생인데다 버는 돈도 없고. 더군다나 이 차, 아버지 거보다 더 비싼 거잖아요."
"안전하다면 그걸로 됐으니 괜찮아. 그럼 오늘 우리 장남이 운전하는 차 좀 타볼까?"
순식이 먼저 차에 올라타자 모두들 순식의 말대로 차에 올라탔다. 잠시 어리둥절한 표정을 짓던 도윤도 운전석으로 올라타 부드럽게 시동을 걸고 차를 출발시켰다. 확실히 여자였을 때와는 미묘하게 달랐다. 방향 감각부터 확실히 달랐다. 거기다 넓은 시야까지도. 스스로 어리둥절하면서도 의외의 이점을 발견한 듯 기분이 좋아졌다.
갈비를 먹기로 한 다섯 식구는 예전부터 자주 다녔던 갈빗집으로 향했다. 순식의 친구인 주인은 반갑게 인사를 하며 순식을 맞이했다.
"아니, 이렇게 큰 아들이 있었단 말이야?"
"사정으로 잠시 떨어져 있었어."
"아, 배고플 텐데 이쪽으로 오게."
아담한 방으로 자리를 잡은 뒤 음식을 주문하고 도윤은 편하게 벽에 등을 기대어 앉았다. 차 키를 손에 쥐고 혼자 장난을 치던 도윤이 입을 열었다.
"할아버지 많이 섭섭해 하지 않으셨어요?"
"이해하셨어. 형."

도석의 말에 도윤은 고개를 끄덕였다. 어려서부터 무한한 사랑을 주셨던 분이었다. 성별이 바뀌긴 했어도 역시 할아버지인 것은 변함이 없는 것 같았다.

　"나 절에서 고기는 구경도 못해봤잖아. 스님들은 참 대단해. 이 맛있는 걸 어떻게 안 먹는 거야."

　갈빗대를 들고 맛있게 뜯는 도윤은 먹느라, 말하느라 정신이 없었다. 혼자서 순식간에 3인분을 해치우더니 냉면까지 깨끗하게 한 그릇 비워냈다. 여자였을 때는 남들보다 덩치가 좋기는 했지만 편식에 입맛이 까다롭기도 했었고 워낙 맛있게 먹어서 주위에서 생긴 것과 어울리지 않는다고 할 정도였다. 남자로 변한 뒤로 위장이 늘어난 것인지 입맛이 변한 것인지는 몰랐지만 도윤은 편식도 하지 않고 모든 것을 맛있게 먹어댔다.

　"갑자기 기름기 있는 거 이렇게 먹어도 괜찮겠어?"

　"그럼. 엄마. 나 진짜 고기가 고팠어."

　"내일부터 엄마가 조금 더 신경 쓸게."

　"그렇게까지 신경 쓸 필요는 없어. 엄마. 우리 간만에 찜질방이나 갈까?"

　결국 순식과 도진이 빠지고 세 사람만이 찜질방으로 향했다. 맥반석 계란과 매실음료를 한가득 사온 도윤은 정신없이 계란을 까서 먹기 시작했다.

　"음료수 좀 마셔가면서 먹어. 목 막히겠다."

　"야, 이게 얼마 만에 섭취하는 단백질인데. 많이 먹어줘야지."

　그저 좋다며 계란을 입으로 집어넣는 도윤을 위해 석희는 웃으며 껍질을 까주었다. 도석은 그런 도윤을 못 말리겠다며 음료수만 들이켰다. 막 고개를 이리저리 돌리던 도석의 눈이 커졌다.

"형, 우리 빨리 안에 들어가자. 어?"

"이것 좀 먹고!"

"아, 빨리 들어가자니까."

"거 자식, 성질 엄청 급하네. 알았어. 들어가자. 어디로 들어갈까? 소금……. 김강현? 유민숙?"

다정하게 손을 잡고 걸어가는 강현과 민숙을 발견한 도윤의 입에서 소리가 흘러나오자 두 사람이 걸음을 멈추었다. 순간 커진 민숙의 눈을 도윤은 놓치지 않았다. 앞으로 성큼성큼 걸어간 도윤은 민숙의 팔을 붙잡았다.

"잠시 이야기 좀 해. 강현아. 조금 이따가 보자."

어리둥절해하는 강현을 두고 도윤은 무자비하게 민숙을 끌고 갔다. 사람이 없는 비상구 쪽으로 걸어간 뒤 민숙을 놓으며 몇 번이나 숨을 고르기 위해 천천히 내쉬었다. 아무리 봐도 상황이 정리가 되지 않았다.

"어떻게 된 거야?"

"보면 알잖아. 사귀고 있어."

"뭐? 좋아. 그럼 화선이는?"

"두 사람 헤어진 지 1년 넘었어."

"그걸 이용해서 강현이와 사귄 거냐? 너?"

"그런 거 아니야. 처음엔 힘들어 하는 강현이를 위로해 주기는 했……. 내가 왜 이런 이야기를 너에게 해야 돼? 그리고 너 그 때 그랬지. 내가 좋아하는 남자 생기면 놔주겠다고. 그리고 너 뭐라고 그랬어? 널 잊는 게 좋겠다며. 난 그렇게 한 것뿐이야."

도윤이 고개를 끄덕였다. 확실히 그는 민숙에게 그런 말을 했었다. 하지만 여전히 불규칙하게 뛰는 심장은 민숙을 향하고 있는 것인지 강현을 향하고 있는 것인지 알 수가 없었다. 왠지 두통이 밀려오는 것 같아 관자놀이를 강하게 눌렀다.

"그럼 행복하기나 빌어줘."

"그래 보도록…… 노력하지. 유민숙."

도윤은 민숙을 스쳐지나갔다. 그리고 아직도 어리둥절한 표정으로 서 있는 강현의 앞으로 다가가 손을 내밀었다. 확실히 정리가 되지는 않았지만 이대로 쉽게 두 사람을 봐줄 생각은 전혀 없었다.

"오랜만이야. 김강현."

"그래. 정말 오랜만이다. 더 멋있어졌네. 그동안 어떻게 된 거야? 그럼 이제, 이제 완전히 돌아온 거야?"

"응. 이번에 치대에 진학했어. 너희들 다니는 학교에 말이야. 우리 예전의 좋은 친구 사이로 돌아갈 수 있는 거지?"

그 말에 강현이 픽 웃었다.

"언제나 친구였어."

"그래."

도윤은 웃으며 강현의 손을 놓고 뒤를 돌아 민숙을 보며 한쪽 입매를 끌어 올렸다. 너희들이 다니는 학교라는 것에 강하게 악센트를 주었다는 것을 민숙도 느끼고 있는 것 같았다. 무언가 못마땅한 표정의 민숙을 보며 도윤은 사악하게 입매를 뒤틀며 웃었다.

'유민숙. 강현이하고 잘되는 꼴은 죽어도 못 보지. 두고 봐. 어떤 식으로 내가 방해를 하는지.'

6화. 감정

그날부터 도윤은 주구장창 강현의 곁에 붙어 다녔다. 강현은 넓은 마음으로 도윤을 항상 받아주었다. 워낙 한국에 친구도 없고 지난 1년 4개월간 공부 때문에 힘들었을 거라고 생각하며 위로해 주고는 했었다. 그건 강현의 생각일 뿐이었지만 말이다.

비록 두 사람이 만난 지 얼마 되지는 않았지만 강현은 도윤을 정말 신뢰할 수 있는 사람이라고 생각했다. 그것도 그럴 것이 친구였던 정윤과 친구인 도윤의 성격이 워낙 비슷하다 못해 똑같은데다 두 사람이 쌍둥이라 더욱 친밀하게 느껴지는 것이라고 생각했던 것이다.

따라서 강현과 민숙. 두 사람의 데이트는 절대 없었다. 항상 도윤이 그 사이에 끼어들었고 민숙은 차마 강현의 앞에서 싫다는 기색을 드러낼 수는 없었다. 강현의 이상형이 조용하고 참한 여자였으므로 이제부터라도 그렇게 살아가려고 노력하고 있던 것이었다.

그런 민숙의 생각을 읽고 있던 도윤은 몇 번이나 그녀의 생각을 긁을 생각으로 엉뚱한 말들을 퍼붓고는 했다. 하지만 민숙은 의외로 참을성 있게 상황들을 대처하곤 했다. 물론 강현이 잠시 자리를 비우게 되면 민숙은 가차 없이 도윤을 향해 맹공격을 펼쳤다.

"너 정말 이럴래?"

"내가 뭘?"

"왜 남의 데이트까지 끼어들어? 넌 친구가 강현이밖에 없니?"

적대감이 그대로 드러나는 민숙의 말투를 보며 도윤은 발끈했지만 애써 웃으며 화를 삼켰다. 그리고 순진무구한 얼굴로 고개를 끄덕였다.

"응."

"뭐…… 뭐? 너 진짜 너무하는 거 아니야? 그리고 이제 그만 나 포기해. 나 더 이상……."

"뭔가 착각하는 건 너 같아. 내가 좋아하는 건 네가 아니라 강현이야."

무언가 간단하면서도 충격적인 말이었다. 민숙은 놀란 얼굴로 말을 잇지 못했다. 그 발언을 이해한 민숙은 믿기지 않는 얼굴로 도윤을 바라보았지만 그는 아무렇지도 않게 어깨를 으쓱하며 피자가 나오자 자연스럽게 그녀의 접시에 하나 올려주었다. 그리고 강현이 돌아와 앉자 강현의 접시에도 피자를 얹어주었다. 강현은 핫 소스를 민숙에게 뿌려주며 말했다.

"식기 전에 먹어야 맛있지. 먹자. 민숙아, 뭐해? 안 먹어?"

"응? 아, 먹어."

"여자들은 다이어트 때문에 이런 거 잘 안 먹던데. 괜히 내가 피자 먹자고 했나?"

"아냐. 민숙이는 뭐든 잘 먹으니까."

강현의 말에 도윤은 웃으며 고개를 끄덕였다.

'네가 몰라서 그렇지. 쟤가 저녁 여섯 시 이후로는 아무것도 안 먹어. 거기다 칼로리는 얼마나 따지는데. 하여간, 유민숙 저 불여시 같은 게 우리 강현이를 단단히 홀려놨구나.'

도윤은 저도 모르게 고개를 절레절레 흔들었다. 민숙은 여전히 그의 발언으로 정신을 차리지 못한 상태 같았다. 왠지 웃음이 튀어나왔지만 도윤은 애써 입 속에 피자와 샐러드를 가득 집어넣고 참았다.

실제로 두 사람이 사귄다는 것에 대해 거부감이나 실망 혹은 안타까움을 느끼는 것은 아니었다. 그냥 무언가 조금 섭섭하다고 해야 하나? 그냥 장난을 조금 쳐보고 싶은 것뿐이었다.

확실히 치대 1학년이라고 해도 도윤은 치사량에 달할 정도로 많은 공부 때문에 늘 바빴다. 기본적인 생명과학의 기초과목을 마스터해야 했기 때문에 도서관에서 보내는 시간이 늘어났다. 따라서 강현과 민숙을 만나는 시간도 자연히 줄어들었다. 사실 민숙을 조금 더 괴롭혀 주고 싶었지만 이미 남녀 사이에 난 정분을 그가 어떻게 가로막을 순 없는 일이었다. 그게 속상해서 몇 번이나 혼자서 공터에 앉아 소주를 들이켜기도 했다. 그럴 때마다 손가락은 익숙해진 번호를 누르고 있었다. 하지만 전화를 할 수가 없다는 것을 알고 있었다. 하지만 손가락은 저도 모르게 통화버튼을 누르고 있었다.

〔유민숙입니다. 여보세요? 여보세요.〕

전화가 끊겼다. 다시 통화버튼을 누르려던 도윤은 주먹을 그러쥐며 입술을 질끈 깨물었다. 이젠…… 방법이 없었다.

* * *

치아형태학 책을 보고 있던 도중이었다. 누군가가 앞에서 책상을 똑똑 두드렸고 도윤은 살짝 고개를 들어 상대를 확인했다.

앞에 있는 여자는 자신보다 2년 선배인 미주였다. 그녀는 캔 커피를 손에 들고 밖으로 나오라는 제스처를 취했다. 도윤은 읽던 책을 뒤집어 놓아두고는 밖으로 향했다. 옥외 정원이 있는 도서관이라 얼마 만에 맡아 보는 자연의 공기인지 몰랐다. 그러고 보니 이틀 내내 도서관 안에 틀어박혀 있었던 것이 기억났다. 집에서 걱정하고 있을 가족들을 위해 전화라도 한 번 해야겠다고 생각하며 주머니를 뒤졌지만 아무래도 가방 안에 집어 넣어두고 나온 것 같았다.

볼에 닿는 차가운 느낌에 정신을 차리며 미주에게서 커피를 건네받은 도윤은 캔을 손에 쥐고 난관에 몸을 기대었다. 눈이 뻑뻑한 느낌이 들었다. 아무래도 안경 하나를 맞춰야겠다는 생각을 하며 캔 뚜껑을 따지 못해 안달복달 하는 미주를 보며 자신의 캔을 따서 미주에게 내밀었다.

난감함 표정을 짓던 미주는 들고 있던 캔을 도윤에게 건네주고 그가 내민 캔을 받아 들었다. 도윤은 간단하게 딴 뒤 시원한 커피를 한 모금 들이켰다.

"무슨 일이에요? 선배?"

"너무 공부만 하는 것 같아서. 밥은 먹었어?"

"아뇨. 그러고 보니까 배가 고프네."

"나가서 뭐라도 먹고 올까?"

"선배도 밥 못 먹었어요?"

"때를 놓쳐서."

어색하게 웃는 미주와 함께 도서관을 빠져나왔다. 학교 바로 앞에 있는 분식집으로 들어서면서 도윤은 자리를 잡고 앉아 메뉴판을 둘러보았다. 김밥, 칼국수, 볶음밥 등을 시키며 귀를 긁적이던 도윤은 누군가의 시선에 몸을 돌렸다.

그곳엔 민숙이 불길이 이는 눈으로 그를 노려보고 있었다. 도대체 왜 저런 눈으로 자신을 바라보는지 몰라 도윤은 가볍게 손을 들어 올려 인사를 하고는 다시 몸을 돌렸다. 바로 썰어진 김밥이 나오자 도윤은 젓가락을 꺼내 미주에게 건네주고 수저도 어묵 국물에 넣어주었다.

"목 막히니까 국물 마시고 먹어요."

"고마워."

"본과 들어가서 힘들지 않아요? 예과인데도 치이는 과제에 반 죽어나겠는데."

"지난 2년 동안 익숙해졌으니까."

도윤은 고개를 끄덕이며 김밥을 입으로 집어넣었다. 배가 고팠는지 정신없이 음식들을 입으로 넣는 도윤을 보며 미주는 제대로 먹지도 못하고 있었다. 사실 조금 더 여러 분야를 공부할 수 있는 의대로 가볼까 해서 수능을 다시 보려고 준비도 했었다. 하지만 학과실에서 본 도윤의 원서 사진을 보는 순간 그 고민은 바로 사라졌다. 증명사진 속의 남자는 한눈에 반할만큼 잘생긴 얼굴로 웃고 있었다. 워낙에 눈에 띄는 외모였기 때문에 순식간에 그는 의대의 예비 스타로 떠올랐다. 그가 합격을, 그것도 수석으로 했다는 것을 알고 나서 미주는 시간이 빨리 가기를 빌었다. 물론 미주뿐만이 아닌 모든 사람들이 그가 진심으로 이 학교로 들어오길 빌었고 그가 들어온다는 것이 확정이 되자 모두들 기대감에 부풀어 올랐다.

확실히 교수님들의 기대를 한몸에 받고 있던 도윤은 그 기대를 저버리지 않았다. 여자들에게는 선망의 대상이었지만 남자들에게는 눈엣가시였다. 그래서 성격이 모날 것이다, 사이코 기질이 다분할 것이다, 라는 식의 유언비어를 퍼트렸지만 그는 잘생긴 외모뿐만이 아닌, 둥글둥글한 성격으로 어느 누구와도 쉽게 친해졌다. 그리고 항상 진취적인 자세로 질문을 하고, 과제를 하며 교수님들뿐이 아니라 교우들에게도 신임을 얻고 있었다. 남들보다 공부에 투자하는 시간은 적어 보였지만 한번 집중을 할 때면 누군가가 옆에서 쓰러져도 모를 정도였다.

수업시간만 제대로 들어갈 뿐 그 외에는 거의 학교에 없었으므로 미주는 항상 불안했었다. 하지만 중간고사에서 거의 만점에 가까운 점수를 받았다는 이야기를 듣고 그 불안은 싹 가셨다.

"사실은 조금 신기했어."

"뭐가요?"

입에 넣고 있는 음식량이 얼마나 많은지 도윤의 발음이 조금 어눌했다. 그 모습까지도 그는 매력적으로 보이게 만드는 재주가 있는 모양이었다. 미주는 기분 좋게 튀어나오는 웃음을 막으며 말했다.

"사실 우리 과가 원숭이 동물원이라고 불리는 건 알고 있지? 그런데 처음에 선배들이나 후배들이 네 원서접수 사진보고 제발 우리 학교 오기를 얼마나 빌었는데."

그 말에 도윤이 웃음을 참다 사례가 들린 듯 기침을 하며 괴로워했다. 미주가 물을 떠오기 위해 자리에서 일어나려던 순간 누군가가 탁 소리를 내며 물 컵을 내려놓았다. 누군가 싶어 고개를 돌렸을 땐 조금 전 도윤이 인사를 했던 그 여자였다.

한눈에 보기에도 늘씬한 미인인 여자가 미주는 신경 쓰였다. 물론 도윤의 얼굴과 머리에 알고 있는 여자나, 사귀었던 여자는 많았 겠지 싶었다. 나름대로 치대에서 퀸카 대접을 받아 기죽는 일은 없었지만 옆에 서 있는 여자는 무척이나 유명한 여자였다. 바로 학교 최고의 퀸카라 불리는 유민숙이었다. 키, 외모, 몸매, 머리 무엇 하나 빠짐이 없는 잘난 미인이었던 것이다. 거기다 비록 지금은 군대에 가있지만 이 학교 최고의 킹카라 불렸던 유민혁의 쌍둥이 동생이기까지 했다. 미주는 민숙이 신경 쓰여 죽을 것만 같았다. 지난 몇 개월간 도윤을 지켜 본 결과 특별히 친하게 지내는 여학생이나 친구들은 없는 것 같았다. 하지만 예쁘다는 말로는 표현이 부족할 정도로 완벽한 미인형인 민숙이 그의 곁에 있는 게 신경 쓰이는 것은 당연한 일이었다.

민숙은 아직까지 학교에 남아 있었다. 1학년을 마치고는 유럽 배낭여행을 다녀온다며 가차 없이 1년 동안 휴학을 했었고 2학년을 마치고서는 어학연수를 다녀온다며 또 1년을 휴학했었다. 그리고 지금은 의상 디자인과 4학년에 재학 중이었다.

물을 마시고 가까스로 진정시킨 도윤은 가슴을 몇 번인가 두드렸다. 그럼에도 가시지 않는지 헛기침까지 몇 번이나 했다.

"고맙다. 유민숙. 그런데 좀 비켜라. 물 좀 더 마셔야겠다."

"너 때문에 그동안 내가 얼마나 머리가 빠지게 고민했는지 알아?"

"뭐 때문에? 아, 내가 호모인지 아닌지 그게 신경 쓰였던 건가? 뭘 확대해석하고 그래. 난 여전히 유민숙이 싫고 강현이가 좋은 것뿐인데. 난 인간을 고루고루 사랑하는 사람이기는 하지만 유난히 너한테는 정이 안 가더라."

도윤은 자리에서 일어서 민숙을 스쳐지나 정수기로 걸어갔다. 언제 친해졌는지 분식집 아줌마들과 농담을 건네고 있는 도윤을 보며 민숙이 힘껏 째려보았다.

"눈에 힘 풀어라. 쌍꺼풀 뒤집어지겠다. 너 가서 밥 안 먹냐? 친구들 기다리는데."

"나쁜 자식."

민숙은 있는 힘껏 도윤의 발등을 찍고 제자리로 돌아갔다. 아픈지 인상을 찌푸리는 도윤을 보며 미주가 물었다.

"괜찮아?"

"괜찮아요. 쟤 저러는 거 하루 이틀도 아니고. 먹어요. 선배. 칼국수 다 불었네."

너무나 친근한 듯 구는 도윤을 보며 미주는 다시 한 번 고개를 돌려 민숙을 바라보았다. 여전히 분한 표정을 삭히지 못하고 도윤의 뒷모습을 노려보고 있는 민숙과 눈이 마주쳤다. 미주는 서둘러 민숙의 눈을 피했다.

"선배. 밥맛없어요? 다른 데 갈까요? 뭐, 오늘은 공부하기 그른 것 같은데 나가요. 맛있는 거 사줄게요."

"응? 아냐. 맛있어. 이거 먹고 커피 마시러 갈래?"

"그러죠, 뭐. 선배 커피 되게 좋아하나 보네."

미주는 고개를 끄덕였다. 그 때 뒤에서 민숙의 목소리가 들려왔다.

"우리 밥 먹고 도넛 먹으러 가자. 먹고 싶어."

그 말이 끝남과 동시에 도윤이 자리에서 일어섰다. 그리고 잠깐만 기다리라는 말을 하고 도윤이 사라졌다.

도윤이 다시 들어왔을 땐 유명 도넛사의 로고가 박힌 종이상자를 들고 있었다. 미주는 도윤이 왜 저러나 싶어 바라보았지만 그는 미주를 지나쳐 민숙에게로 걸어가 그 상자를 내밀었다. 민숙 역시 놀란 듯 도윤을 올려다보고 있었다. 그냥 흘러가는 말로 했을 뿐인데 도윤이 자리에서 일어서더니 도넛을 사왔다. 그걸 어떻게 해석해야 할지 몰라 민숙은 뚫어질 듯 도윤을 바라보고 있었다.

"먹어. 그리고…… 전엔 미안했다."

도윤이 약간 씁쓸하게 웃었다. 확실히 다시 되돌릴 수 있는 상황도 아니었지만 민숙을 만나 제대로 이야기는 하고 떠났어야 했다. 감정을 추스를 경황이 없어 제대로 말도 하지 못했다. 그러지 못했던 게 아직도 마음 한구석에 걸려있었다.

"최도윤."

고개를 숙이고 있던 도윤이 고개를 들어 올렸다. 민숙이 자리에서 일어나 도윤을 마주보고 있는 상황이었다. 분식집 안에 있던 모두의 눈이 두 사람에게로 돌아갔다. 두 사람 다 워낙 외모가 출중한 사람들이었으니 걸어가기만 해도 모두의 시선이 향하는 것은 당연했다. 그런데 뛰어난 외모로 소문난 두 사람이 아는 사이이고, 전엔 무슨 일이 있었는지 궁금해질 것도 당연했다.

민숙은 한참 동안 아무 말이 없었다. 도윤은 손을 들어 올려 민숙의 머리를 몇 번인가 쓰다듬었다.

"그냥. 난 네가 행복했으면 좋겠다. 강현이도 그렇고. 일전에 그런 건 그냥 조금 심술을 부린 것뿐이야. 좋은 친구로는 남아 있을 수 있지?"

도윤이 손을 내밀었다. 민숙은 한참을 망설이고 있었다. 도윤은 현재 사과를 하고 있었지만 어쩐지 받아주고 싶지가 않았다. 저 손을 잡았다가는 왠지 어린아이처럼 울음을 터트릴 것 같아서였다.

"정 미안하면 매일매일 이렇게 도넛 사주던가."

그 말에 도윤이 픽 웃음을 터뜨렸다.
"알았어. 또 필요한 건 없어?"
"음……. 지금은 없는 것 같아."
"지금은? 그럼 나중에 생기면 말한다는 거네? 미안한데 다른 것까지 들어줄 시간적 여유가 없다. 도넛 하나로만 끝내자. 그리고 사귀는 남자 있으면서 나 만나는 거 남들 눈에도 안 좋게 보여."
"치…… 친구라며!"
민숙이 버럭 소리를 질렀다. 그러자 도윤은 또다시 웃음을 터뜨렸다.
"강현이와 셋이 만난다면 언제든 환영할게. 하지만 우리 둘은 안 돼."
"왜?"
민숙이 어리둥절한 표정으로 물었다. 도윤은 살짝 고개를 숙이며 민숙의 귓가에 낮게 속삭였다.
"둘이 또 사고라도 치면 곤란하잖아."
너무 낮고 작은 목소리라 남들이 들었을 리는 없었지만 민숙의 얼굴이 붉게 달아올랐다. 미련 없이 돌아서며 선배를 데리고 나가는 도윤을 멍하니 바라보며, 그가 방금 전 흘렸던 말은 바로 자신을 놀리던 말이었다는 것을 알아차렸다. 하지만 이미 사라져 버린 도윤을 다시 붙잡을 수도 없어 민숙은 애꿎은 도넛에만 성질을 부렸다.

커피 전문점으로 들어선 두 사람은 커피를 시켜 받아 들고는 교정을 걷기 시작했다. 아직 5월이었지만 여름이 성큼 다가온 듯했다.
"그런데 군대는 안 가?"
"아, 저 미국 시민권자라서 군대 안 가요."

"갈 생각 없는 거야?"

"한 때는 갈까도 생각했는데 생각해 보니 지금도 많이 늦은 것 같아서 그냥 가지 않으려고 해요."

간단하게 말을 마치며 도윤은 활짝 핀 장미 숲을 바라보았다. 많은 사람들이 장미 숲을 거닐고 있었고 도윤도 그중 한 사람이었다. 이미 사람들의 시선엔 익숙해져 있었다. 한 번씩 돌아보는 사람들의 시선도 도윤에겐 중요하지 않았.

이젠 마음을 버리기로 작정했다. 누군가를 사랑하는 일이 그에겐 무척이나 힘든 일이라는 것도 알고 있었다. 민숙을 버렸다고 생각했지만 마음 깊숙한 곳에 감춰져 있을 뿐 버린 것은 아니었다. 다시 민숙을 만나고 뒤틀리는 머릿속을 진정시키기 위해 일부러 공부에만 매진하고 있었다.

강현을 보며 행복하게 짓던 미소가 왠지 계속 보고 싶어졌다. 자신을 향한 것이 아니라고 해도 그렇게 하고 싶었다. 도윤은 터져 나오는 웃음을 참기가 힘들었다. 여자였을 때는 그렇게 앙숙이었던 민숙이 어느새 이성으로 다가와 마음속에 박힌 것인지. 이제는 그 박힌 가시를 빼어내기란 쉽지 않은 것 같았다. 확실히 유민숙이라는 여자는 최도윤이라는 남자의 첫사랑이었다.

"아까 그 여자. 유민숙 맞지?"

"네."

"아는 사이야? 되게 친해 보이던데."

"음······. 내 첫사랑?"

그렇게 말하며 도윤이 피식 웃었다. 숨길 것도 없었다. 어차피 남들에게 보이는 것은 지나간 사랑쯤으로 비치면 됐다고 생각했다. 실제로는 지금도 가슴 한구석이 저릿할 정도의 감정이 남아있었지만 말이다.
 "지금도…… 좋아해?"
 "그렇게 보여요?"
 "응? 아, 아니. 너무나 오래된 친구같이 보여."
 미주의 말을 듣고 도윤은 웃었다. 하지만 마음 한구석이 쓰라려 오는 것은 어쩔 수 없었다. 남들 눈에 친구 같아 보인다는 말은 이미 가능성이 없다는 것과 마찬가지였다. 남들이 그렇게 봐주기를 바랐지만 실제로 마음 한구석에는 그렇게 느껴주지 않기를 바라는 것도 존재하고 있었다.
 도윤과 미주는 자연스럽게 벤치에 앉았다. 장미향이 코끝을 자극하고 있었다. 몇 번인가 재채기를 하던 도윤을 위해 미주가 가방에서 휴지를 꺼내어 주었다.
 "혹시 꽃가루 알레르기 있어?"
 "있긴 하지만 심한 편은 아니에요. 신경 쓰지 마요."
 가볍게 코를 풀며 말하는 도윤의 눈에 눈물이 그렁그렁 맺혀 있었다. 미주는 안 되겠다고 생각하며 자신도 모르게 도윤의 팔을 붙잡아 일으켜 세웠다. 얼떨결에 자리에서 일어난 도윤은 미주에게 이끌려 장미 숲에서 벗어났다. 그래도 다행히 재채기가 멈춰 크게 숨을 들이켰다.
 바로 앞에 보이는 치대 건물로 아는 사람들이 지나가고 있었고 도윤은 가볍게 고개를 숙여 인사를 했다. 그들이 다가오자 도윤은 반가운 표정을 지었다. 그렇지만 이내 들려오는 미주의 말에 도윤의 얼굴이 순식간에 굳어갔다.
 "그 첫사랑 다 털어냈으면 나하고 사귀지 않을래?"
 순식간에 도윤의 얼굴이 서늘하게 변했다. 그리고 뒤에서 나오고 있던 선배들의 얼굴도 놀라움으로 가득했다. 미주는 고백을 해놓고 부끄러운 듯 얼굴이 붉어져 있었지만 도윤의 표정은 매정할 정도로 굳어있었다.

"날 얼마나 봤다고 그런 소리를 함부로 하는 거죠? 고작 두세 달 아니었던가요?"

차갑게 깔린 도윤의 목소리에 놀란 건 미주뿐만이 아니었다. 지금 앞에 있는 사람은 항상 웃으며 사람들을 대하던 도윤이 아니었다. 듣는 사람조차도 간담이 서늘해질 정도로 차가운 목소리, 정확히 자신의 감정을 밝히고 있는 매몰찬 목소리였다. 미주의 표정이 굳는 것도 당연했다.

"그 정도면 추…… 충분하다고 생각했는데……."

"선밴 내 어디를 알아요? 나에 대해 알고 있는 거라도 있어요? 외모, 학교, 성적 이런 거 말고 다른 걸 알고 있는 게 있나요? 전 쉽게 사람 못 믿습니다. 그리고 잘 알지도 못하는 여자에게 고백 받는 것만큼 기분 나쁜 것도 없네요. 관심은 고맙지만 그 이상은 사양하겠습니다."

그 말을 내뱉은 도윤은 미주가 눈물을 보이는데도 불구하고 도서관으로 걷기 시작했다. 그리고 도서관에 들어서자마자 모든 짐들을 챙겨들었다. 짜증이 났다. 모든 것이 싫어졌다. 이제껏 자신에게 관심을 표출하던 모든 사람들이 외형만을 보고 그랬던 것 같아 불신감이 싹텄다. 스스로 25년간을 살아오면서 나름대로 인성은 좋다고 생각했었다. 하지만 그게 아니었던 모양이다. 그걸 남자가 된 뒤로 더욱 확실하게 느끼고 있었다. 모든 것을 있는 그대로 받아들이지 못하고 한번 비꼬아서 생각하는 그런 못된 성격 말이다.

가방이 터질 정도로 책들을 집어넣은 뒤 주차장으로 향하기 시작했다. 그 와중에 지퍼가 열려 책들이 우르르 쏟아졌다.

"젠장!"

거칠게 욕설을 내뱉으며 책을 주워 담던 도윤의 손길이 누군가의 등장에 멈췄다. 미니스커트를 입은 주제에 주저앉아 책을 줍고 있는 민숙이 보이자 도윤은 한숨을 내쉬며 자신의 남방을 벗어 무릎에 걸쳐주었다.

"그렇게 짧은 치마 입은 주제에 뭐하는 거야? 일어서. 내가 할 테니까."

"술 한 잔 하자."

다시 책을 줍기 시작하던 손이 멈췄다. 그리고 고개를 들어 올려 민숙을 올려다보았다. 왠지 심술이 가득 난 얼굴에 장난기가 발동했다.

"싫어."

"뭐? 왜?"

"또 그런 일 생기면 너 곤란해지잖아."

"누, 누가 취할 때까지 마시자고 했어? 그냥 가볍게 매, 맥주 한 잔 하자는 거지."

얼굴을 붉히며 말하는 민숙을 보고 도윤은 픽 웃었다. 가볍게 고개를 끄덕인 뒤 책가방을 차에 집어넣고 걷기 시작했다.

"너, 차도 샀어?"

"할아버지가 사주셨어."

"잘 어울려."

"네 차는?"

연두색의 폭스바겐도 민숙과 잘 어울렸었다. 그러고 보니 민숙이 차를 갖고 다니지 않는 것이 생각났다.

"폐차."

"왜?"

"사고 났거든."

"사고? 넌 안 다쳤어?"

놀란 도윤이 다급히 물었다. 그리고 저도 모르게 민숙의 몸을 만지고 있었다.

"야, 안 다쳤어. 그러니 그만 만져. 차에 안 타고 있었어. 누가 술 먹고 운전하다가 그대로 박았는데 엔진이 완전히 망가진 거야. 그게 그거일 것 같아서 그냥 폐차 시켰지 뭐."

"아, 다행이다."

놀랬던 가슴을 진정시킨 뒤 자주 가던 호프집으로 향한 뒤 치킨 한 마리와 생맥주를 시켰다. 맥주가 나오자 도윤은 목이 말랐는지 급하게 절반을 비워냈다.

"천천히 마셔. 맥주도 술이야."

"목이 조금 말라서. 이제 말해."

"어?"

"할 말 있으니까 술도 하자고 했을 거 아니야."

도윤은 잔을 내려두고 민숙이 말하기를 기다렸다. 하지만 민숙은 시선을 피하기만 할 뿐 결국 치킨이 나올 때까지 아무런 말도 하지 않았다. 도윤은 잘 튀겨진 날개를 하나 들어 양념에 찍어 민숙에게 내밀었다.

"먹어."

"응."

민숙이 받아 들자 도윤은 다시 맥주를 들이켰다. 맥주잔이 바닥나자 도윤은 다시 500CC를 주문했다. 보기에도 시원해 보이는 맥주가 다시 도윤의 앞에 놓였다.
"할 말은 없고. 그냥 계속 내가 너무했던 것 같아서."
예상도 못했던 민숙의 사과에 도윤은 마시던 맥주를 흘릴 뻔했다. 민숙이 티슈를 뽑아 건네주었고 도윤은 받아 들며 입가를 가볍게 훔쳐내었다. 민숙과 이렇게 마주앉아 있는 상황이 불편했다. 아직 민숙에 대한 감정이 완전히 정리되지 않은 것도 그랬고 사람들이 자신을 보는 시선이 계속 신경 쓰이고 있었다.
그러고 보니 민숙은 처음부터 달랐다. 전혀 외모에 신경을 쓰지 않고 신경질적인 말투를 툭툭 내뱉었다. 그리곤 전혀 자신의 타입도 아니라며 철저히 무시했었다. 왠지 그 때가 생각나 도윤이 웃음을 흘렸다.
"왜 웃어?"
"넌 다른 사람들과 다른 것 같아서."
"뭐가?"
"남들처럼 내가 잘생겼다고 무조건 잘해주지도 않고. 오히려 신경질만 부리고 내가 싫다고 당당히 말하고. 뭐, 간단히 그런 것들."
그렇게 말하는 도윤의 얼굴에 씁쓸한 웃음이 감돌았다.
"너…… 널 싫어하는 건 아니야."
"그래? 고마운데. 날 많이 싫어하는 줄 알았어."
"하나만 물어봐도 돼?"
"열 가지 물어봐도 돼."
농담조로 말하며 도윤이 다시 맥주잔을 입으로 가져갔다.
"왜 나한테 잊으라 말하고 갑자기 사라졌던 거야?"
맥주를 한 모금 마시고 잔을 내려놓았다. 그리곤 민숙의 시선을 응시했다.

"확신이…… 없었다고나 할까?"

"확신? 그럼 지금은 그 확신이 생겨서 다시 돌아온 거야?"

"그렇다고 볼 수 있지."

그 뒤로 도윤은 더 이상 입을 열지 않았다. 민숙 역시 더 이상은 묻지 않았다. 두 사람 사이에 묘한 공기가 지나갔다. 도윤은 더 이상 그 침묵을 견딜 수 없었는지 먼저 자리에서 일어났다.

"가자. 여기 얼마예요?"

"만 칠천 원입니다."

도윤은 지갑에서 현금을 꺼내 계산을 한 뒤 호프집을 빠져나왔다. 확실히 해가 길어진 게 실감이 났다. 이제 곧 뜨거운 여름이 찾아 올 것이고 유난히 여름을 싫어하는 도윤은 꽤 힘들어질 각오를 해야 했다.

"술 마셔서 데려다 주지는 못하겠다. 택시 타."

도윤은 도로로 내려가서 택시를 잡기 위해 손을 흔들었다. 하지만 빈 택시가 거의 없었다. 결국 두 사람은 다시 교정으로 들어서서 벤치에 앉았다. 도윤은 시원한 음료수 캔을 민숙에게 내밀었다.

"마셔."

민숙이 고개를 끄덕이며 캔을 받아 들었다. 도윤이 캔을 다 비워가는 동안에도 민숙은 그저 손에 쥐고만 있을 뿐이었다. 도윤이 피식 웃으며 손을 뻗으려는 찰나 앞에서 걷고 있는 선배들을 발견했다. 그리고 그중엔 미주도 끼어 있었다. 순식간에 도윤의 표정이 굳었다. 그들도 도윤을 발견했는지 바로 앞으로 걸어왔다.

"어이, 최도윤. 아까는 미주에게 말이 심했다는 생각 안 들어?"

자리에서 일어선 도윤은 아무 말 없이 고개를 숙였다. 선배들의 눈에는 그게 더 성의 없어 보인 모양이었다. 워낙에 군기가 센 곳이라 도윤도 그것을 피해갈 수 없다는 것을 알고 있었다. 분명 미주에게 퍼부었던 말이 지나쳤던 건 알고 있었다. 하지만 계속 미련을 주는 말투나 행동을 할 수는 없어 차갑게 굴고 말았던 것이었다.

미주는 피해자인 척 고개를 숙이고 있었다. 그게 민숙의 눈에는 거슬렸다. 도대체 무엇을 잘못했기에 도윤이 저렇게 죄인처럼 구는지 이해가 가지 않았다. 더군다나 저 여자는 아까 도윤과 무척이나 사이가 좋아 보였었다. 분식집에서 저 여자를 챙기는 도윤의 모습에 은근히 부아가 치밀었었는데 몇 시간 만에 상황이 완전히 바뀐 것을 보고 민숙도 놀란 건 마찬가지였다.

"미주는 나름대로 용기내서 한 고백이었을 텐데. 그리고 미주가 처음부터 너 좋아했던 건 우리 과에 모르는 사람이 없을 정도였어."

"말이 조금 심했다는 건 알고 있습니다. 하지만 솔직한 제 심정이었으니까요."

"고백? 저 여자가 너한테 고백했었어?"

민숙이 고백이라는 말에 재빨리 끼어들었다. 갑작스런 민숙의 말에 당황한 도윤의 선배들은 몸이 굳은 듯했다. 민숙이라면 이 학교 최고의 퀸카였고 남자라면 누구나 한 번쯤은 만나보고 싶어 하는 존재였다. 그런데 처음부터 눈엣가시였던 도윤과 민숙이 아는 사이라니. 도윤이 들어오던 순간부터 싫어했던 이영재가 제일 짜증난다는 얼굴로 민숙을 쳐다보았다.

"왜 남의 문제에 끼어듭니까?"

"허, 얘 봐라. 남의 문제? 그런 너희는? 남의 문제에 끼어들고 있다고 생각하지 않아? 저 여자가 고백을 한 사람은 도윤이고 도윤이는 싫다고 저 여자 찼잖아. 세상 살면서 그거 일상다반사 아니던가? 너희가 왜 흥분해서 함부로 나서? 그리고 도윤이가 심한 말을 했든

안했든 자기 마음이지 왜 너네가 상관이야?"
 기관총처럼 발사되는 민숙의 말에 모두들 굳은 채 움직이지 못하고 있었다. 도윤은 손을 들어 올려 얼굴을 쓸어내렸다. 다시 한 번 민숙의 쌈닭 기질이 발휘되는 순간이었다. 괜히 난감해진 도윤은 몇 번이나 머리를 긁적이다 싸움을 말리기 위해 몸을 움직이려고 했다. 하지만 이어지는 영재의 물음과 민숙의 대답에 그대로 굳고 말았다.
 "그러는 그쪽은 최도윤하고 무슨 관계이시기에 이러십니까?"
 "나? 최도윤…… 여자친구다! 어쩔래?"

7화. 마음이 움직이다

도윤은 두 눈을 감으며 손을 들어 올려 얼굴을 가렸다. 쌈닭 기질 같은 건 어떻게 할 수 없는 부분이라고 치더라도 2년이 지났지만 아직도 변하지 않은 저 다혈질 성격은 어찌한단 말인가?

길을 가던 모든 사람들이 길을 멈추고 이미 그 모습들을 구경하고 있었다. 그도 당연한 게 5년 내내 학교 최고의 퀸카라 불리며 서 있는 유민숙이 있었고 입학한 지 3개월 만에 당당히 최고의 킹카자리에 올라선 최도윤이 있었기 때문이었다. 거기다 두 사람이 아는 사이인 것으로도 모자라서 민숙이 나서서 여자친구라고 엄포를 놓는 상황이라니. 사람들의 시선을 끌어당기기에 충분했다.

당황해서 아무 말도 못하는 영재를 보며 도윤은 나서서 사과를 했다.

"선배님. 죄송합니다. 오늘은 좀 먼저 가보겠습니다."

그리고 바로 민숙의 팔을 잡고 끌고 가기 시작했다. 민숙은 질질 끌려가면서도 끝까지 영재와 미주를 노려보는 것을 잊지 않았다.

겨우 빈 강의실을 찾아 들어왔을 때 민숙은 뭐가 그렇게 열이 받는 것인지 씩씩대며 허리춤에 손을 얹고 화를 식히고 있었다. 도윤은 그런 모습에 주먹으로 가슴을 몇 번이나 내리쳤다.

"유민숙. 제정신이냐? 앞뒤 상황 좀 가려가면서 말을 해! 네가 무슨 쌈닭이야? 왜 그렇게 깃털을 세우고 달려들어?"

"상황이 웃기잖아! 자기가 고백해 놓고 차였으면서 왜 사람들 선동해서 널 나쁜 애로 만드는데?"

"자각 좀 해! 너 충분히 우리 학교에서 유명인사야. 그런데 남들 다 보는 앞에서 내 여자친구라고 말하면 강현이 귀에 들어갈 건 생각도 안 해봤어?"

"그…… 그건……."

순식간에 민숙의 얼굴빛이 어두워졌다. 그 모습을 보며 도윤은 씁쓸하게 웃을 수밖에 없었다. 물론 자신의 편을 들어 주고 여자친구라고 말을 해준 것도 좋았다. 하지만 강현을 생각하자 마음속이 묵직해지는 것이 순간 그의 기분을 다운되게 만들었다.

"그, 그럼 내가 여자친구지. 남자친구냐?"

"됐어. 애들은 그렇게 해석 안 할 거야. 강현이에겐 내가 말할게. 앞으론 그 다혈질 성격 좀 죽여라. 유민숙. 가자. 너 때문에 술도 다 깼고. 데려다 줄게."

결국 민숙은 끝까지 침묵을 고수했다. 차가 집 앞에 도착했는데도 민숙은 눈치 채지 못한 것 같았다. 그런 민숙이 귀여워 도윤은 자신도 모르게 손을 뻗어 민숙의 볼을 꼬집었다. 그러자 정신이 확 들었던지 민숙이 두 눈초리를 위로 확 치켜 올리며 도윤을 노려보며 소리 질렀다.
"아프잖아!"
"철 좀 드라고. 이 쌈닭 아가씨야. 들어가 봐."
"아, 아무튼 오늘은 고맙기도 하고 미안하기도 하고 그랬어."
전혀 남에게 그런 감정 표현을 안 해 봐서 그런지 민숙은 얼굴이 붉어진 채 부랴부랴 차에서 내려 원룸 건물 안으로 사라졌다. 그런 모습을 보고 픽 웃고 만 도윤은 다시 차를 움직였다.

집으로 들어서자 평상시에 전혀 보지 못했던 신발이 눈에 들어왔다. 고개를 들어 올렸을 때는 할아버지가 거실에 앉아 계셨다. 도윤은 재빨리 가방을 내려놓고 앞으로 걸어가 깍듯이 인사를 했다.
"어떻게 올라오셨어요? 버스 타고 오신 거예요?"
"그래."
"말씀하시지. 그럼 제가 모시러 갔을 텐데."
"학교에서 오는 길이냐?"
"네. 피곤하시죠? 아, 저녁은 드셨어요?"
영하가 부드럽게 웃으며 고개를 끄덕이자 도윤은 자리에서 일어나 부엌으로 들어갔다. 석희는 싱크대 앞에 서서 과일을 씻고 있었다.
"엄마. 할아버지 갑자기 무슨 일로 올라오신 거예요?"
"너 못 본 지도 오래 되셨고 해서 겸사겸사 올라오셨대. 나와. 과일 먹자. 밥은 먹었니?"
"응. 대충."
다시 거실로 나온 도윤은 포크에 복숭아를 찍어 영하에게 내밀었다.

"할아버지. 차 잘 타고 있어요. 그런데 무슨 돈이 있으셔서 차를 사주셨어요. 그냥 자전거 타고 다녀도 되는데."

"마음에 드느냐?"

"그럼요. 다만 아버지보다 좋은 차를 타서 마음에 걸리기는 하지만."

도윤이 그렇게 말하며 얼굴을 한 번 쓸어내렸다. 사실 순식의 경력과 직위로 인해 연봉이 적은 것은 절대 아니었다. 하지만 장남으로서 책임감이 있다 보니 항상 지출이 많았고 때문에 석희는 생활비를 아끼려고 노력했다. 냉장고가 거의 고장 났을 때도 차마 바꾸지 못했던 것을 도윤이 아르바이트를 해서 번 돈으로 무작정 사서 집에 들여놨다.

그때 순식이 왜 쓸데없는 짓을 했냐며 야단을 쳤지만 도윤은 그렇게라도 해서 마음이 조금 편해졌다. 자식들에게는 아낌이 없으면서 정작 당신들에겐 무심한 부모님이 내내 신경 쓰이고 있었던 것이었다. 거기다 갑자기 남자로 변한 뒤에는 갑자기 예상치도 못했던 지출이 많아졌었다. 방 안의 모든 가구를 바꾼 것도 그렇고, 옷도, 신발도 이름 있는 브랜드로 바꾸다 보니 한 번에 천만 원 정도 되는 돈이 들어갔다. 거기다 3년씩 조금씩 들어 간 등록금들도 있었으니 아마 순식과 석희의 부담이 더 심했을 거라고 생각했다. 대학에 들어갔다고 해서 아예 공부를 손에서 놓은 것도 사실이었다. 그래서 그렇게 좋은 성적을 받지 못했다. 왜 그땐 그렇게 공부를 하지 않았던 것인지 후회가 되기도 했었다. 그래서 방학이 되면 최대한 공부에 방해가 되지 않게 과외자리라도 알아볼까 생각 중이었다.

그때 영하가 주머니에서 봉투를 꺼내 도윤의 앞으로 내밀었다. 뭔지 모르겠다는 얼굴로 봉투를 내려 보던 도윤을 향해 영하가 열어 보라는 듯 손짓했다. 도윤은 웃으며 봉투를 들어 내용물을 확인했다.

그리고 이내 도윤의 눈이 커졌다. 그건 바로 땅문서였다. 거기다 3백 평도 아니고 3만 평이라니. 도윤이 놀라는 것은 당연했다. 도대체 이게 무슨 뜻인지 이해할 수가 없어 잠시 영하를 바라보던 도윤의 눈이 다시 문서로 향했다. 땅의 소유권자 이름이 다름 아닌 자신의 이름으로 되어 있었다.

"어떻게……. 제 위임장도 없었을 텐데……."

"나중에 주려고 두었던 곳이다."

"이야, 우리 할아버지 부자셨네? 그런데 저 이거 못 받아요. 받으려면 아버지가 받아야지 이걸 제가 어떻게 받아요."

부담스러운 나머지 농담조로 말하던 도윤이 다시 문서를 봉투에 넣고 영하의 앞으로 내밀었다. 확실히 그건 부담스러웠다. 한마디로 이건 최씨 가문을 이끌어 가야하는 장남에게 주어진 권리와도 같은 것이라고 도윤은 생각했다. 아직 제대로 된 결심이 서지 않았기 때문에 받을 수도 없었거니와 아버지가 엄연히 살아계신데 자신이 받는 건 더더욱 말이 되지 않을 것 같았다. 이건 확실히 그가 감당하기엔 너무나 짐스러운 물건이었다.

"부담 주려는 것이 아니다. 나중에 치과도 개원하려면 돈도 필요할 거 아니더냐."

"아니요. 전 못 받아요. 이걸 제가 어떻게 받아요. 그리고 치과는 직원으로 들어가서 다녀도 돼요."

"전부터 주려고 했던 것이니 부담가질 필요 없다."

도윤은 그 전(前)이라는 말을 알아차렸다. 그건 바로 여자였을 때였다. 그 때 초인종이 울렸고 문이 열리자 순식이 들어왔다. 순식은 영하를 향해 인사를 한 뒤 자리에 앉았다. 살짝 옆으로 비켜 앉은 도윤은 다시 봉투를 순식에게로 내밀었다.

"우선 전 지금 필요 없어요. 할아버지. 정 그러시다면 아버지께 맡겨 놓을게요. 제가 이거 가지고 있다가 방탕하게 쓰면 어쩌려고 그러세요."

"그래도 상관없다. 가지고 있어."

도윤은 다시 거절하려고 했다. 하지만 순식의 말에 봉투를 손에 쥘 수밖에 없었다.

"가지고 있거라. 네 것이니 네 마음대로 해도 돼."

봉투를 손에 쥔 도윤은 그저 고개만 끄덕였다. 영하가 피곤하다며 먼저 자리에서 일어난 뒤 도윤도 자리에서 일어나 방으로 들어왔다. 부담가질 필요 없다고 말했지만 이걸 보는 순간부터 도윤은 자신의 어깨를 짓눌러 오는 무게감을 느낄 수밖에 없었다.

확실히 영하의 눈빛이 달라져 있었다. 그 전엔 첫 손녀를 예뻐하는 얼굴로 보고 있었다면 지금은 앞으로 집안을 이끌어 갈 장손으로 보고 있었다. 도윤은 더 이상 생각했다간 머리가 터질 것 같아 샤워를 한 뒤 곧바로 잠이 들었다.

눈을 번쩍 떴을 땐 일곱 시가 넘어가고 있었다. 거실로 나오자 구수한 된장찌개 냄새가 진동하고 있었다. 석희가 분주히 아침 준비를 서두르고 있었다.

"할아버지는?"

"내려 가셨어."

"뭐? 벌써?"

"할머니 혼자 계시다고 일찍 내려가셨지. 앉아. 밥 먹어."

도윤은 얼이 빠진 얼굴로 자리에 앉았다. 분주히 움직이는 석희를 보며 도윤은 한숨을 내쉬었다.

"엄마. 이제 진짜 장남 노릇 해야 하려나 봐."

"아무도 강요 안 해."

"그래. 나도 알아. 그런데 내 머리가 내 말을 안 듣네."

도윤은 가만히 생각하다가 오늘은 오후 두 시에 있던 수업이 교수의 사정으로 휴강이라는 것을 떠올렸다. 순식이 출근을 하자 석희는 은행에 들러 볼일을 본 다음 점심 약속이 있다며 나갔다. 도석은 얼마 전에 간다던 농활을 떠나 집에 없었고 도진은 계속 도서관에 박혀 공부를 하는 것인지 3일째 집에 들어오지 않는다고 했다.

오전에는 집안 청소를 하고 열 시부터는 정성스럽게 음식을 만들기 시작했다. 평소 음식 만드는 것을 좋아하지는 않았지만 이런 것들은 꽤 자신 있는 일들 중의 하나였다. 순식과 석희는 여행을 다니는 일이 많아 집을 비우는 때가 많았다. 그래서 제일 첫째인 그가 동생들의 밥을 자주 챙겨주고는 해서 음식 솜씨도 자연히 늘어나게 된 것이었다. 최대한 있는 정성을 다해 도시락을 싼 다음 집을 나섰다.

초여름의 날씨였지만 기분을 상하게 할 정도로 덥지는 않았다. 가볍게 산책을 즐길 수 있는 화창한 날이었다. 파출소 앞에 도착하자 괜히 어울리지 않는 짓을 했나 생각하던 도윤은 이내 고개를 내저으며 자신 있는 걸음으로 파출소 안으로 들어갔다. 직원들이 모두들 책상 앞에 앉아 컴퓨터 모니터나 서류를 보고 있었다.

"어떻게 찾아오셨습니까?"

"소장님 안 계신가요?"

"잠깐 손님이 찾아오셔서 나가셨……. 아, 저기 들어오십시오. 소장님. 손님 찾아오셨습니다."

직원의 말에 도윤이 뒤로 돌아섰다. 연회색 빛의 직복을 입은 순식이 들어서며 도윤을 발견하고 놀란 표정을 감추지 못했다. 도윤은 들고 있던 도시락을 살짝 흔들었다.

도윤이 넉넉하게 쌌다고 말하며 모두 같이 먹기를 권했고 곧 탁자에는 도시락이 펼쳐졌다. 맛있는 냄새가 진동을 했고 보기에도 예쁜 모습에 다섯 명의 직원들이 모두 감탄한 얼굴로 도윤을 보고 있었다. 그중 두 명은 여자였는데 자신들보다 훨씬 솜씨가 좋다며 도윤을 칭찬했다.

"이야, 아드님이 미남인데다 요리 솜씨까지 출중하시니 장가보내시는 데는 지장 없으시겠습니다."

넉살스럽게 말하는 경사를 보며 순식이 웃었다. 확실히 화려한 도시락이기는 했다. 김밥에 유부초밥, 오징어튀김, 새우튀김, 샌드위치와 과일까지 곁들여진 도시락은 한눈에 보기에도 정성이 대단해 보였다.

"진작 이렇게 찾아왔어야 했던 건데. 너무 늦어서 죄송해요. 아버지."

도윤은 왠지 순식에게 미안해졌다. 이런 모습은 분명 여자였을 때 보여야 했다. 그런데 혼자 뭐가 그렇게 바빴는지 제대로 부모님을 챙겨 본 적이 없었다. 사실대로 말하자면 워낙에 게을러서 생각만 했을 뿐이지 실행을 하지 못했었다.

워낙 표현이 인색한 순식이라 그다지 기뻐하는 감정을 내비치지는 못하고 있었지만 도윤은 마음으로 느끼고 있었다. 그리고 그동안 얼마나 걱정스러운 마음으로 자신을 지켜봤는지도 잘 알고 있었다.

"앞으로 잘하는 아들이 될게요. 그리고 더 이상 실망시켜 드리지 않을게요."

"지금도 충분히 자랑스러운 아들이다. 먹자. 맛있구나."

도윤은 울컥 솟아오를 것 같은 눈물을 집어 삼키기 위해 애꿎은 샌드위치만 입에 집어넣었다. 왁자지껄한 분위기 속에서 꽤 양이 많아 남을 거라고 생각했던 도시락이 깨끗이 비워졌다. 밥을 다 먹고 정리를 하자 직원이 아이스커피를 타와 앞으로 내려놓았다. 도윤은 고개를 끄덕이며 고맙다는 인사를 하고 입으로 가져갔다. 그 때 김 경사라고 불리던 사람이 앞으로 와서 앉았다.

"애인 있나?"

"네? 아뇨. 없습니다."

"우리 딸내미 어때? 스물두 살에 현재 여대 다니고 있는데. 혹시 관심 없나?"

"제가 스물다섯 살인데요. 이제 대학교 1학년이고. 아무래도 힘들 것 같은데요."

도윤이 가볍게 웃으며 거절했다. 김 경사는 아깝다는 듯 혀를 쯧쯧 차며 아쉬움을 떨치지 못하고 있었다.

"수업은?"

"오늘 휴강이에요. 학교 가서 다시 공부해야죠."

"어서 가 봐."

"네. 아버지. 그럼 다들 수고하세요."

"오늘 도시락 고마웠어요. 종종 부탁해요."

도윤은 알겠다고 말하며 파출소를 빠져나왔다. 청명한 하늘은 푸르렀다. 덩달아 도윤의 마음도 왠지 깨끗하게 비워지는 것 같았다.

학교에 도착해 주차장에 차를 세운 뒤 길을 걸어가는데 왠지 사람들의 시선이 평상시보다 더 강하다는 것을 느꼈다. 그 때 경상대에서 나오고 있는 강현과 부딪치자 도윤은 어제의 일이 생각난 듯 잠시 멈칫했다. 그리고 왜 사람들의 시선이 더욱 강렬했는지도 확실히 알아차리고 말았다. 강현이 웃으면서 걸어와 도윤에게 인사를 했다.

"어제 엄청난 일이 있었다면서?"

"들었구나."

"소문으로만 들어서 나도 자세한 건 몰라."

도윤은 강현과 함께 경상대 건물로 들어서며 음료수를 뽑아 들고 강현에게 내밀었다. 휴게실에 자리를 잡은 두 사람은 음료수만 마실 뿐 아무런 말이 없었다.

"어젠 좀 내가 곤란했었어. 예상치도 못했던 사람에게 고백 받았는데 좀 심하게 찼거든. 그거 가지고 선배들이 딴지 좀 걸었는데. 아무리 속이고 있어도 잘 알지 않아? 유민숙. 쌈닭 기질에 다혈질 장난 아닌 거. 나 좀 보호하려다가 혼자 난리 브루스 춘 거야."

강현은 그저 웃고만 있었다. 도윤은 순간 그런 강현이 부러워졌다. 시종일관 저렇게 여유로울 수 있다는 건 그만큼 민숙을 믿고 있다는 증거였다. 도윤은 괜한 걱정을 했다는 것을 깨달았다.

"그래. 민숙이가 조금 철없이 행동할 때도 있지. 네가 이해해라."

"이해할 게 뭐가 있어. 나 도와주려다가 그렇게 된 건데."

도윤이 그렇게 말하며 가방에서 담배 하나를 꺼내 입에 물었다. 그러자 강현의 눈이 놀란 듯 커졌다.

"담배도 피웠어?"

"그냥. 많이 피우지는 않고."

가끔 태우던 담배가 요즘은 왠지 간절해지는 것 같아 도윤은 이번 한 번만 태우고 버리기로 마음먹었다.

"이거 은근히 중독이더라. 조심해야지. 안 되겠어."

"예전에 민숙이하고 사귀었었다며?"

강현의 물음에 도윤이 놀란 듯 들고 있던 담배를 떨어뜨렸다. 그 말을 했음에도 불구하고 강현은 여전히 웃고 있었다.

"뭐?"

"민숙이가 그러던데?"

"아……. 그래? 사귀었다고까지는 말할 건 없고. 그냥 나 혼자. 그랬던 거야. 신경 쓰지 마. 지금은 전혀 아무런 감정도 없으니까."

도윤은 괜히 민숙이 곤란해질까 싶어 둘러댔다. 믿기지가 않았다. 그렇게나 강현을 좋아했던 민숙이었는데 자신과 사귀었다고 말을 했었다니…….

"민숙이 말로는 널 많이 좋아했다고 하던데? 아니야?"

잠시 머리를 쓸어 올리던 도윤의 손길이 멈췄다. 항상 툴툴거리고, 싫다는 말만 했었는데 좋아했었다니. 도윤의 머리로는 이해가 되지 않았다. 아니, 감히 상상조차 할 수 없었다. 자신을 좋아한다는 느낌은 단 한 번도 받았던 기억이 없었다.

"설마. 만날 내가 싫다고 툴툴거렸는데."

"너 갑자기 사라지고 나서 민숙이 많이 힘들어 했었어."

도윤이 눈을 내리깔았다. 확실히 이기적이기는 했다. 자신 혼자만 너무 힘든 것 같아 모든 것을 버릴 듯이 내팽개치고 산 속으로 도망가듯 사라지지 않았던가. 민숙이 힘들어 했을 거라곤 전혀 상상도 하지 못했다. 분명히 도석이 말하기를 민숙이 아무렇지도 않아했다고 들었었다. 그리고 민숙은 실제로도 자신을 만난 뒤로 단 한 번도 반갑다거나 힘들었다는 기색을 내보이지 않았었다. 오히려 두 사람 사이에 낀 자신을 타박하고 눈엣가시처럼 여기고 있다고 생각했었다.

"어차피 이미 다 지난 일이잖아. 민숙이도 너 많이 좋아하고. 너 그거 알아? 유민숙 첫사랑이 너야."

"그래?"

"몰랐냐? 너 화선이하고 사귄다고 했을 때 걔가 얼마나 난리쳤는데."

"아……. 그랬구나."

강현의 얼굴에 다시 잔잔한 미소가 번졌다. 그 모습을 보던 도윤은 가슴 한가운데가 찌릿하며 아픈 것을 느꼈다.

"민숙이 많이 좋아하는구나?"

"응. 사실은 너에게 질투도 조금 했었어. 미안하다."

"미안하긴. 어디 가던 길 아니었어?"

"아, 아버지한테."

"그래? 사이 많이 좋아진 거야?"

"다행히 조금은. 그럼 가볼게. 조만간 술이나 한 잔 하자."

강현이 그렇게 말하며 사라졌고 도윤은 자리에서 일어나 다시 도서관으로 터덜터덜 향했다. 민숙이 자신을 좋아했다는 것은 전혀 상상도 못해봤던 일이었기 때문에 머릿속이 복잡해졌다. 그러나 이젠 어쩔 수 없는 일이었다. 민숙이 강현을 좋아하는 건 당연했고 유일한 친구인 강현도 민숙을 많이 좋아하고 있었다. 보는 사람이 느껴질 만큼. 뒤늦게야 민숙을 보내고 후회하고 있다고 해도 모두 부질없는 짓이었다. 이제는 온전히 민숙을 마음속에서 떨쳐야만 했다.

괜히 했던 질 나쁜 생각들을 떨치기 위해 머리를 흔들며 고개를 들었을 때 미주와 머리채를 부여잡으며 도서관 앞에서 싸우고 있는 민숙을 발견했다. 도윤은 들고 있던 가방을 떨어뜨리고 혼비백산한 얼굴로 앞으로 가서 두 사람을 말렸다.

많은 사람들이 두 사람의 싸움을 지켜보고 있었다는 게 마음에 들지 않았지만 도윤은 지금 그런 걸 생각할 때가 아니라는 것을 깨달았다. 그리곤 두 사람 사이에 들어서며 겨우 떼어놓았다.

"이게 무슨 짓이야? 무슨 일입니까? 선배."

"저 여우같은 년이 사람들까지 다 선동한 주제에 죽어도 너 포기 못하겠다고 하잖아!"

민숙이 도윤의 등 뒤에서 바락바락 소리를 지르고 있었다. 그리고 미주도 지지 않게 민숙에게 대들었다.

"언니야말로 왜 바람 피우고 그래요? 호텔경영과 선배랑 사귀고 있으면서 왜 자꾸 다른 남자한테 집적거려요? 그것도 네 살이나 어린 남자한테?"

"뭐? 내가 언제 집적거렸는데? 도윤이 내 친구야! 그런데 너 같으면 친구가 여시 같은 년한테 당하고 있는데 가만히 두겠어? 너 이리 와!"

민숙은 다시 미주에게로 달려들려고 했다. 하지만 도윤이 재빨리 민숙의 팔을 낚아채며 걷기 시작했다. 민숙은 놓으라며 끝까지 미주에게 가기 위해 발버둥을 쳤지만 도윤은 끝까지 팔을 놓지 않았다.

사람들이 아무도 지나다니지 않는 건물 뒤로 들어서자 도윤은 민숙의 팔을 놔주었다. 잡혀있던 팔이 아픈지 민숙은 매만지며 도윤을 올려다보았다. 도윤의 얼굴은 화가 난 듯 많이 굳어 있었다. 하지만 민숙의 눈엔 그것도 보이지 않았다.

"뭐야? 도대체 왜 끌고 와? 아직도 할 말 많은데. 그리고 나보다 네 살이나 어리다니. 그게 무슨 말이야?"

확실히 서류상으로 자신은 본래의 나이보다 네 살이 어렸다. 하지만 지금 상황에서 나이 따윈 중요한 것이 아니었다.

"유민숙. 행동 똑바로 해."

"뭐?"

"사람 헷갈리게 만들지 말고 행동 똑바로 하란 말이다."
"그게 무슨 소리야?"
"너 지금 그러는 거 나 좋아하는 걸로밖에 안 보여! 강현이 여자친구면 강현이에게만 충실해. 남의 감정 가지고 마음대로 휘두르려고 하지 마. 그리고 앞으론 내 문제에 관여하지 마."

도윤은 바로 뒤로 돌아서서 걷기 시작했다. 확실히 알고 있었다. 자신은 유민숙을 쉽게 넘길 친구로서 좋아하는 게 아니라 이성으로 좋아하고 있다는 것을.

자신이 악랄하다고 생각됐다. 강현은 소중한 친구였고 앞으로도 계속해서 그런 관계를 유지하고 싶었다. 하지만 저렇게 한 번씩 민숙이 기대감을 갖게 만드는 발언을 할 때면 설레던 마음을 지금은 찢고 싶었다. 친구의 여자를 탐하다? 헛웃음이 튀어나왔다.

사실 도윤은 어렸을 때부터 책임감이나 의리가 웬만한 남자들보다 강했다. 그리고 항상 봐왔던 '친구의 애인 빼앗기'는 도윤이 제일 싫어하는 일들 중 하나였다. 그런데 지금 자신이 그런 상황이 되다니. 왠지 이 마음이 부끄러워 도윤은 스스로 머리를 박고 싶은 심정이었다. 절대 친구의 여자를 탐하게 될 일은 없다고 생각했었다. 그리고 자신도 있었다. 하지만 지금은 모든 것이 뒤죽박죽 엉망이었다.

어차피 머릿속은 엉망진창이었고 오늘은 공부도 되지 않을 것 같았다. 도서관 쪽으로 걸어가며 버려두고 왔던 가방을 찾는데 이미 누군가가 가져간 것인지 그 자리에 없었다. 허탈한 웃음이 다시 튀어나왔다. 그 비싼 교재를 잃었다는 생각보다 그런 것 하나 제대로 챙길 여유가 없을 만큼 화를 내고 있었다는 상황에 스스로가 한심해졌다. 도윤은 그대로 벤치에 주저앉으며 무릎에 얼굴을 묻었다.

탁 하는 소리와 함께 옆에 무엇인가가 던져지는 느낌에 도윤이 몸을 일으켰다. 그 앞엔 미주가 서 있었고 바로 옆엔 자신의 가방이 놓인 채였다. 미주의 몰골에 도윤은 말을 잊었다. 민숙은 머리만 조금 흐트러졌다 뿐이지 상처가 나거나 하지는 않았었다. 그런데 미주의 입술은 터졌는지 아님, 찢어졌는지 붉게 생채기가 나 있었다. 거기다 눈가에는 시퍼런 멍도 들려고 하는 것 같았다.

"앉아."

도윤의 입에서 반말이 튀어나오자 미주가 놀란 듯 눈을 크게 떴다. 하지만 이내 멍드는 자리가 아파오는지 인상을 찌푸렸다.

"우선 사과할게. 보지 않아도 뻔해. 민숙이가 먼저 시비 걸었지? 너보다 세 살이나 많은 앤데 아직은 좀 어려. 워낙 공주님같이 떠받들어지면서 자랐거든. 이해해. 뭐, 서류상으로는 나도 네 살이나 어리게 나와 있지만 어쨌거나 나도 민숙이와 동갑이니까 말은 놔도 되겠지?"

처음엔 도윤도 자신보다 나이가 어린 선배들에게 존댓말을 쓴다는 것이 어색했었다. 하지만 워낙 분위기가 엄격한지라 어쩔 수 없었다. 게다가 서류상으로는 본래의 나이보다 네 살이나 어렸다. 하지만 지금은 사적인 이야기를 하는 자리이니 말 좀 낮춘다고 해서 문제 될 건 없다고 생각했다.

"저 오빠를…… 많이 좋아해요."

사적인 자리라는 건 미주도 깨달은 모양이었다. 도윤의 예의 그 미소로 따뜻한 손을 뻗어 미주의 어깨를 두드렸다.

"고맙게 생각해. 그리고 그 땐 내가 말이 너무 심했다는 것도 알고 있어. 미안하다. 사실을 말하자면…… 여자한테 고백 받은 게 처음이라서. 많이 거북스러웠나봐."

놀라움에 미주의 눈이 커졌다. 분명 도윤의 외모라면 질릴 만큼 고백을 받아야 하는 게 맞았다. 아니, 그게 정상이었다. 그런데 고백을 한 사람이 자신이 처음이었다니. 미주는 눈가가 아려오는 것도 느끼지 못하고 있었다.

"나 같은 놈을 좋아해줘서 고맙다. 그런데 난 아마 평생 널 좋아할 수 없을 거야. 물론 선배로서는 많이 좋아해. 그리고 좋은 선·후배 관계로 남고 싶은데. 그럼 안 될까?"

미주의 눈에 눈물이 가득 고였다. 선하기까지 한 도윤의 눈을 보자 더 이상 남녀의 관계를 밀어붙일 수 없을 것 같았다. 고개를 끄덕이자 미주의 눈에서 눈물이 흘렀다. 잠시 당황한 도윤은 안절부절못하고 손을 들었다 놓기를 반복했다. 그러다 이내 자신의 티를 쭉 잡아 당겨 미주의 얼굴을 깨끗하게 닦아주었다.

"야, 왜 울어. 여자들 우는 거 적응 안 되는데."

그 때 갑자기 미주가 도윤의 허리를 끌어안았다. 그리고 본격적으로 눈물을 쏟기 시작했다. 그것이 바로 감정을 정리해 간다는 것임을 깨달은 도윤은 당황해서 들어 올렸던 손을 내려 미주의 등을 천천히 두드려주었다. 한참을 울던 미주가 진정이 되는 듯 울음소리가 잦아들었다. 그 때 누군가의 주먹이 날아와 도윤의 얼굴을 내리쳤다. 살짝 돌아간 도윤의 고개에 놀란 듯 미주가 몸을 벌떡 일으켰다. 바로 앞에는 영재가 씩씩대며 도윤을 내려 보고 있었다.

"야, 최도윤! 이 미친 자식! 그렇게 싫다고 차고 갈 때는 언제고 미주를 끌어안고 있어?"

"야! 영재야. 그런 거 아……."

하지만 갑자기 몸을 일으키는 도윤에 의해 미주의 말이 멈췄다. 도윤이 왼손으로 영재의 앞섶을 쥐고 오른쪽 주먹에 힘을 주어 금방이라도 날릴 듯한 태세를 취하고 있었다. 너무나 순식간에 벌어진 일이라 미주도. 앞섶을 잡힌 영재도 아무런 말도, 행동도 할 수 없었다. 도윤의 행동이 이렇게 빠를 것이라고는 아무도 생각하지 못했었다.

"이영재. 함부로 주먹을 날리라고 누구한테 배웠어?"

"너, 너 지금 선배한테……."

"여기 사적인 자리 아닌가? 어금니 꽉 깨물어. 잘못하면 턱 나가."

멱살이 잡혀 있는데다 키 차이도 거의 10센티 이상 났으니 영재는 거의 고개가 꺾어질 듯 뒤로 젖혀 도윤을 올려다보고 있는 상황이었다. 숨이 막힐 듯 잘 생긴 얼굴이 한 번에 눈에 들어오자 영재는 자신도 모르게 침을 꿀꺽 삼켰다.

왜 여자들이 도윤에게 함부로 다가가지 못하는지 이제는 이해할 수도 있을 것 같았다. 조각같이 잘 생긴 얼굴에 차마 먼저 말을 걸 수도 없을 것 같았다. 처음엔 도윤이 제발 이 학교에 들어와 주기를 원했던 과 사람들 대부분이 그러지 않았던가? 하지만 편안하게 다가오며 외모와 다르게 털털한 모습을 보인 도윤 때문에 거리감이 사라졌었다. 갑자기 숨이 편하게 쉬어지는 것 같았다. 그건 바로 도윤이 영재를 놓았기 때문이었다.

"이영재. 미주 좋아하잖아. 아니야? 여자인 미주도 내게 고백했는데 넌 남자가 돼서 고백도 못 해?"

영재의 귓가에 대고 속삭인 도윤은 몸을 일으키며 가방을 들었다. 아직도 멍하게 서 있는 영재와 미주에게 손을 흔들며 주차장 쪽으로 걸어갔다. 그러다 예대 건물에서 나오는 민숙이 보이자 저도 모르게 시선을 피하며 재빨리 걸어갔다. 민숙은 친구들과 이야기를 하느라 자신을 발견하지 못한 모양이었다.

그 때 민숙의 친구 중 누군가가 '최도윤이다!'를 외쳤고 그와 동시에 도윤과 민숙의 눈이 마주쳤다. 어찌해야 할지 모르고 있는데 민숙이 고개를 숙이며 먼저 도윤의 시선을 피했다. 도윤은 숨을 크게 내쉬며 앞으로 천천히 걸어갔다. 민숙의 친구들이 먼저 도윤에게 인사를 해왔다.

"안녕하세요."

"네. 유민숙. 민혁이 군대가 어디야?"

"뭐?"

"면회라도 가봐야지. 주소 알면 좀 적어줘."

최대한 자연스럽게 말을 꺼냈는데 민숙은 당황한 듯 허둥지둥 가방에서 다이어리를 꺼냈다. 얼마나 서둘렀는지 지퍼가 활짝 열리며 안에 있던 모든 물건들이 쏟아졌다. 민숙에게서 가방을 가져온 뒤 한쪽 무릎을 꿇고 앉아 물건을 주워 담기 시작했다. 짧은 치마 덕에 민숙은 제대로 앉지도 못하는 상황이었다.

도윤은 자신의 여자도 아니고 저런 옷을 입고 있어도 뭐라고 할 권리가 없는데도 불구하고 괜히 부아가 치밀어 올랐지만 뭐라 내색을 할 수도 없었다. 짜증을 삼키며 애꿎은 물건들에게만 신경질을 부렸다.

"유민숙! 오라버니가 돌아오셨다!"

갑자기 뒤에서 들리는 목소리에 도윤이 고개만 돌렸다. 그 때 민혁의 눈이 놀랄 듯 커져있었다. 그리고 도윤이 몸을 일으키자 민혁이 뛰어와 있는 힘껏 껴안았다. 민혁의 힘에 살짝 뒤로 밀리면서도 도윤은 그의 어깨를 몇 번인가 두드렸다. 반갑기도 했지만 설마 이런 곳에서 민혁을 만나게 될 거라는 것은 생각도 하지 못했었다. 더군다나 제대하기까지 아직 시간이 남아 있다고 들었었기 때문이었다.

"야, 너 어떻게 된 거야?"

"산에서 도 좀 닦다가 내려왔지. 늠름하다. 유민혁? 뺀질거리던 모습만 보이더니. 국군장병이 된 모습도 볼만한데?"

"이 몸이야 워낙 잘생기셔서 뭘 한들 안 어울리겠냐? 휴가 나왔어. 오늘부터 3박 4일간 코가 마비되도록 마셔보자!"

왕자병은 여전하다며 웃던 도윤이 다시 몸을 숙여 민숙의 물건을 줍기 시작했다. 민혁도 그런 도윤을 도와 땅에서 굴러다니는 물건들을 집어 들었다. 하지만 민혁이 무엇인가에 손을 대지 못하고 있었다. 그것이 생리대임을 알게 된 도윤은 아무렇지도 않은 표정으로 집어 들고 넣은 뒤 민숙에게 가방을 돌려주었다. 괜히 머리를 긁적이던 민혁은 도윤과 민숙을 끌고 학교 앞의 대폿집으로 향했다.

가브리살이 지글지글 익어가자 민혁은 말없이 고기를 흡입할 듯이 입으로 집어넣고 있었다. 그 모습에 도윤과 민숙은 손을 댈 생각도 하지 못했다. 군에 가더니 고기도 잘 먹지 못하는 것 같았다. 고기라면 사족을 못 쓰던 민혁다웠다. 혼자 3인분을 해치운 민혁은 그제야 배가 든든하다며 곧바로 술을 마시기 시작했다.

"도는 잘 닦고 내려왔냐?"

술을 따르며 묻는 민혁에게 도윤이 웃으며 고개를 끄덕였다. 도(道)라고 하기에도 뭐하지만 스스로를 이해하고자 훈련했으니 그것도 틀린 말은 아니었다. 하지만 너무나 많은 것을 잃어버렸다는 생각에 다시 가슴 한구석이 아려왔다.

"올라가서 무슨 수련을 했어?"

"음……. 여자를 멀리 하는 법?"

쓸쓸한 마음을 들키고 싶지 않은 도윤이 그렇게 말하며 웃었다.

민혁도 도윤을 따라 호탕하게 웃었다.
"효과가 있던?"
"효과는 무슨. 여자가 더 꼬여."
"야, 그 산 어디냐? 나도 좀 가야겠다. 유민혁이 많이 죽었다니까."
피식 웃던 도윤은 소주를 들이켰다. 상당히 오랜만에 마시는 술이라 그런지 도윤의 미간이 저도 모르게 찌푸려졌다. 안주를 먹을 틈도 없이 민혁은 다시 잔을 부딪쳐 왔다. 전화가 왔다며 잠시 민숙이 자리를 피하자 민혁이 들고 있던 잔을 내려놓았다.
"너 사라지고 쟤 가관도 아니었어."
소주를 한 모금 마시던 도윤의 눈이 민혁에게서 멈추었다. 왠지 민숙의 의외의 모습들을 보지 못했던 것에 대한 서운함이랄까, 아쉬움이랄까. 다시 그 때로 돌아간다고 해도 자신은 어차피 똑같은 상황을 반복하며 도망칠 수밖에 없겠지만 인간으로서 그런 서글픈 마음이 드는 것은 어쩔 수 없었다.
"자기도 너 같은 남자 필요 없다고 막 외치더니 충격으로 일주일 동안 밥도 잘 못 먹더라니까. 하긴, 충격이었을 거다. 태어나서 처음으로 남자한테 차여봐서. 유민숙을 찬 대단한 장본인이 최도윤이다 이 말씀이야."
"그 땐 조금 많이…… 정말 많이 힘들었었어. 내 주위의 변화에 적응을 하지 못했었거든. 물론 지금도 완벽하진 않지만."
도윤의 눈에서 금방이라도 눈물이 떨어질 것 같이 축축해져 왔다. 급기야 눈물이 흐를 것 같아 도윤은 급하게 잔에 남아 있던 소주를 들이켰다.
"넌 어때?"
"뭐가?"

"유민숙에게 아무런 감정도 없어?"

민혁의 물음에 도윤은 말없이 소주병만 쳐다보았다. 누구든 그렇게 보는 모양이었다. 최도윤은 유민숙에게 일말의 감정도 남아있지 않다.

"없어 보여?"

"충분히."

도윤의 입에서 웃음소리가 터져 나왔다. 그러고 보면 꽤 감정을 잘 숨기는 타입이었나 보다. 민혁에게까지 느끼지 못할 정도로 드러내지 않고 있다니. 손가락 끝이 저리면서 심장이 아릿했다.

"글쎄다. 지금 어떤 감정을 말해야 하는 거지? 여자로서 좋아하냐, 아니냐. 과거의 내 여자였다는 것에 대한 감정인 거냐. 아니냐."

도윤은 이제 확실한 결정을 해야 한다고 생각했다. 강현과 민숙은 사귀는 사이였고 강현과 자신은 친구 사이였다. 되도록 앞으로 평생을 같이 하고 싶은 친구. 그리고 그 친구 사이에서의 불쾌한 일 같은 것은 일어나질 않길 바랐다. 자신의 욕심을 조금만 억누르면 되었다. 아주, 아주 조금만 말이다.

"확실히 유민숙이 미인이긴 하지. 하지만 내 타입은 아니야."

"웃기시네! 그러는 넌! 내 타입일 것 같아?"

언제 돌아왔는지 민숙이 그렇게 외치며 자리에 앉아 소주를 마시기 시작했다. 순식간에 한 병을 비워낸 민숙이 또 다른 병을 들어 다시 마시기 시작했다. 그런데도 불구하고 민혁이 과 친구들을 만났다며 잠시 앞쪽 술집에 다녀온다는 말을 하고 자리에서 일어섰다. 아무래도 술에 취한 민숙을 피해볼 요량으로 도망친 것 같았지만 도윤은 그 자리에 앉아 움직이지 못했다.

한 병 반이 넘어가자 도윤은 재빨리 손을 뻗어 민숙을 제지했다.

하지만 민숙은 거칠게 팔을 뿌리치며 소주만 들이켰다.
"안주라도 먹어가면서 마셔. 빈속이잖아."
"웃기지 마! 최도윤. 너 옛날부터 항상 그랬어. 위하는 척하면서 뒤통수나 치고. 심통 맞게 굴다가 갑자기 잘해주고. 잘해주는 척하다가 그냥 아무 말 없이 떠나버리고. 넌 내가 그렇게 쉬워보였어? 그래?"

말을 마친 민숙은 다시 술을 들이켰다. 도윤은 그저 입술을 깨무는 수밖에 없었다. 하긴, 생각해볼 것도 없이 2년 전의 자신은 말뿐인 남자였다. 민숙에게 새로운 남자가 생길 때까지 소중히 아껴줄 거라 말만 해놓고 비겁하게 혼자 도망쳤었다. 그 당시엔 모든 것들이 너무나 갑작스럽게 일어나 스스로를 추스를 경황도 없었다. 지독할 정도로 이기적이었다. 혼자만을 생각하기에 바빠 주위 사람들을 둘러보지도 않는. 누구나 인간은 그럴 수밖에 없다고 스스로를 이해시켰지만 역시나 자신은 너무나 추악한 인간 중의 하나일 뿐이었다.

"상처 받았구나. 너."
"웃기지 마! 내가 왜 너한테 상처를 받아?"

어느새 민숙의 눈가에 눈물이 그렁그렁 맺혔다. 그리고 이윽고 큰 눈에서 눈물이 떨어지기 시작했다. 도윤은 그 눈물을 닦아주기 위해 말없이 손을 뻗었다. 하지만 민숙은 도윤의 손가락이 얼굴에 닿기도 전에 거친 힘으로 뿌리쳤다.

"내 몸에 닿지 마! 재수 없어! 최도윤!"
"정말…… 미안하다."

고개도 제대로 들지 못할 정도로 민숙에겐 너무나 미안한 마음 가득이었다. 속을 보여줄 수 있다면 그렇게 하고 싶었다. 울고 싶을 정도로 눈물이 울컥 솟아올랐지만 입술을 질끈 깨물며 애써 참아내었다.
 그 때 도윤의 눈에 들어온 건 사람들의 시선이었다. 남자들의 시선이 짧은 미니스커트를 입고 있는 민숙의 각선미에 모두 향해있었다. 술에 취해 아무렇게나 의자에 주저앉듯 앉아 있는 민숙을 보던 도윤은 말없이 입고 있던 조끼를 벗어 그녀의 무릎에 걸쳐주었다. 그러자 남자들이 무안한 표정을 지으며 다들 고개를 돌렸다. 하지만 민숙은 거칠게 조끼를 들어 던졌다.
 "누가 네 배려 따위 필요하다고 했어?"
 "걸치고 있어."
 "필요 없어. 위선 좀 떨지 마! 지겨워. 지겨워 죽을 것 같아. 최도윤."
 민숙은 항상 밝았다. 그랬기 때문에 상처를 받았으리라고는 전혀 생각도 못하고 있었다. 그게 자신의 실수였음을 도윤은 뼈저리게 느끼고 있었다. 지금은 어떤 말을 해도 민숙이 이해해 줄 것 같지 않았다. 그랬기 때문에 민숙이 하는 대로 내버려 두었다. 물론 자꾸 민숙의 각선미로 눈길을 돌리는 남자들을 사정없이 노려보면서.
 그렇게 앉은 채 혼자 두 병 이상을 해치우더니 민숙이 취한 듯 점점 자세가 흐트러졌다. 그리곤 이제 앞에 있는 사람이 누구인지도 잘 분간하지 못하는 듯했다. 저렇게 2차를 가자며 소리를 지르는 걸 보니.
 "2차 가자! 2차!"
 그렇게 말한 민숙이 자리에서 일어서더니 비틀거렸다. 도윤은 재빨리 손을 뻗어 민숙의 허리를 낚아챘다. 하지만 민숙이 도윤을 강하게 밀어냈다. 아무리 술에 취했다고는 해도 상대가 누구인지는 제대로 보이는 것 같았다. 왠지 그게 거부인 것 같아 그는 다시 심장의 아릿함을 받아야했다.
 주머니에서 지갑을 꺼내 재빨리 계산을 끝낸 뒤 아슬아슬하게 걷고 있는 민숙의 뒤를 따라 걷던 도윤은 몇 번이나 넘어지려고 하는 그녀를 받쳐내었다. 그럴 때마다 민숙은 그런 도움 따윈 필요 없다는 얼굴로 도윤의 손길을 거부했다. 왠지 그건 민숙에게 철저히 버림받는 느낌이라 또다시 마음속에서 무언가가 울컥 치솟았다.
 신고 있는 힐은 8센티쯤 되어 보였는데 그렇게 술에 취해서도 저 힐을 신고 걷는 민숙이 대단하다고 생각됐다. 하지만 그것도 잠시였다. 민숙이 더 이상 몸을 지탱을 하지 못하고 쓰러졌다. 재빨리 달려가 상처를 살피자 무릎에선 피가 나고 있었다. 도윤은 주머니에서 손수건을 꺼내 민숙의 무릎에 묶고 자신의 운동화를 벗어 내려놓았다.
 "이거 신어."
 "싫어!"
 "그럼 자꾸 넘어져서 무릎에 골병들게 할래?"
 저도 모르게 소리를 지른 도윤은 억지로 민숙을 일으켜 세운 다음 힐을 벗기고 자신의 신발을 신겨주었다. 손에는 여자의 힐을 들고 맨발로 걷고 있는 도윤을 사람들이 힐끔힐끔 쳐다보며 지나갔다. 그건 확실히 여자들의 부러운 시선이었다. 도윤의 바로 앞에서 걷는 민숙은 신발이 커서 거의 바닥을 질질 끌고 있었다.
 "차라리 업혀. 유민숙."
 "싫어. 내가 왜 너한……. 욱."
 민숙이 재빨리 옆에 있던 나무 둥치를 부여잡더니 모든 것을 게워내기 시작했다. 도윤은 바로 앞에 있는 편의점에서 생수와 휴지를 사왔다. 그리고 민숙의 등을 부드럽게 두드렸다. 하루 종일 먹은 게 없었던지 민숙은 알코올만 게워낼 뿐이었다. 역한 냄새가 코를 비집고 올라왔지만 도윤은 묵묵히 민숙의 등을 쓸어내렸다. 한참 동안 속을 게워 낸 민숙은 도윤이 건네주는 물통을 받아 들고 입을 헹군 뒤 물을 마시기 시작했다. 도윤은 화장지 몇 장을 꺼내 민숙의 입가를 닦아주었다.

"아……. 힘들어."

민숙이 나무에 기대어 등을 기댔다.

"나도 힘들어. 유민숙."

하지만 민숙은 그 말을 듣지 못하고 그대로 서서 잠이 든 모양이었다. 민숙을 업으려고 하던 도윤은 민숙이 짧은 치마를 입고 있다는 것을 깨달았다. 조끼를 벗어 민숙의 허벅지에 걸친 다음 허벅지 사이에 손을 집어넣어 안아들었다. 학교 주차장을 향해 걷는 도윤은 자신에게로 쏟아지는 시선들을 아무렇지 않게 받아 내었다. 술에 취한 여자를 그대로 길바닥에 놔두고 갈 수는 없는 일이었다. 그렇다고 해서 그가 민숙에게 아무런 흑심이 없다는 말은 아니었지만.

민숙의 원룸 앞에 도착해 겨우 키를 찾아 문을 열고 들어간 도윤은 침대에 조심스럽게 그녀를 눕혀 놓았다. 그리고 바로 욕실로 들어가 발을 씻은 다음 침대 위의 민숙을 내려다보았다. 입고 있던 티는 위로 올라와 배를 드러내놓고 있었다. 도윤은 이불을 가슴께까지 올려주며 자리에서 일어났다. 집을 나서기 위해 막 몸을 돌리던 도윤은 선반 위에 올려진 신발에서 걸음이 멈추었다.

저 분홍색 신발은 분명 예전에 자신이 사주었던 그 신발이었다. 가까이 다가가 신발을 들어 올린 도윤은 민숙이 한 번도 이 신발을 신지 않았다는 것을 깨달았다. 잠시 책상 의자에 앉아있던 도윤은 고개를 돌려 민숙을 쳐다보았다. 세상모르게 자고 있는 민숙을 보자 웃음이 터짐과 동시에 무엇인가가 울컥 넘어 올 것 같았다.

도윤은 자리에서 일어나 침대로 걸어가 엉덩이를 걸치고 앉았다. 조심스럽게 손을 들어 올려 민숙의 얼굴에 흘러내린 머리카락을 쓸어 올렸다. 그리고 천천히 고개를 숙였다. 동그랗고 하얀 이마에 조심스레 입을 맞추었다.

"유민숙. 힘들게 해서 미안해. 난 지금도 많이 아파. 너 때문에. 내가 남자가 되어서 처음으로 사랑하게 된 사람이 인기 많은 유민숙이라서 너무 힘들다."

나지막한 목소리로 내뱉고 자리에서 일어섰다. 몇 번이나 발걸음을 떼어내려고 했지만 그게 쉽지 않았다.

입술을 질끈 깨물던 도윤이 다시 몸을 돌려 바닥에 무릎을 꿇고 앉아 민숙의 얼굴을 가만히 바라보았다. 평온한 얼굴로 잠이 든 민숙은 그 어느 때보다 예뻐 보였다.

"내가 콩깍지가 단단히 씌었다."

잠시 웃던 도윤의 입가에 미소가 사라졌다. 도윤이 천천히 고개를 숙였다. 서로의 숨이 거의 느껴질 정도로 가까워졌다. 그리고 입술과 입술의 거리는 손가락 한 마디 차이도 나지 않았다. 그런데 그 순간 민숙이 두 눈을 번쩍 떴다. 눈을 감고 있던 도윤은 그걸 발견하지 못한 모양이었다. 민숙이 두 손을 들어 도윤의 얼굴을 밀어냈다.

"너…… 너 뭐하는 짓이야?"

"아, 뭐…… 별 다른……."

"이 변태야!"

민숙이 베개를 들고 마구잡이로 휘둘렀다. 잠자코 맞던 도윤은 민숙의 힘이 장난이 아니라는 것을 알아챘다. 재빨리 손을 뻗어 민숙의 베개를 빼앗고 민숙의 두 팔을 눌렀다. 허리에 힘을 주지 않고 있던 민숙의 몸이 그대로 뒤로 넘어갔다. 덕분에 도윤이 위에서 민숙을 누르고 있는 상황이 되었다.
 이제껏 장난스럽게 웃고 있던 두 사람의 얼굴이 굳었다. 민숙이 당황한 듯 도윤의 시선을 피했다. 도윤은 아랫입술을 피 맛이 날 정도로 질끈 깨물었다.
 "유민숙."
 "왜, 왜? 비, 비켜! 손목 아파!"
 "이제 나 싫어졌냐?"
 왼쪽으로 고개를 돌렸던 민숙의 얼굴이 다시 정면을 향했다. 민숙이 뚫어질 듯 도윤을 쳐다보았다. 민숙이 뭐라 말을 하기도 전에 도윤이 입을 열었다.
 "진짜 싫어졌으면 피해."
 도윤이 천천히 고개를 숙였다. 거의 도윤의 얼굴이 가까워져 올 때쯤 민숙이 고개를 돌렸다. 도윤의 숨결이 귓가에 닿았다. 잠시 그 상태로 멈춰있던 도윤이 허리를 들어 올렸다. 그리고 침대에서 내려가기 위해 한쪽 발을 땅에 디딜 때였다. 갑자기 민숙의 팔이 도윤의 목을 감싸며 안겨왔다. 잠시 엉거주춤한 포즈로 있던 도윤이 침대로 앉았다. 그러자 도윤을 안고 있던 민숙의 몸이 도윤의 허벅지 위로 올라왔다. 당황한 민숙은 황급히 손을 내리며 벗어나려고 했다. 하지만 도윤은 민숙의 허리를 잡고 놓아주지 않았다.
 "강현이한테는 미안하지만. 오늘만……. 오늘 하루만……."
 도윤은 거의 울 것 같은 얼굴로 민숙을 바라보았다. 민숙이 아무 말 없이 도윤의 목에 팔을 두르자 도윤이 민숙의 어깨를 끌어안았다.

8화, 땅이 굳다

편안한 얼굴로 잠이 들어 있는 민숙을 보며 도윤은 조심스럽게 팔베개를 해주고 있던 팔을 빼냈다. 서서히 동이 터오고 있었다. 조심스럽게 침대에서 내려온 도윤은 다시 이불을 걷어차고 있는 민숙을 보며 목 위까지 올려 덮어주었다.

밤새 내내 팔베개를 해주었기 때문인지 팔이 아려왔지만 그래도 싫지 않은 기분에 웃으며 원룸에서 빠져나왔다. 잠시 차 시트에 몸을 기대고 있던 도윤은 민숙의 방을 한번 올려다보고 차에 시동을 걸었다.

분명 어젯밤엔 아무런 일도 일어나지 않았다. 그저 서로 안은 채 체온만 느꼈을 뿐이었다. 강현에게는 너무나 미안한 일투성이였다. 머리로는 이러면 안 된다는 것을 너무도 잘 알고 있었다. 하지만 마음은 자꾸만 생각을 밀어내고 있었다.

처음엔 그냥 바라만 봐도 좋을 거라는 생각을 했었다. 하지만 사람의 마음이란 것은 간사해서 보고 있으면 만지고 싶고 갖고 싶어졌다. 스스로도 이런 내면에 놀라서 몇 번이나 밀어내려고 했었다. 하지만 지독한 첫사랑은 쉽게 밀려나지 않았다. 오히려 마음속에서 강하게 얽매어왔다. 지독하게도.

집 앞에 도착해 열쇠를 넣고 돌리던 차에 문이 그냥 열리자 도윤은 이상한 듯 고개를 갸웃거리며 안으로 들어갔다. 현관문을 열기 전 많은 신발과 함께 안에서 들려오는 말소리에 도윤이 걸음을 멈추었다.

"말이 된다고 생각하십니까? 형님? 그깟 계집애한테 모든 걸 물려주신다니요?"

저 목소리는 영하와 나이차가 거의 15년 가까이 쯤 나는 작은 할아버지였다. 실질적으로 도윤과는 거의 마주친 적이 없는 친척 중의 하나였다. 무엇인가를 눈치 챈 듯 도윤의 짙은 눈썹이 위로 치켜 올라갔다. 그리고 집안과 상당히 사이가 좋지 않았기 때문에 거의 10년 동안 얼굴도 보지 못했었다. 도윤이 태어나기도 전에 집과 땅 문서를 가지고 집을 나갔다고 들었었다. 그 많던 재산을 모두 탕진하고 돌아왔을 때에도 영하가 통장을 하나 건네주었던 것으로 알았다. 그리고 그 모든 것을 동생 때문에 잃고도 다시 모든 것을 일으켜 세운 영하가 자신의 할아버지라는 것이 자랑스러웠다.

"너희도 다 그렇게 생각하느냐?"

영하의 낮은 목소리가 들렸다. 긴장한 듯 도윤의 입매가 굳게 다물렸다. 영하의 재산문제로 자신이 얽힐 거라고는 생각 해 본 적이 없었다. 그리고 그 재산문제로 가족들이 언성을 높일 것이라고는 전혀 상상도 못해봤었다. 가족에 대한 실망감과 서운함으로 도윤의 얼굴이 더욱 굳었다. 몇 번의 크고 작은 말다툼이 오갔다.
"물론 지금은 도윤이가 확실한 남자입니다. 아무 문제 될 것도 없습니다. 그리고 우리 집안을 이을 장손으로서도 손색이 없다고 생각합니다."
"그래도 조금 무리가 있지 않을까 싶습니다. 20년이 넘게 여자로 살아왔어요."
"그래요. 여자로 지내 온 세월이 얼만데. 그 뒤로 2년이 지났다고는 해도……."
"그 아이 태어나기 전 병원에서는 아들이라고 했었다. 분명 그 모습도 순식이가 봤었고. 무엇이 잘못된 건지는 모르겠지만. 또한 태몽도 그러했고. 그래서 이름도 심사숙고해서 도윤이라 지어놨었어. 첫 아이에, 장남이었으니 내 기대는 무척이나 컸다. 그런데 태어난 것은 여자애였지. 그래서 난 그 애를 3년이나 보지 않았다. 그간 내가 얼마나 마음이 찢어질 것 같았는지 너희는 알 수 없을 것……."
중간에 말이 끊겼다. 그 이유는 바로 도윤이 미닫이문의 창이 떨어질 정도로 열어젖혔기 때문이었다. 도윤의 눈매가 사정없이 치켜 올라가 있었다.
"아, 아니, 뉘신데……."
"접니다. 작은할아버지. 최도윤이요."
화를 참아내기 위해 어금니를 꽉 깨물고 있던 도윤의 목소리도 사정없이 떨려왔다. 몇 번이나 흥분을 가라앉혀야 한다고 생각했지만 얼마나 화가 나는 것인지 꽉 쥐고 있는 두 주먹이 사시나무 떨 듯 떨려왔다.
"새벽부터 제 욕 하시느라고 고생 많으시네요. 모두들."
이런 말을 입 밖으로 꺼내려던 것은 아니었다. 하지만 솟아오르는 화는 이성의 끈을 끊고 있었다. 다들 도윤의 시선을 피했다. 하지만 단 한 사람. 작은할아버지만이 여전히 도윤에게서 눈을 떼지 못하고 있었다.

23년간 여자로 살아왔다고 해서 작은 체구에 여리여리 한 모습을 갖고 있을 것이라고 생각했었다. 하지만 무척이나 큰 키와 화려한 외모에 눈을 뗄 수가 없었다. 세상에 태어나 이렇게 잘생긴 남자를 보는 것은 처음이었다. 그럼에도 사납게 번뜩이는 눈은 오금을 저리게 만들었다.

"육체나 정신이나 완벽한 남자가 되었다고 생각합니다. 아니, 전 남자입니다. 물론 집안의 첫째로서 최선을 다할 생각입니다. 전 지금 실망이 큽니다. 재산 문제로 다툴 거라고는 한 번도 생각해보지 않았습니다. 그리고 할아버지의 재산에 대해 왜 다들 함부로 판단하시고 옥신각신 하십니까? 그 누구도 침범할 수 없는 할아버지 고유의 권한입니다. 동생이라고 해서, 자식이라고 해서 넘볼 수 있는 게 아니란 말입니다. 모두 할아버지의 결정에 따르십시오. 할 말 다 끝나셨으면 이만 일어나시죠?"

목소리뿐만이 아니라 눈빛도 싸늘했다. 다들 도윤을 제대로 쳐다보지도 못하고 급하게 자리에서 일어섰다. 작은아버지는 도윤의 어깨를 몇 번 가볍게 두드렸다. 하지만 도윤에겐 그 어떠한 위로도 도움이 되지 않았다.

소름끼치도록 차가운 목소리에 스스로도 놀라고 있었지만 표현하지는 않았다. 이렇게 차가운 목소리로 누군가에게 말을 할 수 있을 거라는 건 단 한 번도 생각해보지 못했었다.

그런 도윤의 생각을 읽지 못하는 다른 사람들은 놀랍도록 이성적이고, 차가운 그에게 놀라 제대로 말도 붙이지 못 했다. 그저 부끄러운 얼굴을 숨기기 위해 간신히 고개를 숙일 뿐이었다.
　도윤은 소파로 앉으면서 기다란 다리를 앞으로 쭉 뻗었다. 정말 하루하루가 사건의 연속인지라 하루에도 몇 번이나 자살충동을 느꼈었다. 진짜 처음엔 하루에 백 번은 넘게 죽음을 생각하기도 했었다. 이런 식으로 살아간다는 것이 정말 자신이 없었기 때문이었다. 하지만 그럴 때마다 가족을 생각하고 또 생각했다.
　"할아버지."
　도윤의 목소리가 갈라져 나왔다.
　"정말 3년이나 절 보지 않으셨어요?"
　음성이 떨리고 있었다. 항상 조부모님껜 큰 사랑을 받아왔다고 생각했기 때문에 그 충격은 더욱 컸다. 할아버지가 지독한 유교사상을 지니고 있다는 것을 알면서도 마음의 상처가 너무나 커서 그 말이 거짓이기를 바랐다. 그리고 제발 거짓이기를 바라고 있었다. 떨리는 손을 숨기기 위해 마주잡아 힘을 주었다.
　"당시의 난 그랬다."
　마음 한구석이 와르르 소리를 내며 무너졌다. 마치 다이너마이트를 꽂아두고 폭파시키는 건물처럼 도윤의 마음이 그대로 붕괴되었다. 눈가가 젖어드는 것을 느끼며 천천히 눈을 감았다.
　"지금의 할아버지는 어떠세요?"
　단호한 목소리로 묻는 도윤을 보며 순식의 시선도 굳었다. 일말의 여지도 주지 않고 나이 먹은 사람들을 차갑게 상대하는 도윤을 보며 많이 강해졌다고 생각했었다. 하지만 도윤은 애써 그 상처를 숨기고 있는 것뿐이었다. 순식은 시큰거리는 눈가를 몇 번이나 손끝으로 내리눌렀다.
　"넌 처음부터 내 손자(孫子)였다. 이만 나도 일어나 봐야겠구나."

일어나려는 할아버지를 도윤이 덥석 붙잡았다. 모두의 시선이 도윤을 향했다. 도윤의 얼굴은 너무나 굳어 있어서 무섭게 보일 정도였다. 아니, 분명 따뜻해 보이는 외모는 아니었지만 항상 웃고 있었기 때문에 누구나 도윤을 편하게 생각하고 있었다. 하지만 오늘의 도윤은 말조차 걸 수 없을 정도로 살벌해 보였다.
"제가 모셔다 드릴게요. 할아버지."

시골로 내려가는 내내 도윤은 운전만 하고 있을 뿐 아무런 말도 하지 않았다. 예전이나 지금이나 영하와의 사이에서 대화는 없었지만 도윤은 어린아이처럼 완전히 믿고, 신뢰하고 있었다. 비록 3년간이나 자신을 보지 않았다는 말은 너무나 충격적이라 여전히 마음 한 구석이 아파왔지만 말이다.

운전을 하고 한 시간쯤이 지나자 도윤은 백미러로 영하를 힐끗 훔쳐보았다. 영하는 무슨 생각을 하는지 고개를 돌려 창밖을 보고 있었다. 도윤은 서서히 입을 열며 고민도 털어놓았다, 농도 건네곤 했다. 주름이 가득 진 얼굴로 환히 웃는 영하를 보며 폭풍 치던 마음도 서서히 잔잔해지는 것을 느낄 수 있었다.

휴게소에 들러 우동과 간식거리도 사 먹고 나온 도윤은 다시 운전대를 잡으며 입을 열었다.
"저 어렸을 때 방학 중에 할아버지 댁에서 한 3주 정도 살았잖아요. 겨울이었죠? 그 때 막 치킨이 먹고 싶다고 울다가 잠들었는데 그 날 새벽 할아버지가 저 혼자만 데리고 읍내 나가셨잖아요."
"음⋯⋯. 그랬지."
영하는 예전의 일을 회상하듯 눈을 감고 고개를 끄덕였다.
"전 전날 치킨도 먹지 못해서 툴툴거리면서 할아버지 뒤를 따라

갔는데 갑자기 할아버지가 통닭집으로 절 이끄셨잖아요. 혼자 얼마나 맛있게 먹었었는지. 그 때 전 너무 어려서 할아버지께 한 점 드시라고 권해보지도 못했었어요."

이런 느낌을 뭐라고 해야 할까? 천천히, 아주 조금씩 어른이 되어가는 기분이 들었다. 가히 좋지만은 않은 기분이었다. 그만큼 자신의 할아버지는 늙어가고 있다는 뜻이 되었으니 말이다.

"도윤아."

"네. 할아버지."

"난 네게 지은 죄가 너무나 커서 최대한 해줄 수 있는 건 뭐든 해주고 싶었다. 딸이면 어떻고, 아들이면 어떻겠냐만. 집안 어르신들의 눈초리에 네게 도윤이란 이름을 주어 놓고도 제대로 널 보지 못했었다. 네가 생겼다는 걸 알던 순간부터 고심하며 지어왔던 이름이었다. 네 태몽은 내가 꾸었다. 내 아버님께서 고운 비단을 선물해 주시더구나. 그 안을 봤는데 잘 생긴 사내 녀석이 날 보며 생글생글 웃고 있는데 그게 바로 너였지."

가만히 이야기를 듣는 도윤의 얼굴에 서서히 미소가 피어올랐다.

"네 자신을 부끄러워하면 안 된다. 어디서건 항상 당당하게. 그리고 떳떳한 네가 되었으면 좋겠구나."

도윤은 고개를 끄덕였다. 어차피 이건 피할 수 없는 운명이었다. 멍청하게 죽는다고 해서 해결될 일도 아니었다. 도윤은 그저 새로운 삶을 살게 된 것을 오히려 다행이라고 받아들이기로 생각했다. 만약 죽음을 선택했더라면 남아 있는 사람들은 많이 아팠을 것이다. 차라리 이렇게 살아서 정말 다행이라고, 앞으로도 이렇게 살아서 다행이라는 것을 알아가면서 살 것이라고 생각했다.

마을에 도착하기 전 선산에서 차를 멈춰 세운 뒤 잘 정돈된 묘 앞에 서서 영하가 먼저 절을 올렸다. 뒤에서 가만히 보고 있던 도윤은 영하가 눈길을 주자 신발을 벗고 공손히 절을 두 번 올렸다.
"그 때 내가 말했던 그 할아버님이시다."
잠시 생각을 정리하던 도윤은 그 앞에 무릎을 꿇고 정중히 앉았다.
"그 시절에 저보다 훨씬 많이 힘드셨을 걸 알아요. 현실에서 발버둥치기 위해 엄청난 노력을 했습니다. 하지만 지독한 현실에서 벗어날 수가 없었어요. 그래서 죽을까, 차라리 그래서 다 잊을 수 있다면 죽자고 생각도 했었어요. 하지만 그렇게 된다면 아파할 사람들이 너무 많다는 것도 알고 있었어요. 사실 죽을 용기도 없었지만. 할아버님께서 그러셨던 것처럼 아주 천천히 받아들이고 있습니다. 제 마음을 잘 이해해 주시리라 믿어요. 겁도 많고, 비열할 정도이지만 제 나름대로의 방식이 스스로 인정 될 수 있도록 도와주세요. 할아버님께서 그러셨던 것처럼 저도 이젠 완벽한 남자로 살아갈 생각입니다. 더 이상의 방황은 없을 거예요."
말을 마친 도윤이 자리에서 일어나 허리를 숙여 공손히 인사를 했다. 그리고 할아버지 댁으로 돌아가 할머니가 차려주신 밥상을 맛있게 비워냈다.
대청마루에 누워 부른 배를 걷어 올리고 눈을 감았다. 이제 조금씩 더워지는 여름의 열기를 천천히 느낄 수 있었다. 그 때 배에서 투박하고 거친 손길이 느껴졌다. 그건 바로 할머니의 따뜻한 손바닥이었다. 시계 방향으로 천천히 어루만지는 할머니의 손을 내려다보며 도윤이 웃었다.
"나 어렸을 때 자주 체해서 항상 할머니가 이렇게 해줬었는데."
"많이 컸구나. 우리 강아지."
"할머니."

"말해."

"나 할머니가 해주는 계란부침 먹고 싶다. 왜, 계란에다가 밀가루 막 풀어서 지진 거. 할머니가 해주는 게 제일 맛있어."

마치 어린 시절로 돌아간 듯 도윤은 아양을 떨고 있었다. 덩치는 커졌지만 여전히 할머니에겐 예쁜 손자였을 뿐이었다. 곧바로 음식을 준비하는 할머니의 모습을 보며 도윤의 얼굴에선 웃음이 떠나지 않았다.

전기 프라이팬 위에서 지글지글 익어가는 소리에 도윤은 젓가락을 들어 빨리 익길 바라는 마음에 꾹꾹 눌러댔다. 한 번에 세 장이나 해치운 뒤 만족스러운 표정으로 마지막 지단을 부치는 할머니의 손을 내려다보았다.

"할머니. 농사짓기 힘들었지?"

"힘들긴."

"할머니. 오래오래 살아야 돼. 나보다 더 오래. 많이."

도윤은 팔을 뻗어 할머니의 허리를 껴안았다. 한없이 작아 보이는 할머니의 모습에 도윤의 눈가에 촉촉이 눈물이 맺혔다.

충분히 소화를 시킨 다음 도윤은 영하를 따라나섰다. 동네에서 운영하는 소 농장으로 가서 사료를 주기도 하고, 만져보기도 했다. 어려서부터 워낙 동물들을 좋아했던 모습들이 아직도 변하지 않고 있었다. 생각보다 거친 털의 느낌에 재미있어 하면서 자꾸 눈을 떼지 못했다. 그리고 도윤의 눈을 더욱 떼지 못하게 만드는 동물이 나타났다.

"우와, 말도 있네."

"손자분도 한번 타 보세요."

"말 타본 적 없는데 괜찮을까요?"

"그냥 말고삐만 잡고 있으면 알아서 걸어 다니니까 타기만 하면 돼요."

주인의 말에 도윤은 고개를 끄덕이며 도움 없이 쉽게 말 위에 올라탔다. 생각보다 높은 위치에 잠시 당황했던 도윤은 손을 뻗어 가볍게 말을 쓰다듬었다. 천천히 움직이기 시작하는 말 위에서 도윤은 본능적으로 허리를 꼿꼿이 폈다. 짐승의 등에 올라타 즐긴다는 것은 생각보다 훨씬 근사한 일이었다. 정말 세상이 달라보였다. 푸르게 깔린 잔디도, 한가롭게 풀을 뜯고 있는 소와 염소들. 말이 걷는 걸음걸이에 따라 움직이는 몸도. 마치 신선놀음이라도 하는 느낌이 들었다. 나중에 나이가 들고 사회에서 일을 하지 못하게 될 때쯤이면 이렇게 시골에 내려와 동물들을 기르며 사는 것도 좋을 것 같았다. 살랑거리는 바람을 맞으며 도윤은 코에서 무엇인가가 흘러내리자 소매로 쓱 닦아냈다.

"아, 이놈의 콧물은 시도 때도 없이 나와요. 여름 감기는 개도 안 걸린……."

순간 도윤의 눈이 커졌다. 안장 위로 뚝뚝 소리를 내며 떨어지는 것은 다름 아닌 붉은 피였다.

컨테이너 박스로 된 휴게실로 들어가며 도윤은 휴지를 발견하고는 코로 가지고 갔다. 중, 고등학교 시절 워낙 코피를 많이 흘렸기 때문에 무슨 병이 있는 건 아닌가 싶어 병원에 가서 치료도 받았었다. 하지만 혈관에도 별다른 이상이 없었다. 사춘기 무렵에는 별 이유 없이 코피를 무작정 흘리는 때가 있다고 했었다. 하지만 이렇게 코피를 흘리는 것은 오랜만이었다. 아니, 고등학교를 졸업하고 나서는 단 한 번도 코피를 흘려 본 적이 없었다. 워낙 엄청난 양들이 흘러내리기 때문에 코로 나오지 못하고 식도를 타고 넘어가는 경우도 많았다. 그럴 때면 피의 비릿한 향이 입 안 전체로 퍼져 불쾌한 느낌을 주었다. 마치 물을 마시듯 꿀꺽 소리를 내며 넘어가는 소리를 듣고 사람들은 당황한 모양인지 안절부절못했다. 하지만 도윤은 너무나 익숙한 손놀림으로 피가 멈추기를 기다리고 있었다.

"학생, 괜찮아?"

"네. 워낙 코피는 자주 흘려서요."

"벌써 30분쨴데……."

"저 최고 기록 한 시간 사십 분이에요."

그렇게 말하며 웃는 도윤이었지만 예전엔 정말 놀라서 혼비백산했다.

새벽 세 시쯤에 코피를 흘리기 시작했는데 삼십 분이면 멎을 거라 생각했던 피가 멈추지 않더니 네 시를 넘어가고 있었다. 휴지 한 통을 다 썼음에도 불구하고 계속 흘러내리는 피로 만사가 귀찮아진 도윤은 비닐봉지에 코를 가만히 대고 있었다. 부스럭거리는 소리에 일어난 석희가 여느 때와 같이 언제부터 흘렸냐고 묻자 도윤은 한 시간쯤 되었다고 대답을 했다.

석희 역시 곧 멎을 거라 생각했는지 옆에서 지켜보고 있었지만 멎기는커녕 이제는 기도로까지 넘어가는 핏덩어리를 도윤이 입으로 뱉어내자 바로 119에 신고를 해 병원으로 데리고 갔다. 그 때 한 시간 사십 분 만에 멎은 코피는 도윤도 여전히 잊을 수가 없었다.

예상대로 곧 코피가 멎었고 도윤은 몇 번인가 고개를 갸웃거리며 긴장했던 근육을 이완시켰다. 왠지 필요 없어진 피를 쏟아냈다는 느낌에 도윤은 상쾌한 기분까지 맛 봤다. 영하는 걱정스러운 표정이었지만 도윤은 아무렇지도 않다고 말하며 웃었다.

내일 있는 수업 때문에 인사를 하고 나온 뒤 천천히 차를 몰았다. 한창 도로를 타고 달리고 있던 도중 휴대폰이 울리기 시작했다. 제대로 액정도 보지 못하고 귀에 이어폰을 꽂았다.

"네. 최도윤입니다."

〔어디야?〕

"누구세요?"

〔목소리도 잊었냐? 유민혁이다.〕

"아, 고속도로. 할아버지 댁에 왔다가 올라가고 있다. 왜?"

〔술 마셔야지.〕

"지겹지도 않냐? 그놈의 술. 그럼 학교 앞에 들어가 있어. 한 삼십 분 후 정도면 도착할 것 같아."

전화를 끊은 뒤 도윤은 좀 더 속력을 높였다. 쫑알쫑알 대는 민혁의 잔소리를 피하기 위해서는 시간을 1분 1초라도 줄여야했다.

술 집 앞에 차를 주차하고 안으로 들어섰을 때는 민혁뿐만이 아니라 강현과 민숙도 와서 자리를 잡고 있었다. 순간 도윤은 멈칫했다. 그냥 민혁과 술을 마실 거라고 생각했었는데 강현을 보고 양심의 가책을 느끼기 시작한 것이었다. 하지만 이대로 뒤돌아 피할 수도 없는 일이었다.

난감한 표정으로 잠시 서 있던 도윤을 발견한 민혁은 빨리 오라며 손을 흔들었다. 잔뜩 긴장한 모습이 역력한 민숙을 보며 도윤이 픽 웃었다. 이제 정말 친구로 돌아가야 할 때가 왔다고 생각했다. 두 사람 다 도윤에게 소중했기 때문에 자신의 감정으로 잃을 수는 없었다.

"할아버지 댁은 갑자기 왜 다녀왔는데?"

"예쁜 시골 처녀가 있다고 하더라고. 구경 좀 하다가 왔지."

"봤어?"

"응."

"예뻐?"

"큰 눈이 엄청 매력적이더라."

"이름이 뭐야?"

"말숙이."

그 말에 민혁과 강현의 입에서 웃음이 터져 나왔다. 도윤도 맥주를 들이켜며 피식 웃었다. 아까 탔던 말 이름이 말숙이었고 김씨 아저씨 말로 김말숙이라고 외치면 언제 어디서건 달려온다는 것이었다. 확실히 그 말은 똑똑했다. 멈춰, 가자, 달려라는 말을 정확히 알아듣고 행동했었다. 반복된 훈련의 결과일지도 몰랐지만 분명히 사람의 말을 알아듣고 있었다.

"진짜야?"

"진짜야. 정말 예뻐. 너희도 보면 한눈에 반할걸?"

"이 녀석. 진짜 빠졌나 보네. 그 처녀가 그렇게 예뻤냐?"

끝까지 궁금한지 민혁이 꼬치꼬치 캐물었다. 도윤은 그렇다고 대답을 하며 슬쩍 민숙을 살폈다. 의외로 덤덤한 표정의 민숙은 간간이 강현과 이야기를 나누며 웃고 있었다. 그 모습에 도윤은 애써 웃음을 지었다.

어차피 처음부터 불가능한 일이었다. 여자일 때의 자신의 모습을 알고 있는 누군가와 사귀어야 한다는 것은. 그렇다고 해서 결혼할 생각도 없었지만 혹시라도 앞으로 다른 사람을 만나게 된다면 처음 보는 사람과 사랑을 해야 한다고 생각했다.

"화선이는? 요즘 바쁜가 봐? 잘 안 보이네?"

"유학 준비로 계속 바쁜가 봐."

민혁의 말에 도윤이 고개를 끄덕였다.

"도…… 윤이 오빠?"

누군가가 다가와 도윤을 불렀고 맥주를 마시던 도윤이 잔을 내려놓고 고개를 들어 올렸다. 그 사람은 다름 아닌 사촌동생인 서현이었다. 거의 2년 만인데도 자신을 알아봐주는 서현이 고마웠다. 도윤은 자리에서 일어나 상대적으로 작은 키의 서현의 머리를 몇 번이나 쓰다듬었다.

"최서현. 여기는 웬일이야? 너 고등학생이 술집 와도 돼?"

"오빠. 저 올해 대학교 들어왔잖아요."

"아, 그래? 너 벌써 나이가 그렇게 됐나? 이 학교 다녀?"

"네."

"공부 열심히 했나 보네. 무슨 과 다니는데?"

"유아교육과요."

그렇게 서현의 친구들과 합석을 하게 됐다. 물론 그렇게 된 이유는 바로 민혁 때문이었다. 그 바람기가 다시 재발했는지 스무 살의 풋풋한 여학생들을 반기고 있었다.

도윤은 강현과 시시콜콜한 이야기를 나누었다. 민숙은 강현의 옆에서 괜히 땅콩 껍질만 분리하고 있었다. 그 때 강현이 티슈를 몇 장 꺼내 도윤의 코로 가져갔다.

"코피 나."

"아, 또 나네. 꼭 한 번 터지면 이러더라."

"아까도 났었어?"

"응. 말숙 씨 만나고 충격이 컸나?"

도윤은 그렇게 말하며 휴지를 조그맣게 말아 콧속으로 집어넣었다. 원래 나오는 피는 그대로 흘려주는 게 좋았지만 이렇게라도 막는 게 편했다. 하지만 그것도 잠시였다. 휴지가 모두 젖어 제 기능을 하지 못하고 있었다. 도윤은 잠시 자리를 피했다. 비어있는 테이블로 가서 겹겹이 싼 휴지로 코를 지그시 눌렀다. 술집에 있는 질이 좋지 않은 휴지를 계속 써서 그런지 코끝이 가려웠다. 나가서 미용티슈라도 사야겠다는 생각에 일어나려고 했지만 민숙이 다가와 가방에서 고급 티슈를 꺼내주었다.

"고맙다."

"친구잖아."

"그랬지. 우리 친구 됐지."

도윤은 스스로를 납득시키듯 몇 번이나 고개를 끄덕였다. 코피가 거의 멎어갔다. 하지만 방심을 하며 숨을 코로 들이마시는 바람에 겨우 멎었던 피가 다시 흐르기 시작했다. 그 모습을 보던 민숙은 더 이상 보기 싫은지 자리에서 일어나려고 했다. 하지만 도윤은 손을 뻗어 민숙을 붙잡아 앉혔다.

"할 말 있어?"

"2년 전에 우리 아무 일도 없었어."

그 말에 민숙의 두 눈이 커졌다. 하지만 도윤의 말은 사실이었다. 사실 도윤이 그 날의 일을 기억해냈던 건 암자로 들어가고 며칠 되지 않아서였다. 둘 다 워낙 술에 취해 있던 터라 서로 신경도 쓰지 않고 멋대로 옷을 벗어 던지며 침대에 누웠다. 그리고 술기운도 있었겠지만 방 안이 무척이나 더웠었다. 그리고 침대에 남아있던 핏자국은 도윤이 흘린 것이었다. 코피야 워낙 자주 나던 것이었고 그것 때문에 출혈 자국이 있었던 것이었다.

"그러니까 그 때의 일에 아무런 부담 갖지 않아도 돼."

"누, 누가 부담 가진다고 했어? 웃기지 마."

불쾌한 표정으로 자리에서 일어난 민숙은 다시 자리로 돌아갔다. 피식 웃던 도윤의 얼굴에서 순식간에 웃음이 사라졌다.

"차라리 그 때 진짜 일이 있었더라면……. 강현이한테서 빼앗을 수 있을 텐데."

혼잣말을 하던 도윤이 자리에서 일어났다. 피곤해서 당장이라도 쓰러질 것 같았다. 아직 많이 늦은 시간이 아니라 택시는 수월하게 잡을 수 있었다. 언제 잠이 들었는지 코피로 인해 하얀 티셔츠가 젖어 있었지만 다행히 막지 않고 있어도 멈춘 모양이었다.

택시 요금을 계산하고 아파트 입구로 향하던 도윤은 발걸음을 잠시 놀이터에서 멈췄다. 그네에 걸터앉아 담배 하나를 입에 물었다. 짙은 한숨과 같은 연기가 입을 통해 흘러나왔다. 왠지 손에 쥐고 있는 모든 것이 모래와 같은 느낌이었다. 아무리 잡으려고 노력해도 허무하게 빠져나가는 것과 같은…….

아팠지만, 힘들었지만 이제 그 모든 것을 떨쳐내야 할 때가 왔다고 생각했다. 누가 뭐라고 해도 최도윤이라는 개체는 진짜였다. 가짜가 아니었다.

"나라고 하는 현상은…… 모든 투명한 유령의 복합체."

얼마 전에 읽었던 미야자와 겐지의 봄과 수라를 생각하며 도윤은 자리에서 일어났다. 이상하게 그 첫 구절이 번개라도 맞은 듯 강하게 뇌리에 박혀들었다. 매캐한 담배 연기에 절로 인상이 찌푸려졌다. 휴지통에 담배를 집어넣고 엘리베이터에 올라탔다. 피곤했다. 요 근래에 너무 피곤한 일들이 겹쳤다고 생각했다.

현관문을 열고 들어서서 미닫이문을 열기 전 석희의 목소리가 들려왔다.

"괜찮을까요?"

"뭐……. 단명(短命)을 피해 갈 순 없으니…….”
"그 분도 이른 나이에 돌아가신 모양이죠?”
"음……. 서른쯤에 돌아가셨다고 하더군.”
"아이들은요?”
"큰 애는 다섯 살 때 죽었고……. 심장에 큰 무리가 있다나 봐.”
　손으로 입을 틀어막았지만 신음소리가 틈을 타고 나올 것 같았다. 심장에 뻐근한 기운이 느껴지는 것 같았다.
"그나저나 도윤이가 늦네. 전화도 꺼졌던데.”
　도윤은 재빨리 현관문을 닫고 밖으로 나왔다. 몇 번이나 눈물이 떨어질 뻔한 것을 겨우 참고서 진정하기 위해 숨을 내쉬었다. 정말 드라마틱한 인생이었다. 여자에서 남자가 된 걸로도 모자라, 이젠 적응해 가려고 하는데 단명이라니……. 남들은 평생 동안 겪지 않아도 될 일을 혼자서만 몇 번이나 겪고 있었다. 그럴 수도 있을 것이라고 스스로를 납득시켜 보려고 해도 억울함에 온몸이 떨려왔다.

9화, 안정

누구가가 어깨를 짚는 느낌에 도윤이 고개를 들어 올렸다. 도석이 앞에 서서 당황한 얼굴로 도윤을 보고 있었다. 그리고 도석의 뒤로는 작은 키의 여자가 보였고 그 여자는 도윤을 향해 인사를 했다. 얼떨결에 도윤도 고개를 숙였다.
"형, 여기서 뭐해? 안 들어가? 그런데 얼굴이 왜 그렇게 하얗게 질렸어? 눈물도 그렁그렁 한데. 어디 아파?"
"아니야. 그런데 누구?"
"이쪽은 내 여자친구. 장인영. 인영아, 여기 우리 형."
"안녕하세요."
"아, 네. 최도윤입니다. 들어가세요."
도윤이 문을 열고 옆으로 비켜섰다. 도석에게 여자친구가 있다는 것도 놀라웠지만 집까지 데려왔다는 것에 상당히 당혹스러웠다. 집

안으로 들어간 도윤은 빨리 그 단명에 대해 물어보고 싶었지만 인영으로 인해서 말도 꺼내지 못하고 있었다. 집안의 분위기는 언제나와 같이 밝고 활기찼다.

밥상 앞에 앉아서 젓가락을 제대로 들지도 못하는 도윤을 보며 순식이 물었다.

"시골에 다녀와서 피곤한 게냐?"

"네? 아, 아뇨."

"너 그런데 옷에 묻은 거 뭐니? 피 아니니?"

막 갈비찜을 내려놓던 석희가 도윤의 옷에 묻어 있는 피를 발견했다. 그저 살짝 흘린 정도가 아니라 손바닥만 한 크기의 검붉은 색의 피가 번져있자 석희의 미간이 구겨졌다.

"아, 코피를 조금 흘렸는데……. 괜찮아요. 그냥 요즘 조금 피곤했나 봐요. 처음으로 날을 새면서 공부해봤잖아요."

"그래. 식사하자."

도윤은 마치 진공상태에 있는 느낌이었다. 그저 앞에 앉아 웃고 떠드는 네 사람의 모습도 필름처럼 하나, 하나 찍히는 느낌이었다. 그 때 도윤이 정신을 차린 것은 도석이 어깨를 툭 건드렸기 때문이었다. 입모양으로 왜 그래, 라고 묻는 도석을 보며 도윤은 그냥 어깨를 한번 들썩일 뿐 아무 말도 하지 않았다.

오늘따라 입 안으로 들어가는 무엇인가가 이물질처럼 느껴지는 것은 처음이었다. 마치 모래를 씹는 것과 같은 느낌에 제대로 넘어가지도 않았다. 더 이상 자리에 앉아 있다가는 속에 있는 모든 것들을 게워낼 것 같았다.

"저 피곤해서 먼저 들어가서 쉴게요. 미안해요. 인영 씨."

"아, 아니에요."

도윤은 방으로 들어오자마자 옷을 갈아입을 생각도 하지 않고 침대에 누웠다. 얼마나 시간이 흘렀을까……. 현관문이 닫히는 소리에 도윤이 눈을 떴다. 그리고 재빨리 자리에서 일어나 방문을 열고 나왔다. 도석이 인영을 데려다 주고 온 모양이었다.

"형. 일어났어?"

"나 2년 전에 검사했던 자료 어디 있어?"

"갑자기 그건 왜?"

석희가 묻자 도윤의 얼굴이 심각하게 굳었다. 지금은 가족들은 연극을 하고 있는 것일까? 나에 대한 배려쯤으로? 그렇다면 난 어떻게 해야 하지? 복잡한 생각들이 머릿속을 스쳤다.

"왜 그래? 몸에 이상이라도 있을까 봐서? 코피 한 번 흘린 거 가지고 너무 예민한 거 아니야? 그 때 그거 아마 형 책상 서랍에 넣어뒀을 건데."

도석이 그렇게 말하며 도윤의 방으로 들어갔다. 마치 사형대 앞에 서 있는 심정이었다. 도석이 갈색의 서류봉투를 들고 나오자 도윤은 재빨리 받아 들어 안에 들어있는 내용물을 확인했다. 엑스레이부터 심전도 검사, 연골 조직. 모든 것은 정상이었다.

"엄마. 나 단명해?"

갑작스런 도윤의 물음에 석희는 어이가 없는지 한숨을 터트렸다.

"갑자기 그게 무슨 소리야? 단명이라니. 검사 결과 봤잖아. 다 정상인데 무슨 단명이야."

"전에 그 할아버지는? 서른 살에 죽었다며. 애도 하나 죽고."

"무슨 소리야. 어떤 할아버지가 죽어. 할아버지 집, 옆집 사람 이야기인데. 그 집에 귀신이 들렸는데 독실한 크리스천이라 받아들이지 못해서 그런다더라. 그런데 단명은 무슨 이야기야?"

"아, 아니야. 아무것도."

괜히 얼굴이 붉게 달아올랐다. 앞도 제대로 듣지 않고 멋대로 혼자 상상하고 망각하다니……. 도윤은 어이없어 괜히 웃음이 튀어나왔다. 혼자 영화라도 찍은 것 같아 괜히 헛웃음만 흘렸다.

"쟤가 갑자기 무슨 소리를 하는 거야? 그리고 그 건강검진 받은 건 갑자기 왜 봐?"

"어? 아, 그 때 제대로 보지 못한 것 같아서. 그런데 엄마. 나 코피를 그 때처럼 흘린다. 막 한 시간씩."

"너 요즘에 또 밤에 잠 못 자지?"

"응? 아, 그랬지."

"그럴 줄 알았어. 그 때도 빨리 자라고 해도 징그럽게 말 안 듣더니. 오늘부터는 빨리 자. 괜히 공부한다고 설치다가 코피 쏟지 말고."

괜히 민망해진 도윤은 그저 웃음을 흘릴 수밖에 없었다. 긴장이 풀렸지만 요 며칠 쉬었던 공부를 놓을 수가 없다고 생각했다. 방으로 들어와 책상 앞에 앉아 책을 폈다. 빠른 손놀림으로 펜을 움직이고 있는데 누군가 가볍게 책상을 두드렸다. 도석이 웃으며 커피잔을 내려놓았고 도윤도 들고 있던 펜을 놓았다. 도석이 침대에 걸터앉자 도윤도 자세를 틀어 도석을 바라보았다.

"공부를 방해할 정도로 중요한 이야기야?"

"인영이 어때?"

"뭐, 귀엽고 싹싹하니 예쁘더라. 사귄 지 오래됐어? 너 그동안 한 번도 여자친구 이야기는 없었잖아."

"한 2년 됐어. 착하고. 아직 나이도 어린데 사귄다는 말을 하기는 그렇잖아."

웃으면서 말하고 있는 도석이 도윤의 눈에는 그저 행복하게 보일 뿐이었다. 그러고 보니 도석은 중학교 시절부터 인기가 꽤 많았었다. 차분한 성격도 그렇고, 꽤 예쁘장하게 생긴 얼굴도 인기에 한 몫을 했다.

도윤의 친구들 중에도 몇몇 도석을 소개시켜 달라고 했던 애들도 있을 정도였다. 한창 고등학교 다닐 적엔 많은 여자들을 만나고 다니더니 이제는 제법 나이가 차서인지 함부로 여자들을 만나고 다니지는 않는 모양이었다.

"집까지 데려왔다면 생각이 있을 거 아니야."

"진지하게 생각하고 있는 중이야."

"그래. 너희 나이에 2년이나 사귀는 건 쉽지 않지. 그리고 너 군대도 다녀와야 하잖아. 잘 생각해."

대견한 듯 웃음을 터트리며 다시 몸을 돌리던 도윤은 무음으로 설정해놨던 휴대폰이 반짝이는 것을 발견했다. 처음 보는 번호에 잠시 망설이다 휴대폰을 들었다.

"네. 최도윤입니다."

[저기…….]

"누구시죠?"

[이영재입니다.]

영재의 갑작스런 존대에 당황한 도윤은 아, 하는 짧은 감탄사를 내뱉었다. 왠지 웃음이 흘러나왔다. 사과라도 하기 위해 전화를 한 것인지 영재의 목소리는 많이 굳어 있었다.

[잠깐 시간 좀 내주실 수 있습니까? 집 앞입니다.]

"나가지."

사실은 내일 보자고 할 생각이었다. 하지만 집 앞까지 찾아왔다는 생각에 그냥 돌려보낼 수는 없었다.

"누구야?"

"있어. 과 선배 중에 성격이 나만큼이나 더러운 놈. 나갔다 올게."

도윤은 점퍼 하나를 걸치고 밖으로 나갔다. 집 앞에 있다고 했는데 영재의 모습이 보이지 않았다. 하지만 놀이터 벤치에 앉아 담배를 피우는 모습을 쉽게 발견하고는 걸어가 앉았다. 도윤이 온 것도 느끼지 못했는지 영재는 땅만 보고 있었다.

"땅 뚫어지겠네. 그 밑에 암반수라도 숨어 있대냐? 아니면 온천?"

도윤의 목소리에 영재가 들고 있던 담배를 떨어뜨렸다. 우스갯소리를 했지만 영재는 전혀 웃지 않고 있었다. 괜히 무안해져 피식 웃던 도윤은 주머니에서 담배를 꺼내 영재에게 건네고 불을 붙여주었다. 그리고 또 다른 담배를 하나 꺼내어 입에 물었지만 불을 붙이진 않았다. 이제 서서히 담배에서 졸업해야겠다고 생각했다. 이 니코틴이라는 마약에 2년 동안 상당히 많이 길들여진 모양이었다. 끊어야겠다고 말은 하면서도 자꾸만 태워가는 개수는 늘어만 갔다.

"예전엔 담배 향만 맡아도 싫었는데. 지난 2년간 내가 많이 변하긴 한 모양이야. 이젠 그저 향을 맡는 것만으로도 안정이 돼."

씁쓸한 웃음이 튀어나왔다. 그렇게 싫어하던 향이 안정을 느낄 수 있을 만큼 몸에 배다니. 2년 동안 몸의 변화에만 적응 한 것은 아니었다. 아직까지 정신도 완전히 바뀔 수는 없었지만 점차 완벽한 남자가 되어가고 있었다. 2년 전엔 몸만이 완벽한 남자였다면 지금은 정신까지 완전히 변한 그런 남자가 되어 있었다.

"질투했었습니다."

갑작스런 영재의 말에 살짝 입이 벌어지며 담배가 바닥으로 떨어졌다. 도윤은 허리를 굽혀 다시 담배를 집어 들어 모래를 살짝 털어 낸 뒤 입으로 가져갔다. 불을 붙이고 숨을 길게 들어 마셨다. 흰 연기가 거침없이 쏟아져 나오는 것을 눈으로 보며 다시 손을 들어 올렸다.

"단지 수석 입학이라는 감투 같은 것 때문만은 아니었어요. 뭐, 외모까지 완벽한 사람이 머리까지 좋으니 남자들의 질투는 당연했어요."

"알아."

너무 무덤덤하게 나온 말투에 영재가 더 이상 말을 하지 못하고 도윤을 빤히 바라보았다. 마치 그 얼굴이 '설마 정말 왕자병?' 이라는 것을 말해주는 것 같아 도윤은 살짝 웃음을 흘렸다.

"그런 걸 느끼지 못할 정도로 둔하지는 않아. 난 지난 2년이라는 세월 동안 세상 누구도 날 이해할 수 없을 만큼의 아픔을 겪었어. 그리고 바보같이 진짜로 죽는다고 생각하는 순간 깨달은 것 같아. 난 최도윤이구나. 가짜가 아니라 진짜구나. 그 전엔 말만 그렇게 내뱉었었어. 그런데 이젠 내 마음이, 내 정신이 그렇게 말해. 나는 진짜라고. 너희들이 질투해도, 날 환상 속의 남자라고 불러도. 난 진짜야. 가짜가 아니라. 나도 감정이 있고, 아픔이 있고, 웃음이 있고 그런 평범한 사람이야. 슬프면 울 수도 있고, 괴로우면 술을 마실 수도 있어. 고민이 있으면 누군가에게 상담도 청할 수 있지. 그동안 너흰 날 인간이 아니라고 생각했던 것 같아."

서글픈 듯 웃는 도윤을 보며 영재는 아무런 말도 하지 못했다. 장난 식으로 지나가는 말을 했었다. 사실은 인간이 아닌 괴물이다. 혹은 돌연변이라는 등의. 거기다 같은 학교에 다니고 있는 한의대생의 최도진이 그의 동생이라는 소리를 들었을 때도 일부러 얼굴을 보러

213

갔었다.

 도윤만큼은 아니지만 매우 남자답게 잘생긴 도진을 보며 또 한 번의 상심을 느끼기도 했다. 거기다 둘째동생인 도석은 최근에 알게 되었다. 쌍꺼풀이 짙은 커다랗게 동그란 눈에 계란형의 얼굴은 확실히 미소년으로 보였다. 도대체 어떤 집안이기에 이렇게 잘난 형제들이 나올 수 있었을까 푸념도 했었다.

 세 형제가 모두 빠지지 않고 잘 생긴데다, 일류대를 다같이 다니고 있었으니 당연히 시기와 질투를 할 수밖에 없었다. 거기다 여자들의 비교는 더더욱 참을 수 없게 만들었다. 항상 철이 들었다고 생각했었지만 어린 애였다는 것을 철저히 깨닫고 있었다.

 "괴물이다. 사실은 외계인이라는 소문은 나도 들었었어. 우리 형제 모두 머리가 좋아. 집중력도 좋은 편이고. 우리 셋 중에 아마 내가 머리가 제일 나쁠 거야. 산만한데다, 집중력도 제일 떨어지고. 아마 내가 더 대단해 보였던 이유는 외모가 큰 작용을 했겠지. 이건 비밀인데…… 나 2년 전만 하더라도 내 외모가 이렇게 생겼을 줄은 꿈에도 몰랐었거든."

 도윤이 픽 웃었다. 진심이었다. 이 모습을 거울을 통해 보고 바로 기절까지 할 정도였으니……. 물론 미에 대한 기준이 없어 이 얼굴이 잘생긴 건지, 아닌지는 몰랐지만 이렇게 몸이 변했을 때는 심장이 멎을 것 같았다. 이젠 웃고 넘길 수 있는 간단한 에피소드가 되어버렸지만.

 "하지만 나 잘난 구석 하나도 없어. 옹졸하고, 소심하고, 질투도 심하고. 미적거리고 그러다 좋아하는 사람도 놓치고. 또 착한 척도 해. 그러다 죽도록 또 후회하지. 그래도 이영재. 난 이런 내가 좋다. 내가 싫다는 생각은 한 번도 해본 적 없어. 그냥 있는 대로 받아들여. 그래야 네 마음도 안정이 돼. 난 오늘부로 완전히 안정이 되었거든."

영재와 함께 밤이 새도록 술을 마시고 난 뒤로 확실히 도윤에겐 미세한 변화가 있었다. 전과 같이 감정적이지도 않고, 차분하고 이성적으로 판단을 했다. 다른 사람들은 자세히 보지 않으면 알아차리지 못할 정도의 변화였지만 가족들은 확실히 느끼고 있었다.

아침 일곱 시에 나가서 새벽 두 시에 들어오는 일상이 반복되고 있었다. 시원한 에어컨이 나오는 도서관에 멍하게 앉아 있던 도윤은 자리에서 일어나 한의대 건물로 뛰어가기 시작했다. 수업이 끝났는지 친구들과 이야기를 나누며 걸어오는 도진을 발견하자마자 뛰어가 도진의 등에 업혔다.

"형?"

"농구 한 판 어때?"

"좋아."

기말고사 기간인데도 불구하고 도윤은 전혀 시험에 신경을 쓰지 않는 사람 같았다. 거기다 도진까지도 시험은 전혀 생각하지 않는 것 같았다. 도대체 어떻게 된 형제들이기에 저러는 것인지 도진의 친구들은 도서관으로 가던 발걸음을 농구 코트로 옮겼다.

농구 코트엔 어느새 도석이 와서 농구공을 들고 있었다. 도윤과 도진이 코트 안으로 들어서자 룰도, 편도 없는 농구가 시작되었다. 거침없이 볼을 빼앗아 달리는 도진에게 도윤이 달려들어 빼앗으면 그 볼을 도석이 갖고 뛰었다. 가볍게 골을 집어넣으며 웃는 도석을 보며 도윤이 달려들어 다시 볼을 가지고 도망쳤다.

아스팔트가 익을 정도로 한여름의 태양빛은 강렬했다. 그럼에도 불구하고 세 형제는 온몸을 부딪쳐가며 농구에 집중하고 있었다. 세 사람 중에 유일하게 땀이 많은 도석이 제일 먼저 옷을 벗어 던졌다. 그 모습을 본 도진 역시 옷을 벗어 던졌지만 도윤은 쉽게 벗지 못하고 있었다.

사실 여자였을 때 남자들이 제일 부러운 것 중 하나가 남자들은 아무렇지도 않게 윗옷을 벗어 던질 수 있다는 것이었다. 하지만 막상 벗으려고 하니 주위의 시선이 신경 쓰였다. 기말고사 기간이라 농구 코트 같은 곳에는 사람들이 없을 거라고 생각했다. 하지만 이미 유명인사인 삼형제가 농구를 하고 있다는 소식에 많은 사람들이 모여들어 있었다.

도윤은 이미 스스로의 굴레를 벗어났다고 생각했다. 누구의 시선도 상관없다고 생각하며 시원하게 옷을 벗어 던지고 다시 농구에 집중했다. 빼앗고, 달리고, 볼을 링에 넣고. 그렇게 반복되는 농구를 30분 정도 하고나니 세 사람 모두 녹초가 되어 누가 먼저랄 것도 없이 코트 위로 쓰러졌다.

가슴이 들썩거렸다. 그리고 살아 있다는 게 느껴졌다. 몇몇 여학생들이 시원한 음료수를 건넸지만 도윤은 지금 물을 마시고 싶었다. 마치 경쟁을 하듯 세면대로 달려간 세 사람은 그때부터 정신없이 물장난을 하기 시작했다.

밝게 웃는 도윤을 보며 도석과 도진은 진심으로 안심했다. 도윤과 같은 상황에 놓였다면 절대 살아가지 못할 거라고 생각했었다. 하지만 도윤은 잘 이겨내 주었고 또 살아주었다. 가족의 중심으로, 자신들의 형으로. 정말 다행이었고, 이젠 불안정했던 땅이 완전히 굳어지고 있음을 느꼈다.

학생회관에서 샤워를 하고 중앙도서관을 찾았다. 3년간 공부했던 인류학에 그래도 많은 미련이 남은 탓이었다. 4층은 한산했다. 인류학과 책과 디자인학과 책이 있는 곳이었으므로 거의 여학생들이 상주해있었다.

도윤은 구석으로 가 그동안 보지 못했던 윤 교수의 새로 나온 책들을 살펴보기 시작했다. 자리에 앉아 한참 책을 보고 있는데 수근대는 목소리에 도윤의 집중력이 흩어지고 말았다. 여학생들의 수다는 어쩔 수 없다고 생각하며 고개를 절레절레 흔들었지만 곧 이어 들려오는 이름에 책장을 넘기던 손이 굳었다.

"그 계집애. 엄청 웃겼다니까. 내 친구를 냉정하게 차고선 유민혁이랑 버젓이 다녔던 거 봐."

"솔직히 살이 좀 쪄서 그랬지 최정윤 걔가 얼굴은 유민숙보다 낫다는 말이 많았잖아. 실제로 그 몸매로 인기도 좀 있었고. 거기다 그 쌍둥이 봐라. 단번에 킹카로 떠오르고. 얼굴 하나는 제대로인 집안이잖아."

"근데 좀 오싹하지 않냐? 갑자기 왜 죽었대?"

"교통사고 아니었나?"

"심장마비라던데?"

"야, 그만 하자. 괜히 찝찝하다. 최정윤 성질이 한 성질 했잖아. 귀신으로 나타날까 봐 두렵다."

도윤은 숨을 푹 내쉬었다. 분명 별 생각 없이 한 말이었겠지만 그에겐 칼날이 되어 날아왔다. 다른 과의 여자애들이 자신을 알 정도로 유명하다고 인식을 하지 못했었다. 거기다 누구를 찼단 말인가? 그런 적은 한 번도 없었다.

"야. 너네 뚫린 입이라고 그렇게 함부로 말하냐?"

돌아서려던 도윤의 발걸음이 멈췄다. 그 목소리의 주인공은 바로 민숙이었다. 도윤의 몸이 절로 돌아갔다.
"서, 서, 선배님!"
모두 놀란 듯 몸이 굳어지는 것이 한눈에 보일 정도였다.
"너네 제정신이냐? 머리가 있는 애들이야?"
민숙은 화가 난 듯했다. 도윤은 숨을 몰아쉬어야 했다. 그 때 다시 도윤의 귀를 스치고 지나가는 목소리가 들렸다.
"자기도 별로 사이 안 좋아놓고."
민숙이 그 목소리를 놓칠 리가 없었다.
"그래도 친구였거든? 한 성질 했다고? 귀신으로 나타날 것 같다고? 그 전에 나한테 좀 맞아보지 그래?"
"유민숙."
갑작스럽게 도윤이 모습을 드러내자 여학생들의 얼굴이 사색이 되었다. 민숙 역시 당황한 표정이 역력했다.
"아, 나는 뭐……. 최정윤 그 계집애랑 뭐, 사이는 별로였어도 그래도 친구니까. 그리고 애네들이 괘씸하기도 하고. 뭐, 별로 네 문제에 관여하려는 건 아니……. 아니지. 내가 왜 이런 말을 해야 돼? 그래. 나 걔랑 친구였어. 친구 감싸주는 건 당연하지. 안 그래?"
"고마워."
갑작스런 고맙단 말에 민숙의 눈이 동그랗게 커졌다. 자신의 일엔 관여하지 말라고 했지만 이렇게 신경을 써주고 있다는 것이 고맙기도 하고, 기쁘기도 하고. 도윤은 웃으며 자리에서 돌아섰다. 이렇게 민숙을 보고 있다가는 그대로 껴안을 것 같아서.

그 사이 여름방학을 맞이했지만 도윤의 일상은 변함이 없었다. 그런 도윤이 걱정되었던지 시골에서는 보약을 지어 보내왔고 그도 말없이 약을 가지고 다니면서 매 끼니 때마다 챙겨먹었다.

 선배들과의 관계도 좋았고, 동기들 간의 관계도 좋았다. 예전처럼 여자일 때 알고 지냈던 사람들을 보면 반가운 마음에 먼저 다가가 아는 척도 하지 않았고, 그저 모르는 사람처럼 스쳐지나가기만 할 뿐이었다. 확실히 도윤에게는 안정이 찾아들면서 완벽한 남자로 변모하고 있었다.

 사람들에게 친절했고, 가끔씩 부리던 신경질도 많이 잦아들었으며 무조건적으로 사람들을 동정하지도 않았다. 예전에는 육교를 지나가거나, 길에서 장애인들이 구걸하는 모습을 볼 때면 주머니에 있는 동전이란 동전을 모두 털어서 집어넣었지만 이젠 그렇게 하지 않았다. 오히려 그 돈을 모아 한 달에 한 번씩 후원 모금으로 기부했다. 그리고 용돈을 벌기 위해 일주일에 세 번씩 과외를 하기도 했다. 어차피 하루에 두 시간 정도만 시간을 내면 되는 것이었기 때문에 개인적인 공부에는 전혀 지장을 주지 않았다. 명문대 치의학과생이라는 것이 도움이 되었는지 과외치고는 꽤 많은 보수를 받을 수 있었다. 비교적 시간이 넉넉한 방학 때 두 달 정도만 벌면 한 학기는 넉넉하게 쓸 수 있을 정도였다.

 8월 초의 더위는 상상을 초월할 정도였다. 잠시 서 있기만 해도 등 뒤로는 땀이 주르륵 흘러내릴 정도였다. 그런 도윤에게 휴가를 제의한 것은 강현이었다. 민혁도 제대를 했고 이왕 쉬는 김에 비교적 사람이 적은 바다를 찾아 내려가자는 것이었다. 잠시 고민을 하던 도윤도 이내 승낙했다. 어차피 주말이었고, 과외를 맡고 있는 학생도 휴가를 떠난다며 일주일 쉬어줄 것을 부탁했기 때문이었다.

 총 인원은 일곱 명이었다. 강현과 민숙. 그리고 도석과 여자친구인 인영. 민혁과 민혁이 사귀게 되었다는 도윤의 사촌동생 서현이었다. 처음엔 민혁보고 도둑놈이라고 놀리던 도윤이 진심으로 축하를 해주었다. 그러면서도 왠지 섭섭한 기분이 든 것도 사실이었다. 하지만 그런 내색을 하지 않기 위해 억지로 더 웃고 떠들어댔다.

한 차로만 떠나기에는 부담이 있었으므로 도윤과 민혁이 차를 몰았다. 도윤의 차엔 강현과 민숙이 탔고 도윤은 가볍게 웃으며 두 사람을 반겼다. 시원하게 뻥 뚫린 고속도로를 차는 매끄럽게 달리고 있었다.

"부산까지 운전하려면 힘들지 않겠어?"

"그냥 길 따라 가면 되는 건데 힘들긴. 부모님과는 어때? 많이 좋아졌어?"

도윤의 물음에 강현이 가볍게 고개를 끄덕였다. 그 때 도윤의 눈에 들어 온 것은 강현과 민숙이 다정히 손을 잡고 있는 것이었다. 괜히 백미러를 한번 매만지던 도윤은 CD를 틀었다. 캐논변주곡이 나오자 강현은 의외라는 듯 물었다.

"이런 음악도 들어?"

"클래식 치고는 꽤 격정적이지 않아? 그래서 좋아해."

"클래식 좋아하는 편이야?"

"아니. 그다지 좋아하지는 않는데……. 즐겨는 듣는 편이지. 그래도 베토벤은 좋아하는 편이야. 왜? 의외라 놀랐나 보지?"

"아냐. 잘 어울려. 오히려 대중음악이 어울려 보이지 않거든."

도윤은 살짝 고개를 흔들었다. 확실히 음악 취향에도 많은 변화가 있었다. 예전엔 클래식이라면 따분해서 고개를 내저을 정도였다. 오죽하면 오페라 마술피리 중 밤의 여왕을 들으면서도 정신을 차리지 못할 정도로 잠을 잤던 기억만 남았을 정도였다. 오히려 대중음악을 좋아하고, 찾아 듣는 편이었다. 하지만 자연스럽게 취향이 변해가면서 사는 CD들은 가요나, 팝에서 클래식이나 재즈로 바뀌었다.

"나 가을에 패션쇼 있는데 모델 좀 해줘."

갑작스러운 민숙의 말에 도윤은 차를 세울 뻔했다. 워낙 패션에 관심도 없었거니와 모델 역할을 한 번도 해본 기억이 없었다. 게다가 민숙이 모델을 맡길 만큼 편안한 사이였던가? 그건 더더욱 아니었다.

"민혁이한테 해달라고 해."

"안 돼. 군대 다녀오더니 몸이 너무 튼실해졌어."

"그럼 모델 사서 써."

"내가 왜 생돈을 날리면서 모델을 사다 써! 네가 해."

"사람들 앞에 나서는 거 별론데."

"친구 좋다는 게 뭐야! 친구라며! 친구 부탁인데 그것도 못 들어줘?"

친구라는 단어 하나가 도윤의 가슴에 꽂혔다. 분명 민숙의 모델을 하게 된다면 치수 재는 것부터 시작해 여러 가지 상황들로 인해 만남이 잦아지게 될 것은 당연한 일이 될 것이다. 분명히 말로는 친구로서 보겠다고 했지만 그렇게 된다면 스스로를 억제할 수 있을지 상당히 자신이 없었다. 지금도 잊지 못해서 쩔쩔 매고 있는데 얼굴을 더 자주 보게 된다면 그 감정을 지우는데 더욱 힘들어질 건 틀림없었다.

"강현이도 모델하기에 적절한 것 같은데. 키도 크고 얼굴도 작잖아."

괜히 강현의 눈치가 보였다. 예전에 민숙과 사귀었다는 것은 강현도 잘 알고 있는 일이었기 때문에 민숙이 아무렇지도 않게 저렇게 말하는 것에 은근히 신경을 쓰고 있을지도 몰랐다. 아니, 어쩌면 도둑이 제 발 저리다고 더 이상 감정에 더 빠지기 전에 빠져나갈 상황을 만들고 있었다.

"객관적으로 말할게. 강현이 키 182야. 작은 키는 절대 아니지. 하지만 넌 187정도 되잖아? 그리고 두상이나, 얼굴 크기도 작고 몸도 훨씬 호리호리한 편이야. 너 같으면 누굴 모델로 쓰겠어?"

확실히 옷이라는 것은 그 옷의 특징을 제대로 살려줄 수 있는 모델이 필요했다. 때문에 모델은 그저 옷걸이일 뿐이었다. 때문에 키가 크고 대체적으로 마른 사람을 많이 기용했다. 모델이 옷을 살려줘야 한다는 말이었다.

"그래. 도윤이 네가 좀 해줘."

강현까지 그렇게 말하자 도윤은 포기한 듯했다.

"보수는 없고?"

"보수는 무슨. 밥 먹여주는 걸로 되잖아. 우리 친구잖아!"

유난히 친구에 악센트를 주며 말하는 민숙을 향해 도윤은 고개를 끄덕였다. 어차피 패션쇼는 10월에 열리기 때문에 시험기간에 걸리지도 않아 상관없었다.

"돈도 많으면서 모델 좀 사서 쓰지."

"눈앞에 좋은 모델감이 있는데 내가 왜 돈을 써? 넌 그냥 입고 잘 걸어주면 돼."

다행히 어색함 없이 해수욕장에 도착하자 자리를 잡고 텐트를 치느라 분주해졌다. 여자들은 이미 들고 있던 가방을 집어 던지고 바다로 뛰어든 지 오래였다. 자리에 남은 사람은 도윤과 강현이었다. 어색한 손놀림으로 제법 하는 도윤을 보며 강현이 픽 웃었다. 태어나서 이런 것들을 해 본 적이 한 번도 없었으니 어색한 것은 어쩔 수 없는 일이었다.
"이리 줘. 이런 것도 안 해봤어?"
"처음이야. 왜 지지대가 휘는 거지?"
"힘을 골고루 분산시키지 않으니까 그렇지."

강현은 매끄럽게 망치질을 하기 시작했다. 몇 번인가 그 모습을 보던 도윤도 다시 자리를 잡아 망치질을 했다. 요령이 생긴 탓에 지지대 역할을 하는 못은 쉽게 땅 속으로 들어갔다. 확실히 도윤은 모든 일에 습득이 빨랐다. 누군가가 가르쳐 주지 않아도 유심히 그 대상을 살피거나 하는 버릇이 있어 쉽게 이해하고 빨리 받아 들였다. 그러니 당연히 학업 성취도도 높은 편이었다.

분명히 배가 고플 것이라는 예상을 하고 빨리 밥을 짓기 시작했다. 바로 옆에 있는 세면대로 걸어가 쌀을 씻고 돌아오자 이미 한바탕 물싸움을 했는지 모두들 잔뜩 젖어 있는 채였다. 도윤은 버너 위에 냄비를 올리고 밥에 뜸이 들기를 기다렸다. 한적한 해수욕장을 찾는다고 찾았지만 한창 휴가철이었기 때문에 이곳도 붐비기는 마찬가지였다. 하지만 이름난 해수욕장에 갔다가는 사람에 치여 제대로 놀지도 못할 것은 분명했다.

허기가 졌던 탓인지 삼겹살이 구워지자마자 모두들 정신없이 먹기 시작했지만 도윤은 밥을 하느라 제대로 먹지도 못했다. 그 때 민숙이 도윤의 앞으로 커다란 상추쌈을 내밀었다. 잠시 멈칫하던 도윤은 민숙의 재촉에 그대로 상추쌈을 입으로 집어넣었다. 뜸이 다 들자 밥이 완성되었다. 막 밥을 퍼 담기 시작하던 도윤의 동작이 그대로 멈췄다. 모두의 눈이 도윤을 향해 쏠려있었다. 얼굴부터 목까지 벌겋게 변하는 피부색을 보며 민숙이 슬슬 뒷걸음질을 쳤다.

청량고추를 얼마나 많이 집어넣었는지 목구멍이 따끔거리며 아파왔다. 그리고 그 강력한 매운 내가 자꾸 눈물샘을 자극해 와 눈물까지 글썽글썽 맺히고 있었다. 도망치기 시작하는 민숙을 보며 도윤도 속도를 내서 달리기 시작했다. 오랜만에 밟아보는 모래사장은 발이 푹푹 들어갈 정도였다. 따라서 제대로 속도를 내지 못하는 민숙을 도윤은 쉽게 잡을 수 있었다. 한쪽 어깨에 민숙을 들쳐 멘 도윤이 몇 번이나 제자리에서 돌았다.

"야! 어지러워! 그만해!"

"진짜 눈물 나서 죽을 것 같다. 이제 서서히 빠져보셔야지?"

이미 조금 전의 물놀이로 인해 축축한 민숙의 옷 때문에 도윤의 어깨도 서서히 젖어오고 있었다. 워낙 버둥거리는 통에 도윤이 쉽게 민숙을 던지지 못하자 어느새 달려온 강현과 민혁이 도윤을 도왔다. 도윤이 민숙의 양쪽 어깨에 팔을 끼우고 있었고 강현과 민혁은 민숙의 다리 한쪽씩을 잡고 있었다.

하나, 둘, 셋을 외치며 민숙의 몸을 흔들던 세 사람은 동시에 손을 놨다. 그와 동시에 민숙이 풍덩 소리를 내며 바닷물에 빠졌고 세 사람은 하이파이브를 하며 다시 모래사장으로 걸어 나왔다.

"야, 유민숙. 장난 그만 치고 나와."

"야아! 으윽, 살려줘!"

민숙이 자꾸 머리만 빼내며 살려달라고 외치고 있었다. 웃고만 있던 도윤의 얼굴이 점차 굳어 갔다. 자꾸 수면 위로 떠오르는 시간이 짧아지고 있었는데 어느 순간 민숙이 완전히 모습을 감춘 것이었다.

"야! 여기 수영 할 줄 아는 사람 없어?"

"못해."

사태의 심각성을 알았는지 민혁의 목소리가 커졌다. 수영을 못한다는 강현의 말에 도윤은 생각할 것도 없이 바다에 뛰어들었다. 의외로 수심이 깊은 것을 알고 도윤은 아찔함을 느꼈다. 그리고 천천히 가라앉고 있는 민숙을 발견했다. 재빨리 민숙의 어깨를 끌어안으며 밖으로 나온 도윤은 생각할 것도 없이 민숙의 왼쪽 가슴을 몇 번이나 짓누르다 그것도 되지 않자 코에 손가락을 대었다. 숨을 쉬고 있는 것도 제대로 느껴지지 않자 코를 잡고 인공호흡을 하기 시작했다. 강현이 보고 있다는 것은 생각도 하지 못하고 있었다. 그저 민숙을 살려야겠다는 생각만 하고 있었다. 몇 번이나 숨을 집어넣던 도윤은 민숙이 괴로워하며 바닷물을 내뱉자 다리에 힘이 풀리는 것을 느꼈다.

바닷물을 토해내며 괴로워하는 민숙을 보며 도윤은 자리에 털썩 주저앉았다. 한순간의 장난이 이처럼 위험한 결과를 초래하게 될 것은 예상도 못한 일이었다.

"민숙아! 유민숙. 괜찮아?"

"넌 지금 내가 괜찮아 보이냐?"

잔뜩 인상을 찌푸리며 말하는 민숙을 보며 민혁이 가슴을 쓸어내렸다. 강현은 몇 번이나 미안하다며 민숙에게 사과를 하고 있었지만 도윤은 온몸에 힘이 풀려 그대로 자리에 눕고 말았다.

도윤이 천천히 눈을 떴을 땐 처음 보는 천장이었다. 어딘가 싶어 몸을 일으키려고 했지만 마치 바늘이 머리를 찌르듯 아파와 다시 눕고 말았다.

"야! 바다에 빠진 사람은 난데 왜 네가 쓰러지고 난리야."

"최도윤. 괜찮아?"

민숙과 강현이 동시에 말을 내뱉었다. 도윤은 가만히 고개를 끄덕이다가 천천히 눈을 감았다. 천장이 뱅글뱅글 도는 느낌이었다.

"그동안 피로가 많이 쌓였는데 몰랐나 봐요? 수액 좀 맞고 물놀이는 내일쯤에 하시는 게 좋겠네요."

"감사합니다."

수액을 다 맞은 뒤 보건소를 나오면서 도윤은 몇 번이나 어지러운 듯 고개를 강하게 흔들었다. 차를 가지고 오겠다는 강현을 기다리고 있었지만 막혀있는 차가 꽤 많은지 모습이 보이지 않았다.

"힘들어? 그럼 좀 기대."

말이 끝남과 동시에 도윤은 민숙의 어깨에 머리를 묻었다. 잠시 당황한 민숙은 제대로 몸을 움직이지 못하다 팔에 힘을 주며 도윤의 팔을 붙잡았다. 엉거주춤한 폼으로 민숙에게 거의 안기다시피 한 도윤은 낮게 숨을 뱉었다.

"유민숙. 나 자꾸 아파."

"알았으니까 말하지 마."

"너 때문에 아프고. 강현이 때문에 아파. 강현이가 내 친구만 아니라면 널 빼앗아 왔을 텐데. 참아야 해서……. 그래서 아프다."

10화, 고백

긴장한 듯 움직이지도 못하고 있던 민숙을 보며 도윤은 천천히 몸을 일으켰다. 그리고 자연스러운 미소를 지었다.
"그러니까 내겐 틈 같은 거 보이지 마."
"저, 저기. 도……."
도윤이 막 몸을 돌려 세웠을 때 민숙이 팔을 뻗었다. 하지만 강현이 운전하고 있는 차가 바로 앞에 서자 민숙은 도윤을 잡지 못했다.
다시 해수욕장으로 돌아가면서 도윤은 피곤한지 뒷좌석을 모두 차지하고 누워있었다. 과도한 긴장으로 인해 온몸의 근육들이 날카롭게 곤두서 있었다.
많이 걱정한 듯 도석의 얼굴이 하얗게 질려 있었다. 도윤은 괜찮다고 말한 뒤 텐트 안으로 들어가 몸을 눕혔다. 등으로 푹신한 모래의 감촉이 느껴졌다. 마치 집 잃은 강아지처럼 쭉 둘러 앉아 불쌍한 눈으로 도윤을 바라보고 있었고 도윤은 왠지 그 모습에 웃음이 튀어나올 것 같았다.

"난 괜찮으니까 나가서 놀다 와. 너무 깊이는 들어가지 마라. 또 유민숙같이 빠지지 말고."

"장난치는 거 보니 괜찮은 모양인데? 다들 나가서 놀자."

민혁은 도윤이 혼자 쉬고 싶어 한다는 걸 눈치 채고 밖으로 나갔다. 자기 위해 눈을 감았던 도윤은 아직 누군가가 남아 있다는 사실을 알아차렸다. 그 사람은 다름 아닌 강현이었고 도윤은 지끈거리는 머리를 붙잡으며 자리에서 일어나 앉았다.

"왜? 하고 싶은 말이라도 있어?"

"너…… 아직도 민숙이 좋아하는 거지?"

노골적으로 묻는 강현을 보며 도윤은 고개를 숙였다. 당혹스러웠다. 도윤은 아무 말도 못하고 있었다.

"두 사람 사이에 끼어든 훼방꾼은 나였구나."

"아니야. 강현아. 거짓말은 하지 않을게. 민숙이를 좋아하는 건 사실이야. 하지만 친구와 한 여자를 두고 싸울 생각은 없어. 그래. 사실 한 번이라도 내 마음을 표현해야 덜 억울할 거라고 생각했어. 하지만 그걸로 끝이야. 난 이제 확실히 민숙이를 지워갈 거고, 온전히 내 마음을 다 줄 수 있는 사람을 만나게 될 거야."

도현은 마치 스스로에게 다짐하듯 말했다.

"온전히 네 마음을 다 줄 수 있는 여자를 만날 수 있을 것 같아?"

자신이 없었다. 분명 스스로 납득시키고 있었다. 처음 만나는 사람을 만나 사랑해 주기로. 하지만 민숙에 대한 마음이 작아지기는커녕 볼 때마다, 생각할 때마다 커져만 갔다. 스스로도 당혹스러울 정도로 말이다. 이렇게 자제심이 없었나 싶을 정도로 감정을 정리하기란 쉬운 일이 아니었다.

"민숙이도 널 좋아해. 그리고 난 그걸 알면서도 지나쳐왔어. 나 생각보다 민숙이를 많이 좋아했었나 봐. 그래서 한 땐 네가 미웠어."

강현이 고개를 숙였다. 도윤은 아무 말 없이 팔을 뻗어 강현을 껴안았다. 우습지만 한 여자를 사이에 두고 두 사람은 우정을 확인하고 있었다. 왠지 이 상황이 우스워 도윤의 입에서 웃음이 절로 튀어나왔다. 몸을 떼어내려고 했지만 강현은 팔에 힘을 주어 도윤의 허리를 끌어안고 있었다.

"널 많이 좋아해. 언제나 배려해주고, 다정다감한 성격의 최도윤을 많이 좋아해. 그래서 네 녀석이 은근히 더 미워."

"내가 한 잘남 하잖냐."

"알고 있는데 더 얄미워."

"김강현. 맥주나 한 잔 할까?"

강현이 고개를 끄덕였다. 텐트 밖으로 나온 두 사람은 아이스박스에서 맥주를 꺼내 걷기 시작했다. 한적한 곳으로 자리를 잡은 다음 앉으면서 캔을 땄다. 치익 하는 소리와 함께 거품이 흘러나왔다.

"민숙이는 아마 네게 배신감을 많이 느꼈을 거야. 지켜준다고 해놓고 갑자기 사라졌었다며?"

"그 때의 이유는 평생 누구에게도 말 못해."

도윤의 입매가 고집스럽게 다물어졌다. 강현은 아무 말도 할 수 없는 듯 어깨를 으쓱했다.

"민숙이에게 그만두자고 말할 생각이야."

순식간에 도윤의 눈이 커졌다. 믿을 수 없다는 얼굴로 강현을 빤히 바라보다 고개를 저었다. 강현이 원래 이런 성격이었던가? 생각했지만 딱히 기억나는 것은 없었다. 강현은 도윤에게 있어 늘 좋은 친구였었다.

"그렇게 쉽게…… 유민숙이라는 여자를 포기할 수 있어? 좋아하는 마음이 그것밖에 안 됐던 거야?"

"도윤이 넌 몰랐겠지만 내가 아마 민숙이를 먼저 좋아했을 거야. 그런데 민숙이는 별로 내게 관심이 없던 모양이더라고. 그래서 포기했었지. 너하고 사귀었었다는 말을 들었을 때 그럼 그렇지라는 생각을 했어. 너 정도의 외모에 성격에. 내가 여자라도 널 좋아할 거라고 생각했지. 위로를 했어. 네가 떠난 뒤로. 사심이 없었다고는 말 못하지. 사실 지금 이렇게 말하는 것도 자존심 정말 상하거든."

"강…… 현아."

"널 정말 좋아해. 그리고 민숙이가 널 좋아하는 것도 잘 알고 있어. 친구로서 모른 척할 수는 없잖아. 아니, 그래선 안 되는 거야. 더 돌아가는 것보다는 좋은 방법이야. 이렇게가 아니더라도 어차피 나와 민숙이는 안 될 거라는 걸 알고 있었어. 아니, 네가 다시 나타난 뒤부터는 이렇게 되리라는 것을 예상하고 있었는지도 모르지."

쓸쓸한 강현의 음성에 도윤은 아무 말도 하지 못했다. 스스로 감정을 잘 숨기는 편은 아니라고 생각했지만 이렇게까지 강현이 느꼈을 거라는 건 생각하지도 못하고 있었다. 그래서 더욱 미안해지고 있었다.

"앞으로 어떻게 할 생각이야?"

"머리가 어지러워서 아직 정리가 안 돼."

"천천히 생각해. 늦지 않았어."

강현과 이런저런 이야기를 하다 다시 돌아왔을 때 모두들 갑자기 사라진 도윤 때문에 걱정을 했던 듯 발견하자마자 뛰어왔다. 그리고 도윤에게서 풍기는 알싸한 알코올 냄새에 도석이 눈을 치켜떴다.

"몸도 성치 않은 사람이 술까지 마셨어?"
"그냥 강현이랑 한 잔 했는데 그게 그렇게 나쁜 짓이냐?"
"방금 전까지 누워있던 사람이야. 형은."
"괜찮아. 그런 거 가지고 안 죽어, 나. 내 생명 끈질기다는 건 네가 가장 잘 알잖아. 피곤한데 다들 자자."
 결국 도윤은 도석 때문에 단 한 번도 바다에 들어갈 수가 없었다. 돌아갈 때는 모두들 구릿빛의 피부가 되어 있는 데에 반해 도윤 혼자 유일하게 하얀 피부를 자랑하고 있었다.
"내가 앞으로 최도석하고 놀러를 가면 최도윤이 아니다."
"그러게 쓰러지지나 마시지?"
 짐을 풀면서 말하는 도석을 보고 도윤은 소파에 편하게 몸을 눕혔다. 알고 있었다. 도석이 걱정스러운 마음에 그랬다는 것은. 도윤의 인생을 송두리째 흔들어 놓은 엄청난 일을 도석이 다 지켜봐왔기 때문에 조금이라도 아픈 기색이 있으면 도석은 누구보다도 불안해했다.
"그래서 혼자 수영도 못 한 거야?"
"응. 엄마. 어찌나 과보호를 하는지. 유치원생이 된 줄 알았다니까. 배고프네. 뭐 먹을 것 좀 없나?"
"잡채 만들어 놓은 것 좀 줄까?"
 도윤은 재빨리 자리에서 일어나 부엌으로 들어갔다. 잠시 들른 휴게소에서도 제대로 뭘 먹지 못했기 때문에 상당히 배가 고픈 상태였다. 그리고 도석도 마찬가지인 듯 두 사람은 순식간에 커다란 접시에 가득 담겨진 잡채를 바닥냈다.
 여독이 풀릴 때쯤 되자 도서관으로 가기 위해 짐을 챙겨 나왔던 도윤은 그 앞에서 친구들과 웃으며 떠들고 있는 민숙을 보았다. 뭐랄까, 그녀가 웃고 있는 모습이 그냥 좋았다. 멍하니 그녀를 보고 있는데 누군가가 도윤의 어깨를 툭 쳤다.

"뭘 그렇게 보고 있어? 유민숙?"

놀랐는지 도윤이 들고 있던 책을 놓쳤다. 뒤에 서 있는 사람은 다름 아닌 도윤의 동기인 현석이었다.

"형. 놀랐잖아."

"음흉한 눈을 해가지고는. 너 유민숙 좋아하냐? 여자친구라는 소문이 돌던데. 설마 미주하고 저 미인하고 정말 싸웠던 이유가 너야?"

"아니야. 그런 거. 그리고 민숙이하고는…… 아무 사이도 아니야."

"그런데 왜 이렇게 숨어서 보고 있어."

"누가 숨어서 봤다는 거야. 그냥 생각 좀 한 거야. 생각."

서둘러 떨어진 책들을 주워들고 도서관 쪽으로 향했다. 순간 민숙과 눈이 마주쳤지만 도윤은 서둘러 눈길을 피했다. 왠지 얼굴 살이 조금 빠진 것 같아 안쓰러웠지만 아직은 아무렇지 않게 대할 수가 없었다.

"뭐야, 최도윤? 왜 사람 무시하고 그냥 지나가?"

민숙이 먼저 도윤에게로 걸어왔다. 잠시 목을 쓸어내리던 도윤이 아무렇지 않게 웃으며 손을 흔들었다.

"몸은? 괜찮아?"

"내 몸이 왜?"

"바다에 빠졌었잖아."

"보시다시피 멀쩡해. 너 나한테 무슨 죄졌어? 왜 그렇게 눈을 피해?"

아차, 싶어 고개를 돌렸을 때 민숙은 이미 친구들 사이로 돌아가고 난 뒤였다. 한숨을 푹 내쉬며 도서관으로 들어와 공부에 열중하려 했지만 허사였다. 그저 민숙의 얼굴이 책 속에서 둥둥 떠다니고 있었다.

"와, 나 중증이네."

스스로도 어이가 없다고 생각해서 고개를 숙인 채 잠을 청했다. 잠도 오지 않는가 싶더니 서서히 의식이 흐릿해졌다.

얼마나 자고 일어난 것인지 등부터 허리가 뻐근했다. 아무래도 하룻밤을 그대로 꼬박 잔 모양이었다. 여독이 풀렸다고 생각했는데 아직은 무리였는지 도윤이 낮게 숨을 내쉬었다. 도서관에서 빠져나와 커피를 한 잔 마신 다음 벤치에 자리를 잡고 앉아 핸드폰에 저장되어 있는 번호를 눌렀다.

〔여보세요?〕

잔뜩 갈라진 목소리를 보니 민숙은 계속 자고 있었던 모양이었다.

"아직도 자냐?"

〔뭐야? 최도윤?〕

"좀 나와. 이 오라버니가 맛있는 거 사줄게."

〔싫어. 귀찮아.〕

"시내 도넛 점 앞에서 기다린다. 사십 분 시간 줄 테니까 빨리 나와."

일방적으로 말한 뒤 전화를 끊은 도윤은 배터리도 분리시켰다. 서둘러 짐을 정리하고 시내로 향한 도윤은 약속 장소 앞에 서서 민숙이 나타나기를 기다렸다. 하지만 약속시간에서 10분이 지나도록 민숙은 나타나지 않고 있었다. 그 때 택시가 앞에 섰고 곧 그 안에서 내리는 민숙을 보며 도윤이 손을 흔들었다.

"여, 유민숙."

"너 뭐야? 왜 그렇게 갑자기 사람을 불러내?"

도윤은 민숙을 한번 훑어보았다. 그 짧은 시간에도 신경을 쓴 것인지 미니스커트와 흰색의, 몸에 딱 달라붙는 티를 입고 있는 민숙을 보며 웃었다. 하지만 화장할 시간은 없었던 것인지 얼굴 반을 가릴 만큼 커다란 선글라스를 쓰고 있었다.

이제껏 많은 고민을 했다. 남들처럼 평범한 사람은 되지 못했다. 그래서 누군가를 마음에 둔다는 것이 때로는 죄 같고, 이해할 수 는 아니, 말로는 표현할 수 없는 무언가로 인해 복잡했었다. 인정하고 싶지 않은 것들이 자꾸 꾸역꾸역 밀려들어와 이제는 어쩔 수 없었다. 그동안 많은 고민을 했었고 이제는 그런 것들에게서 탈출하고 싶었다. 누가 뭐라 해도 최도윤은 진짜였으니 말이다.

민숙은 배가 고프다며 바로 안으로 들어가 쟁반에 도넛을 가득 싸들고 계산을 마쳤다. 도윤은 아이스티를 받아 들고 민숙이 앉아 있는 곳으로 걸어갔다. 아이스티를 내려놓으며 티슈로 슈거파우더가 묻어 있는 민숙의 입가를 닦아주었다. 갑작스러운 손길에 민숙이 들고 있던 도넛을 놓쳤다.

"뭘 그렇게 입에 묻히고 먹냐?"

"몰라. 말 걸지 마."

"우리 둘이 있는데 어떻게 말을 걸지 마. 강현이는?"

도윤의 물음에 우악스럽게 도넛을 입 안으로 집어넣던 민숙이 행동을 멈췄다. 잠시 눈치를 살피는가 싶던 민숙은 음료수를 먹었다.

"네가 알아서 뭐하게?"

"내가 널 왜 불러냈는데?"

"왜 불렀어?"

"유민숙 좀 꼬셔보려고."

그 말이 끝남과 동시에 민숙이 기침을 하며 괴로워했다. 도윤은 팔을 뻗어 민숙의 등을 가볍게 쳐주었다. 그리고 선글라스를 가볍게 올려 머리에 걸치게 만들었다. 당황한 민숙이 재빨리 선글라스를 다시 끼려고 했지만 도윤은 못하게 막았다.

"화장 안 한 것도 예뻐. 안 가려도 돼."

"우, 웃기지 마! 그리고 네가 꼬신다고 내가 넘어 가는 줄 알아? 착각도 자유야."

"두고 봐. 한 달 안에 넘어오게 만들 거야."

자신 있는 표정으로 웃는 도윤을 보며 민숙은 숨을 급하게 내쉬었다. 그러다 어쩌면 강현과 헤어졌다는 사실을 도윤이 알고 있을지도 모른다는 생각을 했다.

"너 진짜 왜 이래? 강현이랑 친구 아니었어?"

"맞아."

"후, 그래. 너 내가 강현이와 헤어진 거 알고 이러나 본데. 동정 받을 만큼 나 안 불쌍해. 그러니까 장난 그만 쳐."

"누가 장난이라고 했어? 진심으로 너에게 꼬리치고 있는 거라니까. 몰라? 늑대의 유혹."

매혹적인 눈웃음을 치며 말하는 도윤을 보고 민숙은 당황한 듯 고개를 돌렸다. 옆에서 빵을 먹고 있던 여고생들이 모두 도윤을 주시하고 있었다. 확실히 도윤이 사람들의 시선을 한몸에 받을 정도로 잘 생겼다는 것을 인정하고 있었다. 질투 어린 여자들의 시선에 민숙은 괜히 우쭐함을 느꼈다.

사실 도윤을 계속 잊지 못하고 있는 것도 사실이었다. 툴툴대면서도 은근히 챙겨주는 자상한 면도, 장난기 어린 말투도, 따뜻한 손도.

그래서 강현과 사귀면서도 미안한 마음이 계속 들었다. 그러다 도윤이 나타나면서부터 감정을 더더욱 숨길 수가 없어 강현에게 그만두자고 말할 참이었다. 하지만 강현이 먼저 이별의 말을 꺼내왔다. 강현과 헤어질 때 가슴이 아릿했지만 계속 이렇게 있을 수도 없다는 생각이 들었다. 그리고 도윤의 전화를 받았을 때 어쩌면 이렇게 되리라는 것도 느꼈는지도 몰랐다. 하지만 아까부터 자꾸 장난스럽게 말을 걸어오는 도윤 때문에 짜증이 일고 있는 것도 사실이었다.

"계속 장난치지 마. 최도윤. 그러다 내가 진짜로 너 붙잡고 평생 안 놔주면 어쩌려고 그래?"

"그럼 평생 너한테 잡혀 사는 거고. 이 정도면 봐 줄만은 하잖아. 키도 이 정도면 됐고. 살은 앞으로 조금 더 쪄보도록 노력할게. 장래 유망한 치대생이고 너 하나쯤은 충분히 먹여 살릴 수 있는 능력도 될 것 같은데. 이 정도했으면 넘어 와주라. 유민숙."

"너 내가 강현이와 헤어진 지 얼마나 됐다고 이래? 계속 이렇게 장난식으로 굴 거라면 그만해."

장난을 치고 있는 거라고 정말 오해를 한 모양이었다. 민숙은 신경질적으로 선글라스를 다시 끼며 자리에서 일어났다. 잠시 당황한 도윤이 문을 열고 나가려는 민숙의 뒤통수를 향해 외쳤다.

"진심이야. 처음부터 그랬고 난 아직까지도 널 좋아해. 그러니까 이제 그만 내 마음 좀 아프게 하고 돌아와. 너도 나 좋아하잖아."

갑작스러운 고백에 놀란 건 민숙뿐만이 아니었다. 가게 내에 있던 모든 사람들의 눈이 도윤에게로 쏠렸다. 워낙 두 사람 다 눈에 띄는 인물이었기 때문에 계속 시선이 갔던 것은 당연했다. 거기다 잘 어울리는 선남선녀 커플이라고 생각했었는데 커플이 아니라 남자가 여자를 쫓아다니던 것이었다니. 여자들의 눈엔 민숙을 향한 부러움으로 가득했다.

　잠시 당황해서 어정쩡하게 서 있던 민숙이 재빨리 몸을 돌려 도윤에게로 다가왔다. 그리고 도윤의 멱살을 잡고 끌고 나가기 시작했다. 장난기 어린 표정이 싹 사라진 도윤의 얼굴을 보자 순간 겁이 났다.

　가게를 빠져나오자마자 아직 가시지 않은 뜨거운 여름기운이 온몸을 덮쳐왔다. 훅하고 거친 숨을 내뱉었지만 이상하게도 더위는 쉽게 가시지 않았다.

　"어디까지 갈 셈이야?"

　순순히 끌려가던 도윤이 자리에서 멈췄다. 그러자 민숙도 더 이상 도윤을 끌지 못했다.

　"너 미쳤어? 그런 데서 그렇게 큰 소리로 말하면 어떡해?"

　"난 여기서도 말할 수 있어."

　"안 창피해?"

　"내가 널 좋아하는 게 창피해 해야 할 일이야?"

　도윤이 어깨를 으쓱했다. 민숙은 이 상황이 어이없고, 황당해 이러지도, 저러지도 못했다. 가만히 서 있던 도윤이 갑자기 어깨를 감싸며 끌어안자 당황한 민숙이 주위를 둘러보며 그의 등을 때리기 시작했다. 하지만 도윤은 더욱 팔에 힘을 주며 민숙의 허리를 강하게 끌어안았다.

　"나도 몰랐어. 설마 이 내가 유민숙을 좋아하게 될 줄이야. 처음엔 하늘이 원망스럽더라니까."

　"야, 좀 놔! 사람들이 다 쳐다보잖아!"

　"그런데 이젠 너무 좋아서 어쩔 수가 없다. 짜증 부리는 것도 좋고. 화를 내는 것도 좋고. 쑥스러워 하는 것도 좋고. 뻔뻔스러운 것도 좋고. 뭘 해도 다 예뻐 보여서 다 좋다. 그러니까 이제 그만 애 태우고 내 연인이 되어 주세요. 유민숙 씨."
 주위 사람들에게 다 들릴 정도로 크진 않지만 정중한 목소리로 말하는 도윤 때문에 민숙은 완전히 그의 가슴에 고개를 묻고 있었다. 하지만 곧 도윤이 민숙을 떼어내며 한쪽 무릎을 꿇고 앉아 손을 뻗었다.
 "잘할게. 화도 내지 않을 거고. 신경질도 부리지 않을게. 그리고 여자문제로 속 썩게 할 일은 절대 없을 거야. 내 눈엔 너밖에 여자로 안 보이니까. 정 내가 싫다면 그냥 뿌리치고 가도 돼."
 도윤이 그렇게 말하며 고개를 숙였다. 마치 신의 가호라도 받기를 기도하는 듯했다. 분위기가 있고 근사한 말들은 아니었지만 민숙은 심장이 주체할 수 없이 떨려왔다. 주위 사람들도 가던 길을 멈추고 동그랗게 원을 만들어 보고 있었다. 주위에서는 "너무 멋있어요, 손 좀 잡아주세요" 하는 소리가 들렸다. 몇 번이나 머리를 긁적이던 민숙은 손을 뻗어 도윤의 손을 잡았다.
 "잘 모르겠으니까 너 하는 거 지켜보고."
 "조금 더 인심 쓰면 안 되고?"
 "여기까지도 많이 인심 쓴 거야."
 "앞으로 잘할게. 진심으로."

 중요한 건 그 뒤였다. 누가 찍은 것인지 시내에서 있었던 두 사람의 일을 찍어 그 동영상이 인터넷 상에서 마구 퍼져있었다. 처음엔 사람들이 자신을 힐끔힐끔 쳐다보고 지나가기에 도윤은 평상시처럼 그냥 익숙한 시선이겠거니 했다. 하지만 혼비백산해서 달려오는 도진을 보고 왜 그러냐고 묻자 도진은 아무 말 없이 노트북을 펼치며 그 문제의 동영상을 도윤에게 보여주었다.

핸드폰으로 찍은 화질이 아니었다. 그 이상이었다. 디지털카메라나 캠코더로 찍은 것 같았다. 도윤과 민숙의 얼굴이 적나라하게 나타나 있었다. 마치 영화 한 편을 보고 있는 것 같은 착각이 들 정도였다.

"어떻게 할 거야?"

"곧 수그러들겠지. 잘됐네. 공식적으로 유민숙이 최도윤 게 됐으니."

도윤은 그저 웃고 넘겼다. 하지만 민숙은 그게 아닌 모양이었다. 원래 소문은 당사자들이 제일 늦게 알게 되는 법이었다. 민숙도 이제 그 소문의 동영상을 봤는지 씩씩거리며 마치 성난 황소처럼 걸어오고 있었다.

"야! 최도윤 이제 어떻게 할 거야?"

"이미 퍼진 걸 어떡해. 곧 수그러들 거야. 냄비근성이 있잖아. 사람들 기억 속에서도 곧 지워질 거야."

"뭐? 네가 내 혼삿길 다 막아놨잖아! 책임져!"

"책임질 거야. 결혼하면 되잖아."

도윤은 아무래도 심각한 상황으로 받아들이고 있는 모양이 아니었다. 아무리 화를 내봤자 그건 소귀에 경 읽기라는 생각에 민숙은 한숨을 내쉬며 벤치에 앉았다. 도진은 시원한 음료수를 빼와 민숙에게 건네주었다.

"좀 마셔요. 누나."

"아, 고마워."

민숙은 도진의 얼굴을 거의 마주친 적이 없었기 때문에 불편한 듯했다. 그것을 알아차렸는지 도진은 다시 도서관에 들어가 봐야겠다며 자리를 피해주었다. 멍하니 앉아 있는 민숙을 보고 도윤은 그녀의 손에서 마시던 음료수를 빼와 한 번에 들이켰다.
 "뭐가 그렇게 화가 나? 그런 동영상이 떠도는 게 화가 나는 거야? 아니면 겨우 나 같은 사람이 네 애인이라는 것에 화가 나는 거야?"
 "무, 무슨 말이 그래?"
 "불안해."
 "뭐가?"
 "나 정도로는 네가 만족하지 못할까 봐."
 자신 없는 얼굴을 하며 도윤이 고개를 숙였다. 아니라고 말하고 싶었지만 목이 메여와 말을 할 수가 없었다. 오히려 자신 없는 사람은 민숙이었다. 자신도 미인이라는 축에 속했지만 도윤의 옆에 설 때면 주눅이 들곤 했었다. 모델처럼 큰 키와 영화배우보다 더욱 잘생긴 외모 때문에 항상 사람들의 시선을 받고 있는 도윤이 항상 부담스러웠다. 정작 본인은 외모에 신경을 쓰지 않는 듯했지만 그저 대충 옷을 입어도, 무슨 행동을 해도 사람들의 시선을 끄는 것을 알지 못하는 듯했다. 도윤의 장점은 외모뿐만이 아니었다. 사람들과의 신뢰도를 보면 알 수 있지만 성격도 좋았다. 그것도 꾸며낸 것이 아니라 본질적으로 착한 마음을 갖고 있었다. 사람들과 쉽게 친해지고, 어울리고 꾸밈이 없었다. 본인 스스로 성격이 좋지 않다고 말했지만 민숙은 처음부터 알 수 있었다. 자연스럽게 상대방을 먼저 배려하고, 생각해 준다는 것을.
 친구를 위해 참을 줄도 알고 좋아하는 사람을 위해 자존심도 굽힐 줄 아는 도윤이 진심으로 좋았다. 하지만 매번 쑥스러움에 표현을 잘하지 못하는 것뿐이었다. 그동안 말이든, 행동이든 상당히 도윤의 심신을 괴롭혔을 것이 분명했지만 그는 싫다 말하지 않았다.

오히려 좋아하고 있다며 말해주었고, 안아주었다. 괜히 눈물이 날 것 같아 민숙은 고개를 숙였다. 하지만 결국엔 참지 못하고 눈물을 흘리고 말았다.

"야, 왜 울어? 눈에 뭐 들어갔어?"

도윤은 재빨리 주머니에서 손수건을 빼내어 민숙의 눈물을 닦아주었다. 눈물 때문에 마스카라가 번지자 도윤은 말없이 손수건에 물을 묻혀 눈가를 깨끗하게 닦아주었다.

"마스카라는 뭐 하려고 했냐? 이런 거 안 해도 충분히 예쁘다니까."

"화장 안 해도 예쁘다고 해주는 사람 너밖에 없어."

"내 눈에만 예쁘게 보이면 됐지 누구한테 예쁘게 보이려고?"

"그럼 인터넷까지 얼굴이 쫙 깔렸는데 화장도 안 하고 다녀? 이 나이에 화장도 안 한다고 남들이 욕해."

"네가 무슨 연예인이냐? 학생이잖아. 학생이 화장 꼼꼼하게 하고 다니는 것도 안 어울려. 안 되겠다. 세수해야겠어. 가서 내가 손수건 좀 씻어 올게."

도윤이 세면대로 가려던 찰나 민숙이 손을 뻗었다. 그 바람에 멈춰선 도윤은 뒤로 돌아 고개를 숙이고 있는 민숙을 바라보았다.

개강을 하는 바람에 또다시 과제에 밀려 그동안 민숙의 얼굴을 제대로 볼 시간도 없었다. 더군다나 그렇게 큰일까지 벌어졌는데 너무 방관하고 있었다는 생각이 들었다. 도윤은 허리를 굽혀 민숙의 눈높이에 시선을 맞췄다.

"뭐가 불만이야? 말을 해야 알지."

도윤은 끈기 있게 민숙이 말을 할 때까지 기다렸다. 자꾸 무슨 말을 하려는지 입을 벙긋거리고 있었지만 쉽게 말이 나오지 않는 모양이었다. 이젠 허리가 뻐근해져 왔다. 몸을 일으키려던 순간 도윤의 움직임이 멈췄다.

"좋…… 아해."

잠시 움직임이 없던 도윤은 손을 뻗어 민숙의 머리를 쓰다듬어 주었다. 따뜻한 느낌에 민숙이 다시 눈을 질끈 감았다.

"그 말 한 번 하기가 그렇게 힘들었어?"

민숙은 말없이 고개를 끄덕였다. 도윤은 말없이 그녀의 동그랗고 하얀 이마에 입을 맞추었다.

"그것만으로도 난 한 십 년 동안은 안심할 수 있을 거야."

자리에서 민숙을 일으킨 도윤은 세면대로 걸어가 그녀의 얼굴을 깨끗이 씻어주었다. 지나가는 사람들이 모두 보고 있었지만 민숙은 더 이상 피하지 않고 도윤의 손길을 느꼈다. 커다란 손이었지만 부드럽게 만지는 손길에 기분이 좋아졌다.

이미 유명 인사였던 두 사람은 커플이 된 이후로 더욱 큰 주목을 받고 있었다. 그리고 그 동영상도 도윤의 말처럼 점차 잠잠해졌다. 하지만 그 동영상을 보고 몇몇 기획사에서 연락을 해오는 통에 도윤은 꽤나 당혹스러워했다. 전화뿐이라면 괜찮았지만 학교까지 찾아와 도윤을 괴롭혀대고 있었다. 그럴 때마다 민숙은 어김없이 쌈닭 기질을 발휘했다. 그리고 그 뒤로 기획사에서도 더 이상 도윤을 괴롭히지 않았다.

"자존심 안 상해?"

"무슨 자존심?"

마네킹을 앞에 세워놓고 이번 무대에 출품할 의상의 가봉을 위해 핀을 꽂고 있을 때였다. 제일 친한 친구인 한주가 민숙에게 물어왔다.

"기획사에서 도윤이한테만 연락하고. 너도 인물이라면 빠지지 않는데."

"걔 옆에 있으면 내가 죽는 것도 사실이잖아."

물론 몇몇 기획사에서도 민숙에게 명함을 건네주곤 했었다. 하지만 스물다섯이나 먹은 여자가 연예계로 진출하기는 힘들었다. 연예계에서 스물다섯이면 거의 퇴물과 다름없었다. 하지만 남자인 도윤은 달랐다. 스물다섯이라도 얼마든 시작할 수 있었고 잘난 외모뿐만이 아닌 명문 대학의 치대생이라는 것만으로도 많은 화제를 불러일으킬 것이 틀림없었다. 그렇기에 몇몇 집요한 기획사들은 도윤의 집까지 쳐들어갔다. 물론 도윤의 집에서는 순식의 싸늘한 눈매로 인해 물러났지만 말이다. 무엇보다도 도윤이 연예인에 대한 관심이 전혀 없었다. 그리고 귀찮아했다.

"너희 사귄 지 두 달쯤 됐지?"

"그런가?"

날짜에 그다지 관심을 두지 않은 민숙인지라 대수롭지 않아하며 재봉틀 앞에 앉았다. 기계 돌아가는 소리와 함께 밑단이 자연스럽게 박아지자 만족한 듯 웃으며 다시 한 번 살폈다.

"어디까지 갔어?"

"뭐가?"

"키스는 기본으로 했을 거고. 섹스는?"

한주의 물음에 초크를 만지작거리던 민숙의 손길이 멈췄다.

"한주야."

"응?"

"그러고 보니까 도윤이는 별로 스킨십 안 좋아하나 봐."

"왜?"

"이마에 뽀뽀한 게 다야."

그 말에 한주가 뒤로 넘어갈 듯 웃어재꼈다. 뭐가 그렇게 웃긴지 몰라 민숙은 한참 동안이나 웃는 한주를 쳐다보고만 있을 뿐이었다. 숨이 넘어갈 듯 웃던 한주가 겨우 웃음을 멈추었다. 확실히 민숙은 맹한 구석이 있었다. 소문엔 하루에라도 남자를 열두 번씩 바꿀 수 있는 여우 중의 여우라는 말도 안 되는 유언비어가 퍼져있었지만 민숙의 실상은 달랐다. 워낙 보수적인데다 남자를 함부로 만나고 다니지도 않았다. 워낙 잘난 외모 탓에 소문이 돌고 돌아 눈덩이처럼 커진 것뿐이었다. 바로 숙맥 중에서도 왕 숙맥이었다.

"키스도 안 했다고?"

민숙이 천진한 얼굴로 고개를 끄덕였다.

"최도윤 그거 얼굴만 반지르르하게 생겨서 제 구실 못하는 거 아니야?"

"설마……."

"고민할 거 뭐 있냐?"

"그럼?"

"그냥 네가 확 덮쳐!"

민숙의 눈이 놀란 토끼처럼 커졌다. 확실히 한주와 민숙의 성격은 반대였다. 누구든 화려한 외모 때문에 민숙이 연애 경험이 많을 것이라고 생각하고 있었다. 평범한 외모의 주인공인 한주는 남자 친구들만 많을 것 같다는 예상을 깼다. 얼마나 연애를 잘했는지 그 사실을 알고 있는 여자애들 사이에서는 연애의 신으로 통하고 있었다. 그러니 연애에 관해선 맹한 민숙에게 어드바이스를 해주는 것은 당연했다.

"미쳤나 봐. 내가 어떻게 그래?"

"야! 요즘 시대에 여자가 먼저 덮치는 건 일도 아니야. 너 말해 봐. 도윤이하고 키스하고 싶어? 안 하고 싶어?"

"하고 싶긴 한데……."

"야, 까놓고 말해서 걔가 얼마나 잘생겼냐? 내가 이번에 모델 캐스팅하러 다니면서 최도윤 때문에 제대로 고르지도 못했다니까? 거기다 최도윤이 인기 얼마나 많은지도 알고 있지? 이번 축제에서 우리 학교 킹카 1위에 단번에 오른 애야. 거기다 조건은 얼마나 좋냐? 꽉 잡아! 몸을 써서라도 꽉 잡으란 말이야!"

민숙은 고개를 끄덕이기는 했지만 내키지 않았다. 이것저것 설명해주고 있는 한주의 말을 귀에 새겨듣긴 했지만 자신이 없었다.

도윤은 거의 스킨십을 하지 않았다. 아니, 오히려 싫어하는 것 같았다. 어깨에 손을 올리거나, 손을 잡는 건 쉽게 했지만 안거나, 뽀뽀하는 것은 상당히 신중한 자세를 보였다. 한주는 민숙의 손에서 핸드폰을 빼앗아 도윤의 번호를 찾아 무작정 통화 버튼을 눌렀다.

"내가 가르쳐 준 대로 해."

"알았어."

민숙은 침을 꿀꺽 삼켰다. 하지만 도서관에 있는 모양인지 한참 동안 신호가 가는데도 불구하고 전화를 받지 않고 있었다. 결국 음성사서함으로 넘어간다는 멘트 때문에 전화를 끊을 수밖에 없었다.

"도서관인가 봐."

"이래서 위험하다는 거야. 여자친구가 전화를 했으면 재깍재깍 받아야지! 하여간, 유민숙 때문에 내가 못 살아. 너 평생을 살아 봐. 최도윤 같은 킹카 한 번 만나기 쉽나."

그 때 민숙의 핸드폰이 울리기 시작했다. 액정엔 최도윤이라는 이름이 선명하게 찍혀 있었다.

"촌스러워. '내 남친' 이런 걸 쓰던지. 그냥 이름만 써놨냐?"
"세 글자로 정렬된 게 보기 편하잖아."
"끊어지겠다. 빨리 받아."
"알았어. 여보세요?"
〔응. 잠깐 화장실 다녀왔어. 무슨 일이야?〕
"도서관이야?"
〔응. 다섯 시 조금 넘었네? 저녁 먹을까?〕
"오늘 시간 괜찮으면 영화 보러 갈래?"
〔나야 괜찮은데……. 너 의상은 다 만들었어?〕
"거의 다. 내일쯤이면 완성 될 거야."
〔그럼 지금 예대 앞으로 갈게. 한 5분 뒤에 내려와.〕

폴더를 접자마자 한주가 두 손을 가슴 앞으로 끌어 모았다.
"목소리도 환상이야. 어떻게 이렇게 완벽한 남자가 매너까지 좋다 못해 속이 터지게 느리냐고."
"스킨십 별로 안 좋아하는 것 같던데."
"아냐. 어쩌면 널 위해서 참고 있었을지도 몰라. 가자마자 기대지 말고 영화 좀 시작하려고 하면 좀 피곤하다고 하면서 손잡이 걸어 올리고 살짝 기대. 알았어? 거기서 역사는 시작되는 거야."

한주가 두 주먹을 불끈 쥐고 외쳤다. 그리고 늦겠다며 빨리 민숙을 자리에서 일으켜 세웠다. 민숙의 옷에 붙은 실밥들을 떼어주며 파이팅을 외치자 민숙도 얼떨결에 파이팅 포즈를 취했다. 도대체 뭐가 파이팅인지 모르겠다는 표정으로 계단을 내려가자 도윤이 이미 도착해있었다.

11화, 그녀는 작전 수행 중

"도윤아, 안녕?"

"응. 한주 너도 옷 많이 만들었어?"

"뭐, 그럭저럭. 민숙이야 워낙 속도가 빠르고. 둘이 데이트 잘하고 와."

한주가 손을 흔들며 사라지자 도윤은 보조석 문을 열어주었다.

"뭐해? 안 타?"

"어? 타."

머릿속에는 한주의 목소리가 울려 퍼지고 있었다. 그리고 스킨십이라는 단 세 글자가 계속 떠올라 이젠 머리가 아파오는 것 같았다.

"무슨 생각을 그렇게 골똘히 해?"

"왜? 무슨 말했어?"

"뭐 볼 거냐고. 밥 먹고 대충 시간 때우다 보면 시간 맞겠다."

요즘 한창 잘 나간다는 멜로 영화를 예약했다. 여덟 시 삼십 분 시작이었으니 아직 두 시간 정도 여유가 있었다.

도윤은 정말 매너가 좋았다. 뭐가 먹고 싶은지 항상 먼저 물어봐 주고 쉽게 고르지 못하면 자신이 알아서 데리고 갔다. 그 때마다 실망을 한 적은 한 번도 없었다. 오히려 점점 도윤이 좋아져서 나중에 혹시라도 헤어지게 된다면 어떻게 될지 상상도 하기 싫어졌다.

간단히 샌드위치와 커피를 마시고 나온 뒤 도윤이 끌고 들어간 곳은 화장품 가게였다.

"왜? 화장품 살 거 있어?"

"이 립스틱 발라 봐."

"싫어. 분홍색 나한테 안 어울려."

"안 어울리면 어때. 발라 봐."

그렇지 않아도 오늘 화장도 못한 얼굴인데 빨간색보다 어울리기 힘들다는 분홍색을 내미는 도윤을 보고 어쩔 수 없이 받아 들었다. 거울을 보고 살짝 발라보는데 은은한 색상이 생각보다 잘 어울리는 것 같았다.

"어머? 그 동영상 커플 아니에요?"

직원 중 한 명이 아는 척을 해왔다. 도윤의 얼굴엔 낭패가 스쳤다. 이미 사람들 뇌리에서 잊혔을 것이라고 생각했는데 아직 아닌 모양이었다. 도윤은 억지로 웃으면서 고개를 끄덕였다.

"세상에, 실물로 보니까 더 잘생겼다. 연예인보다 훨씬 나아요. 사진 좀 찍어도 될까요?"

도윤이 우물쭈물하자 민숙이 그 사이로 끼어들었다. 이미 많은 사람들이 두 사람을 둘러싼 상태였다.

"애가 무슨 연예인이에요? 그냥 좀 놔둬요."

앙칼진 목소리에 종업원이 움츠러들었다. 사람들은 잘생기고 예쁜 사람들 앞에서는 약한 법이었다. 하지만 뭉치면 달랐다.
"누가 자기한테 사진 찍어 달랬나."
"남자가 백배는 아깝다."
도윤은 이대로 됐다가는 또다시 민숙의 쌈닭 기질이 나올 것 같아 중재시키기 위해 민숙의 손목을 잡아 자신의 등 뒤로 가게 만들었다.
"여자친구 말대로 전 연예인도 아니고 그냥 학생이에요. 사진 찍어 달라는 말은 정중히 거절합니다. 그런 요구 들어줘야 할 필요를 못 느끼겠는데요. 이만 실례하겠습니다."
도윤은 민숙을 끌고 화장품 가게에서 빠져나왔다. 민숙은 여전히 분이 풀리지 않는 듯 성난 황소처럼 씩씩거리고 있었다. 도윤은 민숙의 볼을 한번 꼬집었다.
"아파!"
"거기서 또 쌈닭 성질 나오면 어쩌나 했다. 난 이런 유민숙도 좋고 저런 유민숙도 좋지만 인터넷이 워낙 무서운 법이라 막은 거야. 잘 어울리네? 사람들 없는 곳으로 가자. 하나 사줄게. 예쁜데 왜 안 바르려고 그랬어?"
확실히 도윤의 눈엔 민숙이 예뻤다. 도윤의 눈뿐만 아니라 다른 사람들의 눈에도 미인인 민숙이 예뻐 보이는 것은 당연했다. 곧 한가한 가게를 찾아 립스틱을 살 때까지 도윤은 잡고 있는 민숙의 손을 놓지 않았다. 그것은 민숙을 바라보는 다른 수컷들에게 '이 여자는 내 여자니 쳐다보지도 말아라.' 하고 광고하는 것과 같았다.
"잘 어울리시네요. 역시 얼굴이 예쁜 분이라 분홍색 톤도 잘 받으시는 것 같아요. 마음에 드세요?"

"네. 고맙습니다."

"선남선녀 커플이에요. 앞으로도 계속 잘 사귀었으면 좋겠어요."

확실히 인터넷의 파급효과가 크긴 큰 모양이었다. 40대로 보이는 주인아줌마까지 두 사람을 알아보고 있었다. 길을 걸을 때마다 사람들의 시선이 느껴졌지만 도윤은 그게 그렇게 싫지 않았다. 사람들에게 두 사람이 완벽히 커플로 보이고 있다는 것이었고 인터넷을 하는 모든 사람들에게 유민숙은 최도윤의 여자라고 광고를 한 것과 다름없었다.

"그런데 왜 분홍색으로 바르라고 한 거야?"

"언제였지? 열여섯 살 때쯤이었나? 좀 오래됐는데 길 가다가 뮤직비디오가 나오는 거야. 외국 여자가수였는데 분홍색 드레스에 똑같은 색의 립스틱을 바르고 있었는데 세상에 태어나 분홍색이 그렇게 잘 어울리는 여자는 처음이라고 생각했어. 한눈에 반했었지."

"그래서?"

"할 수만 있다면 그 여자 납치하고 싶었지. 은연중에 이상형이 된 건가?"

그건 정말이었다. 그땐 여자였던 시절이지만 그 가수를 보고 얼마나 좋아했는지 모른다. 정말 가질 수 없다면 닮고라도 싶을 정도였으니까. 그런데 기분이 나빴던 것인지 민숙의 입이 불쑥 튀어나와 있었다. 눈초리가 치켜 올라간 것을 보고 도윤이 서둘러 정리를 했다.

"무슨 연예인한테 질투를 하고 그래? 그리고 외국인이야. 나랑 나이차이도 나고. 결혼도 했다니까."

"그거 은근히 기분 나빠. 나 분홍색 안 바를래."

토라진 건지 민숙은 립스틱을 다시 도윤의 손에 쥐어주었다. 아무래도 제대로 민숙에게 빠지긴 한 모양이었다. 저 모습도 귀여워 보이다니.

　영화관으로 들어오자 도윤은 민숙이 좋아하는 팝콘과 나초를 품에 안겨주었다. 자리에 앉자 곧 영화가 시작될 모양인지 주변이 어두워졌다. 요즘 잘 나가는 멜로라고 해서 끊었는데 극장 안에는 사람들이 거의 없었다. 영화가 시작되자 민숙은 팔걸이를 걷고 도윤에게 기대어 왔다.

　"피곤해?"

　"중간고사 끝나고 나서 바로 의상 계속 만들었더니 잠을 조금 못 잤거든."

　"그럼 그냥 나갈까? 집에 가서 자는 게 더 좋을 것 같은데."

　"아니! 돈 아깝게 왜 나가. 그냥 봐."

　갑자기 흥분을 하며 말하는 민숙 때문에 도윤은 살짝 당황한 듯했지만 최대한 편하게 기댈 수 있게 몸을 살짝 틀어주었다. 하지만 확실히 조금 곤란하기는 했다. 향긋하게 풍기는 샴푸냄새와, 비누향이 코끝을 간질였다. 도윤은 민숙을 만지고 싶은 것을 갖은 이성을 다해서 참아냈다. 민숙이 살짝 고개를 들어 올리자 분홍빛의 예쁜 입술이 눈에 들어왔다. 도윤은 한번 눈을 길게 감았다 뜨고는 속으로 몇 번이나 애국가를 불렀다.

　민숙은 한쪽 다리가 저려왔다. 무리하게 도윤에게 기댄 탓에 몸이 고달팠다. 그리고 한주의 말대로 상당히 유혹적인 표정까지 지어보였으나 도윤은 그저 부드럽게 웃고 있을 뿐이었다. 실패라고 생각할 때 도윤의 고개가 천천히 내려왔다.

　'성공이다. 한주야.'

　도윤은 갖은 이성을 겨우 동원하여 민숙의 이마에 입을 맞추고는 시선을 스크린으로 옮겼다. 더 이상 민숙을 보고 있다가는 본능대로 끌어안고 입을 맞출 것 같았기 때문이었다.

왜인지는 모르겠지만 민숙은 다시 학교로 돌아갈 때까지 아무런 말이 없었다. 아무래도 아까 그 이상형 발언 사건으로 아직도 삐진 것 같았다. 도윤은 피곤이 쌓인 것 같다며 집으로 돌아가서 쉬라고 했지만 민숙은 끝까지 고개를 내저었다. 아무래도 또 학교에서 밤을 지새울 것 같아 학교 앞 편의점에 들러 간단히 먹을 수 있는 삼각 김밥과 과자, 음료수 등을 사서 손에 쥐어주었다.

"안색이 많이 안 좋은데 집에 가서 쉬는 게 좋지 않을까?"

다시 한 번 물어봤지만 민숙은 고개를 내저을 뿐이었다. 도윤은 어쩔 수 없다고 생각하며 차를 몰아 예대 앞에 세웠다. 꽤 늦은 시간이라 학교는 한산했다. 그리고 전반적으로 예대 앞은 나무가 우거진 편이라 어둡다는 생각이 들었다.

"밤엔 웬만하면 밖에 나오지 마. 바람 쐬고 싶으면 친구들과 같이 나오고. 여기 좀 어둡고 위험하다. 며칠 전에도 어떤 여자 이쪽에서 성폭행 당했다는 말도 나오던데."

주위를 둘러보며 말하는 도윤을 향해 민숙은 고개를 끄덕였다. 픽 웃으면서 손을 뻗어 민숙의 손을 잡았다. 그러자 민숙이 화들짝 놀라서 재빨리 손을 뺐다.

"뭐가 불만이야?"

"없어. 그런 거."

낮게 가라앉은 목소리에 분명히 무슨 일이 있었다고는 생각했지만 도저히 그걸 알 수가 없어 답답해졌다. 잠시 생각을 해봐도 오늘 그렇게 신경을 거슬리게 만든 일은 없었다. 물론 그 이상형 사건이야 장난으로 치부하며 넘어갔지만. 순간 오싹함이 느껴져 뒤를 돌아보았지만 차 바깥쪽엔 아무도 없었다. 잠시 고개를 갸웃거리며 아무래도 재봉실까지 데려다 주어야겠다고 생각했다.

　도윤이 먼저 차에서 내려 다시 한 번 주위를 살피며 보조석 문을 열었다. 민숙이 차에서 내리자 차 문을 닫고 예대 쪽으로 발걸음을 옮겼다.

　"왜?"

　"재단실 몇 층이지? 3층? 데려다 줄게."

　"아냐. 혼자 가도 돼. 뭘 수고스럽게 올라가."

　"빨리 와."

　도윤이 팔을 뻗어 민숙의 손을 잡았다. 그리고 민숙의 손에 들려있는 비닐봉지를 빼앗아 들었다. 계단을 성큼성큼 올라가던 도윤이 무슨 생각을 했는지 2층으로 올라가자 빈 강의실 쪽으로 걷기 시작했다. 어두컴컴한 강의실로 들어오자 이상하게도 온몸에 소름이 돋았다. 낮과 밤은 정말 분위기가 달랐다.

　"왜 그…… 읍."

　뭐라 말을 하려는 찰나 도윤이 민숙을 품에 가두고 입을 손으로 막았다. 그리고 조용히 밖의 기척을 살피는 듯했다. 그 때 밖에서 '쳇.' 하는 소리가 들리며 발걸음 소리가 멀어졌다. 도윤의 신경이 날카로워졌다. 분명 남자였다. 목소리도, 걸음의 느낌과 소리도. 그렇지만 민숙은 듣지 못한 모양이었다. 민숙이 가볍게 팔을 주먹으로 때리자 도윤이 그제야 손을 내렸다.

　"갑자기 왜 그래?"

　"요즘 주위에 얼쩡대는 남자 없었어?"

　"아니. 전혀 없는데? 나가자. 여기 왠지 조금 무섭다."

　두 팔을 움츠리며 나가려는 민숙을 도윤이 붙잡았다. 아무래도 느낌이 좋지 않았다. 엄지손톱을 살짝 깨물던 도윤이 자신의 손바닥에 찍혀 있는 민숙의 립스틱 자국을 봤다. 아무래도 입을 막을 때 찍힌 모양이었다. 그걸 보니 괜한 흥분이 몰려왔다. 그리고 여기는 아무도 없는 장소라는 것을 깨달았다.

살짝 밀친다는 것이 손에 꽤 힘이 들어간 모양이었다. 탁 소리가 나며 벽에 등이 부딪친 민숙이 신음소리를 내며 인상을 구겼다. 상황을 판단하지 못한 민숙이 고개를 들어 올렸을 때 도윤의 입술이 이마에서 느껴졌다.

놀라서 눈을 뜨고 있는 민숙을 보며 도윤은 손을 들어 올려 눈을 살짝 덮었다.

"키스할 땐 눈 좀 감아라. 그것까지 내가 가르쳐야 되냐?"

민숙이 뭐라고 말을 하려는지 살짝 입술이 벌어졌다. 하지만 도윤은 살짝 허리를 구부리며 그대로 입을 맞추었다. 생각보다 두툼한 느낌이었다. 보기에는 상당히 얇아 보여 질감 같은 건 썩 기대하지 않았지만 그저 민숙이라는 사실만으로도 몸은 만족감을 느끼는 것 같았다. 민숙이 피하려고 하자 도윤은 아랫입술을 살짝 깨물며 움직일 수 없도록 뒷목을 단단히 붙잡았다. 그리고 자유로운 팔로 민숙의 허리를 몸 쪽으로 확 끌어당겼다.

가까스로 이성을 부여잡은 도윤은 여기서 그만해야 된다고 생각했다. 사탕을 먹듯 입술만 빨아 당기자 쪽 하는 소리만 들려왔다. 하지만 그 소리가 온몸의 말초신경을 자극하고 있었다. 힘겹게 놓아야겠다고 생각하는 순간 허리를 살짝 감싸 안는 민숙의 팔이 느껴졌다. 그때부터 도윤에게 이성은 없었다. 살짝 벌어진 입술 사이로 혀를 집어넣어 이리저리 피하기만 하는 민숙의 혀를 낚아챘다. 그리고 온 맛을 다 보겠다는 듯이 구석구석 헤집었다. 귓가에는 아무것도 들리지 않았다.

하지만 갑자기 민숙이 팔을 잡는 바람에 도윤이 살짝 입술을 떼고 아직 키스에 젖은 듯 몽롱한 눈으로 그녀를 바라보았다. 그러다 자신의 손이 민숙의 옷 틈을 파고들고 등에서 가슴으로 옮겨 가려는 것을 그녀가 잡았다는 것을 깨달았다. 정신이 든 도윤은 머쓱한 듯 웃으며 멋대로 움직였던 오른팔을 내리고 뒷목을 쓸어내렸다. 그리고 자신도 모르게 입가를 쓸어내렸다. 아직 키스의 여운이 남아 있는 것인지 입술이 뜨거웠다.

민숙이 벽에 등을 기댄 채 고개를 숙이고 있었고 도윤은 살짝 턱을 받쳐 올렸다. 부끄러운지 시선을 피하는 민숙이 예뻐 보여서 다시 입을 맞추고 싶다는 욕망에 불타올랐다. 도윤은 생각할 것도 없이 다시 고개를 숙였다. 가볍게 입을 맞추자 민숙이 목을 감싸왔다. 조금 전 너무 다급한 키스로 민숙이 거부할지도 모른다고 생각했지만 그녀는 거부하지 않았다. 그리고 몸이 살짝 떨리고 있다는 것도 느낄 수 있었다.

거칠었던 키스를 만회하려는 듯 도윤은 최대한 부드럽게 느껴질 수 있도록 천천히 움직였다. 그리고 멋대로 다시 움직이려고 하는 손 때문에 몸을 일으켜 세웠다. 그리고 엄지손가락을 이용해 민숙의 입술을 살짝 닦아주었다.

"립스틱 다시 발라야겠다."

"어?"

"내가 다 먹어 버렸어."

복도의 불빛이 창으로 살짝 들어와 민숙의 붉어진 얼굴이 고스란히 보였다. 급하게 핸드백에서 립스틱을 꺼내 바르는 민숙을 보며 도윤은 책상에 엉덩이를 걸쳤다. 확실히 흥분을 하긴 한 모양이었다. 아랫도리가 묵직한 게 상당히 곤란했다.

"오, 올라갈게. 그리고 이거 잘 먹을게."

도윤이 잡을 새도 없이 민숙이 사라졌다. 자리에서 일어나려고 했지만 그게 또 쉽지 않았다. 결국은 완전히 진정이 될 때까지 도윤은 자리에서 움직일 수 없었다. 코끝에서 달달한 딸기 향이 느껴졌다.

조금은 피곤한 기색으로 집으로 향한 도윤은 마땅히 주차할 자리를 찾지 못해 구석으로까지 갈 수밖에 없었다. 차에서 내리자마자 들리는 소리는 여자의 흐느낌이었다. 처음엔 그저 잘못 들은 것이려니 했는데 뭔가 느낌이 좋지 않았다. 오늘 자꾸 무언가에 신경을 써서 그런 것인가 생각하며 소리가 나는 쪽으로 걸어가니 후미진 골목 구석에서 한 여자가 남자의 밑에 깔린 채 겁에 질려 제대로 비명도 지르지 못하는 모양이었다. 정확히 상황 판단이 서자 더 이상 생각할 것도 없었다.

재빨리 뛰어가 인정사정없이 긴 다리를 이용해 남자의 어깨를 쳐냈다. 악 하는 소리와 함께 남자가 나가떨어졌고 사정없이 옷이 벗겨져 있는 여자를 보고는 재빨리 니트 조끼를 벗어 덮어주었다. 엉망이 된 얼굴로 울고 있는 여자를 보던 도윤이 고개를 돌렸을 때 강한 힘이 얼굴을 강타했다.

범인을 제압하는 것이 먼저였다. 하지만 잠시 여자에게 신경을 쓰고 있는 상태에서 범인이 일어나 공격을 한 것이었다. 떨어진 칼을 찾기 위해 두리번거리던 남자가 칼을 발견했는지 그쪽으로 뛰기 시작했다. 하지만 상대적으로 키가 크고 다리가 긴 도윤이 빨랐다. 가볍게 칼을 먼저 쥔 도윤이 상대를 향해 겨눴다.

"서로 힘 빼지 말고 여기서 그만 하죠?"

"너 이 새끼 뭐야?"

"지나가던 선량한 시민. 그리고 경찰 가족이랄까? 그만 하자. 강간범."

상대도 도윤이 상대가 되지 않을 걸 알았던지 그 때부터 뛰기 시작했다. 여자의 상태가 걱정 된 도윤은 뛸 수 없다고 생각했다. 그래서 다리 쪽으로 칼을 던졌다. 칼이 허벅지를 살짝 스치고 지나가자 남자가 그대로 넘어졌다. 도윤은 가볍게 상대를 제압하며 휴대폰을 꺼내 112를 눌렀다.

얼마 되지 않아 경찰들이 오고 범인과 함께 경찰서로 옮겨오게 됐다. 범인은 우선 따로 수용되었고 도윤은 그 여자와 함께 의자에 앉아 있었다. 조사를 위해 이것저것 설명을 했다. 다행히 여자는 큰 일을 당하기 직전이었고 그 범인은 요즘 한창 밤길에 여성들을 노린다는 수배자였다.

"진영아! 어떻게 된 거냐? 오호라, 그래. 이놈이야?"

웬 아줌마가 들어 와 갑자기 도윤의 멱살을 붙잡아 때리기 시작했다. 순간 상황판단이 서지 않아 고스란히 맞고 있던 도윤은 정신이 퍼뜩 들었다. 매서운 손바닥이 뺨을 향해 날아들자 놀란 경찰들도 재빨리 자리에서 일어나 두 사람의 사이를 막아섰다.

"사모님. 이 청년은 따님을 구해준 분입니다."

그 말에 중년의 부인의 얼굴에 당혹감이 스쳤다. 상당히 중후해 보이는 부인은 미안한 표정으로 몇 번이나 고개를 숙여 도윤에게 사죄를 했다. 괜히 민망해져서 도윤도 덩달아 고개를 숙여야 했다.

"아뇨. 뭐, 오해할 수도 있죠. 괜찮습니다. 신경 쓰지 마세요."

"도윤아!"

그 때 도윤의 귀에 들린 목소리는 순식의 것이었다. 바로 연락을 받고 파출소에서 온 모양이었다.

"최 소장님."

"아, 사모님. 사모님이 여기는 무슨 일이십니까?"

"도대체 이게 무슨 일이야? 여보, 어떻게 된 거야? 진영이는? 최 소장은 여기 또 무슨 일인가?"

분명 저 정복에 달려있는 무궁화를 보자면 경찰서장이 틀림없었다. 이 상황에 왜 경찰서장까지 대동되어야 하는지 이해가 가지 않고 있었다. 생각보다 일이 커질 것 같아 도윤은 지끈거리는 미간을 손가락으로 꾹꾹 눌렀다.

"아. 서장님. 제 아들놈이 여기 와 있다고 해서."

"어머? 그럼 이 청년이 최 소장님 아드님이세요?"

도윤은 상황이 정리되지 않았다. 그러니까 여러 가지를 통합해서 말해보자면 여기 앉아서 울고 있는 여자는 이 경찰서장의 딸이라는 소리였다. 정말 생각대로 일이 커지고 말았다. 자신은 그저 당연히 해야 할 일을 했을 뿐이었다.

여러 가지 조사와 상황 토대 설명이 오가자 이야기가 슬슬 끝나갔다.

"이거 내가 미안해서 어쩌나. 그런 줄도 모르고 다짜고짜 때리기만 해서. 얼굴에 상처가 났네."

아까 손톱으로 얼굴을 긁힌 모양이었다. 조금은 따끔한 느낌이었지만 범인에게 맞았던 얼굴이 아직까지 얼얼해 지금은 찢어진 입술만 아플 뿐이었다.

"괜찮습니다. 그나저나 저분은 집에 가서 좀 쉬셔야 할 것 같은데……. 마침 제가 그쪽에 주차를 해서 망정이었지 거긴 원래 사람들이 밤에 잘 안 다니는 곳이거든요. 앞으로도 조심하세요."

도윤은 아려오는 턱을 붙잡으며 말했다. 눈물이 범벅이 된 여자도 몇 번이나 고개를 숙이며 고맙다고 말하고 차에 올라탔다. 내일쯤 집으로 찾아가겠다는 말을 남기고 부인도 차에 올라탔다.

"이거 어떻게 고맙다고 말을 해야 할지."

"아닙니다. 당연한 일을 했는데요. 그냥 조용히 넘어갈 수 있는 문제죠? 매스컴 같은 거 타지 않고."

"하지만……."

"아무것도 필요 없습니다. 시끄러워지는 게 질색이라서요. 그럼 이만 가보겠습니다. 아버지, 가요."

"최 소장. 고맙네."

"아닙니다. 제 아들놈도 당연한 일을 했을 뿐인데요. 그나저나 따님께서 많이 놀라셨을 텐데 들어가 보십시오."

"딸이 진정되는 대로 연락하겠네. 도윤 군 번호 좀 알 수 있겠나?"

도윤은 고개를 끄덕이며 이 서장이 건네는 명함 뒤쪽에 전화번호를 적었다. 몇 번이나 고맙다는 말을 한 뒤 서장이 사라지자 도윤은 인상을 확 구겼다.

"많이 아프냐?"

"이가 흔들리는 느낌이에요."

"범인이 칼까지 가지고 있었다면서? 신고부터 해야 했을 거 아니냐."

"그런 걸 생각할 틈이 어디 있었어야죠. 다행히 제가 꽤 세게 치는 바람에 칼을 놓쳤거든요. 그리고 좀 둔해 보이기도 했고. 집에 가요. 쉬어야겠어요."

"고생했다."

순식의 눈에 눈물이 고였다. 커다란 키에 넓은 어깨를 가진 채 손등으로 입가를 닦으며 걷는 도윤은 이제 확실한 남자가 된 모양이었다. 생각할 틈도 없이 위험에 빠진 사람을 구했다는 것은 대견스러웠지만 아마 무슨 일이라도 일어났었다면 순식은 참을 수 없을 것 같았다.

"남자가 다 되었구나."

"아버지도. 저 씩씩한 대한의 건아잖아요."

도윤이 멋쩍은 듯 웃었다. 순식도 도윤의 어깨를 두드리며 고개를 끄덕였다.

집으로 돌아오자 석희가 달려 나왔다. 몇 번이나 도윤의 얼굴을 붙잡고 확인하던 석희의 눈에서 눈물이 흘러나왔다. 선명한 상처들이 눈보다 가슴에 더 아프게 박혔다.

"괜찮니?"

"괜찮아. 나 좀 씻고 들어가서 쉴게. 피곤한데."

"그래. 고생했다. 쉬어."

도윤은 욕실에 들어갈 때까지 정말 괜찮다고 말했다. 샤워를 하고 나서 거울을 보자 얼굴은 가관이었다. 입가 주위로 푸른 멍이 들어 있었고 볼과 목엔 손톱으로 긁힌 자국이 적나라하게 남아 있었다.

"형, 좀 괜찮아?"

"응. 안 괜찮으면 죽겠냐? 아, 오늘 일진 사납네. 좋은 줄 알았더니 막판에 배렸어."

이미 도윤의 머리에는 방금 전 구해주었던 여자에 대한 이야기는 싹 지워진 뒤였다.

"왜?"

"야. 너도 키스할 때 너도 모르게 손이 막 여자 몸 더듬냐?"

그 말에 도석이 웃음을 터트렸다.

"뭐야. 형, 민숙이 누나 막 더듬었어? 그래서 그렇게 손톱자국 난 거야?"

"어? 이건 좀 오해가 있어서 아까 내가 구해준 여자 엄마한테 긁힌 거고. 나도 순간 당황했다. 나도 모르게 막 몸을 더듬고 있더라."

"형."

"왜?"

"그건 본능이야."

본능이라는 말에 도윤이 한참 생각했다. 민숙은 분명히 자신의 몸을 더듬지 않았다. 자신 혼자 멋대로 더듬고 있었다. 그리고 더듬고 있다는 생각은 아예 하지도 못했다. 하지만 곧 들려오는 도석의 음성에 정신이 번쩍 들었다.

"남자의 본능."

한참 동안 도윤은 아무런 말도 하지 못했다. 오히려 표정이 심각하기까지 해 보여 도석은 아무 말도 할 수 없었다. 두 손을 모아 머리를 기대고 있던 도윤은 자리에서 일어나 책상 서랍을 열어 담배 하나를 꺼냈다. 도석의 눈이 튀어나올 만큼 커졌다.

"담배도 피워?"

"답답할 땐 하나씩."

"언제부터?"

"몰라. 한 2년 전이던가?"

"아빠가 아시면 절단 나!"

집안에는 흡연자가 한 명도 없었다. 물론 도윤도 담배를 즐겨 피우는 타입은 아니었다. 그저 남자가 되고나서 너무 의지할 곳이 없었다. 혼자 마음을 삭히고 풀 수 있는 유일한 수단이 담배였던 것뿐이었다. 날마다 술을 마실 수는 없는 일 아닌가. 어리석었지만 그 땐 그랬다. 아주 조금의 위로가 될 수 있는 것이라면 무엇이든 하고 싶었으니까.

"......되면 어쩌지?"

"뭐?"

"내가 여자였다는 걸 민숙이가 알게 된다면……."

불안으로 도윤의 두 눈동자가 떨려왔다. 도석 역시 도윤이 무엇 때문에 두려워하고 있는지 알 수 있었다. 도윤의 손에서 담배를 빼내어 도석이 입으로 가져갔다. 그리고 창문을 열어 흰 연기를 내뱉었다.

"처음부터 남자였잖아. 뭐가 걱정이야?"

그 말에 도윤이 피식 웃음을 뱉었다. 그리고 처음으로 도석의 얼굴을 자세히 들여다보았다. 아마 도석이 없었으면 지금 이 자리에 없을지도 몰랐다. 항상 어른처럼 이끌어주고, 불안한 마음을 갖지 않게 만들어 주었다. 도석 역시 힘들고, 불편했을 텐데도 아무 불만도 내비치지 않았다. 갑작스럽게 빼앗긴 자리와 관심에 도석도 상처를 받았을 것이 틀림없었다.

"너에겐 항상 고마워서 무슨 말을 해야 할지 모르겠다. 네가 없었다면 아마 그 때 난 그 최도윤과 함께 죽었을 거야."

"고마워할 필요 없어. 가족으로서 또 동생으로서 해야 할 일을 했을 뿐이야."

"빼앗긴 기분이 들지는 않아?"

도윤의 말에 도석의 눈이 커졌다. 전혀 생각도 해본 적 없다는 표정이었다. 그리고 이내 도윤의 뜻을 알아차린 듯 웃으며 고개를 끄덕였다.

"난 항상 불안했어. 장남으로 태어난 게 항상 부담이었고, 모든 기대도 부담이었지. 어렸을 때부터 모든 일도 형이 항상 월등했잖아. 오히려 우리가 바뀌어서 태어난 게 아닐까라고 항상 생각했었어. 나에게 의지를 많이 한 것 같아? 형은 고작 3년이었지만 난 태어나면서 지금까지 형에게 의지하고 있어. 그러니 앞으로 형은 그대로만 하면 돼."

도석이 담배꽁초를 벽돌에 비벼 끄고 밖으로 던졌다. 도윤은 여기서 형제의 우애와 우정을 느꼈다. 가족이란 거추장스러운 게 아니었다. 무슨 일을 해도 믿을 수 있다는 확신과 신뢰를 갖고 있었다. 서로의 몸을 기대며 의지할 수 있는 사람들이 있다는 것만으로도 불안해진 마음을 다잡을 수 있었다.

그 뒤로 도윤은 며칠이나 민숙을 보지 못했다. 마감에 쫓기는 것인지 밥도 제대로 먹지 못하고 있는 것 같았다. 괜히 찾아가서 시간을 빼앗을 필요가 없다고 생각했다. 지금은 민숙이 하고 있는 일에 방해를 하고 싶지 않았다. 그래서 하루에 한 번씩 문자를 보내는 것으로 연락도 최소화하고 있었다.

그러고 보면 꽤 중증이었다. 한 번도 누군가를 진심으로 사랑하게 될 거라고는 생각해 본 적이 없었다. 그 당시엔 워낙 어렸거니와 갑작스럽게 변한 상황 때문에 적응하지 못했기 때문이었다. 하지만 끊임없이 머리를 괴롭혀 오는 것은 언젠가 모든 사실을 민숙에게 알려야 하는 것인가, 아니면 끝까지 비밀로 지니고 가야 한다는 것인가 하는 고민이었다.

한참 책에 빠져 있는데 누군가가 책상을 가볍게 두드렸다. 그곳엔 미주와 영재가 서 있었다. 고개를 들어보니 교수님은 이미 사라진 뒤였다. 오늘 필기 한 노트를 한번 꼼꼼히 살피며 자리에서 일어섰다.

"웬일들이에요?"

"그럴 필요 없으니까 그냥 말 놔요."

미주는 아무래도 도윤이 존댓말을 한다는 것이 불편한 모양이었다.

"벌써 한 시네. 밥들은 먹었어? 나가자."

도윤은 책상 위를 정리하며 자리에서 일어났다. 미주와 영재가 사귀고 있다는 말은 이미 전해 들었지만 두 사람이 나타나 직접 말을 할 줄은 몰랐었다. 게다가 두 손을 꽉 붙잡고 있는 꼴이라니. 도윤은 왠지 모를 웃음이 새어나왔다.

"미주 넌 내가 좋다고 할 때는 언제고 그새 영재 손을 그렇게 잡고 있냐? 땀띠 나겠다?"

"오빠도, 그건 그냥 동경이었어요."

"알아. 농담이야."

"형, 여자친구는 요즘 안 보이네요?"

"응. 곧 패션쇼 하잖아. 옷 만드느라 바쁜 모양이야. 그래서 방해 안 하려고."

왁자지껄 떠들며 세 사람이 치대 건물을 빠져나왔다. 계단을 내려가면서 점심메뉴를 정하고 있는데 영재가 도윤의 팔을 붙잡았다.

"왜?"

"저 여자가 선배를 아까부터 계속 보는데요?"

도윤이 고개를 돌렸다. 거기에는 꽤 아담한 키의 귀엽게 생긴 여자가 서 있었다. 얼굴을 자세히 보았지만 처음 보는 사람이었다. 도윤은 잘못 봤을 거라고 생각하고 다시 발걸음을 옮기려고 했다. 하지만 그 여자가 뛰어와 도윤을 향해 허리를 숙이며 인사를 했다. 얼떨결에 인사를 받게 된 도윤도 고개를 숙였다.

"지난번엔 고마웠습니다. 이거요."

그 여자는 갑자기 쇼핑백 하나를 도윤에게 내밀었다. 무엇인지 몰라 쇼핑백을 들어 안에 들어있는 내용물을 확인했다. 그리고 그 내용물을 보자 일순 생각이 스쳤다. 그리고 괜히 미안한 감정이 생겼다.

"아……. 죄송해요. 얼굴을 기억 못했어요."

"이진영이에요. 그 땐 정말 고마웠는데 고맙다는 말도 제대로 못해서요. 괜찮으시다면 제가 밥이라도 사고 싶은데."

"그렇게 할 필요까지는 없는데……. 그런데 몸은 이제 괜찮아요? 이렇게 나와도 되는 거예요?"

"아직은 무서워서 낮에 밖에 나올 수가 없어요. 다섯 시가 되기 전엔 바로 들어가고."

두 사람의 대화를 듣고 있던 미주와 영재가 궁금한 듯 도윤을 쳐다보았다.

"야, 밥은 다음에 먹자. 너희 둘이 사귀게 된 거 나 때문인 건 잘 알고 있지? 거하게 한 턱 쏴라. 가요. 언제부터 여기 서 있던 거예요?"

"얼마 안 됐어요."

진영의 말을 들으며 도윤은 고개를 아래로 내렸다. 앞이 트인 높은 굽의 힐을 보았다. 말로는 얼마 안 됐다고는 하지만 발가락이 붉게 부은 것으로 보아 꽤 서 있었던 건 틀림없었다. 아무래도 편하게 앉혀야 할 것 같아 차에 태운 후 학교를 빠져나왔다.

"오래 서 있었죠?"

"네?"

"힐 좀 벗고 있어요. 발가락 아플 텐데."

그 말에 진영이 얼굴을 붉히며 고개를 끄덕였다. 어차피 오후엔 수업이 없었다. 그리고 사람이 너무 많지도, 적지도 않은 곳이 진영을 위해 낫겠다는 결론을 내려 몇 번 가본 적 있는 이탈리아 요리 전문점으로 향했다. 이곳 스파게티가 맛있다며 민숙이 유난히 좋아했었다. 언젠가 민숙과 또 한 번 와야겠다고 생각했다.

"스파게티 좋아해요?"

"네."

"다행이네. 들어가요."

도윤은 친절하게 문을 열어주었다. 창가 쪽으로 자리를 잡고 앉자 웨이터가 다가왔다. 한사코 도윤에게 메뉴판을 양보한 진영 때문에 여자들이 좋아하는 치즈가 듬뿍 들어간 파스타와 해물 스파게티, 샐러드를 시켰다.

음료와 함께 빵이 나오자 배가 고팠던 도윤은 빵을 들어 진영의 접시에 놓고 자신도 하나를 입으로 가져가 물었다.

"그날 정말 그쪽이 아니었다면 큰일 났을 거예요."

"아, 최도윤입니다. 인사가 조금 늦었네요."

"네. 아빠한테 말씀 들었어요. 그냥 호칭을 어떻게 해야 할지 몰라서……. 오빠라고 불러도 될까요?"

도윤은 잠시 당황했다. 아직은 누군가에게 오빠라고 불린다는 게 익숙지 않았다. 사촌동생들이 있다고는 해도 거의 못 만나고 있었으니 누군가에게 오빠라 불릴 일도 없었다. 하지만 도윤 씨라고 부르게 만들 수도 없는 일이었다.

"편한 대로 해요."

"그 때 황당하셨죠? 저희 엄마가……."

"괜찮아요. 상처도 안 남았고."

진영의 엄마를 생각하자 또 웃음이 튀어나올 뻔한 것을 애써 참았다. 남들이 오해할까 봐 얼굴과 목에 밴드까지 붙이고 다녔어야 했었다. 손톱자국은 도석과 도진이 보기에도 꽤 자극적인 모양이었다. 도진이 직접 밴드를 들고 와 손수 붙여줄 때까지만 해도 별 생각을 못하고 있었다. 남자들에게 있어 여자의 손톱자국이 얼마나 열정을 불러일으키는지를 말이다.

"아빠가 언제 한 번 식사 같이 하고 싶다고. 오늘 저녁이라도 괜찮으시면 같이 하고 싶어 하시는데."

"저야 상관은 없지만……. 그래요. 오늘 저녁 같이 하죠."

도윤의 승낙에 진영이 웃으며 고개를 끄덕였다.

비교적 이른 시간인 여섯 시로 약속을 잡고 도윤은 직접 집 앞까지 진영을 바래다주었다. 아무래도 여자로서 그런 일이 일어나면 힘들 것이라는 것을 잘 알고 있었다. 두 시를 넘긴 시간이라 한사코 진영이 거절했지만 도윤은 맘이 편하지 않다며 집 앞까지 차를 몰았다. 그리고 진영이 완전히 집 안으로 사라지자 다시 학교로 향했다.

도서관에 바로 자리를 잡고 앉은 도윤은 동기들에게 인사를 했다. 뭐가 그리 급한지 다들 인사도 대충 하는 둥 마는 둥 하고 책을 뒤적이느라 정신이 없어 보였다.

"뭘 그렇게 열심히 해?"

"장 교수 리포트. 미치겠다."

"형은 다 했어?"

다들 정신없이 책을 들여다보며 도윤에게 말했다.

"응. 저번 주에 끝냈지. 그래도 꽤 여유 길게 주지 않았어? 다들 여태껏 안 하고 뭘 했던 거야?"

"진짜? 야, 좀 보여주라. 동기 좋다는 게 뭐냐?"

"형, 좀 빌려주세요. 어떻게 감을 잡아야 할지 모르겠다니까요."
"왜 감을 못 잡아. 해골 보고 정리하면 되잖아. 해골은 괜히 갖고 다니냐?"
웃으며 말하면서 도윤은 가방 속에서 파일을 꺼내 건네주었다. 그러자 두 사람은 구원 받은 얼굴로 꼭 술을 사겠다고 약속하며 내용을 확인하느라 바빴다.
"여유가 넘치나 봐?"
차가운 목소리에 세 사람의 고개가 동시에 돌아갔다. 거기엔 차석으로 들어 온 인수가 서 있었다. 뭔가 불만이 굉장히 많은 표정이었다. 도윤은 고작 리포트 같은 걸로 서로 감추면서 경쟁을 할 필요가 없다고 생각했다. 서로에게 도움을 주면서 학교생활은 원만히 할 수 있다고 생각했기 때문에 이런 걸 가지고 보여주고, 보여주지 않고 하는 일은 하기가 싫었다. 그래서 학기 초부터 서로 공유하며 지내고 있었다. 말이 공유지 도윤이 거의 그의 것을 빌려주고 있었다.
"이게 무슨 비밀 논문도 아니고 같이 보여 줄 수도 있는 거잖아. 도움이 되면 더 좋고."
"자신의 과제는 스스로 하는 게 얘네들 장래에도 더 좋지 않겠냐?"
"참고 하라고 건네 준 것뿐인데 너무 예민하게 구는 건 너 아니야?"
겨우 스무 살짜리가 기어오르는 것을 보며 도윤은 화를 삭여야 했다. 동기였기 때문에 반말을 하든 하지 않든 상관은 없었다. 하지만 무슨 일이든 저렇게 신경질적으로, 모두를 경쟁자로 보는 말투는 참아내기가 힘들었다. 인수는 말없이 도윤을 한참 동안 노려보았다. 도윤도 지지 않고 인수의 시선을 받아내었지만 되도록 껄끄러운 관계가 되지 않았으면 하는 바람이 있었다. 어쨌건 앞으로 적어도 10년간은 보기 싫어도 같이 해나가야 할 존재였는데 초반부터 흔들린다면 결코 쉽지 않을 거란 생각 때문이었다.

인수가 사라지자 두 사람은 열을 내가며 뒷담화를 하고 있었지만 인수의 말이 맞았다. 항상 어려운 리포트는 도윤의 도움을 받아야 했다. 중, 고등학교 때 전교에서 1, 2등을 하며 추앙 받던 사람들이었지만 그 우두머리들을 모아 놓은 집단에서 살아남는다는 건 정말 힘든 일이었다. 벌써 자퇴를 한 사람도 두 사람이나 있었다.

도윤은 심란해 보이는 두 사람을 휴게실로 데려와 시원한 음료를 뽑아 건네주었다. 기본적으로 재수를 해서 들어온 사람이 대부분이었다. 그만큼 쉽지 않은 곳이었다. 석준은 비교적 어린 스물두 살이었지만 법대에 다니다 다시 수능을 치고 들어온 현석은 스물여덟 살이었다. 거의 열 살 차이가 나는 새까만 놈에게 그런 모욕을 당했으니 기분이 나쁠 만도 했다.

"하여간 강인수 그 인간은 자기 잘난 맛에 사는 녀석이니까 현석형이 화 풀어."

도윤의 위로도 별 도움이 안 되는 모양이었다. 더 이상은 위로의 말이 떠오르지 않아 도윤도 더 이상 입을 열 수 없었다. 석준과 현석이 담배를 피우며 한숨을 내뱉었다.

"난 고등학교 때만해도 1등만 해서 여기 들어왔을 때는 엄청 놀랐었어요. 나보다 공부를 더 잘하는 사람들이 많구나 하는 것 때문에 괜히 위화감까지 들더라니까요."

"이야, 이석준. 너 공부 잘했나 보다?"

"여기 모여 있는 사람들 거의 그렇잖아요."

"그런가? 난 그렇게 썩 공부를 잘 하지는 못해서. 겨우 상위권에 들었던 것 같아."

도윤이 그렇게 말하며 웃었다. 확실히 학교 다닐 때 석희의 말을 빌려보자면 공부를 징그럽게도 하지 않았었다. 오죽하면 책상 앞에 앉아 10분 동안 공부하는 것을 보는 게 소원이라고까지 했을까. 그런데 도윤의 말에 두 사람의 눈이 커졌다.

"너 엄청 노력했나 보다? 점수 올리기 쉽지 않았을 텐데. 거기다 수석으로 들어 온 것도 너잖아. 독하게 했나 보네?"

현석의 말에 도윤은 자신이 실수했다는 것을 느꼈다. 정정하고 싶었지만 이미 엎질러진 물을 담을 수도 없는 것이었다. 그냥 웃음으로 넘겼다.

"나 처음에 형 서 있는 거 보고 연영과 애가 줄 잘못 서 있는 줄 알았잖아. 그런데 학교 수석으로 단상에 올라가는 거 보고 기겁했잖아."

"아마 우리 학교 모든 사람들이 그렇게 생각했을걸?"

현석이 동의한다는 듯 고개를 끄덕였다. 그 땐 그냥 붙잡을 게 없어 공부만 했을 뿐이었다. 하루에 자는 시간과 밥 먹는 시간을 제외하고는 모두 공부에 시간을 쏟았으니 결과가 나왔을 때도 시큰둥했을 뿐이었다. 도윤은 한꺼번에 캔을 비워내며 쓰레기통으로 던졌다.

"나 지극히 평범해. 그리고 나 암자에서 공부할 때 잠자는 시간 이외는 다 공부만 했어. 그리고 내가 유민혁 정도 되는 미남도 아니고. 연영과는 무슨. 연기는 아무나 하나? 다 얼굴 되고, 머리 돼야 하는 거지."

확실히 도윤은 둔한 구석이 있었다. 질린 듯 자신을 쳐다보는 두 사람의 시선에 또 무언가 실수를 했나 생각했지만 없었다.

"네가 잘생긴 걸 몰라?"

"형, 그 말 밖에서 하면 욕먹어요."

"물론 그런 말은 몇 번 들어 본 적 있지만 난 내 얼굴 별로던데."
 도윤이 심각하게 말했다. 사실 도윤은 얼굴에 불만이 많았다. 남자답게 선이 굵직굵직한 걸 좋아했던 터라 이런 얼굴은 딱 질색이었다.
 "뭐가 별로예요? 얼굴은 진짜 CD로 가려질 만큼 작은데다 이목구비 완벽하지. 특히 콧대. 눈매. 아무튼 다 잘난 것투성이잖아요. 거기다 피부도 하얗고 좋은데다 여자들이 모두 부러워할 만한 머릿결까지. 세상은 정말 불공평해."
 석준이 흥분한 듯 침까지 튀기며 말했다. 현석도 제대로 공감한다는 듯 말을 이었다.
 "웬만한 연예인들도 네 앞에서는 명함도 못 내밀 거다."
 "됐어. 들어가서 공부나 합시다. 강인수 콧대 납작하게 눌러줘야 할 거 아니요."
 도윤은 서둘러 자리를 정리하고 일어났다. 몇 번인가 남들에게 그런 말을 듣기도 했지만 아직까지는 적응이 되지 않았던 탓이었다.
 다시 자리에 돌아가 앉아 휴대폰을 확인하자 거기엔 부재중 전화가 찍혀 있었다. 다름 아닌 민숙이었다. 다시 밖으로 나온 도윤은 통화버튼을 눌렀다. 얼마 신호가 가지 않아 민숙이 전화를 받았다.
 "잠깐 동기들하고 휴게실에 갔어. 무슨 일이야?"
 〔오늘 열 시쯤에 여기 올 수 있어?〕
 "밤?"
 〔응. 그 때쯤이면 다 완성 될 것 같아서. 한 번 입어봐야 하잖아.〕
 "세 벌을 벌써 다 만들었어?"
 〔안 그래도 눈이 침침해.〕
 "그럼 밤에 갈게. 배고프면 전화해. 맛있는 거 사갈 테니."
 확실히 민숙의 목소리는 피곤하게 들렸다. 오늘 밤은 가서 옷을 입어보고 아직 이틀 정도 시간이 남았으니 차에서 두, 세 시간이라도 재워야 할 것 같았다.
"역시 수석은 달라. 우리는 공부 할 시간도 빠듯한데 연애도 잘하고."
선배들의 놀리는 말투에 도윤은 그저 웃을 수밖에 없었다. 말은 그렇게 해도 모두 부러워하는 눈빛이었다. 과의 특성 때문에 남자들이 거의 90퍼센트를 차지했다. 거기다 민숙 같은 미인을 사귀는 도윤이 부러운 것은 당연한 일이었다.
"그런데 유민숙하면 알아주는 퀸카였잖아. 사귀던 남자들도 많았을 텐데 어떻게 잡은 거야?"
"그래. 궁금하다. 좀 말해 봐."
"그런 거 없었는데. 유민숙, 겉보기만 번지르르하지 속은 실속이 없어요."
다들 믿지 않는 눈이었다.
"야, 질투나면 질투 난다고 그래. 누가 잡아 먹냐?"
"그래. 그냥 어떻게 하면 퀸카를 사귈 수 있나, 공유하자는 말이지."
"야, 퀸카는 아무나 사귀냐? 도윤이 정도는 생겨야지. 정신 차리고 공부나 하자."
분명 처음부터 민숙을 좋아한 것은 아니었다. 그냥 어느 순간 마음에 들어왔다고 해야 하나? 처음엔 성정체성 때문에 이게 제대로 되어가고 있는 일인가 미치도록 의심도 해봤지만 결론은 하나였다. 최도윤은 남자였고 유민숙은 여자라는 것.

12화. 질투의 화신(化神)

약속 시간에 맞춰 자리에서 일어난 도윤은 인사를 하고 도서관에서 나와 약속 장소로 향했다. 그곳은 TV에서도 몇 번이나 소개되었던 유명 한식집이기도 했다. 약속 시간보다 10분 먼저 도착했는데도 모두 나와 있었다. 거기다 순식과 석희가 앉아 있는 것을 보고 도윤은 예상하지 못했다는 얼굴을 하며 머리를 긁적였다.

"자리에 앉게."

"네. 나오셨어요."

도윤은 정중히 인사를 하고 자리에 앉았다. 문이 열리며 화려해 보일 정도로 굉장한 코스 요리들이 펼쳐졌지만 그다지 배가 고프지 않았던 터라 도윤은 젓가락질을 거의 하지 않고 있었다.

"입맛에 안 맞나?"

"아뇨. 맛있습니다. 배가 그렇게 고프지가 않아서. 드십시오."

"그래. 한국대 치과 대학 재학 중이라고? 그것도 학교 수석으로 들어갔다고 소문이 자자하던데. 자네한테 이렇게 다 큰 아들이 있는 줄은 몰랐는데?"

"아, 선배님. 도윤이는 몸이 조금 좋지 않아서 외국에서 보냈었습니다."

어느덧 기정사실화 된 그 사실과 같은 거짓말은 술술 입에서 흘러나왔다. 두 사람은 같은 고등학교 출신이었다. 얼마 전 이 서장이 이곳으로 발령을 받으면서 다시 만났다고 말했다. 도윤은 고개를 끄덕이며 떡갈비를 입으로 집어넣었다.

"그 땐 내가 실례가 많았어요. 흉터는 좀 괜찮나요?"

"네. 괜찮습니다. 깊지 않았어요."

물론 범인에게 맞은 입가엔 아직 흐릿한 멍 자국이 있었지만 곧 사라질 터였다. 술과 함께 이런저런 이야기가 오갔지만 도윤은 술을 마시지 않았다. 민숙에게 가봐야 했고, 또 그녀를 위해서는 차가 필요했다.

"사실 우리 진영이가 재수를 하고 있어. 의대에 갈만한 성적이 나오지 않아서. 바쁘지 않으면 과외 좀 해줄 수 있을까? 이 녀석, 과외는 처음이라 조금 힘들어 하더라고. 도윤 군이라면 괜찮을 것 같은데."

이 서장의 말에 한참 입 속으로 완자를 집어넣던 도윤이 먹던 것을 멈추었다. 그리고 입 안의 음식물을 씹어 넘겼.

"저보다는 가르치는데 소질이 있는 건 제 동생 같은데. 그런데 왜 꼭 의대를 보내려고 하시는 겁니까? 진영 씨도 의대에 가고 싶어 하는 건가요?"

그의 물음에 아무도 대답을 하지 못했다. 이 서장은 그저 막연히 공부를 잘하는 딸아이니 당연히 의대에 가야 한다고 생각하고 있었을지도 모른다. 진영 역시 마찬가지였다.

"적성에 맞지 않아 포기하는 친구들도 여럿 있어요. 만약 들어간다 해도 공부는 지금의 배로 더 해야 할 겁니다. 여자라 괄시 받는 경우가 생길지도 모릅니다. 그런데도 자신 있으세요?"

꽤 도전적인 말투였다. 자칫 건방져 보일 수도 있는. 하지만 진영은 그의 말을 진지하게 받아들이고 있었다.

"막연히 공부만 조금 하니까 의대를 가겠다고 생각한 건 아니었어요. 제가 배운 지식으로 힘든 사람들을 조금이라도 더 돕고 싶어요. 그게 이유는 안 되는 건가요?"

도윤은 말없이 웃으며 고개를 끄덕였다. 그건 허락의 뜻이었다. 긴장 됐던 분위기가 일순 풀렸다.

"수능이 얼마 남지 않았죠. 그럼 컨디션 조절 잘해야 할 텐데. 제가 시간 맞춰 보겠습니다. 성적이 얼마쯤 나와요?"

"470점 정도요."

"그 정도 실력이라면 10점 올리기가 힘든데. 어느 학교 선택 하려고 하는데요?"

"한국대요."

"그럼 좀 힘들게 해야겠는데. 수능 때까지 잘 따라올 수 있겠어요?"

"열심히 할게요."

도윤은 알고 있었다. 460점에서 470점 정도가 제일 힘들다는 것을. 거기서 2, 3점대 점수가 오르지 못해 몇 번이나 떨어진 사람을 많이 봤기 때문이었다. 거기다 한국대를 들어오려면 480점 정도는 맞아야 안심할 수 있는 상황이었다. 물론 485점 정도까지만 올려준다면 바랄 나위 없었다.
"그럼 좀 타이트하게 나가죠. 화요일과 목요일은 제가 수업이 많아서 안 될 것 같고 나머지 요일에는 다 보는 걸로 하죠? 대신 토요일하고 일요일은 꽤 힘들 거예요. 오전에서 오후까지 계속 하려면. 울지 않겠다고만 약속하면 할 수 있겠는데."
꽤 긴장한 듯 얼굴이 굳어 있는 진영을 보고 마지막은 농담조로 던졌다. 다시 수능 공부를 한 적이 있었기 때문에 진영이 받고 있는 심리적 스트레스를 어느 정도는 이해할 수 있었다. 자신이야 처음부터 원하는 점수가 나왔기 때문에 남들보다 걱정은 덜했지만 말이다.
"고마워요. 오빠. 잘 따라갈게요."
"굳이 한국대가 아니더라도 5점 정도만 더 올리면 옆에 여대 정도는 갈 수 있을 거예요. 그런데 알죠? 그 점수에서 1, 2점 올리기 힘든 거. 그럼 내일부터 갈게요. 아, 다음 주 화요일, 수요일은 사정상 빠져야 할 것 같아요."
"약속 있니?"
"네. 민숙이 졸업 작품 전 하는데 모델로 서주기로 했거든요. 리허설하고 쇼가 있어서요."
"민숙 학생 아직도 만나니?"
순식의 얼굴이 살짝 굳었다. 도윤도 생각 없이 말을 내뱉었다는 것을 깨닫고 고개를 끄덕였다. 그냥 말을 하지 않는 게 나았을 거라고 생각은 했지만 어차피 알게 될 사실을 굳이 숨겨야 할 필요도 없을 것 같았다. 하지만 아직은 사귀고 있는 것을 말할 수 있는 때가 아니라는 것도 알 수 있었다. 민숙에게는 사정을 설명하고 동의를 구해야 할 것 같았다.
"친구로 잘 지내고 있어요."

"흐음."

다행히 넘어간 듯했다. 물론 순식과 석희는 아직 그 문제의 동영상을 보지 못한 듯했다. 물론 집에서 철저히 비밀을 지키고 있는 도석과 도진 때문에 가능한 일이었다. 다시 화기애애한 분위기가 이어졌다. 이런저런 이야기를 나누다 보니 벌써 시계바늘은 아홉 시를 향하고 있었다.

"도윤 군은 만나는 사람이 있나?"

이 서장이 물었다. 그리고 도윤은 본능으로 알 수 있었다. 자신을 상당히 마음에 들어 한다는 것을.

"네. 있습니다."

단호한 대답에 이 서장의 얼굴이 살짝 굳었다. 그리고 순식과 석희 역시 놀란 듯 도윤을 바라보았다.

"얼마 되지 않았어요. 다음에 한 번 집으로 데리고 갈게요."

최대한 환한 미소를 지으며 말을 하자 다른 사람들은 아무 말도 할 수 없었다.

"허허, 욕심이 나는 친군데 아깝구먼."

"그런데 먼저 일어나 봐야 할 것 같습니다. 약속이 있어서요."

"다 늦은 시간에 무슨 약속?"

"아, 엄마. 가서 옷도 입어 봐야 하고, 친구들하고 또 가볍게 한 잔 하고. 그런 거지. 조금 늦을 거예요. 먼저 일어나 보겠습니다. 천천히 이야기 나누고 오세요."

도윤이 자리에서 일어나 정중히 인사를 했다.

"그럼 내일 보세."

"내일 봐요. 도윤 군."

"네. 가보겠습니다. 진영 씨도 내일 봐요."

"네."

도윤은 문을 닫고 나오자마자 뛰기 시작했다. 지금 출발하더라도 10분 정도는 늦을 것 같아 전화를 걸었지만 충전을 시켜놓지 않은 것인지 통화가 되지 않았다.

예대 앞은 차들로 빽빽했다. 어쩔 수 없이 조금은 떨어진 곳에 차를 세워두고 예대를 향해 서둘렀다. 막 예대 건물로 들어서기 전 익숙한 뒷모습이 보였다. 벤치에 앉아 있는 사람은 민숙이었다. 그토록 밤에는 나오지 말랐고 일렀지만 말 안 듣는 청개구리처럼 답답함을 참지 못하고 나온 것 같았다. 그래도 다행히 옆에는 다른 사람이 있었다. 반가운 마음에 두 사람이 있는 방향으로 옮기던 도윤의 발걸음이 멈췄다.

"5년이나 지나서 왜 이래요. 그리고 저 남자친구도 있어요."

"그 땐 어쩔 수 없이 헤어진 거잖아. 유학 마치고 돌아왔어. 그리고 내가 기다려 달라고 했었잖아. 민숙아."

"저는요, 오빠 깨끗이 잊었어요."

아무래도 예전에 민숙이 사귀던 사람인 모양이었다. 그냥 과시용으로 이런저런 남자들을 만나고 다니긴 했지만 깊게 사귀었던 사람은 없을 줄만 알았다. 그리고 분명 강현이 첫사랑일 거라고 멋대로 생각하고 있었다. 하지만 아니었나 보다. 게다가 민숙이 저렇게 강하게 나올 정도면 중재할 필요가 있다고 생각했다. 도윤이 다시 발걸음을 옮기다 그 남자의 말에 걸음을 멈추었다.

"첫사랑이 그렇게 쉽게 잊히니?"

민숙의 진짜 첫사랑은 저 남자인 모양이었다. 뭔가 울컥 불쾌한 감정이 솟아오르긴 했지만 첫사랑 정도도 이해하지 못하는 남자가 되고 싶진 않았다.

도윤은 잠시 서서 이야기를 들으려다 왠지 비겁해 보여 그만뒀다. 그래서 아무것도 못 들었다는 듯 웃으며 일부러 발소리를 내어 걸어갔다. 발소리에 그 남자가 도윤을 슬쩍 보고 다시 고개를 돌렸다. 그러다 완벽할 정도로 잘생긴 얼굴에 다시 시선을 고정시켰다. 민숙은 여전히 고개를 숙인 상태였다.

바로 앞에 서서 움직이지도 않는 도윤을 보며 그 남자가 이상한 듯 바라보았지만 그는 어깨를 한번 들썩일 뿐이었다.

"유민숙."

그제야 민숙이 고개를 들었다. 놀란 듯 자리에서 벌떡 일어난 민숙은 난처한 얼굴이었다. 반팔에 작업용 앞치마만 하고 있어 추워보였는지 도윤은 자신의 청재킷을 벗어 민숙의 어깨에 걸쳐주었다. 그런 도윤의 행동에 그 남자는 기분이 상한 것인지 경계하는 눈으로 민숙의 손을 잡아 이끌었다. 하지만 도윤 역시 그 시선을 맞부딪치며 민숙의 손을 잡아 움직이지 못하게 만들었다. 민숙은 몇 번이나 그 남자의 손에서 팔을 빼내려고 했지만 움직일 수도 없는 것 같았다.

"누구신지……."

"최도윤입니다. 민숙이 남자친구입니다. 그리고 그 손 좀 그만 놔주시죠? 제 여자친구 손을 다른 남자가 잡고 있다는 게 꽤 불쾌하거든요."

오만할 정도로 당당한 말투에 그 남자가 놀란 표정을 지으며 손에서 힘을 뺐다. 놓아지는 것을 보자마자 민숙을 자신의 품으로 끌어당기며 두 사람의 사이가 멀어지게 만들었다.

"누구야?"

듣기에도 기분 나빠 보이는 말투였다. 확실히 지금 도윤은 기분이 좋지 않았다. 민숙의 첫사랑인 것만으로도 기분이 나쁜데 그녀의 팔까지 잡았다는 것은 상당히 짜증이 이는 일이었다.

"허윤석입니다. 그리고 민숙……."

"알 필요 없어. 들어가자. 도윤아."

민숙이 말을 끊으며 도윤의 팔을 이끌었다. 도윤도 말없이 돌아섰다. 민숙이 자신의 여자라는 것을 강하게 인식시켜 줬으니 앞으로 엮일 일은 없을 거라고 생각됐다. 하지만 뒤에서 들리는 윤석의 말에 절로 걸음이 멈추었다.

"민숙이의 첫사랑이죠."

도윤이 아랫입술을 질끈 깨물었다. 하지만 돌아설 때는 최대한 인자해 보이는 미소를 지었다. 이 남자에게는 절대 지고 싶지 않았다. 그리고 더 우위에 서고 싶었다. 우위에 집착하는 남자의 본능이랄까?

자연스러운 도윤의 표정에 윤석이 조금은 놀라워하는 듯 보였다. 도윤은 윤석이 내미는 명함을 받아 들었다. 현재 우리나라 최고 기업의 로고가 박힌 명함엔 홍보 팀장 허윤석이라는 활자가 새겨져 있었다. 왠지 웃음이 튀어나올 것 같았다. 분명 이 남자는 도윤에게 이 명함을 보임으로써 자신을 기가 죽게 만들고 싶었음이 틀림없었다.

확실히 윤석의 눈엔 도윤이 그저 잘생기기만 한 비전이 없는 남자로 보였다. 그저 겉멋만 든 잡지 모델출신 따위쯤 될 것이라고 생각했다. 지나치게 잘생긴 얼굴이 오히려 상대방에게는 쉬워 보일 수도 있는 일이었다. 거기다 저 키를 보아하니 며칠 전 찾아왔을 때 민숙과 같이 가던 그 남자가 틀림없었다.

"아, 좋은 회사에 다니시는군요. 저한테 할 말이 있으십니까?"

"그다지."

"첫사랑이라 굳이 밝히신 이유가 있으실 텐데요."

도윤은 끝까지 눈을 피하지 않았다. 그제야 윤석은 도윤이 쉽지 않은 상대라는 것을 알아차렸다.

"사귄 지는 얼마나 되셨죠?"

"두 달쯤 됐습니다."

"전 2년을 사귀었습니다. 그리고 첫사랑이었죠. 실례라는 것은 알지만 민숙이와 다시 사귀고 싶어서 찾아왔습니다. 여전히 민숙이를 좋아하고 있습니다."

도윤은 왠지 앞에 있는 윤석이 우스워졌다. 요즘 젊은이들은 골키퍼가 있어도 상관없다는 식으로 말하곤 했지만 자신이 이 상황에 처하게 될 거라곤 전혀 생각도 해보지 않았다. 거기다 굳이 첫사랑이라는 단어에 힘을 주어 말하는 것은 유치해 보이기까지 했다. 하지만 이런 상대방의 도발을 무시해 주어서는 안 된다고 생각했다. 물론 유치했지만 화가 나기는 했다.

"추억이 많나 보네요. 다시 돌이킬 수 있다고 생각하시는 걸 보니."

"네. 좋은 추억이 많이 있었죠."

"그런데 중요한 걸 잊으셨어요. 추억을 다시 들춰내면 더더욱 추악해진다는 거. 그쪽은 꽤 미화시키고 있는 것 같지만 민숙이는 전혀 그렇지 않아 보이는데요. 좋아한다면 상대편이 어떤 표정을 짓고 있는지 좀 보시죠? 자신의 감정으로 밀어붙이는 건 어린 애들이나 하는 짓이죠. 안 그렇습니까?"

이렇게까지 공격적일 필요는 없었다. 그리고 최대한 자제하려고 했다. 하지만 윤석의 존재 자체가 도윤에게는 불안감으로 다가왔다. 사실 지금까지 민숙에게 그 어떤 확신도 할 수 없는데 그녀에게 다가온 첫사랑으로 흔들릴까 겁이 났던 것이었다. 이렇게 당당하게 이야기하고 있지만 더 겁이 나서 민숙의 표정을 볼 수가 없었다. 그저 오기로, 빼앗기기 싫은 심정으로 이야기하고 있는 것뿐이었다. 여기서 민숙이 윤석에게로 간다면 뒤는 뻔했다. 무너질 것이라는 걸 도윤은 스스로 알고 있었다. 겨우 여기까지 버텨왔다. 머리를 어지럽히는 생각으로부터 벗어나기 위해.

윤석의 표정도 일그러졌다. 그저 머리 빈 모델 출신 따위일 것이라고 생각했다. 나이도 어려 보였다. 게다가 자신에게는 사회적 지위까지 있었다. 그리고 저 남자가 워낙 화려하게 잘 생겨서 그렇지 그 역시 항상 미남이라는 말을 귀에 못이 박히도록 들으며 살아왔었다. 처음부터 너무 쉽게 보았던 게 화근이었다.

"도윤아. 그만해. 나 저 남자 신경도 안 써. 들어가자."

민숙의 그 말에 두 사람의 희비가 교차했다. 완벽한 도윤의 승리였다는 것을 윤석도 인정하지 않을 수 없었다. 하지만 여기서 포기할 거라면 애초에 찾아오지도 않았을 것이다. 물론 민숙이 뛰어난 미인이었기 때문에 애인 정도는 있을 것이라고 생각했었다. 이렇게 막강할 정도로 강할 줄은 꿈에도 몰랐지만 말이다.

"우선 여기까지 해두는 게 좋겠군요. 이만 실례하겠습니다."

"살펴 가십시오. 그리고 웬만하면 추억은 추억으로 묻으십시오. 괜히 좋은 기억을 갖고 있는 사람이 그 추억을 더럽히지 않게."

도발은 도발로 받아 주는 게 예의였다. 그 남자는 표정 변화 없이 가볍게 고개를 숙이며 멀어졌다. 도윤은 화가 치밀었다. 저 남자는 고작 자신이 나이가 어리다는 이유로 무시하고 있었다. 그렇게 당당하게 애인이라고까지 밝혔는데도 말이다. 거기다 언제든 민숙쯤은 빼앗아 갈 수 있다는 얼굴을 하고 사라졌다. 게다가 그렇게까지 했는데도 표정에 일순 변화가 없다니. 우습고 유치하다고 생각했던 남자에게 더더욱 추한 꼴을 보인 것 같아 기분이 씁쓸해졌다.

"젠장."

도윤의 입에서 낮은 욕설이 흘러나왔다. 분했다. 인정사정없이 밟아서라도 다시는 민숙의 앞에 나타나지 말게 만들어야 했다. 흥분에 의해 민숙의 어깨를 아릴 정도로 잡고 있다는 것도 느끼지 못했다.

"아파."

가늘게 떨리는 목소리에 도윤은 그제야 정신을 차리며 손을 내렸다.

"미안. 너무 세게 잡았지? 들어가자. 쌀쌀해."

"그냥 고등학교 때 만났던 오빠야. 정말 아무런 일도 없었어."

"묻지 않았어. 첫사랑이 있을 수도 있지. 그리고 현재 네가 좋아하는 사람은 나잖아."

속은 화가 나 뒤집힐 지경이었다. 그리고 그 말은 심장을 철렁이게 만들었다. 민숙이 확실히 자신을 좋아하는지 확신을 하지 못하고 있었다. 밀어붙여 겨우 사귀게 된 것도 이유였지만 키스를 할 때 손길을 거부했다는 것도 하나의 불안 요소로 작용하고 있었다.

"그래. 맞아. 들어가자. 나 추워."

저 말이 떨어지길 기다렸다. 뒤로 돌아서며 건물로 들어가려는 민숙의 등을 끌어안았다. 놀란 듯 주위를 살피며 민숙이 도윤의 팔을 때렸다.

"야, 누가 보면 어떡해. 빨리 놔."

"뭐 어때? 우리 사귀는 거 사람들이 다 아는데."

"그래도 부끄럽잖아."

도윤이 민숙의 어깨에 얼굴을 묻었다. 기분 좋은 향기가 난다. 사람을 편안하게 해주는 그런 향기. 어쩌면 처음부터 민숙의 이 향기에 끌렸을지도 몰랐다.

"날 좋아해?"

팔에 더욱 힘을 주며 물었다. 하지만 민숙이 아무런 말이 없자 더욱 불안해졌다. 그럴수록 도윤은 더더욱 힘을 주어 안았다.

"숨 막혀."

"말해. 확실히 말하지 않으면 난 불안해. 그 남자 앞에서 당당한 척했지만 얼마나 초라했는지 넌 모를 거야."

민숙이 팔을 들어 올려 도윤의 손을 감싸 안았다.

"불안해하지 않아도 돼. 이미 알고 있잖아. 내가 널 좋아한다는 것쯤은."

도윤은 심장이 뻐근해짐을 느꼈다. 드디어 확신이 생겼다. 언제 어디서든 유민숙의 남자 최도윤이라고 말할 수 있는.

3층으로 올라오자 많은 사람들이 정신없이 움직이고 있었다. 도윤은 한주를 비롯한 안면이 있는 민숙의 친구들에게 인사를 건넸다. 그런데 한주의 타박이 이어졌다.

"야, 넌 남의 애인한테 얼굴이 빨개지면 어쩌자는 거야."

"내가 뭘."

"도윤 씨가 잘생기긴 잘생겼잖아."

도윤은 픽 웃고 말았다. 처음엔 잘생겼다는 말을 들으면 민망해서 어쩔 줄을 몰라 했는데 요즘엔 그냥 웃어넘기고 말았다. 고개를 돌려 민숙을 찾으니 마네킹에 입혀져 있는 옷들을 벗기고 있는 중이었다. 도윤은 기분 좋게 웃으며 민숙이 보이는 책상 위에 엉덩이를 걸쳐 앉았다.

"도윤아."

"왜?"

"너희 과에 박현석 있지?"

"현석이 형? 갑자기 현석이 형은 왜?"

"소개팅 주선 좀 해봐. 이 누나도 이제 연애 좀 해봐야 하지 않겠니? 미래의 치과 의사들과 디자이너들의 만남 어때? 나만 해달라고 하면 좀 양심에 찔리잖아."

한주가 웃으며 말했다. 도윤은 아무래도 힘들 것 같다고 말했다. 요즘 쏟아지는 과제들로 인해서 모두들 정신이 없었다. 다행히 과제가 나오면 바로 끝내는 편이라 지금은 조금 여유로운 상황이기는 했지만 언제 또 터질지는 장담할 수 없었다. 게다가 방대한 공부 양도 장난이 아니었기 때문이다. 그 때 민숙이 이쪽으로 오라고 말했고 도윤은 자리에서 일어났다.

커튼이 쳐져 있는 곳은 아무래도 간이 탈의실 같았다. 민숙은 옷을 가져다 대며 입는 법을 설명해 주었다. 도윤은 고개를 끄덕이며 민숙이 나가자 옷을 갈아입기 시작했다. 확실히 예술성을 강조하는 옷이라서 그런지 불편하기는 했다. 중세시대의 분위기가 물씬 풍기는 느낌이었다.

"고전적인 스타일인가 보지?"

"응. 허리가 살짝 크네? 잠깐만."

민숙은 옷핀으로 허리 쪽을 고정시켰다. 분명히 옷에 신경을 쓰고 있었지만 이상하게도 아까부터 자꾸 얼굴을 피하는 느낌이었다. 하지만 괜한 신경과민이라 여기고 두 번째 옷을 받아 들었다. 브라운 톤의 체크 스타일이었다. 확실히 민숙이 센스가 있는 것인지, 독특하다는 느낌을 단번에 받을 수 있었다. 예전엔 인정하지 않았지만

과 톱이라는 것도 농담은 아닌 모양이었다. 하지만 여전히 옷을 수정하면서도 민숙은 얼굴을 들지 않았다. 처음엔 그저 괜한 생각이라 여겼는데 아니었다. 마지막은 웨딩 예복이었는데 도윤은 옷을 입으면서 찝찝한 마음을 떨칠 수가 없었다.

"유민숙."

"응?"

"얼굴 좀 들어 봐."

"잠깐만. 허리가 다 크네. 너 살 빠진 거 아니야?"

"나 좀 봐."

낮게 깔린 목소리에 민숙이 움찔거리는 게 느껴졌다. 그럼에도 불구하고 민숙은 여전히 고개를 들지 않고 있었다. 도윤이 거칠게 머리를 쓸어 올리며 민숙의 팔을 잡고 끌고 가기 시작했다. 예복을 입고 있는 도윤에게 지나던 사람들의 시선이 쏠리는 건 당연한 일이었다. 복도를 지나쳐 갈 때도 모든 사람들이 도윤에게 시선을 고정시켰다. 하지만 도윤의 눈엔 아무것도 보이지 않았다. 급하게 2층으로 내려와 빈 강의실로 민숙을 끌고 갔다.

쾅 하는 소리와 함께 문이 닫히자 민숙이 또다시 몸을 움츠렸다. 그런데도 여전히 도윤을 바라보지 못하고 있었다.

"왜 날 못 봐? 그 첫사랑 때문에? 아무것도 아니라면서! 신경 쓰지 말라면서! 그래도 계속 신경이 쓰인 걸 참고 있었어. 알아. 그 사람한테 내가 모욕적으로 대했다는 것도! 그것 때문에 기분이 나쁜 거면 말로 해!"

"아니야. 그런 거."

그렇게 말하면서도 민숙의 시선은 여전히 땅에 고정되어 있었다. 그 때 도윤의 눈에 들어온 건 살짝 부어 있는 민숙의 입술이었다. 피가 거꾸로 솟는 것 같았다.
"왜? 만나서 반가웠나봐? 재회의 키스라도 했나 보지?"
그 말에 놀란 민숙이 고개를 들어 도윤을 쳐다보았다. 예감이 맞았다. 저건 키스를 해서 부은 것이었다. 거기다 조금 전엔 몰랐는데 셔츠의 단추도 떨어져 있었다. 그리고 목덜미에 있는 밴드가 눈에 거슬렸다. 흔들리고 있는 민숙의 눈동자를 보며 손을 뻗어 밴드를 뜯어냈다. 거기엔 키스마크가 새겨져 있었다. 시선이 부딪치자 민숙이 다시 재빨리 고개를 숙였다.
"첫사랑을 만나서 감회가 새로웠나 봐? 내가 그딴 식으로 행동해서 기분 나빴겠네. 어쩐지 처음부터 불안하게 군다 싶었어. 억지로 나하고 사귀는 것도 알아. 나 혼자 널 많이 좋아하고 있다는 것도 알아. 그런데 이렇게까지 비참하게 만들어야 했어? 내가 어떤 마음으로 널 좋아하기 시작했는지 알기는 해?"
민숙의 눈에서 눈물이 떨어지는 것도 상관없었다. 도윤은 급하게 민숙을 벽 쪽으로 밀치며 키스하기 시작했다. 민숙이 거부하고 있었다. 그 모습이 도윤을 더 화나게 만들었다. 온 입안을 헤집을 정도로 유린했다. 그리고 이미 손은 옷 속으로 들어가 거칠게 더듬고 있었다. 도윤은 입술을 미끄러트리며 그 남자가 새겨놓았던 키스마크로 입을 옮겼다.
"도……읍!"
변명도 듣기 싫어 한 손으로 민숙의 입을 막았다. 온 목에 진한 키스마크를 새겨놓고도 성에 차지 않는지 민숙을 책상에 눕히고 앞치마를 벗긴 뒤 셔츠를 거의 뜯길 듯 벗겨냈다. 단추들이 뜯어지며 바닥에 부딪쳐 마찰음을 냈다. 그러다 도윤이 움직임을 멈췄다. 민숙의 몸이 공포로 인해 떨리고 있었다. 순간 거짓말처럼 사라졌던 이성이 다시 되돌아왔다. 도윤이 몸을 일으키며 신음이 흘러나오려는 입을 두 손으로 막았다.

자칫 잘못 했으면 사랑하는 여자를 상처 입힐 뻔했다. 며칠 전 만났던 강간범과 다름없는 행동이었다. 언제나 여자를 강제로 취하려는 남자들이 제일 한심하다고, 아니 인간의 가치가 없다고 생각했었다. 그런데 스스로 이성을 잃고 이렇게 행동하다니. 두 손으로 얼굴을 감쌌다. 그리고 옷을 벗어 민숙의 몸을 덮어주었다. 자신이라는 남자가 이렇게도 한심했나 싶었다. 점차 민숙이 진정이 되어가는 듯 울음소리가 잦아들었다.

"순식간이었단 말이야. 갑자기 들어오더니⋯⋯. 반항도 했어. 그런데 힘을 당할 수가 없었어. 바로 한주가 떼어놓기는 했지만⋯⋯."

이야기라도 들어봐야 했다. 하지만 질투에 눈이 멀어 시각적인 것에 속고 말았다. 알고 있다. 방금 겪어 봐서도 알지 않은가. 남자의 힘 앞에서 여자의 힘은 반항조차 될 수 없다는 것을. 그리고 이곳으로 오라고 했던 민숙이 다른 남자의 품에 안길 리도 없다는 것을 잊고 있었다.

도윤이 민숙에게로 손을 뻗었다. 하지만 흠칫 거리는 민숙 때문에 다시 손을 내려놓을 수밖에 없었다. 용서를 받을 수 없을 것 같았다. 아니, 용서를 받아서도 안 되는 일이었다. 사회악이라 생각했던 강간범이나 다름없었다. 아니, 무자비하게 싫다는 여자를 안으려고 했으니 자신은 이미 범죄자였다.

도윤은 몸을 돌렸다. 더 이상은 민숙의 앞에 서 있을 수가 없었다. 발걸음은 족쇄를 찬 것처럼 무거웠다.

"미안⋯⋯ 해. 난⋯⋯. 가볼게. 상처 줘서⋯⋯ 미안해."

눈을 질끈 감고 문을 열었다. 하지만 뒤에서 끌어당기는 강한 힘에 다시 쾅 소리와 함께 문이 닫혔다. 민숙이 바로 뒤에서 도윤의 등을 끌어안고 있었다. 심장이 덜컥 멈춘 듯했다.

"이 바보 멍청아. 너하고 키스하고 난 뒤로 처음 봐서 부끄러웠단 말이야. 그래서 제대로 쳐다보지도 못했던 건데. 너무하잖아. 사람 이야기는 듣지도 않고."

울면서 말하는 통에 어눌했지만 도윤은 충분히 알아들을 수 있었다. 눈에 눈물이 고였다. 혼자 멋대로 판단하고, 오해한 자신의 이기심에 화가 날 지경이었다. 도윤이 민숙의 팔을 풀고 뒤로 돌아섰다. 그리고 여전히 울고 있는 민숙을 보며 손을 올려 얼굴을 깨끗하게 닦아주고 가볍게 이마에 입을 맞추었다.

"아프게 해서 미안해. 오해해서 미안해. 불안했어. 첫사랑에게 돌아가 버릴까 봐. 첫사랑이 어떤 감정인지 나도 잘 아니까. 네가 나에게는 첫사랑이라서 나도 그 감정을 고스란히 알고 있는데……. 믿지 못해서 미안해."

"몰라."

퉁명스럽게 말을 내뱉은 민숙이 도윤의 품에 안겼다. 그렇게 민숙은 한참 동안 도윤에게 안겨있었다. 다리에 힘이 풀렸는지 휘청대는 민숙을 품에 안아들고 책상에 걸터앉았다. 그리고 민숙의 등을 가볍게 쓸었다.

"나라는 인간 진짜 옹졸하고 질투심 심하네. 나름대로 이성적인 인간이라고 생각했는데 감정에 약하구나. 오늘 처음 알았어."

입 안이 씁쓸했다. 한 번도 스스로 이런 모습을 상상해 본 적도 없었기 때문에 도윤도 지금 충격으로 인해 멍한 상태였다. 오만한 생각일지도 모르지만 누구보다도 이성적이고 침착하다고 생각하고 있었다. 그런데 전혀 아니었던 모양이다.

"진짜 무서웠던 거 알아? 물론 너에게 안겨도 좋겠다는 생각은 했었지만 그렇게 강압적으로 그것도 감정 없는 눈으로 쳐다볼 때는 얼마나 겁났는데."

많이 진정된 듯 예의 민숙으로 돌아와 있었다. 두 눈은 붕어처럼 퉁퉁 부어서 주먹으로 도윤의 가슴을 쳐대고 있었다.

"야, 자극적인 말하지 마. 안 그래도 이 자세가 충분히 위협적이거든? 이번엔 진짜 덮칠지도 몰라."

확실히 자극적인 자세였다. 책상 위에 양반 다리를 하고서 그 위에 민숙을 올려놓았으니 퍽 가깝게 밀착되어 있는 상태였다. 더군다나 재킷이 살짝 벌어져 자신이 새겨놓은 키스마크와 함께 가슴골이 보여 이 상황에서도 그 자식은 민숙이 느낄 수 있을 만큼 부풀어 올라있었다. 그걸 느낀 민숙이 재빨리 자리에서 일어났다. 도윤은 끙 소리를 내며 살짝 한쪽 눈을 찡그렸다. 이미 어둠에 눈이 익숙해져 얼굴이 붉게 변한 민숙을 볼 수 있었다. 나가려는지 몸을 틀려는 민숙의 손을 붙잡아 세웠다.

"그 새끼 또다시 앞에 나타나 면상 보이면 죽도록 패줄 거야. 그리고 그 차림으로 어딜 나가려고 그래. 우선 셔츠랑 재킷으로 여미고 내 뒤로 따라와."

그제야 민숙이 자신의 차림을 본 모양이었다. 당황스러워하며 옷깃을 여미는 민숙을 보고 도윤이 옷핀으로 앞을 고정시켜주었다.

익숙하지 않은 모습으로 큰 손으로 옷을 고정시키는 도윤을 보며 민숙이 작게 미소 지었다. 달빛에 비치는 얼굴이 근사했다. 조금 전엔 너무 무서웠지만 지금의 도윤은 여전히 변함이 없었다. 배려 강하고, 자상한 도윤이었다. 희고 작은 얼굴이라든가, 반듯한 이마에 짙은 눈썹. 옅은 쌍꺼풀이 있는 또렷한 눈매와 긴 속눈썹. 정교한 콧대와 붉은 입술, 갸름한 턱선. 그 모든 것이 도윤이었다. 민숙은 자신도 모르게 손을 들어 올려 도윤의 얼굴을 쓸어내렸다.

　도윤이라면 질투도 하지 않을 거라고 생각했었다. 유들유들하게 상황을 넘어가는 대처도 확실했고 솔직했기 때문에 질투라는 감정을 모를 거라고 생각했다. 하지만 너무도 격하게 온 몸으로 질투를 보여 준 도윤이 오늘따라 민숙과 똑같은 사람으로 느껴져 가슴이 벅차올랐다. 그동안 너무 이성적인 모습들만 보여주었기 때문에 어쩌면 도윤이 사람이 아닐지도 모른다는 말도 안 되는 상상도 했었다. 옷핀을 다 고정한 도윤이 손을 들어 올려 자신의 손을 감싸 쥐었다. 그리고 민숙의 심장이 멈출 것 같은 대사를 내뱉었다.

　"상상도 할 수 없을 만큼 널 사랑하고 있는 것 같아. 유민숙."

13화. 상실의 고통

"언젠가 한 번 부모님께 사귀는 사람이 있다고 말했어."

민숙의 눈이 풍선처럼 부풀어 올랐다. 아무래도 부담스러운 모양이었다. 확실히 전에 벌여놓은 일들이 있었으니 그럴 만도 했다.

"시간을 봐서 천천히 하자."

민숙의 졸업 작품이 끝나고 꽤 시간이 남아있던 차라 데이트를 할 수 있을 거라 생각했다. 진영의 수능도 곧 이었고 수능이 끝나면 기말고사도 끝날 터였으니 말이다. 그렇게 되면 방학이 되고 민숙도 내년 1월까지는 쉴 생각이라고 했기 때문이었다. 그런데 민숙은 회사에 스카우트 되었고 덕분에 만나기도 힘들어졌다. 민숙이 퇴근을 하고 학교로 오면 한두 시간 정도 같이 데이트를 하는 게 일상이 되었다.

세상에 태어나 사랑이라는 것을 처음해 보는 사람처럼 도윤은 모든 사소한 일에도 웃고 있었다. 그런 도윤이 살짝 걱정이 되었던지 도석은 몇 번이나 괜찮으냐고 물어볼 정도였다. 자신 있게 고개를 끄덕이는 도윤을 보며 도석이 고개를 흔들었다. 다른 사람이 보기에도 한 여자에게 빠진 남자의 모습을 그대로 보여주고 있었다.

모든 일이 순조로웠다. 민숙과의 데이트도, 주변의 상황들도 모두 도윤을 편안하게 만들어 주었다. 물론 마음에 걸리는 것은 민숙의 취직이었는데 기뻐해야 할 일임이 틀림없었다. 하지만 하필 회사가 윤석이 다니고 있는 곳이었다. 교수님의 추천으로 들어가게 된 것이었지만 학기 중에 대기업 사원으로 발탁된 것은 상당히 이례적인 일이었다. 그만큼 민숙은 실력도 있고 운도 있었다. 그리고 무엇보다 졸업 작품이 많은 작용을 했다.

그리고 윤석은 도윤에게 기업 홍보 모델을 부탁했을 정도였다. 상관의 지시가 있던 모양이었다. 모든 신상은 절대적으로 비밀에 부치겠다고 약속했지만 도윤은 단번에 거절했다. 유명인사가 되고 싶은 생각은 전혀 없었다.

"최도윤 씨. 꽤 재수 없는 사람인 거 알아요?"

"네?"

"미워하고 싶은데 이상하게 미워지지가 않거든. 그래도 생각 있으면 연락 줘요."

"허 팀장님. 그만 좀 하세요. 벌써 세 번째잖아요. 절대 안 한다고 몇 번을 말해요! 그만 좀 가요. 신경 쓰이니까."

"저녁이라도 같이 하는 게 어때?"

"죄송하지만 제 제자가 내일 수능이라서요."

확실히 윤석도 미워할 수 없는 구석이 있기는 했다. 처음 얼굴을 마주했을 때는 정말 대놓고 싸웠다. 청산유수 같은 말로 떠들어 대고 있던 윤석에게 도윤이 들고 있던 해골모형을 그의 얼굴을 향해 던진 것으로 싸움이 시작됐다. 도윤 역시 윤석이 진심으로 덤비기를 바랐다.

정문 바로 앞에서 싸우는 두 사람을 아무도 말리지 못했다. 말 한 마디 없이 싸우는 두 사람에게서는 살기까지 느껴졌다. 그 결과 윤석은 어금니를 새로 해 넣고 왼쪽 팔이 부러지는 바람에 깁스까지 해야 했다. 도윤 역시 만만치 않은 상황이었다. 손목과 손가락뼈에 미세하게 금이 가 2주 동안 깁스를 했다. 거기다 왼쪽 검지의 손톱까지 빠졌다. 아직도 소독을 할 때면 얼얼해서 이를 꽉 물어야 했다.

내일이 수능이 끝나는 날이었기 때문에 시간을 낼 수 있어 민숙과 약속을 정한 뒤 전화를 끊었다. 화장실을 다녀 온 진영이 자리에 앉았다.

"그동안 알려 준다고는 했는데 많이 도움이 됐는지 모르겠다."

"고마워요. 오빠. 성적도 많이 올랐고. 저 때문에 시간 많이 빼앗기셨죠?"

"아니야. 더 꼼꼼히 해줬어야 했는데. 미안하다. 본의 아니게 수업도 세 번이나 빼먹고. 대신 시험 잘 보면 맛있는 저녁 사줄게. 오늘은 내일을 위해서 좀 쉬어. 그런다고 너무 일찍 자서 일찍 일어나면 안 되니까 시간 잘 조절해서."

진영이 붉어진 얼굴로 고개를 끄덕였다. 도윤은 탁자 위에 있는 책들을 치우기 시작했다.

"미야자와 켄지? 좋아하는 시인이에요?"

"썩 좋아한다고도 말할 수 없지만 '봄과 수라'를 좋아하는 편이야."

"불교적 성향이잖아요."

"그렇다고 볼 수도 있지. 그냥 뜻이 좋아서."
"어떤 부분이요?"
"나라고 하는 현상은. 처음 부분. 그 뒤는 내 멋대로 상상하는 게 대부분이니까. 문학에 관심이 많아?"
물음에 진영이 고개를 좌우로 흔들었다.
"'은하철도 999' 알지? 그것도 미야자와의 '은하철도의 밤'에서 따온 거라더라. 내가 책 한 권 선물해 줄게. 읽어 봐. 생각보다 괜찮을 거야. 그럼 이만 가볼게. 내일 시험 잘 봐. 아, 잊을 뻔했네. 찹쌀떡. 찰싹 붙으라고. 끝까지 파이팅이다. 지금 하는 대로만 해. 좋은 성적 얻을 수 있을 거야."
"고마워요. 오빠."
"고맙긴. 나올 필요 없어. 가볼게."
도윤은 방에서 나왔다. 거실 소파에 앉아 있던 송 여사가 자리에서 일어섰다.
"그동안 정말 고마웠어요. 도윤 군."
"아닙니다. 진영이가 잘 따라와 줬어요. 내일 분명히 잘 볼 거니까 너무 많이 신경 쓰지 마세요."
"그리고 이거."
송 여사가 도윤의 앞으로 흰 봉투를 내밀었다. 난처한 기색으로 웃던 도윤은 고개를 흔들었다.
"좋은 후배 들어오면 제가 더 좋은 건데요. 이런 거 받을 필요 없어요. 그리고 받을 이유도 없고."
"받아 둬요. 그래야 우리도 마음이 편해."
한사코 거절하는 도윤의 손에 송 여사는 끝까지 봉투를 쥐어주었다. 거의 구겨질 듯 품 안에 봉투를 집어넣은 송 여사는 먼저 문을 닫았다. 도윤은 어쩔 수 없이 바닥으로 떨어진 봉투를 집어 들고 집으로 향했다. 집이 같은 단지 내에 있는 아파트였기 때문에 5분도 되지 않아 집으로 들어왔다. 그리고 거실로 들어서자마자 소파에 누웠다.

"이거 무슨 봉툰데 이렇게 너덜너덜 해?"

"사모님이 주시더라. 거절했는데 어쩔 수가 없었어. 아버지 통해서 돌려드리던가 해. 부담스러우니까."

"네가 해결해. 쓰든지, 되돌려 주든지. 네 돈이잖아."

순식이 말하자 도윤은 자리에서 일어나 앉았다. 어쩔 수 없이 진영을 통해 돌려주어야겠다고 생각했다.

"들어가서 좀 쉴게요."

"일전에 네가 사귀고 있다던 아가씨 말이다."

자리에서 일어나려던 도윤의 움직임이 멈췄다. 그리고 순식을 보며 고개를 끄덕였다.

"언제 한 번 집으로 데리고 와라. 곧 네 방학이니까 그 때쯤 좋겠구나."

"네. 아버지. 그럼 들어가 볼게요."

방으로 들어오자마자 침대에 누우며 숨을 내쉬었다. 어차피 숨긴다고 해도 해결될 일은 아니었다. 도윤은 잠이 들기 전 진영에게 시험 잘 보라는 문자를 남겼다. 그리고 민숙에게 문자를 넣어 야근 열심히 하라는 말도 잊지 않았다.

꽤 아침 일찍 눈을 뜬 도윤은 시계를 보고 자리에서 벌떡 일어났다. 수능 날 춥다는 속설은 확실히 맞는 말이었다. 늦었을지도 모른다는 생각에 제대로 씻지도 못하고 트레이닝복에 비니만 쓰고 진영의 집 앞으로 뛰어갔다. 오히려 진영보다 긴장하고 있는 사람은 도윤일지도 몰랐다. 처음으로 누군가를 가르쳐 보았고, 오늘은 그 누군가가 인생에 있어 아주 중요한 시험을 보러가는 날이었다. 그랬기에 조금이라도 힘이 되어주고 싶었다. 다행히 아직 늦진 않은 모양인지 걸어 나오는 진영을 발견할 수 있었다. 그리고 진영의 옆에는 이 서장이 서 있었다.

"안녕하세요."

"아, 도윤 군. 아침 일찍 무슨 일이야?"

"제가 진영이 데려다 주려고요. 아무래도 신경이 쓰여서요."

"그럼 나야 고맙지."

"그럼 다녀올게요. 아빠."

"긴장하지 말고, 그냥 최선을 다하기만 하면 돼."

두 부녀의 모습을 보던 도윤은 눈시울이 뜨거워지는 것 같았다. 수능 보기 전날의 자신이 생각났다. 산 속의 암자에서 내려와 학교 근처의 모텔에서 잠들어 있었다. 그런데 순식이 찾아와 처음으로 도윤을 따뜻하게 안아주며 격려해 주었었다. 그 땐 뭐가 그리 서러웠는지 비집고 나오려는 눈물을 참기가 힘들었다.

먼저 시동을 걸어 놓았기 때문에 히터를 틀자 금방 차 안이 따뜻해졌다. 비교적 이른 시간이라 다행히 차는 많이 붐비지 않았다. 학교 앞에 차를 세워두고 시간을 확인한 도윤은 진영과 함께 바로 앞에 있는 편의점으로 들어갔다. 코코아 두 잔을 사서 뜨거운 물을 붓고 저었다.

"마셔."

"네."

"떨리지? 난 작년에 별로 긴장을 하지 않아서 몰랐는데 오늘은 내가 더 떨린다. 커피보다는 코코아가 좋을 것 같아서. 단 걸 먹으면 머리도 더 잘 돌아간다며?"

"최선을 다할게요."

뜨거운 코코아로 몸을 녹인 다음 밖으로 나오자 각 학교의 여고생들이 교문 앞에서 응원을 하고 있었다. 교문 앞에서 진영이 멈춰서자 도윤은 들고 있던 책과 편의점에서 샀던 초콜릿을 건네주었다.

"이 책은 내가 아끼던 건데 선물로 주는 거고. 초콜릿은 시험 보고 하나씩 까먹어. 좋은 것만 기억하고 잘 보는 거야."

사뭇 긴장된 표정이 역력했던 진영의 얼굴이 많이 풀어진 느낌이었다.

"오빠."

"응?"

"한 번만 안아주시면 안 돼요? 그럼 진짜 잘 볼 수 있을 것 같은데."

도윤은 떨고 있는 진영의 손을 보았다. 그리고 손을 뻗어 진영의 손을 잡아주었다. 예상대로 진영의 손은 무척이나 차가웠다.

"잘할 수 있을 거야. 그러니 너무 떨지 마. 평소처럼만 하면 돼."

가볍게 진영을 안아주고 어깨를 툭툭 쳤다. 진영이 웃으며 몸을 돌렸고 도윤은 끝까지 뒷모습을 봐줄 생각이었다. 어깨에 지고 있는 짐이 얼마나 무거울 거라는 건 말로 하지 않아도 알 수 있었다. 그리고 그동안 진영이 얼마나 많은 노력을 했는지도 알고 있었다. 겨우 한 달 반 정도였지만 그 때 있었던 성폭행미수사건에 꽤 힘이 들었다는 것도 알고 있었다. 비록 미수로 끝나긴 했지만 그게 여자에겐 얼마나 큰 충격인지도 도윤은 이해할 수 있었다. 그 때 진영이 뒤를 돌아보았고 도윤은 웃어주었다.

"잘할 수 있어. 이진영. 최고가 될 일만 남은 거야!"

진영이 크게 고개를 끄덕이며 다시 걷기 시작했다. 완전히 진영의 모습이 사라지자 도윤도 한껏 긴장이 가신 표정으로 숨을 내쉬었다. 외려 진영보다 긴장했었다. 긴장이 풀리자 한기가 온몸에 스며들었다. 그리고 이제야 사람들의 수군거리는 소리가 들렸다. 아직도 그 동영상을 기억하는 사람들이 많은 모양이었다.

"어머, 웬일이야. 저 사람 여자 바뀐 거야?"

"사귀는 사이는 아닌 것 같은데?"

"네! 사귀는 사이 아니고 제 후배가 될 앱니다. 그리고 전 여전히 그 애인과 잘 지내고 있습니다."

도윤이 얼굴을 불쑥 내밀며 말하자 차를 타고 있던 여고생들이 놀란 듯했다. 연신 주위에서 멋있다는 말이 터져 나왔다. 도윤은 보답이라도 하듯 크게 외쳤다.

"수능 보시는 모든 분들 시험 잘 보시고. 거기 두 여학생도 내년이나 내후년에 볼 시험 잘 봐요."

여학생들의 얼굴이 붉어지는 것도 모른 채 도윤은 몸을 돌려세웠다. 왠지 오늘 하루는 상쾌했다. 모든 일이 잘 풀릴 것 같은 예감이었다.

차가 막히는 바람에 씻을 시간도 없었다. 오늘은 과제를 제출하고 가벼운 모임을 가진 다음 오후 수업을 마치면 끝이었다. 급하게 가방만 챙겨 든 도윤이 현관 쪽으로 뛰어갔다. 수업을 듣는 건 재미있었다. 그게 무슨 수업이 되었건 열정적인 교수님들 밑에서 공부를 하는 것은 도윤에게 있어 하나의 기쁨이었다.

오후 수업이 끝나자 민숙에게 전화가 걸려왔다.

"회사 생활은 어때?"

[힘들어.]

"그래도 열심히 해야지. 오늘 몇 시에 끝나? 회사 앞으로 데리러 갈게."

〔좀 늦을 것 같아. 일곱 시에나 끝나겠는데? 그냥 내가 학교 근처로 갈게. 참, 제자는 오늘 수능 잘 보러 갔어?〕

"응. 잘 보겠지. 그리고 됐어. 피곤하게 뭐 하러 여기까지 와. 내가 갈게. 전화하면 나와. 열심히 해."

전화를 끊고 조 모임이 있는 장소로 향했다. 어차피 선택한 곳은 도서관 휴게실이었다. 다들 공부하느라 바빠 밖으로 나갈 시간이 없었다.

"내가 제출하기로 한 자료. 나 이만 가 봐도 돼?"

"연애하러 가냐?"

"연애는 무슨. 민숙이 회사에서 얼마나 볶는지 얼굴 볼 시간도 없어."

사실 마음 같아서야 마음껏 데이트를 하고 싶었다. 하지만 어린 애처럼 보일까 봐 일부러 그런 말을 하지 않고 있었다. 그리고 민숙도 이제 사회인인데 인정을 받으려면 열심히 해야 한다고 생각했다. 민숙에게 피해를 주기는 싫었다.

"그래도 한 번씩은 동기랑 놀아주고 그래. 솔로 부대 대원들 외롭다."

"그래. 조만간 술 한 잔 하자."

도서관 밖으로 나온 도윤은 깊게 숨을 내쉬었다. 하늘에서 눈이 하나씩 내리고 있었다. 올해의 첫눈이었다. 하늘을 올려보며 손을 뻗은 도윤은 차가운 느낌에 천천히 눈을 감았다. 살아있다는 느낌이 그대로 전해져왔다.

민숙이 겨우 시간을 내서 나왔다. 거기다 월급날이라며 무조건

몸보신을 외치는 민숙 탓에 평소엔 잘 가지도 않던 한정식집으로 향했다. 그런데 그곳에서 진영을 만나게 되었고 얼떨결에 진영의 가족과 합석을 하게 되었다.

"오, 도윤 군 여자친구라고?"

"네. 유민숙이라고 합니다."

싹싹한 성격답게 민숙은 밝게 웃으며 인사를 하고 있었다.

"미인이군. 둘이 잘 어울려."

이 서장의 말에 민숙이 쑥스러운 듯 머리를 긁적였다.

"이런 미인인 여자친구가 있으니 우리 진영이가 눈에 안 보였던 모양이네."

"엄마!"

순식간에 민숙의 눈초리가 도윤에게로 꽂혔다. 왠지 이마에서 식은땀이 흐르고 있는 느낌이었다. 하지만 민숙이 이렇게 질투를 하고 있다는 건 그만큼 좋아하고 있다는 뜻이었기 때문에 도윤의 기분이 훨씬 좋아진 것은 당연했다.

"그럼 다음에 또 보지."

"살펴 가십시오."

도윤이 정중히 인사를 했다. 민숙도 도윤의 옆에 서서 웃으며 인사를 하고 있었지만 진영의 식구가 사라지자마자 도윤을 노려보았다. 그는 괜히 웃으며 분위기를 어떻게든 만회해 보려고 했지만 그녀의 눈빛은 장난이 아니었다.

"뭐야? 결혼?"

"뭘 또 확대해석하고 그래. 그냥 고맙기도 하고 미안하기도 하고 그래서 그러셨던 거야. 진짜 그냥 농담이야. 농담."

"여자애도 너 보는 거 장난 아니던데?"

"너 지금 질투해?"

도윤이 놀란 얼굴로 민숙을 쳐다보며 말했다. 민숙은 아니라면서 발뺌했지만 이미 도윤에겐 통하지 않았다. 그는 자연스럽게 그녀의 어깨를 끌어안으며 길을 걷기 시작했다.

"난 절대 질투 하지 않아야겠다고 생각했었는데 이거 또 은근히 기분이 괜찮네."

"괜찮긴."

"걱정 마. 그래도 내 눈엔 유민숙뿐이니까."

자연스럽게 웃으며 말하는 도윤을 보며 민숙은 심장이 서걱거리는 느낌을 받았다. 왠지 그의 웃음이 너무 밝아서 손을 대면 부서질 것 같았다. 지금 그가 너무 좋은데 왜 이런 느낌을 받는지 이해가 되지 않았다.

"나 지켜 줄 거지?"

"갑자기 무슨 소리야."

"나 두고 어디 안 갈 거지?"

"당연하지. 너만 사랑하고 너만 지켜줄 거야. 최도윤에게 있어 여자는 유민숙 너뿐이니까."

잠시 고개를 두리번거리던 도윤이 민숙의 입술을 가볍게 훔쳐냈다. 절대 이런 식으로 길에서 애정표현을 한 적이 없던 도윤이었기 때문에 민숙의 놀라움이 배가 되었다. 그러나 이내 웃으며 잡고 있던 팔을 흔들었다.

"내일은 진짜 우리끼리 데이트하자."

"좋아."

"내가 회사 끝나고 학교로 갈게. 교정 데이트 어때?"

"그럴까? 하긴, 우리가 평범하게 학교를 거닐어 본 적은 없네."

도윤에게 있어 민숙은 소중한 사람이었다. 차를 마시기로 했던 카페로 가서 계산을 하고 있다 지갑이 손에서 툭 떨어졌다. 민숙이 몸을 숙이며 지갑을 들었다. 아무 생각 없던 도윤은 민숙이 지갑을 주길 바라고 있었지만 그녀의 눈매가 휘어지는 것을 보고 일순 얼굴이 하얗게 질렸다.

"이게 뭐야? 너 나이가……."

어제 거소신고증이 필요해 앞으로 꺼내 놓은 게 화근이었다. 어쨌든 법적으로는 도진과 동갑이었기 때문에 민숙보다 무려 네 살이나 어린 것이었다.

"어, 어, 엄마가 출생신고를 늦게 해서 그래."

"정윤이는 그런 말 없던데?"

"내가 몸이 조금 안 좋았잖아. 내가 어떻게 될지 모르니까 어른들이 신고하지 말자고 해서 그런 거야. 야아, 이게 그래서 그런 거야. 다행히 내가 네 살 때쯤 몸이 괜찮아지니까 신고를 한 거지. 진짜야. 못 믿겠으면 우리 엄마한테 물어 봐. 그리고 생각을 해 봐. 도석이랑 도진이 나한테 꼬박꼬박 형이라고 하잖아. 만약 내가 진짜 도진이랑 동갑이었으면 행여나 걔네들이 나한테 형이라고 하겠어?"

민숙이 고개를 끄덕였다. 도윤은 다행이라고 생각했다. 민숙은 단순해서 이런 식으로 넘어가면 되었지만 만약 민혁이었다면? 상상만으로도 끔찍했다. 아마 민혁이 이것을 알았다면 그래도 법은 법이라며 형이라 부를 것을 종용했을지도 몰랐.

"뭐야. 그럼 나 법적으로는 네 살이나 어린 남자친구 사귀는 거네?"

"어? 아, 그렇지."

"은근히 기분 괜찮은데? 아, 뭐 먹고 싶은 거 없어? 내일 맛있는 거 먹으러 가자."

"그날 봐서 결정하지 뭐. 너 그런데 내일 회의 있다고 하지 않았어?"

"맞다! 그럼 내가 회의 끝나고 갈게. 아홉 시쯤 되겠네. 그냥 가볍게 술이나 한 잔 해야겠다."

"그러자. 그럼."

도윤은 민숙을 데려다주며 이런저런 장난을 걸었다. 민숙은 웃으면서 가볍게 도윤의 장난을 받아쳤다. 차를 세우고 민숙을 보자 그녀는 내리기 위해서 안전벨트를 풀고 있었다. 도윤은 가볍게 민숙의 팔을 끌어안았다.

"야, 누가 보면 어떡해!"

"뭐 어때. 우리가 나쁜 짓 하는 것도 아니고."

가볍게 그녀의 입술을 훔쳐냈다. 요즘 들어 민숙에게 스킨십을 하는데 자제심이 요구되고 있었다. 그러니 아무 생각 없이 키스를 하다보면 손은 자연스럽게 민숙의 옷 속으로 들어가 있었다. 가슴이 손 안에 딱 들어왔다. 살짝 움켜쥐자 민숙의 입에서 신음소리가 흘러나왔다. 거기에 더 자극을 받은 듯 도윤의 손길이 거칠어졌다. 그때 민숙이 도윤의 손을 붙잡았다. 아직 키스의 열기에 취해있는 도윤의 눈빛은 탁하게 흐려져 있었다.

"여기 차 안이야."

그제야 정신을 차린 듯 도윤이 손을 빼며 자세를 똑바로 고쳐 앉았다. 아마 민숙이 막지 않았더라면 차 안에서 일을 벌였을지도 모를 일이었다.

"들어가서 차라도 한 잔 하고 갈래?"

"아니."

매몰차게 거절하는 도윤을 보며 민숙의 눈이 커졌다.
"섭섭하게 생각하지 마. 진짜 못 참을 것 같아서 그런 거니까."
"난…… 괜찮은데."
도윤은 민숙을 빤히 바라보았다. 그의 눈빛이 부끄러웠던 건지 민숙이 얼굴을 붉히며 고개를 숙였다.
"남녀 간의 관계는 신중해야 한다고 생각해. 물론 내가 널 장난으로 만나는 게 아니지만 네가 온전한 내 여자가 되었을 때 그 때 안고 싶어. 내 이기적인 마음으로 인해 서둘러 널 안고 싶진 않아."
"그렇게 생각해 줘서 고마워."
진지한 도윤의 눈빛에 민숙이 더욱 얼굴을 붉히며 그의 볼에 입을 맞추고는 차에서 내렸다. 손을 흔들며 사라지는 민숙의 뒷모습이 보이지 않을 때까지 보고 있던 도윤은 짧게 미소 지었다.

수업이 없는 날이었기 때문에 늦잠을 잔 도윤은 기지개를 펴며 욕실로 들어갔다. 얼굴을 매만지자 거친 수염의 느낌이 그대로 느껴졌다. 이젠 면도를 하는 것쯤은 자연스러운 일상이었다. 마치 처음부터 그랬던 것처럼.
외출 준비를 마친 도윤은 도진을 찾았다.
"엄마. 도진이는?"
"진작 학교 갔지. 이제 나가니?"
"응. 같이 가려고 했는데 먼저 가버렸네. 다녀올게요."
아무래도 오늘은 도진과 저녁이라도 같이 해야 할 모양이었다. 확실히 도석과는 많은 이야기를 나눴었지만 도진과는 그런 일이 거의 없었다. 도진이 워낙 온순하고 묵직한 성격이었지만 그래도 대화는 필요하다고 생각됐다.

오늘 늦겠다고 말한 도윤은 도진이 공부하고 있을 도서관으로 향하기 시작했다. 손목에 찬 시계를 확인하며 뛰고 있는데 누군가가 도윤을 붙잡았다. 바로 현석과 석준이었다.

"어딜 그렇게 급하게 뛰어가?"

"아, 우리 동생한테. 저녁이나 좀 할까 싶어서. 왜?"

"방금 장 교수한테 다녀오는 길인데 형 칭찬만 하시더라."

그 말에 도윤이 픽 웃었다.

"억울해. 저렇게 잘 생긴 사람은 저렇게 대충 모자에 후줄근한 트레이닝복만 입어도 멋진데. 우리는 이게 뭐야?"

"억울하긴. 조만간 술 한 잔 하자. 가볼게."

도윤이 가볍게 손을 흔들고 다시 도서관 쪽으로 뛰기 시작했다. 뛰는 건 상당히 기분이 좋은 일이었다. 심장의 두근거림이 머리에서 느껴졌다. 비로소 살아있다는 느낌이 들었다. 도서관 앞에 도착해 숨을 골라 쉬었다. 타이밍이 좋았는지 친구들과 함께 나오고 있는 도진을 발견했다.

"최도진!"

전혀 예상도 못했다는 듯 도진이 꽤 놀란 표정을 지으며 다가왔다. 도진은 대학에 들어와서 5, 6센티는 성장한 것 같았다. 역시 형제였기 때문에 닮은 구석도 많았다. 훤칠한 키에 잘생기기까지 한 두 남자에게로 사람들의 시선이 쏠리는 것은 당연했다. 거기다 두 사람은 엘리트로 소문난 형제였다.

"여긴 무슨 일이야? 형."

"어디 가던 길이야?"

"아니. 그냥 바람 좀 쐬고 밥 먹으려고 나왔어. 다들 하루 종일 도서관에 박혀 있었거든. 밀린 과제가 많아서."

"그럼 넌 나랑 데이트하자. 괜찮지?"

도진이 고개를 끄덕였다. 학교 식당에서 간단히 저녁을 해결하고 도서관 뒤쪽에 있는 벤치에 자리를 잡고 앉았다. 추운 날씨라서 그런지 아무도 없었다. 테이크아웃 커피 잔을 들고 그곳에서 온기를 느끼며 도진이 도윤을 바라보았다.

"뭘 그렇게 봐?"

"지난 3년 동안 제대로 얼굴도 본 적이 없는 것 같아서. 좀 혼란스러워했던 것 같아. 물론 형은 더 심했겠지만."

도윤이 가볍게 머리를 흔들며 커피를 입으로 가져갔다. 향긋한 커피 향이 입 안으로 스며들었다.

"넌 내 동생인데 오히려 내가 신경을 쓰지 못해서 미안했어. 그래도 넌 존재만으로도 항상 내게 힘이 되어줬으니까. 도석이는 외형적인 성향이 강해서 같이 이야기를 나누고 그러면서 또 감정도 확인하고 하는데 넌 그냥 아무 말 없이 보고만 있어도 그저 이해해주는 큰 나무 같았어. 나에겐."

"형."

"혼란스러웠을 거야. 당연해. 나도 많이 힘들었으니까. 쉽지는 않았지. 저번 여름이었지? 아마 그 때 난 처음으로 사람들의 앞에서 거리낌 없이 옷을 벗고, 너희들과 대등하게 농구를 하고, 축구를 하면서 아, 이젠 정말 내가 남자구나. 부정할 수도 없고, 부정해서도 안 되는 완벽한 남자라는 걸 느꼈어. 여전히 과거는 묻어두어야겠지만. 때로는 두려워. 가족이 아닌 다른 사람들이 알게 되면 어떻게 되는 걸까. 날 인간으로 보기는 할까…… 괴물이 아닐까, 뭐 이런 것들."

"아무 걱정하지 마. 처음부터 최도윤은 최도윤이었을 뿐이야. 변한 건 아무것도 없어. 그리고 변할 것도 없어."

도진의 말에 도윤이 웃었다. 그런데 도윤은 눈앞이 어두워지는 것을 느꼈다. 바로 민혁이 도윤의 멱살을 잡아 이끌며 올려 세웠기 때문이었다. 민혁의 검은 눈동자가 거세게 흔들리고 있었다.

"정말…… 그 최정윤이…… 너야?"

도윤이 입술을 질끈 깨물었다. 방금 전 도진의 말만 듣고는 추측할 수 없는 일이었다. 하지만 도윤의 눈에 얼굴이 파랗게 질린 서현이 들어왔다.

"어떻게 알았어?"

"진……짜야?"

"그래. 사실이야."

민혁이 거칠게 도윤의 멱살을 놨다. 그 반동에 의해 도윤은 벤치에 부딪치며 바닥으로 나뒹굴었다. 도진이 재빨리 다가와 도윤을 붙잡아 일으켜 세우며 서현의 앞으로 걸어가 뺨을 쳤다. 서현의 얼굴이 힘없이 돌아갔다. 하지만 도진의 눈에 자비심이란 없었다.

"최서현. 너 미쳤어? 돌았어? 너만 알고 있으면 될 일이지 왜 다른 사람에게까지 알려서 형에게 상처를 주는 거야. 어떻게 알았어? 말해!"

"아…… 아빠하고 사, 삼촌이 이야기하는 걸 듣고……."

도윤은 온몸에서 힘이 빠지는 것 같았다. 그토록 무서워했던 결과가 지금 눈앞에서 벌어지고 있었다. 온몸이 덜덜 떨려왔다. 비단 날이 추워 그런 것이 아니었다. 심장이 거세게 뛰고 있는 것이 뇌에서 느껴졌다. 뇌가 터질 것 같았.

"넌 날 기만했어! 아니! 우리 모두를 기만했어! 네가 뭔데!"

"이러지 마세요! 당신이 뭘 알아요? 우리 형이 어떤 고통을 느꼈을지 당신이 알아요? 단 1초라도 우리 형 입장에서 생각해 본 적이 있어요?"

"넌 빠져. 난 최도윤에게 묻고 있는 거야."

낮에 가라앉은 민혁의 목소리에 도윤은 이상하게도 심장이 다시 차분해지는 것을 느꼈다. 언젠간 한 번쯤 일어날 일이라고 예상했었다. 그래서 의외로 침착해진 것인지도 몰랐다. 도윤의 입에선 소름이 끼칠 정도로 낮은 웃음이 흘러나왔다.

"도대체 뭐가 그렇게 궁금해? 왜 여자에서 갑자기 남자가 됐는지, 왜 숨겼는지 그게 궁금해?"

"그런 게 아니잖아! 지금!"

"유민혁. 감히 너 따위가 상실에 대한 공포가 뭔지 알기나 해?"

지금까지 마치 인간의 음성이 아닌 것처럼 귀를 기울이지 않으면 들을 수 없었던 작은 목소리가 커졌다. 상실의 공포. 순간 민혁은 정신을 차렸다. 이곳은 이 학교 학생이라면 누구나 드나들 수 있는 도서관 뒤편의 공간이었다.

다행히 지나다니는 사람은 없었지만 여기서 도윤이 이성을 잃고 소리를 지르면 곤란해진다는 생각을 할 때쯤이었다. 막 입이 벌어지던 도윤을 막아 세운 건 민혁이 아니었다. 뒤에서 도윤을 끌어안으며 도진이 그의 입을 막았다.

"곤란해. 유민혁 씨도 이 공간이 상당히 곤란하다는 것쯤은 알고 계시겠죠? 따라 오십시오."

그 말에 그제야 도윤의 눈빛이 가라앉았다. 민혁과 서현 역시 도진의 뒤를 따랐다. 자리를 옮긴 곳은 10년째 방치된 건물이었다. 워낙 외진 곳에 있는데다 해만 사라지면 아무도 얼씬거리지 않는 곳이었다. 그리고 대부분 이 건물이 있다는 사실을 학생들은 알지 못했다.

도윤과 민혁의 눈이 부딪쳤다. 잠시 민혁이 도윤의 눈길을 피했다.

"너희들에겐 그저 남의 웃긴 비극밖에 되지 않겠지. 그런데 난 그 고통을 평생 감당해야 해. 죽을 만큼의 상실의 공포도 겪어 보지 않은 너희가 뭘 알아. 나 하나 때문에 모든 것을 포기해야 했던 우리 가족의 아픔을 알아? 내 갑작스러운 변화 때문에 내가 겪어야 했던 고통을 너희가 알아? 그 상실의 고통, 그 공포도 모르면서 말 함부로 하지 마."

마치 가시가 온몸을 감싸는 느낌이었다. 순간 민혁은 아찔했다. 물론 처음엔 화가 났다. 속았다는 사실에. 아니, 오히려 너무 황당한 일이라 믿을 수도 없었다. 도윤이 인정을 한다고 해도 믿을 수 없는 일이었다. 분명 예전의 정윤과 지금의 도윤이 닮아 있었지만 도석과 도진이 도윤을 닮은 것처럼 형제이니까 당연하다고 생각했었다.

오히려 화가 났던 건 자신이었다. 그만큼 정윤을 좋아했다면서도 알아차리지 못했다. 그 사실에 화가 났다. 물론 상식적으로 용납할 수 없는 일이기도 했다. 아니, 이해가 되지 않았다. 자웅동체? 혹은 완벽한 남자?

"나…… 난……."

서현의 목소리가 들리자 흥분한 건 도진이었다.

"어떻게 그랬어? 왜? 사촌이라도 피를 나눈 형제잖아! 식구잖아! 그 고통이 어떤 건지 알지도 모르면서 가볍게 입을 놀릴 수 있는 문제가 아니야!"

"내가 감당하기엔 너무 벅찬 문제라서……. 그래서……."

"혼자 감당하기 벅찼다고? 그럼 당사자는 어땠을 거라고 생각해? 너같이 유약한 인간이 그런 변화를 겪었었다면 단번에 목숨을 끊었었겠지. 하지만 형은 아니야. 혼자 당당히 일어섰어. 23년간 여자로 살아왔던 모든 것을 포기하고 억지로 일어섰어. 스스로를 위해서? 아니, 가족을 위해서. 너 따위가 뭔데 감당할 수 있고 없고를 결정해? 어떻게 형이 겨우 쌓아 올려놓은 지난 3년간의 삶을 송두리째 망가뜨려!"

서현의 눈에서 끊임없이 눈물이 흘러나오고 있었다. 그 말을 들었을 때 서현은 패닉으로 거의 제정신이 아니었다. 좋아했던 사촌언니의 부재도 힘들었지만 새로운 사촌오빠가 생겼다는 것도 부담스러운 일이었다. 더군다나 사실을 알게 되었을 때는 말로 하지 못할 충격이 다가왔었다.

여자가 귀한 집안에서 태어나 도윤을 친언니처럼 따랐었다. 그만큼 좋아했기 때문에 죽었다는 말을 들었을 때도 일주일 내내 울었을 정도였다. 그리고 자신을 걱정하는 민혁의 표정에 멋대로 입을 놀리게 된 것이었다. 아무 생각도 없이. 그 일이 도윤에게 어떤 영향을 끼칠지도 모르고 말이다.

"내…… 내가…… 오빨 두 번이나 죽인 거야?"

서현의 말을 듣자 도윤은 심장의 혈맥이 모두 끊기는 느낌을 받았다. 숨이 제대로 쉬어지지도 않았다.

"그래! 최서현. 넌 우리 형을 두 번이나 죽인 거야."

도진의 눈에서 눈물이 떨어졌다. 그제야 도윤은 숨을 쉴 수가 있었다. 자신으로 인해서 가족이 상처를 받고 있었다. 분명 이기적이었다. 힘들게 될 것을 빤히 알면서도 떠나지 못했던 것은.

"그만. 제발 그만해. 제발. 처음부터 모든 사람들에게 숨기려고 한 건 아니야. 다만 때론 세상에 알리지 않을 진실이 나을 수도 있는 거니까. 난 절박했어. 나로부터 내 가족을 지키기 위해서. 세상으로부터 내 가족을 지키기 위해서. 모든 게 거짓말투성일 내 미래가 너무 가여워서. 그렇다고 내가 내 가족을 버릴 수 있는 일은 할 수가 없는 거잖아. 난 강한 사람이 아니야. 약해. 너무 약해서 기대는 수밖에 없었어. 그렇게라도 하지 않았으면 스스로 무너졌을 거야. 그렇게 됐다면 우리 가족들은 나 하나로 인해서 무너졌겠지. 내가 이기적이었다는 것도 알아. 결국은 모두들 위한다는 명목으로 족쇄를 채우고 있었던 거야. 아버지의 말씀대로 날 모르는 사람들이 없는 곳으로 갔어야 했어. 그 당시엔 너무 어려서 도망친다면 내가 패배자가 된다고 생각했어. 죽지도, 살지도 못하는 날 위해서 가족들은 모든 희생을 했던 거야."

　감정에 복받친 도윤이 눈물을 흘리며 더 이상 말을 하지 못하고 그 자리에서 쓰러졌다. 민혁의 눈에서도 눈물이 흐르고 있었다. 민혁은 아무 말 없이 도윤의 앞으로 가 도윤의 어깨를 끌어안았다.

　"나만 생각했다. 친구라면서 널 전혀 배려하지 못했어. 그리고 보면 넌 항상 나를…… 우리를 배려해 줬었는데. 우리보다 훨씬 힘들었을 텐데. 그래. 그 상실의 공포가, 그 고통이 뭔지 몰라. 난 겪어보지 못했으니까. 이미 마음속으로 처음부터 널 남자라고 인정하고 있었는데 내 자존심이 네게 상처를 줬어. 친구 자격도 없어. 나란 놈은. 다시 태어났다고 생각할게. 누구에게나 윤회(輪廻)라는 게 있는 거니까. 그리고 나도 친구로 다시 시작할게. 미안해. 정말 미안하다."

　도윤은 아무런 말도 할 수가 없었다. 스스로 원한 일도 아니었는데 세상은 너무나 가혹했다. 눈물이 끊임없이 쏟아져 나왔다. 마치 막 처음 태어난 아이처럼 아무 생각도 할 수 없었다. 그저 커다란 소리만 내며 울 뿐이었다. 민혁은 마치 부모처럼 도윤을 끌어안아 줄 뿐이었다.

도윤이 천천히 눈을 떠올렸다. 온몸의 뼈가 부서질 듯 아팠다. 이 느낌은…… 처음 쓰러져 아프기 전의 그 고통이었다. 공포감에 얼굴이 하얗게 질렸다. 재빨리 몸을 일으켰지만 갑자기 몰려오는 현기증으로 인해 비틀거렸다. 주렁주렁 매달려 있는 링거를 보고 이곳이 병원이라는 사실을 인지했다. 가습기 돌아가는 소리만 나고 있었다. 자리에서 재빨리 일어난 도윤은 바로 거울을 확인했다. 변함없는 모습에 안도의 한숨이 새어나왔다. 그러나 이내 다시 쏟아지는 눈물을 참기 힘들었다.

끝까지 자신이라는 사람은 이기적이었다. 다시 여자로 돌아갔을지도 모른다는 공포감에 거울부터 확인하다니. 거기다 남자라는 사실에 안도를 했다. 돌아가고 싶지 않았다. 아니, 돌아갈 수 없었다. 이미 모든 남성의 성향이 뇌부터 골수까지 뿌리 깊게 박힌 뒤였다.

거칠게 수액을 뽑아내고 미친 사람처럼 손에 잡히는 대로 던져냈다. 이렇게라도 하지 않으면 지금 이 순간을 견딜 수 없을 것 같았다. 문을 열고 들어온 도진과 도석이 아연실색한 얼굴로 도윤을 붙잡았다.

"입 벌려! 정신 차리고 입 벌려! 최도윤!"

도진이 상황을 판단하고 재빨리 도윤의 턱을 붙잡고 손을 밀어 넣었다. 얼마나 이를 악물고 있었는지 입 주위는 흘러나온 피로 범벅이었다. 손이 꽉 물리자 도진은 뼈가 으스러지는 느낌이 들었다. 하지만 여기서 손을 뺀다면 도윤의 이는 모두 으스러질지도 몰랐다. 옆에 서 있던 도석이 입에 물 수 있는 수건 같은 것을 발견했다. 하지만 건네주기도 전에 도진의 손바닥이 도윤의 뺨을 스쳤다. 듣는 사람조차 아파오는 소리에 도석은 그대로 멈추었다. 처음이었다. 도진이 화를 내고 있는 모습은. 그리고 다행히 정신을 차린 듯 도윤이 턱에서 힘을 빼냈다. 도진의 손등엔 이미 깊게 파인 이자국과 함께 피가 흐르고 있었다.

"정신 차려. 최도윤. 지금 힘든 건 너뿐만이 아니야."

"최도진! 그만해! 너도 나가서 감정 가라앉히고 와. 빨리!"

도석이 도진을 입원실 밖으로 밀어내었다. 멍하니 땅바닥에 주저앉아 있던 도윤의 입에서 웃음소리가 새어나왔다. 곧 흐느낌으로 바뀌었지만 도석은 아무것도 해줄 수가 없었다.

도윤이 말했다던 그 상실의 공포. 어쩌면 그것조차 느끼지 못한 채 죽어버렸다면 편했을까? 아니, 더 괴로웠을 것이다. 자신이 알고 있는 도윤은 틀림없이 괴로워 할 사람이었다. 남아 있는 사람들에게 미안해서 분명 그 선택도 하지 못했을 도윤을 잘 알고 있었다.

그 때 문이 벌컥 열렸다. 들어 온 사람은 다름 아닌 민숙이었다. 난장판이 된 입원실 안에서 바닥에 꿇고 앉아 울고 있는 도윤의 모습에 민숙의 얼굴이 하얗게 질려왔다.

"형. 침대로 올라가 쉬어. 일주일 내내 의식도 없었던 거 알아? 삼촌 말로는 현실을 도피하기 위해 잠에 빠진 거라고 했어. 조금은 더 자 두는 게 좋을 것 같아."

"도석아. 나가 있어."

민숙이 말했다. 잠시 멈칫하던 도석은 민숙을 향해 입을 열었다.

"자극하지 말아요. 부탁이니까."

민숙은 아무런 말도 하지 않았다. 곧 문이 닫히는 소리와 함께 입원실 안은 침묵이 가라앉았다. 정확히 그 날 알게 되었다. 아프다는 핑계를 대고 학교로 찾아왔는데 민혁과 큰 싸움이 벌어진 것 같았다. 말리려고 했지만 알고 있던 최정윤과 눈앞에 있는 최도윤이 동일인물이라는 사실에 몸을 움직일 수 없었다. 처음엔 머리가 사실들을 이해하지 못해서 정신없이 이동하는 곳으로 따라가다 알 수 있는 모든 것을 들었다.

알고 있던 최정윤이 지금의 최도윤이었다는 사실에 정신을 잃을 것 같은 충격을 받았다. 하지만 심한 자괴감에 몸부림치는 도윤을 보며 아무것도 해줄 수 없다는 자신을 발견하고는 그 자리에서 도망쳤다. 그 당시에는 해줄 수 있는 일이 아무것도 없었다. 그저 생각을 하는 것만으로도 벅차서 몇 번이나 울기를 반복했다. 아무 생각도 들지 않았다. 그저 가엾다는 생각밖에 들지 않았다.

"여기는 왜 왔어. 이미 다 들었지? 난 모두를 기만한 거야. 속였어. 알고 있었어. 네가 보고 있다는 건. 처음부터 불안했던 이유는 그거였어. 사실을 알고 나면 넌 날 경멸하겠지. 미친놈이라면서 비웃겠지. 속였다는 사실에 분노하겠지. 그래. 떠날 거라는 것도 처음부터 알고 있었어. 그런데 내 마음을 내가 막지 못한 거야. 변태에게 속았던 것 같지? 내가 아주 불결해 보이지? 그래. 나라는 인간은 변종이야. 그것도 정말 더러운 변종. 다 알았으면 이만 가 봐. 그동안 미안했다."

도윤은 이미 자포자기 상태로 보였다. 자리에서 일어나 침대로 올라가면서 등을 보이는 도윤의 모습에 민숙이 그대로 주저앉았다.

"왜…… 상처만 주려고 그래?"

"상처? 사실을 말한 것뿐이잖아."

"그래서 네가 남자가 아니라는 소리야?"

도윤이 자리에서 벌떡 일어났다.

"남자야! 그것도 머리서부터 발끝까지! 네가 도대체 뭘 알아!"

링거 바늘을 뽑았던 곳에서 다시 피가 흐르기 시작했다. 하지만 두 사람 다 그곳에 신경 쓸 수 있는 상황이 되지 못했다.

"뭐가 무서워? 난 처음부터 널 남자로 인식했는데. 그리고 네가 날 용기 있게 만들어 줬잖아. 변하는 건 없어. 네가 남자 최도윤이듯이 난 여자 유민숙일 뿐이니까."

도윤의 등이 움찔했다.

"지금은 동정심 때문에 그럴 수도 있어. 하지만 곧 깨닫게 될 거야. 내가 날 인정하는 데까지 3년이라는 세월이 걸렸어. 지금도 사실 불안해. 그리고 넌 아마 평생을 가도 인정하지 못할 거야. 나가. 더 이상 말하고 싶지 않아."

"내가 아무것도 안 들은 걸로 할게. 아무것도 모르는 걸로 할게. 넌 끝까지 날 속이면 되잖아."

"나가."

"최도윤!"

"그래. 차라리 내가 나가지."

도윤이 자리에서 일어섰다. 몇 번이나 주저앉아 울고 있는 민숙을 끌어안고 싶은 것을 참아야만 했다. 심장이 무너지는 느낌이었다. 문을 닫고 카운터 쪽으로 걷기 시작했다. 더 이상은 병원에 있고 싶지 않았다.

"엄마 괜찮을까? 갑자기 쓰러지셔서······."

"괜찮을 거야. 형."

도진이 도석의 어깨를 두드리고 있었다. 도윤은 그게 무슨 뜻인지 정확히 알지 못했다. 그때 진찰실에서 나오는 순식과 진식을 보고 도석이 재빨리 자리에서 일어섰다.

"삼촌. 엄마는 어때요?"

"정확한 건 조직검사를 해봐야 알겠지만…… 암일지도 모르겠구나."

도윤은 분명 자신이 잘못 들었다고 생각했다. 석희가 암이라니. 도윤은 고개를 좌우로 흔들었다. 항상 밝고 애교 있는 남편과 자식들만 평생을 바라보고 살았었다. 그 변명은 도윤에겐 세상이 무너질 것 같은 충격으로 다가왔다. 자신의 세상이 무너졌을 때보다 더 큰 충격이었다. 귀신에 홀린 듯 발걸음을 옮긴 도윤이 진식의 어깨를 붙잡았다.

"도……윤아? 너 입이 왜 이래? 링거는 도대……."

"암? 엄마가…… 암이야? 나 때문이야. 모든 게 나 때문이야. 내가 이렇게 태어나서 걱정만 해서 그런 거야."

"도윤아. 아니야. 진정해. 검사를 해봐야 알고 양성일지도 몰라."

"모든 게 나 때문이야."

도윤이 더 이상 버티지 못하고 그 자리에 그대로 주저앉았다. 후회가 몰려왔다. 차라리 그때 목숨을 끊는 게 나을 뻔했다는 생각이 머리를 스쳐지나갔다. 세상은 너무 불공평했다. 무슨 죄를 지은 것인지는 몰라도 혼자만으로도 부족해 다른 사람까지 끌어들이려고 하고 있었다.

"헛생각하지 마. 최도윤!"

"아빠. 처음부터 내 모든 것이 잘못이었어. 내 존재가…… 잘못된 거였어."

그 뒤로 뭐가 어떻게 됐는지 기억이 나지 않았다. 눈을 떴을 땐 다시 입원실로 옮겨진 뒤였고 손목에 꽂힌 링거 줄을 보며 한숨을 내쉬었다. 자신은 아무것도 할 수 없다는 생각이 머리를 강타하자 또다시 눈물이 흐를 것 같아 팔을 들어 올려 눈가를 가렸다. 그럼에도 비집고 흘러나오는 눈물을 멈출 수가 없었다. 겨우 마음을 진정시키고 자리에서 일어나 바늘을 뽑아 낸 뒤 우선 휴지로 지혈을 했다. 옷장을 열어 그 안에 있는 코트를 걸쳐 입은 뒤 병원을 빠져나왔다. 바람으로 인해 제대로 여미지도 않은 코트가 벌어지며 찬바람이 온몸을 스쳤지만 도윤은 거의 뛰다시피 걷고 있었다.

병원에서 그리 멀지 않은 곳에 있는 교회를 발견하고는 천천히 들어섰다. 갑작스럽게 뜨거운 공기가 얼굴로 확 밀어닥치자 현기증이 일었다. 비틀거리는 발걸음을 겨우 옮겨 단상 앞으로 걸어가 무릎을 꿇었다. 단상에 몸을 기대어 두 손을 끌어 모았다. 그리고 천천히 눈을 감았다.

"바로 그 날부터 당신을 믿지도 않았습니다. 아니, 없다고 생각했어요. 하지만 누군가라도, 비록 그게 형체가 없는 대상일지라도 제 비난의 대상이 있어야 한다고 생각했어요. 당신이란 존재를 저주했습니다. 네, 미워하고 싫어했어요. 그래서 제게 이런 벌을 주시는 겁니까? 모든 것이 당신의 뜻대로라면 나라는 보잘것없는 존재가 너무 가여운 것 아닌가요? 왜 하필 제게, 우리 가족에게 엄청난 시련을 주시는 겁니까? 저 하나면 됐잖아요. 저보다 더 고통스러워하는 가족에게 그러실 수는 없는 거잖아요. 모든 만물을 사랑하신다면서 너무 가혹하십니다. 제 손에 쥐고 있는 것을 모두 포기할 테니 제 가족만은 수렁으로 몰지 말아주세요. 이렇게 빌 테니까, 더 이상 당신이라는 존재를 미워하지도, 부정도, 비난도 않고 믿을 테니까. 당신이 제게 나타내셨던 제 몸의 변화도 기적이라고 믿을 테니까. 한 번만 자비를 베풀어 주세요. 당신이 자비를 베풀지 않는다면 난 영원을 바쳐서 당신이란 존재에 위협을 가하고 끊임없이 공격할 생각입니다. 협박이 아닙니다. 단호한 제 결의이고 의지입니다. 당신을 사랑할 수 있도록 미워하지 않도록 단 한 번의 자비를 베풀어 주십시오. 부탁드립니다."

도윤이 천천히 눈을 떴다. 십자 모양으로 뚫린 벽을 통해 햇빛이 쏟아져 들어오자 눈을 뜨기가 힘들었다. 마치 구원의 빛인 것 같았다. 아니라면 또다시 절망을 맛보기 전의 찬란한 아름다움.

무릎 안쪽이 떨려왔다. 조금만 더 걸어가면 됐지만 자꾸 다리는 힘을 내지 못하고 있었다. 애써 지탱하고 있던 두 다리가 병원 입구에 들어서자마자 더 이상의 기능을 하지 못했다.

"이봐요! 괜찮아요?"

"여기 이동 침대 가져와요!"

여러 목소리가 귀에서 메아리처럼 울렸다. 천천히 눈을 떴을 때는 걱정스러운 표정을 짓고 있는 석희가 들어왔다. 도윤이 벌떡 자리에서 일어나 팔을 뻗어 석희를 끌어안았다. 석희도 가볍게 웃으며 도윤의 등을 두들겨 주었다.

"엄마. 아니지? 응?"

"우리 큰아들은 도대체 어딜 갔던 거야? 사람 걱정시키는 방법도 가지가지지!"

석희가 재빨리 도윤을 떼어놓고 인정사정없이 등을 내려치기 시작했다. 그러자 뒤에 서 있던 도석이 석희를 말렸다.

"엄마, 형 지금 환자야."

"환자복 차림으로 가출이라도 했어? 아프면 병원에 딱 붙어 있을 일이지 왜 나가! 폐렴까지 오려고 했던 거 알아?"

도윤은 잠시 어안이 벙벙해 아무 말도 할 수 없었다. 석희는 예전과 다름이 없었다. 일부러 밝은 모습이라도 보이려고 하는 게 아닐까?

"엄마가 잘못되면 나도 죽을 거야."

"아니, 이놈이 이날 이때껏 키워놨더니 못하는 말이 없네?"

다시 석희의 일방적인 구타가 이어졌다. 더 이상 도윤이 참지 못하고 석희의 손목을 붙잡으며 소리쳤다.

"암이라잖아! 그게 얼마나 무서운 건데! 치료 방법도 없는 건데! 그거 결국은 죽는 거잖아! 그런 무서운 병을 어떻게 짊어지고 가려고 그래?"

"암? 야! 넌 물혹 가지고 사람 죽는 거 봤어?"

"그래! 물혹 때문에 사람이 죽……. 뭐? 물혹?"

석희가 바로 앞에서 씩씩대고 있었고 도윤도 물혹에 대한 이름을 머리에서 정의 내렸다.

"무슨 소리야? 암 아니야?"

"넌 이 엄마가 암이었으면 좋겠어? 그냥 자궁에 물혹이 생긴 정도니까 뭐. 어쩐지 요즘 계속 배가 아프다고 했다. 방광이 안 좋은 건지 알고 그 약만 먹었었는데. 자궁적출만 하면 된다니까 괜찮아."

물론 다행스러운 일이었다. 하지만 자궁적출이라는 말에 도윤은 난감한 마음을 다잡지 못했다.

"자궁까지…… 들어내야 할 정도야?"

"어차피 이제 애 낳을 일도 없고. 폐경기에도 접어들었고. 호르몬 약을 먹어야 하나?"

"난소는 그대로일 거 아니야. 따로 먹지 않아도 될 것 같은데. 그래도 엄마. 꼭 들어내야 할 필요는 없는 거잖아."

석희가 침대에 엉덩이를 걸터앉았다. 그리고 도윤의 얼음장같이 차가운 손을 따뜻한 두 손으로 꽉 잡아주었다. 왠지 도윤은 눈물이 흘러나올 것 같았다. 먼저 이렇게 부모님의 손을 잡아 드려야 했다. 분명 처녀시절에는 고왔을 그 손이 이렇게 투박하고 거칠어졌다는 사실에 괜히 목이 메어왔다.

"자궁을 들어낸다고 해서 여성성을 상실하는 게 아니야. 내가 네 엄마라는 사실은 변함이 없어. 도윤아. 인간은 인간일 뿐이지 남녀를 가르는 잣대는 없는 거야. 무슨 짓을 해도 넌 최도윤이고 내가 양석희이듯."

그동안 뭘 고민해 왔나 싶을 정도로 그 한 마디에 마음속의 모든 벽이 무너지는 느낌이었다. 도윤은 그대로 석희를 끌어안았다. 하지만 더 이상 눈물을 흘리지는 않았다. 이제 모든 것이 남자가 되었으니 더 이상의 의지는 하지 않아야 했다.

석희가 수술실로 들어간 뒤 도윤은 그 앞에서 고개를 숙여 기도했다. 그 기도는 수술실 불이 꺼지고 석희가 나올 때까지 계속됐다. 아직 마취가 다 깨지 않았는지 몽롱한 눈으로 자신을 바라보고 있는 석희를 향해 웃었다.

"아들. 사랑해."

그 한마디에 도윤이 고개를 끄덕였다.

"나도 엄마를 사랑해. 고마워. 날 낳아주어서. 내가 엄마 아들이 될 수 있어서 난 그게 너무 기뻐."

석희의 눈에서 눈물이 흘렀다. 도윤은 손을 뻗어 눈물을 닦아주었다. 그동안 얼마나 자신의 이기심으로 인해 가족들에게 상처를 주었는지 비로소 알게 되었다. 어떤 마음으로 자식을 품었는데 쉽게 죽는다는 소리와, 왜 낳았냐는 말들로 못을 박았다. 그런 도윤의 마음을 이해한 것인지 순식은 그의 어깨를 끌어안으며 가볍게 두드렸다.

"아버지."

"그래."

"고마워요. 모든 것이 다."

"부모 자식 간에 그런 말이 뭐가 필요 있느냐. 가자. 엄마는 깨자마자 널 보고 싶어 할 거야."

도윤이 웃으며 고개를 끄덕였다. 지켜봐주는 가족이 있다는 것만으로도 얼마나 큰 힘이 되는지 알 수 있었다.

그날부터 도윤은 모든 책임을 지고 석희의 간호를 맡았다. 화장실을 갈 때마다 부축을 해주고, 밥도 먹여주고 간간이 웃기면서. 실밥이 뜯어질 것 같다며 구박하는 석희를 더 웃기게 만들었다. 5일 정도 지나자 석희는 많이 호전된 증상을 보이며 화장실도 혼자 갈 수 있을 정도가 되었다.

"시험만 마치면 바로 올게."

"공부 하나도 못 해서 어쩌니."

"걱정 마. 등록금은 안 들어가잖아. 엄마 아들이 워낙 머리가 좋아서. 다만 쌍권총이 조금은 걸리긴 하네. 너무 걱정 마. 다녀올게요."

시험은 오후 두 시에 있었지만 아무래도 오전 시간 중에 한 번은 훑어봐야 할 것 같아 병원을 나섰다. 하지만 바로 앞에 서 있는 민숙 때문에 도윤의 얼굴이 굳고 말았다.

눈발이 하나씩 흩날리고 있었지만 두 사람은 정원 벤치에 앉아 있었다. 무거운 침묵 때문에 숨이 막힐 것 같았다.

"이야기 다 끝난 거 아니었나? 나 시험 있어서 일어나 봐야 돼."

"뭐가 끝났는데? 넌 뭐든 그렇게 쉬워?"

"그 날. 그 자리에서 다 들었잖아. 나 이기적이야. 나, 우리 가족이 아닌 사람들에겐 냉정해. 배신감 안 느껴? 그래. 지금은 그렇다고 치자. 넌 평생 동안을 여자였던 날 떠올리면서 살게 될 거야. 난 내 모든 것을 모르는 사람을 만나고 싶어. 이만 가 봐."

도윤이 자리에서 일어섰다. 태연해 보이기 위해 손에 힘을 주지도 않았다. 그저 눈가에 힘을 준 상태로 걷기 시작했을 뿐이었다.

"다른 사람을 속이겠다고? 나 아닌 다른 사람을 사랑할 거라고? 네가 그럴 수 있을 것 같아? 아니, 못해! 이 퍼펙트 한 나를 두고 다른 여자를 만날 수 있을 것 같아?"

민숙이 바락바락 소리를 질러댔다. 도윤은 다행이라고 생각했다. 예전의 민숙과 다르지 않아서.

"민숙아. 가자. 회사 들어갈 시간 다 됐어."

바로 앞에서 들리는 목소리는 윤석이었다. 도윤은 애써 웃으며 윤석을 바라보았다. 잘생긴 얼굴에 호감이 가는 스타일이었다. 어쩌면 저 사람에게 민숙을 맡겨도 된다는 생각이 들자 서글퍼졌다.

"야! 최도윤! 너 거기 안 서? 날 버리고 다른 여자 만나서 잘 먹고 잘 살겠다고? 웃기지 마! 내가 그렇게 되게 놔둘 것 같아? 절대 안 돼! 죽어도 안 돼!"

"이번 학기 마치는 대로 유학 갈 거야. 그리고 거기서 졸업하고 나올 생각이야."

"오호, 그럼 그 중간에 내가 민숙이를 채가도 상관없다는 말이겠군?"

윤석이 도윤을 보며 웃었다. 진심으로 기쁜 얼굴을 노골적으로 드러내자 도윤은 손에 힘이 들어가려는 것을 애써 참아야 했다.

"그래요."

"연적이 사라져서 좋기야 하지만. 그냥 돌아오지 말고 아예 외국에 눌러 붙어 사는 게 어때? 금발에 파란 눈을 갖고 있는 쭉쭉 빵빵한 여자 만나 결혼하고."

"그것도 나쁘진 않겠는데요?"

몇 번이나 윤석의 얼굴을 쳐내고 싶은 것을 참으며 도윤은 웃었다. 그 때 민숙이 뛰어와 두 팔을 넓게 벌리며 도윤의 앞을 막아섰다. 도윤은 저도 모르게 민숙의 얼굴로 손이 가려는 것을 갖은 이성을 동원해서 참아냈다.

"안 돼! 못 가! 지금 아니면 안 돼! 빨리 나 잡아! 아니라면 진짜 허윤석한테 가버린다!"

"네 뜻대로 해. 하지만 내가 다시 돌아와 네가 그 때까지 계속 혼자면 내 모든 것을 이해했다고 생각하고 청혼할 거야."

"웃기지 마! 내가 그 때까지 널 기다릴 것 같아? 나 인기 많은 거 알잖아! 지금 아니면 나도 너 필요 없어!"

"내 미래에 대한 판단은 끝났어. 네 미래는 네가 알아서 판단해. 뭐, 시간이 지나도 내가 널 사랑한다는 사실은 변하지 않겠지만 말이야."

14화. 대한건아. 최도윤

도윤은 스스로도 자신이 참 이기적인 남자라고 생각했다. 그 말 한마디에 자신을 잡지도 못하는 민숙을 지나치면서 두 주먹을 불끈 쥐었다. 지금 당장이라도 달려가서 윤석을 쥐어 패고 싶은 것을 애써 참고 있었다. 어떻게 이 이른 시간에 두 사람이 같이 있는 것인지 당장 따지고 싶었지만 주먹에 힘을 주는 것으로 참아내었다. 이제 두 사람의 사이에 관해 참견할 수 있는 권리는 없었다. 고개를 들어 하늘을 보았다. 간혹 흩어지던 눈발이 더욱 거세지고 있었다. 마치 도윤의 마음처럼…….

시험이 끝나자마자 휴학계를 내고 집으로 돌아와 짐들을 챙기기 시작했다. 그리고 공항으로 가는 내내 도윤은 아무 말이 없었다. 게이트로 들어가기 전 석희는 눈물을 흘리고 있었다. 순식 역시 눈시울이 붉어져 있었다. 짐을 맡기고 돌아온 도진을 보며 도윤은 들고 있던 자신의 차 키를 도진에게 주었다.
"네가 타고 다녀."
"형?"
"의료서적 무겁잖아. 도석이는 아버지 차 물려받을 거고. 그리고 그 때 너한테 맞았던 뺨 한 대로 나 정신 제대로 차렸으니까 너무 걱정하지 않아도 돼."
도윤의 그 말에 석희와 순식의 눈이 커졌다. 온순하기만 한 도진이 도윤에게 손을 날렸다는 것은 이해가 되지 않았다. 그것도 네 살이나 많은 형에게 말이다.
"제가 맞을 짓을 좀 했어요. 아……."
그 때, 도윤의 말이 멈췄다. 눈에 눈물이 가득한 서현의 얼굴이 보였기 때문이었다.
"너 여기가 어디라고 왔어!"
도진의 음성이 커졌다. 하지만 도윤은 그런 도진을 막아 세우며 서현의 앞으로 걸어갔다. 그리고 팔을 뻗어 서현의 어깨를 두드렸다.
"그렇게 자책감 느낄 필요 없어. 나에게 실망은 좀 했겠지만 말이야. 너 때문에 그나마 마음속에 있던 짐을 내려놓은 것 같아서 좋아. 그러니까 서현이 넌 울지 않아도 돼."
"미안해. 미안해. 오빠."
서현이 왈칵 도윤의 허리를 끌어안았다. 도윤은 피식 웃으며 서현의 등을 따뜻하게 두드려 줄 뿐이었다. 살짝 고개를 들어 올리던 도윤의 눈에 민혁의 얼굴이 들어왔다. 허리를 감싸고 있던 서현의 힘이 풀리자 민혁의 앞으로 걸어갔다. 두 사람은 누가 먼저 뭐라 할 것도 없이 서로를 감싸 안았다.

"가서 다 털어내고 돌아와."

"그렇게 할게."

"난 내 친구 최도윤을 믿으니까."

"끝까지 이기적인 놈이라서 미안하다."

서로를 마주보며 어깨를 두드렸다. 도윤의 눈빛이 흔들리자 민혁이 머리를 긁적였다.

"민숙이는……."

"됐어. 오늘 나와 줘서 고마웠다. 시간 다 됐어. 들어가 볼게."

민혁이 고개를 끄덕였다. 도윤은 모두들 한 번씩 안았다. 마지막으로 순식을 끌어안은 도윤은 고개를 숙여 어깨에 얼굴을 묻었다. 항상 크기만 했던 아버지가 이렇게 작게 느껴지자 서글픔이 몰려왔다.

"다음에 돌아올 때는 완벽한 대한의 건아가 되어서 돌아오겠습니다."

씩씩한 목소리을 남기고 도윤이 뒤로 돌아섰다. 그리고 게이트 안으로 사라졌다.

* * *

8월의 날씨는 장난이 아니었다. 지글지글 타오르는 모래사장 위로 태양의 열기가 그대로 온 몸에 훅 전해져 오는 듯했다. 누구 때문에 기합을 받는 것인지도 모를 정도로 20바퀴나 띈 뒤에 탈진할 듯 쓰러졌다. 다행히 지금 이 시간부터는 자유시간이라 마음껏 쉴 수 있다는 것이었다.

샤워를 마치고 돌아온 도윤은 자리에 앉을 새도 없이 누군가의 부름에 일어나야 했다.
"일병. 최도윤!"
제대로 군기가 든 자세로 차렷 자세를 한 도윤을 보며 김 병장이 실실 웃고 있었다. 자신보다 한참 나이가 어려도 고참이라는 이유로 참아야 했다. 그리고 이런 일에 이력이 난 것도 사실이었다.
지옥 같은 훈련들을 겨우 마치고 내무반에 들어왔을 때 도윤의 곱상한 외모를 가지고 모두 말이 많았다. 더군다나 상관들은 치대생인 도윤을 보고는 왜 위생병으로 가지 않았냐고 물을 정도였다. 그리고 자신들의 딸이나, 조카들을 소개시켜 주기 위해 안달이었다. 하지만 도윤은 모두 거절했다. 간혹 '명령이다'를 외치며 거세게 밀고 나가는 상관들도 있었지만 도윤은 불복종했다. 물론 농담에 가까운 말이었기에 가능한 일이었다. 거기다 자유 시간에 그늘 밑에서 낮잠을 자고 있으면 몇몇 짓궂은 인간들이 볼에 뽀뽀를 하고 도망가기도 했다.
얼굴로 다가올라치면 귀신같게도 눈을 뜨곤 했던 도윤도 날쎌 정도로 빠른 인간들 앞에서는 속수무책이었다. 그 뒤로 낮잠 자는 습관을 고쳤다. 그 시간엔 운동을 하거나, 책을 읽었다. 그리고 몇 번이나 차가운 시선으로 상대방을 주눅 들게 만든 뒤 다시는 건드리지 못하게 만들기도 했다. 축구에서도 큰 두각을 나타내기도 했다. 공격뿐만 아니라 수비도 악착같이 해냈다.
그 때 김 병장이 도윤의 엉덩이를 소리가 나도록 철썩 때렸다. 순간 도윤의 얼굴이 굳었지만 고참에게 주먹을 날릴 수도 없는 일이었다.
"미스 최. 오늘 외박 나간다면서? 나도 나가는데 나가면 데이트라도 어때?"

"변태로 오인 받기는 싫습니다."

"우리 미스 최가 워낙 예쁘게 생겨서 말이야. 저쪽 박 병장도 우리 미스 최를 노린다는 소문이 돌던데."

이럴 때마다 도윤은 확 머리가 돌아버릴 것 같았다. 민간인일 때도 외모 때문에 스트레스를 받았었지만 이건 군대에서 더 했다. 처음 도윤이 자대 배치를 받았을 때도 '여자보다 더 예쁜 놈이 들어왔다.'는 소문이 삽시간에 퍼져 곤욕을 치러야 했다. 거기다 이병 시절엔 어찌나 집적대는 녀석들이 많은지 주먹을 날려 입을 틀어박게 만들고 싶은 것도 애써 참아야 했다. 끈적끈적한 손길이 가슴께에서 느껴졌다. 셔츠 속으로 김 병장이 손을 밀어 넣은 것이었다.

"야! 김 병장!"

갑자기 뒤에서 들리는 소리와 함께 모두의 얼굴이 굳었다. 이제껏 도윤을 희롱하던 김 병장은 물론이요 뒤에서 키득거리며 구경을 하던 다른 대원들의 얼굴에도 긴장감이 감돌았다.

"병장, 김영훈."

"너 내가 그딴 짓 하다가 또 한 번 더 들키면 어쩐다고 했는지 벌써 잊었나?"

"아닙니다!"

"오늘도 너 때문에 피 같은 쉬는 시간에 대원들 모두 연병장을 돌지 않았나. 그것도 몇 시간이 지났다고 잊은 건가?"

"아닙니다! 시정하겠습니다."

차가운 시선이 온 부대를 얼어붙게 만들었다. 정혜원 소위는 이 부대에 있는 유일한 여자였다. 허나, 쉽게 보고 행동했다가는 안 된다는 것은 이곳의 불문율이었다. 그만큼 무시무시한 강철이라고 소문이 났고 실제로도 그러했다. 도윤은 또다시 기합을 받게 되었다는 생각에 머리가 지끈거려 이마로 손이 올라가려는 것을 막아야 했다.

"두 사람 지금 당장 따라 나온다. 실시."

"실시!"

"실시."

짜증나는 표정을 애써 삼키며 뒤따라 나선 도윤은 지금 가고 있는 길이 연병장이 아닌 것을 깨달았다. 군대 뒤쪽에 있는 산책로였고 갑작스러운 분위기에 도윤은 긴장했다. 그건 영훈도 마찬가지인 듯 보였다. 갑자기 자리에서 멈춰선 혜원 때문에 두 사람도 자리에서 멈춰 섰다.

"웃통 벗어."

그 말에 두 사람이 고개를 돌려 혜원을 바라보았다. 그리고 그들을 따라 나온 부대원들도 놀란 듯 헉 소리를 들이켜야 했다. 저 말뜻은 두 사람의 계급이 상관없어진다는 말이었다. 잠시 망설이던 두 사람을 보던 혜원의 눈초리가 다시 매서워졌다.

"두 번 말 안 한다. 벗어."

그 말에 먼저 옷을 벗은 건 영훈이었다.

"일병, 최도윤. 지금 불복종인가?"

"아닙니다."

영문을 알 수 없어 하던 도윤이 옷을 벗었다. 그 때까지 긴장으로 인해 고요하게 굳었던 주변이 다시 소란스러워졌다. 매끈하게 잘 빠진 도윤의 뒷모습 때문이었다. 하지만 혜원의 눈동자는 두 사람의 얼굴을 한 번씩 향할 뿐이었다.

"지금 여기는 군대가 아니다. 최도윤. 덤벼라."

"네?"

"계급장 뗐다. 여기는 군대가 아니라는 말이다. 때려도, 욕을 해도 좋다. 김영훈. 너도 너 하고 싶은 대로 해봐라. 키스를 하든, 안든 말이다."

도윤은 이제 웃음까지 튀어나왔다. 혜원의 말이 농담이 아니라는 것도 알아차렸다. 그 때까지 긴장을 풀고 있던 영훈이 실실 웃음을 흘리며 도윤의 어깨를 돌려세웠다. 두 사람의 키는 거의 비슷했다. 아니, 영훈이 살짝 작았다. 하지만 급이 달랐다. 큰 키에 모델같이 마른 몸매를 가진 도윤과 다르게 영훈은 근육으로 온몸이 단단했다. 물론 도윤도 무작정 마르기만 한 것은 아니었다. 근육이 잘 잡혀 있었지만 발달이 되지 않았을 뿐이었다.

모두의 눈에는 동정으로 가득했다. 사회에서 건달 짓 좀 하다 왔다는 소문이 난 영훈은 실제로도 입이 거칠고 험했다. 물론 몸싸움 같은 것은 한 번도 해보지 않았지만 영훈의 덩치라면 누구든 먼저 주눅 들고 말았다. 하지만 도윤은 손을 들어 올려 가볍게 영훈의 손을 쳐내었다. 그러자 영훈의 입에서 가벼운 웃음이 흘러나왔다.

"미스 최. 그냥 얌전히 하자고."

"김영훈. 너보다 네 살이나 많은 사람한테 그딴 식으로 구니까 재밌냐? 넌 위아래도 없냐? 아니면 진짜 게이라도 돼? 아니라면 봐줄 때 무릎 꿇고 빌어."

낮고 음산한 목소리에 모두의 어깨가 흠칫거렸다. 영훈 역시 왠지 모를 위압감을 느꼈지만 그건 도윤의 잘 생긴 얼굴 때문에 그런 것이라고 생각했다. 보기에도 체격 차이는 확실했으니 이건 이미 이긴 게임이나 다름없었다. 영훈은 생각할 것도 없다는 듯 도윤을 와락 끌어안았다. 하지만 그와 동시에 도윤의 매서운 주먹이 영훈의 턱으로 날아들었다. 와작 소리가 나며 영훈이 뒤로 넘어갔다.

그 모습에 혜원도 놀랐다. 도윤이 남자라면 욕을 하거나, 맞더라도 영훈에게 반항할 것이라고 생각했다. 그리고 위험 수위가 넘어가면 직접 영훈을 말리고 기합을 줄 생각이었다. 하지만 어이없게도 예상이 빗나갔다. 드러누운 채 아려오는 턱을 움켜쥐던 영훈이 입 밖으로 무엇인가를 내뱉었다. 그건 다름 아닌 부러진 이였다. 충격으로 영훈이 일어나지 못하자 도윤은 앞으로 걸어가 병장이라는 이유로 머리가 긴 영훈의 머리카락을 움켜쥐었다. 그러자 영훈의 상체가 들어 올려졌다. 그럼에도 불구하고 영훈은 일어날 힘조차 없어 보였다.

"입 꽉 다물어. 턱 나가."

영훈의 눈에서 눈물이 쏟아지기 시작했다. 도윤은 여기서 관둘 생각은 추호도 없었다. 하지만 발을 들어 올렸다간 영훈의 목이 부러질 수도 있다는 생각에 그대로 주먹을 들어 올렸다. 하지만 영훈을 때리지는 못했다. 혜원이 뒤에서 도윤의 팔목을 붙잡았기 때문이었다.

"놓으십시오."

"그만해라."

"명령하신 건 소위님이십니다. 그리고 전 이 자식을 봐줄 생각은 추호도 없습니다."

"그러다 죽어. 이미 기절한 거 안 보이나? 명령이다. 최도윤. 손 놔."

"젠장."

도윤은 낮게 욕설을 지껄이며 손을 놨다. 시체처럼 축 늘어진 영훈이 혜원의 지시로 들려갔다. 도윤은 손을 들어 올려 경례를 하고 벗어두었던 옷을 집어 들어 툭툭 털어 입었다.

"정말 주먹을 날릴 생각이었나?"

"겁만 줄 생각이었습니다."

"치대생이라고 하던데 손을 소중히 해야 하는 거 아닌가?"

혜원이 주머니에서 연고를 꺼내 도윤에게 건넸다. 하지만 도윤은 받지 않았다.

"쓸데없는 관심과 친절은 사양하겠습니다."

"쓸데없는 관심이라고?"

"저 좋아하십니까?"

도윤이 직접적으로 묻자 혜원의 얼굴이 붉어졌다. 그러나 도윤의 얼굴엔 표정변화가 일어나지 않았다.

"좋아하지 마십시오. 상처 받는 건 정 소위님이십니다. 그럼 이만 가보겠습니다. 필승!"

거수경례를 하고 도윤이 뒤로 돌아섰다.

"멈춰!"

"상관으로서 명령이십니까, 아니면 사심으로 하는 말입니까?"

"사심이다."

도윤은 생각할 것도 없다는 듯 그대로 발걸음을 옮겼다. 꽤 피곤한 하루였다. 오전 중에도 불성실하게 훈련에 임하는 영훈 때문에 기합을 받았고 방금 전에도 곤란한 상황으로 괜한 긴장을 했던 게 문제였다. 얼굴을 한 번 쓸어내리고 내무반으로 들어선 도윤은 일순 굳어 있는 대원들의 모습에도 놀라지 않고 침상에 걸터앉았다.

"저……기, 일병 최…….."

상병인 지훈이 망설이며 제대로 부르지도 못하고 있었다. 도윤은 방금 전 그 일로 인해 여기 사람들이 겁을 먹고 있다는 걸 알게 됐다.

"일병 최도윤. 편하게 말씀하십시오. 이 상병님."

"면회를 왔다고……. 여자라던데……. 젊은 여자."

"알겠습니다."

도윤은 고개를 갸웃거렸다. 입대한 사실은 가족밖에 몰랐다. 민혁도 모르는 일이었다. 깨끗이 씻고 군복을 갈아입었다. 아마도 서현일 것이라고 생각하며 발걸음을 옮겼다. 면회실로 가기 위해 연병장 쪽으로 나와 걷는데 부대원들의 웅성거리는 소리가 들렸다.

"야, 저 여자 죽인다. 모델쯤 되겠는데?"

"각선미 봐라. 환상이다. 누구 애인이야? 죽이네."

장소가 장소이니 만큼 젊은 여자들 특히, 예쁘거나 몸매가 멋진 여자들이 오면 군대는 난리가 났었다. 아니, 사실 그냥 여자가 왔다는 것만으로도 모두의 관심을 끌기엔 충분했다. 별생각 없이 고개를 돌리던 도윤의 시선이 그대로 멈췄다. 무릎 위로 20센티는 올라올 것 같은 청미니스커트를 입고 몸에 딱 달라붙는 티셔츠를 입은 사람은 다름 아닌 유민숙이었다. 놀라움도 잠시, 민숙을 보고 있는 놈들의 눈을 다 파버리고 싶은 심정이었다. 도윤은 생각할 틈도 없이 민숙을 향해 뛰어갔다.

"유……."

하지만 말을 할 수도 없었다. 날카로운 민숙의 손바닥이 뺨을 스치고 지나간 것이었다. 그럼에도 불구하고 도윤은 자신의 윗옷을 벗어 민숙의 다리를 가리느라 급급했다.

"너 미쳤어? 이런 차림으로 여기를 오면 어쩌자는 거야?"

"나쁜 놈! 끝까지 이기적인 놈! 더러운 자식! 도망친다는 데가 겨우 군대야?"

민숙은 무릎을 들어 올려 도윤의 배를 걷어찼다. 그 바람에 방어를 제대로 하지 못한 도윤이 그대로 배를 감싸 쥐며 허리를 숙였다. 그와 동시에 민숙의 팔꿈치가 도윤의 등을 강타했다. 더 이상 맞고 있을 수는 없었다. 아니, 맞을 수도 있었지만 이렇게 자극적인 모습의 민숙을 더 이상 남들에게 보일 수 없는 문제였다. 재빨리 몸을 일으킨 도윤은 민숙의 손을 붙잡으려고 했다. 하지만 곧 바로 입을 부딪쳐 오는 민숙 때문에 아무것도 할 수 없었다.

머릿속이 새하얗게 변하는 느낌에 도윤은 현재의 상황을 제대로 인식할 수 없었다. 하지만 자신의 목에서 느껴지는 무게감에 현실로 천천히 돌아올 수 있었다. 절박한 느낌으로 키스를 고스란히 전하고 있는 민숙이 느껴졌다. 키 차이 때문인지 민숙은 거의 도윤에게 매달려 있었다. 도윤은 팔을 뻗어 민숙의 허리를 가볍게 감싸 안아 편하게 만들어주었다. 예상치 못한 민숙이 살짝 입술을 떼어내자 도윤은 웃으며 한 걸음 뒤로 물러섰다. 민숙이 손등으로 거칠게 입술을 닦아내자 도윤은 한쪽 눈썹을 찡그렸다.

"아저씨."

"뭐?"

갑자기 민숙의 입에서 툭 튀어나온 말에 황당해졌다.

"아저씨 같아. 머리도 짧고. 얼굴도 까맣고."

"하. 야, 유민숙."

"더워. 시원한 데 없어? 언제까지 여기 이렇게 세워 둘 거야?"

그제야 도윤은 태양의 이글거림을 느꼈다. 민숙이 옆에 내려놓았던 커다란 종이가방을 들자 도윤이 받아 들었다. 길도 제대로 모르면서 민숙이 앞서 걷자 도윤은 피식 웃고 말았다. 그러는 와중에도 정신 못 차리고 민숙을 쳐다보고 있는 놈들을 향해 겁을 주는 것도 잊지 않았다.

건물 안으로 들어서자 다행히 시원했다. 몇몇 면회를 온 가족이나, 연인들이 보였고 도윤도 자리를 잡고 앉았다. 하지만 또다시 민숙에게로 집중되는 시선에 도윤은 벌떡 자리에서 일어났다.

"왜?"

"외출 준비 할 거야. 준비해. 당장 여기서 나가야 돼."

"내가 왜?"

"몰라서 물어? 다른 새끼들이 죽어라 쳐다보잖아! 여기가 무슨 수영장이냐? 누가 그딴 옷 입고 오래?"

"무슨 상관이야? 내 남자친구라도 돼? 날 뻥 차놓고 이제와 무슨 권리로 그래?"

울컥했지만 도윤은 아무 말도 하지 못했다. 민숙의 말이 틀린 건 하나도 없었다.

"아무튼 싫어. 조금만 기다려."

"나쁜 새끼! 끝까지 이기적인 자식!"

뒤에서 민숙이 고래고래 소리치는 게 들렸지만 도윤은 엄청난 속도로 내무반으로 뛰어갔다. 조금 전 그 키스 장면을 목격했던 사람들은 호기심 왕성한 눈으로 도윤을 바라보고 있었지만 그는 그 시선도 느끼지 못하고 있었다.

외출하기 위해 준비를 하고 다시 면회실 문을 열고 들어섰을 때 도윤의 얼굴이 파랗게 질렸다. 바로 민숙이 다름 아닌 혜원과 머리채를 붙잡고 싸우고 있었다. 구경하고 있는 사람들 사이로 성큼성큼 걸어가 민숙의 허리를 가볍게 낚아챘다.

"뭐? 다시 말해 봐. 뭐? 차인 주제에 여기 와서 최도윤 건드리지 말라고? 내가 억지로 키스해서 최도윤이 싫어한다고? 그걸 네가 어떻게 알아? 야! 놔!"

"유민숙!"

도윤이 민숙을 놓으며 소리를 지르자 거짓말처럼 모든 소음이 멈췄다. 잔뜩 화나 보이는 도윤의 모습에 민숙은 헝클어진 모습을 추스를 수도 없었다.

"최 일병."

혜원이 도윤을 부르자 민숙의 눈이 또다시 여우처럼 치켜 올라갔다. 하지만 여전히 자신을 바라보고 있는 도윤의 화난 모습에 민숙은 고개를 숙였다.

"내가 감정적으로 말을 했다. 난 그냥 최 일병에게……."

"13시 넘었습니다. 오늘 외출 신청을 했었습니다. 이만 가보겠습니다."

민숙은 자신을 뚫어질 듯 쳐다보며 이야기하는 도윤을 똑바로 마주할 수 없었다. 여기서 잠시만 기다리라는 말을 남겨두고 도윤이 다시 사라지자 있는 힘껏 혜원을 째려보았다. 물론 처음부터 혜원이 잘못한 것이기는 했지만 민숙은 자신 때문에 도윤이 피해를 입을 수도 있다는 생각에 뒤늦게 후회해야 했다. 빈정거리며 말을 내뱉지 않았어도 참으려고 했다. 하지만 이건 여자 대 여자로서 봐줄 수 없는 문제였다.

도윤이 다시 돌아와 끌고 나갈 때까지 민숙은 혜원에게서 눈을 떼지 않았다. 주차되어 있는 차 앞에서 민숙이 멈추었다. 도윤은 옆자리에 타며 한숨을 내쉬었다. 시내로 나오자마자 도윤은 차를 세우라 했다. 민숙이 세우자 차에서 내렸다. 민숙이 한숨을 내쉬고 있는데 갑자기 문이 벌컥 열리며 도윤이 팔을 잡아 이끌었다.

인도에 있는 벤치에 앉혀진 민숙은 소리를 내지르려다 도윤이 자신의 얼굴에 연고를 바르자 멈칫했다. 흥분해 있는 상태라 얼굴이 다친 것도 모르고 있었다.

"쓰라려."

"그런다고 거기에서 쌈닭 흉내를 내?"

"너 같으면 참을 수 있어? 차였으면 곱게 잊을 일이지 너한테 와서 왜 집적대냐고 하는데 내가 어떻게 참아? 그리고 뭐? 술집 여자? 그래. 오늘 좀 타이트 하게 입었다. 그런데 뭐? 술집여자 같은 게? 아, 진짜. 그리고 치사하게 얼굴을 건드려?"

흥분했는지 침을 튀겨가며 말하는 민숙을 보며 도윤은 말없이 손톱으로 긁힌 곳에 연고를 발랐다. 화장도 엉망이 되어 있었다. 물티슈로 립스틱이 번진 곳을 살짝 닦아주었다.

"여자만 아니었어도 때렸을 거다."

그 말에 민숙의 눈이 튀어 나올 만큼 커졌다.

"뭐? 나를?"

"아니. 정 소위. 봐봐. 흉터 남을 것 같은데. 손톱자국은 잘 없어지지도 않는데."

민숙의 얼굴에 난 상처를 보는 도윤의 얼굴이 점점 굳어졌다. 속상한 마음에 한숨을 내쉬는데 자신을 빤히 바라보는 민숙을 보며 쑥스러운지 헛기침을 하며 턱을 받치고 있던 손을 내렸다.

"이제 진짜 날 믿을 수 있겠어?"

"뭐?"

"네 과거 따위 뭐 어때. 넌 실패라는 경험을 한 번 했을 뿐이야. 그게 밑거름이 되어 앞으로 더 좋은 사람이 될 수 있겠지."

"유……민숙."

전혀 예상치도 못했던 말에 도윤은 말을 잇지 못했다.

"그리고 너 원래부터 성 염색체 XY였대. 너희 집에서 예전에

DNA검사 한다고 너희 막내 삼촌이 머리카락 보존시켜 놨다면 서. 뭐라더라. 이럴 줄 알았으면 과학 좀 공부해 놓을 걸. 아, 그러니까 간혹 성기가 숨겨져 있는 사람이 있는데 그런 경우 같다고. 고환여성화증후군인가? 그러니까 차근차근 조사 좀 해 볼 일이지 왜 그랬어?"
"원래 남자였다고? 내가?"
"그래."
도윤이 잠시 얼굴을 무릎에 묻었다. 그러다 다시 고개를 들어 올렸다.
"그래도…… 아무렇지 않아?"
"뭐가?"
"나 23년간을……."
"거기까지만 하자. 네 말대로 너 남자잖아. 그런데 뭐가 중요해? 물론 나도 혼란스러웠지. 그렇지 않았다고는 말 못해. 내 옛날의 치부도 다 아는 너한테 얼마나 배신감 느꼈었는데. 그래도 날 진짜 사랑하는구나. 그 감정을 느껴서. 아, 뭐야. 왜 나만 고백해. 너도 빨리 고백해."
"기억 안 나?"
"무슨 기억?"
"내 고백은 이미 동영상에 다 퍼져있었잖아. 아직도 기억하는 사람들 많아. 다른 사람 붙잡고 물어볼까?"
"야! 됐어! 창피하게. 여기 어디 공원 없어?"
민숙의 그 말에 가까운 공원을 찾아냈다. 나무 밑 그늘에 자리를 잡고 앉자 민숙은 준비 해 온 도시락을 꺼내기 시작했다. 화려할 정도로 현란한 음식에 도윤은 먹지도 못하고 민숙을 바라봤다.

"대단하지? 새벽 세 시부터 준비한 거야."

"아, 그런데 어떻게 알았어?"

"뭘?"

"내가 군대에 있는 거."

"어떻게 알긴. 도석이랑 도진이 잡고 협박했지. 어디에 있냐고. 당장 가겠다고."

"유민숙답다."

보지 않아도 뻔했다. 얼마나 괴롭혀댔을지. 도윤이 실실 웃기만 하자 민숙은 그의 입 속으로 샌드위치를 구겨 넣었다.

"아까 그 여자 뭐야? 그 여자 너 좋아해?"

도윤이 고개를 끄덕였다.

"진짜? 이럴 줄 알았으면 더 패주고 올걸."

아직도 분한지 이를 가는 민숙을 보며 도윤은 입 속에 있는 음식물을 꼭꼭 씹어 삼켰다.

"그 때 병원에 왔었을 때. 왜 허윤석 데리고 왔어."

"뭐?"

"우리 엄마 수술했던 병원. 그거 때문에 내가 얼마나 질투했는지 알아?"

"아, 야. 당연하지. 나 그 때 수습사원이었는데 지각한다는 게 말이나 돼? 어쩔 수 없이 윤석 오빠 끌고 나오기는 했는데 넌 상대도 안 해주지. 나 쳐다보지도 않지. 그렇지 않아도 나도 혼란스러운데 너는 잡아야겠는데 말은 안 나오지."

"힘들게 해서 미안해."

도윤이 팔을 뻗어 민숙을 껴안았다. 그러다 아까 말했던 성염색체가 떠올랐다. 괜히 막내 삼촌 진석이 원망스러워졌다. 그 검사를 빨리 하면 좋았을 텐데 왜 늦게 해서 이렇게 사람을 애태우게 만들었는지. 그래도 도윤은 이제 후회는 없었다. 민숙의 말대로 이 세상에서 가장 귀한 실패라는 경험을 한번 했을 뿐 앞으로 살아갈 날이 더 많다는 것을 깨달았기 때문이었다.
"이거 다 먹고 가자."
민숙이 갑자기 도윤의 팔을 풀면서 음식을 입에 집어넣기 시작했다. 갑작스럽게 서두는 느낌에 도윤은 왠지 불길한 예감이 들었다.
"어딜?"
"어디긴. 확실한 족쇄 채우러 가야지."
농담이 아니었던 모양이었다. 시내에 있는 작은 호텔에 들어서자마자 키를 받아 든 민숙은 도윤의 멱살을 거의 끄집듯이 해서 걷고 있었다. 엘리베이터에 올라타자마자 문이 닫혔다.
"야, 유민숙!"
"입 다물어."
"너 제정신이야?"
"우리 아빠 말씀 잊지 않았지? 피임만 확실히 하면 돼."
도윤은 결국 웃고 말았다. 민숙이 끄는 방으로 들어가자마자 그녀는 들고 있던 핸드백을 테이블에 던진 다음 그를 돌아보았다. 탁자와 소파, 화장대와 커다란 침대가 있는 별다를 것 없는 곳이었다. 도윤은 괜히 어색한지 주위를 둘러보았다.
"야, 호텔 방이 이렇게 생겼……."
도윤이 말을 마치기도 전에 민숙이 그의 얼굴을 감싸 쥐며 키스를 하기 시작했다. 뜨거운 입술이 닿자 도윤은 저도 모르게 숨을 들이켰다. 숨이 막히고, 어지럽고, 몸이 더워지기 시작했다. 민숙은 키스에 열중하면서 도윤의 옷을 벗기기 시작했다. 도윤은 잠시 그녀를 떼어 놓았다.

"우리 조금 천천히 하자."

"또 도망가려고?"

"도망 같은 거 안 가거든?"

"그럼 이제까지 한두 번의 전적은 뭐야?"

"그건!"

도윤은 뭐라 말하지 못했다. 이번에는 그가 먼저 그녀의 입술을 찾았다. 그가 고개를 옆으로 기울이며 더 안쪽까지 혀를 밀어 넣었다. 민숙은 얌전히 그를 받아들이고 있었다. 방금 전까지도 무엇 때문에 고민을 하고 있었나 생각할 틈도 없이 도윤은 민숙에게 온전히 빠져들고 있었다.

도윤은 마음속에서 일렁이는 욕망과 이성 사이에서 고민하고 있었다. 이대로 민숙을 안아야 하는 것인가 말 것인가로.

"날 두고 망설였던 거 정말이야?"

"내가 망설였던 이유는 네가 싫어서가 아니야. 내가 자신이 없었다. 누군가를 사랑하는 일 같은 건 못할 거라 생각했거든. 왠지 난 그런 것을 하면 안 될 것 같았어. 욕심내면 안 될 것 같아서였어. 망설인 건 아니었어."

민숙의 손바닥이 도윤의 가슴에 닿았다. 손바닥에 도윤의 맨가슴이 닿는 느낌은 따뜻했다. 그리고 전기가 흐르는 것 같았다. 도윤은 따뜻하고 부드러웠다. 이 감각에 민숙의 심장이 미친 듯이 뛰었다.

"가슴……."

"뭐?"

"가슴 만져도 돼?"

이런 질문을 받을 거라고는 전혀 상상도 하지 못했었다. 민숙은 웃으며 고개를 끄덕였다. 도윤의 손가락은 미세하게 떨리고 있었다. 그런 도윤을 보는 민숙은 울고 싶을 정도로 온 몸이 떨리는 것을 느꼈다.

민숙은 본능적으로 현재 도윤이 만족하고 있다는 것을 느낄 수 있었다. 소중한 것을 다루 듯 그는 너무나 조심스럽게 민숙을 매만지고 있었다.

"저기……."

"또 뭔데?"

"내 마음대로 만져도 돼?"

"야, 너 자꾸 분위기 깰래? 어쩜 마음대로 하나도 못해?"

"그거야 네가 아플까 봐."

"너도 한 때 이랬을 거 아니야."

도윤이 침을 꿀꺽 삼켰다. 그러더니 잡히지도 않는 짧은 머리카락 속을 긁적이며 고개를 흔들었다.

"이런 풍만한 가슴 가져본 적 없었는데."

민숙은 기가 막혔다. 도윤의 눈은 정말 지금 이 상황이 너무나 신기하다는 듯 호기심을 나타내고 있었다.

"여자 몸 보긴 봤을 거 아니야."

"그 땐 뭐 관심이나 있었겠냐? 그냥, 그랬지. 이것도 다 유민숙 몸이니까 내가 관심이 가는 거지. 농담 아니라 유민숙 말고는 나 다른 여자한텐 관심도 없어."

민숙은 그 말이 진담이라는 것을 알고 있었다. 그가 너무도 소중하게 자신의 몸을 쓰다듬고 있었기 때문이었다. 한 번도 느껴보지 못했던 애틋하고도 강렬한 감각이 전신을 에워싸고 있었다.

"널 만지고 싶고, 갖고 싶고, 안고 싶어."

도윤이 고백하듯 속삭였다. 민숙은 고개를 끄덕이며 그대로 도윤을 끌어안았다.

* * *

눈이 부시도록 환한 느낌에 천천히 눈을 떴다. 팔을 뻗어 옆을 더듬는데 따뜻한 감촉이 없어 자리에서 벌떡 일어났다. 자리에 누워 있어야 할 민숙이 없었다. 도윤은 재빨리 자리에서 일어나며 몸에 아무것도 걸친 게 없다는 것을 확인하고는 시트로 대충 허리를 감은 뒤 욕실로 향했다. 노크를 해봐도 아무 반응이 없었다. 손잡이를 돌리자 문이 열렸지만 욕실은 텅 비어있었다.

좁은 호텔방을 다 뒤져봤지만 민숙은 없었다. 도윤은 허겁지겁 옷을 주워 입고 카운터를 향해 뛰기 시작했다.

"807호요."

"네. 조금 전에 여자분께서 체크아웃 하셨는데요. 아, 그리고 이거 전해주라고 하셨어요."

그건 하얀 쪽지였다. 도윤은 다급한 손놀림으로 쪽지를 펼쳐들었다.

〈잘 따 먹었다. 최도윤. 그런데 너 테크닉 좀 배워야겠더라. - 유민숙〉

도윤이 웃으며 이마를 내리쳤다. 그렇다고 핸드폰 번호도 기억나지 않으니 전화를 할 수도 없는 상황이었다. 도윤은 수고한다는 말을 남기고 호텔에서 빠져나왔다. 주위를 둘러보았지만 민숙의 그림

자는 찾아 볼 수도 없었다.

다시 부대로 들어와 신고를 하고 내무반으로 향했다. 멍한 표정으로 들어오는 도윤을 보고 놀란 영훈이 그대로 얼어붙었다. 다른 사람들도 마찬가지였다. 하지만 도윤은 그런 것들에 신경 쓸 여유가 없었다.

"저기 최 일병."

옆에서 들리는 목소리에 도윤이 자리에서 일어났다.

"일병 최도윤."

다른 아닌 상병 지훈이었다.

"목 좀 가려야겠는데."

"목 말씀이십니까?"

고개를 갸웃거리던 도윤이 거울 앞으로 가서 섰다. 그리고 그것이 무엇인지 인식하는 순간 얼굴이 붉게 달아올랐다. 목에는 민숙이 만들어 놓은 키스 마크들로 빼곡히 박혀있었다.

"면회 신청."

설마 민숙일까 싶었지만 면회실로 가보니 정말 그녀가 서 있었다. 다가가려고 했지만 민숙이 멈춰 세웠다.

"거기까지."

"뭐?"

"네 죄를 네가 알렸다."

"그건 또 무슨 말이야?"

"너 2년 동안 산으로 도망쳤고, 이번에 또 군대로 도망쳤어."

할 말이 없었다. 확실히 도망을 치긴 했었지만 아직 저 문제의 말을 제대로 파악하지 못했다.

"나 프랑스로 가. 거기서 공부하면서 회사 다녀. 아마 월급은 네

초봉보다 훨씬 많을 거야. 거기다 너 졸업하려면 아직 5년이나 남았 잖아. 군대도 1년 넘게 남았고."

6년 뒤라면 너무 늦었다. 서른두 살까지 민숙을 만날 수 없다는 생각에 도윤이 다시 몸을 움직이려고 했다.

"한 발짝이라도 가까이 와 봐. 다시는 너 안 본다."

그 말에 도윤은 움직일 수도 없었다. 지금 민숙의 눈이 장난이 아니라는 것을 느꼈기 때문이었다. 갑자기 민숙이 왜 저러는지 몰라 도윤은 의아했다.

"내가 선심 써서 그 정도의 시간은 봐줄게. 제대하는 즉시 이번엔 네가 날 찾아와. 조금 불리하기는 하지만 최도윤이 워낙 멍청하니까 한 번으로 봐주는 거야. 내가 널 먹여 살리고, 공부시킬 거니까 숟가락만 들고 오면 돼. 알았어?"

"민숙아."

"너 제대하고 딱 한 달이야. 그 뒤는 더 이상 없어. 늦으면 넌 낙오자가 되는 거야. 이상."

그 말만 남기고 민숙은 사라졌다. 너무 강력한 태풍 같은 민숙의 말에 도윤은 웃을 수밖에 없었다.

그 뒤로 시간은 흘러갔다. 군대 내에선 더 이상 자신을 괴롭히는 사람이 없어졌다. 아마도 그 때 영훈을 때려눕힌 사건이 뇌리에 꽤 깊게 남은 모양이었다. 거기다 혜원도 다른 부대로 발령을 받았고 도윤의 군 생활은 완벽하게 마무리 되었다.

모자를 눌러쓰고 있어서 어느덧 길어버린 머리가 길고 하얀 뒷덜미까지 내려와 있었다. 오랜만에 학교로 나온 도윤은 동기들과 선배들에게 인사를 했다.

"아쉽다. 이대로 헤어지다니."
"현석 형. 그대로만 하면 의사 선생님 금방 되겠다."
"웃기지 마. 갑자기 군대나 가고. 그나저나 더 남자다워졌다? 나도 군대 좀 다녀와야 하려나?"
"그 나이에 가서 얼마나 고생을 하려고? 인간이 할 짓이 못 된다니까. 석준이 너도 열심히 해. 미주하고 영재한테도 안부 전해 줘. 아, 그리고 강인수한테도."

도윤은 인사를 전한 뒤 치대 건물을 빠져나와 걷기 시작했다. 그러던 중 낯설지 않은 누군가와 부딪쳤다. 바로 진영이었다. 놀란 토끼눈으로 도윤을 바라보던 진영이 이내 코앞까지 달려왔다.

"오빠."
"오랜만이다. 그 땐 끝까지 못 도와줘서 미안했어."
"아니에요. 저 이 학교 다녀요."
"그래. 부모님한테 들었어. 열심히 해서 꼭 좋은 의사 선생님이 돼라."

도윤은 손을 들어 올려 진영의 머리를 한번 쓰다듬어 주었다. 하지만 도윤의 옆에 있는 큰 트렁크를 보고 의아한 눈빛으로 고개를 들었다. 도윤은 그저 픽 웃을 뿐 다른 말은 하지 않았다.

"저 그 때 오빠 많이 좋아했어요."
"고맙다."
"꼭 친오빠 같았거든요."
"너도 내 동생 같았어. 착하고 예쁜 여동생."

도윤이 부드럽게 웃어주었다. 그러자 진영도 고개를 크게 끄덕였다.

"그런데 어디 가세요? 여행 가방도 큰데."

"한국 떠나."

"네?"

"나 먹여 살려준다는 마누라한테 가. 늦으면 큰일이야. 유효기간이 있거든. 그리고 그 시간에 늦으면 나 평생 낙오자가 돼서 살아야 하니까 죽어도 늦을 수도 없거든. 비행기 시간 촉박하니까 가볼게. 늦으면 그 고양이가 쥐 잡듯이 날 잡을 거야. 하긴, 이미 꼼짝 없이 잡혔네. 가볼게."

"오빠. 행복하세요."

도윤은 여전히 잘생긴 얼굴로 씽긋 웃으며 엄지를 치켜들고 몸을 돌려세웠다. 여전히 많은 사람들의 시선을 멈춰 세울 정도로 잘생긴 얼굴로 도윤은 자신의 모든 인생을 걸 민숙에게로 향했다.

〈THE END〉

에필로그 1

찌는 듯한 더위에 공부하는 것도 지쳤다. 하루 종일 에어컨 바람 밑에 있는 것만으로도 온 몸에 소름이 돋을 정도라 차라리 강의실에서 하는 게 낫겠다 싶어 자리를 옮겼지만 그래도 인간이란 문명의 이기를 이용하는 게 좋을 거라 생각했다. 하는 수 없이 다시 도서관으로 자리를 옮기기 위해 짐들을 챙기다 며칠 전 민숙에게서 온 사진을 들어 올렸다.

바캉스를 제대로 즐긴 모양인지 까맣게 그을린 피부는 특히나 건강해 보일 정도로 좋아보였다. 사실 제대한 뒤 바로 프랑스로 갔을 때 겨우 일주일밖에 지내지 못했다. 민숙은 보자마자 반가워하기는커녕 빨리 돌아가 공부하라 구박이었다. 그 많은 공부 언제 다 할 거냐면서. 그래서 결국엔 그럼 세계적인 문화유산에 대한 관광이라도 즐겨보자고 애원해서 겨우 일주일을 버틸 수 있었다.

본과로 올라오면서 공부할 양은 더욱 방대해졌고 전화 통화를 할 시간도 많지 않았다. 다행히 밤낮없이 공부하는 통에 민숙과의 통화는 가능했다. 시차를 따지지 않고도. 게다가 얼마 전엔 강현에게서 전화가 왔다. 곧 결혼하니 축하해 달라는 말과 함께. 아무리 바빠도 친구의 결혼식 정도는 가주는 게 예의였다. 물론 결혼 상대자가 화선이라는 말을 들었을 때는 무척이나 놀라긴 했지만.

이제 본과 1년인 도윤은 동기들과는 2년의 격차가 벌어져 있었다. 하지만 누구든 군복무는 해야 했고 보건의로 간다고 해도 3년의 시간을 보내야 했기 때문에 결국은 도윤이 1년을 벌어들인 것이었다. 물론 학년 차이가 난다고 해도 신경도 안 쓸 도윤이기는 했지만.

"최도윤, 어딜 가는데 이렇게 차려 입었어?"

"형 오늘 따라 정말 멋있네요. 역시 남자는 나이가 들수록 멋있어지는 건가?"

"친구 결혼식이 있어. 가봐야지. 나중에 보자."

사람들에게 인사를 한 뒤 정문으로 발걸음을 옮겼다. 정문 앞엔 이미 민혁의 차가 와서 대기해 있었다. 민혁은 이미 행정고시에 합격한 공무원이었다. 처음엔 민혁이 공무원을 한다고 했을 때 무척이나 놀라서 입을 다물지 못했다. 게다가 옆에서 친구들은 그 성격에 무슨 공무원을 하냐며 만류했지만 민혁은 당당히 합격해 성실할 정도로 잘 다니고 있었다.

이렇게 더운 여름 무슨 결혼이냐며 민혁이 투덜거렸지만 도윤은 웃으며 차에 올라탔다. 시원한 에어컨 바람이 느껴지자 그나마 막혀왔던 숨이 풀려왔다. 뒷자리에 앉아있는 서현을 보고 인사하는 것도 잊지 않았다. 두 사람은 민혁이 공무원 시험에 붙자마자 결혼해 현재 서현은 임신 5개월째였다.

"힘들진 않아?"

"그럼요. 입덧도 심하지 않게 지나갔고."

"다행이네."

"우리 아이요. 태어나면 오빠를 많이 닮았으면 좋겠어요."

도윤은 웃고 말았다. 잘난 것은 하나도 없었다. 운동을 해봤자 생기지도 않는 근육 때문에 몸매는 그다지 보기 좋지도 못했고, 얼굴도, 성격도 그리 원만하지 못하다고 생각했기 때문이었다.

"안 돼. 우리 애는 절대 도윤이 닮으면 안 돼. 날 닮아야지."

"그래. 유민혁 닮으면 잘생기고, 성격이 조금 안 좋긴 하지만."

"뭐? 그나저나 민숙이는 잘 지낸대?"

"그런가 봐. 사진을 몇 장 보내왔는데 까맣게 타서 훨씬 보기 좋았어."

"최도윤 눈에 유민숙 안 예쁜 데가 있기라도 하냐?"

민혁이 비아냥거려도 도윤은 그냥 웃기만 할 뿐이었다. 사실 집에 아직도 민숙과 사귀고 있다는 말을 했을 때 순식과 석희는 아연실색했다. 하지만 실제로 민숙의 집안은 조폭이 아니었고 그저 큰 술집을 운영하는 것뿐이었다. 게다가 모든 사실을 알면서도 도윤과 함께 해 준 민숙이 고마워 두 사람도 더 이상 반대를 하지 않았다. 그리고 도윤은 왜 민혁에게 장난을 쳤느냐며 따져 물었다. 민혁은 그저 그 때는 가벼운 장난이었다고 말하면서 일이 그렇게 커질 줄은 몰랐다고 말했다. 물론 그 과정에서 도진이 제일 놀라워 하기는 했다. 도진 역시 민숙의 쌈닭 같은 성격을 잘 알고 있었으므로 이렇게 오랫동안 두 사람이 사귈 거라곤 상상도 하지 못한 모양이었다.

"대체 그 회사에서는 언제까지 민숙이 프랑스에 묶어 둘 생각이래?"

"그러게. 그래도 요즘 신예 디자이너로 인정받고 있나 보더라."
"유민숙, 출세했네. 그럼 숙 디자이너 되는 건가?"
"그렇지 않아도 민숙이 이름 때문에 스트레스 받는데 그만해라. 유민혁."
툭 하면 개명하겠다고 말하는 민숙을 말리느라 도윤은 몇 번이나 애를 써야했다. 지금 이름 그대로가 좋다고 했지만 민숙은 틈만 나면 촌스럽다, 시대에 뒤떨어진다는 이야기를 하곤 했다. 하지만 그녀에겐 민숙이라는 이름이 제일 어울렸다.
결혼식장에 도착하자 제일 처음 보이는 건 환히 웃고 있는 강현이었다. 도윤은 말없이 강현을 꽉 안아주었다.
"와줘서 고맙다."
"당연히 와야지. 축하한다."
"신랑은 됐고 신부나 구경하러 가야겠다."
여전히 장난기 가득한 민혁의 말에 도윤도 웃으며 신부대기실로 향했다. 화사한 드레스를 입고 자리에 앉아 있는 화선은 무척이나 예뻐 보였다. 두 사람이 어떻게 다시 만나 결혼까지 하게 된 것인지는 몰랐지만 축하해줘야 할 일이었다. 자꾸 민혁의 놀리는 말에 화선은 쑥스러워하며 고개도 잘 들지 못했다.
"축하해. 화선아."
"고마워."
"행복해. 강현이라면 잘해 줄 거다."
"응."
"그럼 식 끝나고 보자."
팔에 소름이 돋을 정도로 결혼식장은 에어컨이 풀가동되고 있었다. 서현이 추워하자 민혁은 옷을 벗어주며 부부애를 과시하고 있었다. 도윤은 그 모습을 보면서 싱글은 어디 서러워 살겠냐고 타박하며 결혼식에 집중했다. 지루할 정도로 길었던 주례사가 끝나자 곧 사진촬영이 이어졌다. 민혁과 함께 제일 뒷자리에 서서 사진을 찍던 도윤의 눈이 놀랄 만큼 커졌다. 신부의 부케를 받는 장면이었는데 앞으로 걸어 나온 사람은 다름 아닌 민숙이었다.

"유민숙?"

분명 결혼식 내내 보이지 않았다.

"어? 유민숙!"

민혁이 크게 민숙의 이름을 불렀다. 그러자 민숙이 손을 흔들었다.

"비행기가 연착해서 조금 늦어졌어."

"자, 친구 분 잘 받으시고 촬영 들어갑니다."

사진기사의 말에 민숙은 부케를 받을 준비를 하고 있었다. 2년 만에 보는 민숙은 여전히 건강해 보였다. 사진보다 훨씬 좋아 보여 도윤의 입가엔 절로 미소가 떠올랐다. 환한 미소로 부케를 받아 든 민숙이 도윤의 앞으로 걸어왔다. 하지만 뭐라 말하기도 전에 민숙이 부케를 도윤의 앞으로 내밀었다. 이게 뭐냐는 듯이 쳐다보자 민숙은 픽 웃었다.

"나 이제 유명한 디자이너야."

"알아."

"아무리 치과의사가 돼도 내가 버는 돈이 훨씬 많다는 건 알고 있지?"

도윤이 고개를 끄덕였다.

"완벽한 남자가 된 것 같아?"

잠시 머뭇거리는 도윤을 보고 민숙이 이마를 찌푸렸다. 도윤은 손가락으로 민숙의 미간을 꾹꾹 눌렀다.
"주름 생겨. 그리고 난 처음부터 완벽한 남자였어. 알잖아?"
자신 있게 말하는 도윤을 향해 민숙이 고개를 크게 끄덕였다.
"지금 천하의 유민숙이 프러포즈 하는 거야. 당연히 받아주겠지? 안 받아주면 축 사망이니까 거절하기만 해. 앞으로 아픔 없이 우리 행복하게 잘 살자. 사랑해."

에필로그 2

오랜만에 진석의 병원을 찾은 도윤은 변하지 않았다며 소파에 털썩 앉았다.

"나 같은 경우는 일반적인 병이 아닌 것 같아. 생각해 봐. 삼촌. 미친 듯 아프다가 갑자기 남자가 됐어. 거기다 기능을 못하는 것도 아니야. 삼촌은 어떻게 생각해?"

"그러게 말이다. 사실 뭐, 이건 있을 수 없는 일이지."

"내가 조금 이상한 성장과정을 거치긴 했어도 남자긴 남자니까."

"그래. 그나저나 너 민숙이는 어떻게 할 거냐? 민숙이 벌써 나이가 서른인데."

사실상 도윤의 나이는 법적으로 네 살이나 어려 스물여섯이었지만 민숙의 나이는 서른이었다. 하지만 아직 본과도 3년이나 남아 있었기 때문에 당장은 민숙을 먹여 살릴 길이 없었다. 하지만 주위 사람은 민숙이 능력이 있는데 그게 무슨 대수냐며 그 둘의 결혼을 종용했다.

도윤은 스스로 이기적이라고 생각했다. 어차피 결혼은 무슨 일이 있어도 민숙과 할 것이었다. 하지만 아직 학생인 신분으로 결혼하기에는 무리가 있다고 생각했다. 대학을 졸업하면 서른셋이 될 것이고 그때쯤 결혼해 애를 가진다면……. 아무래도 무리가 있다고 생각했다. 거기다 자신의 이기심으로 민숙의 프러포즈를 거절하지 않았던가.

진석의 병원에서 빠져나온 도윤은 근처에 있는 백화점으로 향했다. 반지를 사기 위해 귀금속 코너 앞에 서 있었지만 아직도 고민하고 있었다. 이렇게 덥석 결혼반지를 꺼내면 민숙이 받아 줄 것인가? 의사가 되어서나 오라고 콧방귀를 뀔지도 몰랐다.

"어떤 반지 보시나요? 여자친구에게 해 줄 거?"

"네? 아, 뭐."

"커플링 하시게요?"

여직원이 산뜻하게 미소를 짓고 있었다.

"청혼을 하려고 하는데……."

청혼이라는 말에 여직원의 눈이 커졌다.

"어머, 여자친구 분 너무 좋으시겠다. 그런데 혹시 배우 같은 거 아니세요? 너무 잘 생기셔서."

도윤은 가볍게 고개를 흔들었다. 배우 같은 것도 아니었고 외모로 튄다는 것은 여전히 불편한 일이었다. 하지만 반지 가격은 만만치가 않았다. 그냥 흔한 반지는 해주고 싶지 않았다. 적어도 보석이 있는 것으로 해주고 싶었다. 도윤은 다음에 다시 오겠다는 말을 하며 돌아섰다. 그 때 윤석과 눈이 마주쳤다.

"허윤석?"

"오, 이게 누구야? 미남 최도윤 씨 아니야?"

달갑지 않았는지 도윤이 서둘러 피하려고 했지만 윤석이 그런 그를 저지했다. 결국 백화점 내에 있는 카페로 들어섰다. 화려한 외모의 두 사람에게 사람들의 눈길이 꽂히는 건 당연한 일이었다. 도윤은 그런 시선이 여전히 부담스러웠지만 윤석은 아무렇지도 않은 모양이었다.

"백화점은 무슨 일이야?"

"그냥. 선물 좀 사려고. 허윤석 씨는요?"

"아, 이번에 우리 회사에서 명품 시계를 출시했거든. 그래서 확인차 나왔지. 모델 좀 해달라니까. 사장님이 도윤 씨 사진 보더니 어떻게 지면으로도 안 되겠냐고 난리를 치셨거든."

"아직도 절 기억하고 계시나 보죠?"

"그럼. 그 얼굴이 어디 쉽게 잊힐 얼굴인가. 지금 데뷔하면 이태림 뒤를 잇는 스타가 될 수도 있어. 아니, 이태림 위치가 위태위태하려나?"

도윤은 말도 안 된다고 생각했다. 이태림이라고 하면 세계적으로 유명한 배우였다. 거기다 의사 출신 배우 아니던가. 절대 태림만한 연기적 재능을 갖고 있지 않은 건 도윤 스스로가 잘 알고 있었다.

"시계 지면 광고 찍나 보죠?"

"응. 그런데 마땅한 모델이 없어서."

서류를 훑던 윤석이 그런 도윤의 반응을 놓칠 리 없었다.

"왜? 어떻게 해 볼 생각이 조금 있어?"

"얼굴이 다 나오지 않는다거나. 혼자 출연하는 거라면……."

"오, 그거야 콘셉트를 잡으면 되는 거지. 얼굴 반쪽만 나와도 대박 날 것 같은데? 도윤 씨 잘 생각해 봐. 내가 정말 도윤 씨 얼굴이 아깝고 분위기가 아까워서 그래. 젊을 때 이런 거 찍는 것도 좋은 추억이 될 것 같지 않나?"

"출연료는 많이 주나요?"

"뭐야, 결국엔 출연료야? 걱정 마. A등급 정도의 연예인 급으로 쳐 줄게. 사장님도 단박에 OK하실걸?"

도윤이 정신을 차릴 수 없게 현란한 말발로 윤석은 그 자리에서 그의 사인까지 받아내었다. 조건은 얼굴이 완전히 드러나지 않는다는 것이었는데 다행스럽게도 시계 광고였기 때문에 얼굴을 반쯤 가린 상태로 찍을 수 있었다. 어차피 모델이 중요하다기보다는 시계가 주인공이었기 때문이었다.

"자연스럽게 가자고. 자, 여기에 팔을 대고."

도윤은 지금 상황이 무척이나 어색했다. 청바지만 입고 있는 상태라서 손을 어디에 두어야 할지 갈피를 잡지 못하고 있었다. 다행스럽게도 책상에 기대는 촬영이라서 그나마 민망함을 거둘 수 있었다.

도윤은 팔을 괴고 시계를 찬 팔로 얼굴 오른쪽을 가렸다. 강렬한 분위기가 순식간에 촬영장을 압도했다. 도윤의 강렬한 눈빛 하나에 사진작가가 필을 받은 듯 열심히 셔터를 눌러대고 있었다.

마치 도윤은 모델일이 능숙한 것처럼 촬영을 해내고 있었다. 담배를 물고 자연스럽게 시계를 매만지는 모습이라든지 옷장 앞에 서서 셔츠를 내보이는 모습이라든지. 그는 자연스럽게 시계를 내세우며 모델로서 최고의 모습을 보여주고 있었다.

그 때 촬영장이 분주해지기 시작했다. 검은색의 커다란 그랜드 피아노가 안으로 들어오고 있었다. 예술엔 그다지 관심이 없었기 때문에 도윤은 피아노를 보는 둥 마는 둥 하다 옷을 갈아입으라는 소리에 탈의실로 갔다.

검은 슈트에 메탈 시계를 차고 나서 다시 촬영장으로 나왔을 때 도윤은 피아노 앞에 있는 사람을 보고 눈을 떼지 못했다. 피아노 앞에 있는 사람은 세계적으로 유명한 피아니스트인 신세륜이었다. 미남으로도 유명했었는데 실제로 보니 이건 무슨 배우와 함께 있는 듯한 느낌이었다. 물론 그것 외에도 도윤은 세륜을 알고 있었다.

"안녕하세요. 최도윤입니다."

"반가워요. 신세륜입니다."

"네. 동화 누나 아주버님 되시죠?"

"우리 제수씨를 아시나?"

"아버지와 같은 파출소에서 근무하셨었거든요. 그런데 시륜 아저씨랑 정말 많이 닮으셨네요."

"형제니까."

예술가는 어려울 것이라고 생각했다. 하지만 세륜은 아니었다. 밝고 따뜻하고 풍기는 이미지 자체가 온화한 사람이랄까? 이렇게 잘생긴 사람에게는 왠지 모를 거부감이 생기곤 하는데 세륜에겐 아니었다.

다시 촬영이 시작되었다. 세륜이 피아노 앞에 앉아 있었고 도윤은 피아노에 기대어 서서 세륜을 보고 있었다.

"자, 세륜 씨는 연주 해주세요. 특별히 세팅 잘된 거니까 좋은 연주 들려주세요."

사진작가의 말에 세륜이 웃으며 가볍게 피아노 건반을 두들기고 있었다. 그의 손가락이 신기한 듯 도윤은 눈을 떼지 못하고 있었다.

사진작가의 눈에는 그 모습 자체도 너무 아름다운 피사체라 계속해서 셔터를 누르게 만들었다. 윤석이 의기양양한 얼굴로 작가의 옆에 서서 도윤과 세륜을 보고 있었다.

"세륜 씨도 세륜 씨지만 저런 얼굴을 어디서 구한 거야?"
"마음 아픈 과거가 얽혀 있으니까 건드리지 말라고. 어때?"
"완벽해. 어떻게 각을 잡아야 할지 잘 알고 있어. 치대생이라고 하지 않나?"
"잘생긴 게 머리까지 좋아. 제일 싫어하는 부류지. 성격은 아니라고 생각했는데 성격까지 좋더라고. 질투 나는 타입이지."
두 사람이 소곤거리는 소리가 컸지만 도윤은 세륜의 연주에 집중하느라 아무것도 듣지 못하고 있었다. 그리고 민숙이 온 것도 알지 못했다.
"뭐야, 도윤이가 진짜 모델 하겠다고 한 거야?"
"뭐 살 게 있는지 그러겠다고 하던데? 어때? 남자친구를 이렇게 보니."
민숙은 눈이 호화스럽다고 느꼈다. 키가 커서 그런지 검은 슈트가 유난히 잘 어울린다고 생각했다. 거기다 베테랑 모델처럼 너무나 자연스럽게 웃으며 촬영하고 있는 모습을 보자 괜히 질투가 나면서도 자랑스러워졌다.
"마지막 컷! 수고하셨습니다."
작가의 말이 끝나자마자 스텝들이 박수를 치고 있었다. 하지만 도윤과 세륜은 아직도 피아노 옆에서 떠나지 못하고 있었다. 세륜의 연주가 끝나자 우레와 같은 박수가 터져 나왔다. 도윤도 박수를 치며 세륜에게 엄지손가락을 세워 보였다.
옷을 갈아입고 나왔을 때는 민숙이 탈의실 바로 앞에 서 있었다. 도윤은 놀란 듯 심장을 살짝 움켜쥐었다.
"놀랐잖아. 어떻게 왔어?"
"윤석 오빠가 와 보라고 하더라고. 뭐가 사고 싶었는데 그렇게 싫었던 모델까지 한 거야?"

"내가 뭘 사고 싶었다고 허윤석 씨가 그래?"

"응."

도윤은 인상을 찡그렸다. 윤석을 노려보았지만 그는 세륜과 악수를 하며 인사를 나누느라 정신이 없었다.

"그냥 노트북도 좀 바꿔야 할 것 같고. 도진이 것도 바꿔주는 김에. 그런데 비싸잖아. 그래서 한 거야."

이럴 때만 잘 돌아가는 잔머리를 보면서 도윤이 저도 모르게 웃었다. 어쨌든 오늘은 좋은 사람을 알게 되었고 촬영도 순조롭게 마칠 수 있었다.

다음날 바로 지면 광고가 버스, 백화점 할 것 없이 걸리기 시작했다. 길거리의 커다란 벽보에는 도윤의 사진이 크게 그것도 쭉 연결되어 붙어 있었다. 얼굴 한쪽을 가린 채 앞을 주시하고 있는 사진이었다.

왠지 그 눈매가 마음에 들어 도윤은 한참이나 사진을 보고 있었다. 이래서 사진을 예술이라고 하는 것이라고 느꼈다. 자신의 얼굴이 아니라고 생각했다. 도윤은 그 사진이 제일 마음에 들었지만 인기 있는 사진은 다름 아닌 피아노였다. 세륜이 피아노 앞에서 연주를 하고 있고 도윤이 그것을 바라보고 있는 모습. 마치 세륜의 연주를 듣고 있는 듯 자연스럽게 눈을 감고 있는 도윤의 모습이 사람들의 눈길을 사로잡은 것이었다.

주로 2, 30대 남성층을 공략한 시계는 불티나게 팔리고 있었고 덕분에 보너스까지 받은 도윤의 통장은 두둑해졌다.

고민할 필요도 없었다. 도윤은 곧장 백화점으로 향했다. 어차피 알아보는 사람들도 없었기 때문에 도윤은 예전과 같이 자연스럽게 거리를 활보할 수 있었다. 여전히 그의 얼굴 덕분에 사람들의 시선은 한두 번씩은 느껴졌지만.

"어머, 또 오셨네요."

직원은 도윤을 기억하고 있던 모양이었다. 하루 수백 명의 사람이 오가는 곳이었지만 도윤은 쉽게 잊힐 얼굴은 아니었다.

"이 반지 좀 보여주세요."

얼핏 두꺼운 링으로 보이는 반지였지만 그 옆엔 다이아몬드들이 박혀 있었다. 심플하면서도 고급스러운 느낌이 들었다. 도윤은 바로 그 반지를 샀고 직원은 부러운 눈빛으로 포장을 하기 시작했다.

"고맙습니다. 수고하세요."

"네. 고객님. 또 이용해 주십시오."

도윤은 고개를 숙여 인사를 하면서 민숙의 회사로 향했다. 앞에서 기다린 지 얼마 되지 않아 민숙이 사람들 틈으로 빠져나오고 있었다. 민숙도 도윤을 발견한 모양인지 서둘러 걸어왔다.

"웬일이야?"

"보고 싶어서."

"뭐야, 갑자기. 그 느끼한 멘트는? 게다가 웬 정장? 오늘 무슨 약속 있어?"

도윤은 말없이 그 자리에서 한쪽 무릎을 꿇어앉고 민숙을 향해 상자를 내밀었다. 왠지 이 상황이 예전을 떠올리게 만들어서 민숙은 웃고 말았다. 하지만 곧 상자가 열리고 반지가 나타나자 아무런 말도 잇지 못했다.

"너무 늦어서 미안해. 나 아직 학생이고, 앞으로 몇 년간은 네가 힘들지 몰라. 하지만 더 늦기 전에 이렇게 하고 싶었어. 유민숙. 사랑해. 나와 결혼해줘."

 민숙의 눈에 눈물이 맺혔다. 고개를 숙이고 있던 도윤은 그런 민숙의 모습을 보지 못했다. 민숙은 손을 뻗어 반지를 받아 들었다.

 "행복하게 해줄 거야?"

 음성이 떨리고 있다는 것을 도윤도 느꼈다. 천천히 고개를 들어 올렸을 때 민숙의 눈에서 눈물이 흘러내렸다. 도윤은 자리에서 일어나 그녀의 얼굴에 흐른 눈물을 닦아주었다.

 "절대 행복하게 해줄 거야. 눈물 나게 하지도 않을게. 다른 여자 문제로 절대 속 썩일 일 없을 거야. 나한텐 유민숙뿐이잖아. 그건 잘 알고 있지? 행복하게 해줄게."

 민숙이 팔을 뻗어 도윤을 끌어안았다. 도윤도 한참이나 민숙을 안고 있다 떼어내고 그녀의 손가락에 반지를 끼워주었다.

 "우와, 유민숙. 손가락 굵다. 어떻게 나랑 같은 사이즈가 맞냐?"

 "뭐?"

 "유민숙도 못 생긴 데가 있구나."

 "장난해? 이 결혼 물러."

 "무르긴 뭘 물러. 내 여자라고 이미 도장 쾅 찍어놨는데. 도망갈 생각 죽어도 하지 마. 지구 끝이라도 가서 찾아낼 거야."

 "그건 내가 최도윤에게 할 말인데? 얼굴 좀 잘생겼다고 바람피우는 건 무조건 안 돼. 여자한테 눈길도 주지 마. 절대 나만 바라봐."

 도윤이 가볍게 고개를 끄덕이며 민숙의 입술에 도장을 찍었다.

 "처음부터 내겐 너뿐이었어. 앞으로 더 사랑할게. 유민숙."

 결국 민숙이 피식 웃고 말았다. 더 이상의 사랑 고백은 지겹다는 얼굴 같았다. 도윤이 삐진 척 고개를 돌리자 민숙이 턱을 잡고 키스를 퍼부었다.

에필로그 3

 오늘은 도윤의 졸업식이 있는 날이었다. 어차피 식은 열 시에 시작할 것이고 해서 간만에 늦잠 좀 자보려고 했으나 도윤은 자신의 등 위에서 방방 뛰고 있는 여자아이 때문에 잠이 든 지 불과 네 시간 만에 일어날 수밖에 없었다. 시계를 보니 일곱 시 삼십 분을 나타내고 있었다. 뭐가 그리 좋은지 까르르 웃는 소리를 내는 아이를 보고 씩 웃었다. 아이는 곧바로 고개를 숙이며 그의 입술에 입을 맞추었다.
 "아빠, 안녕."
 "그래. 예쁜 우리 딸 안녕. 그런데 최세진. 너 아빠 위에서 이렇게 뛰어 놀면 어쩌냐? 아빠도 허리를 조심해야 할 나이야."
 도윤이 얼굴을 쓸어내리며 자리에서 일어나자 세진이 바로 내려와 옆자리에 앉았다. 그 때 문이 열리며 앞치마를 걸친 민숙이 들어왔다. 한 손에는 국자를 든 채로. 도윤은 민숙이 아줌마가 다 됐다고 생각했다.

"뭐야, 그 눈은? 내가 아줌마 같아?"

"아니. 절대 그렇게 생각한 적 없어. 언제나 예쁜 유민숙이지."

"하여간, 말은. 빨리 씻고 나와. 밥 먹게. 세진이 너도 이리와."

"네. 엄마."

세진이 쪼르르 민숙을 쫓아 나갔다. 현재 네 살인 세진은 유난히 도윤을 잘 따랐다. 아빠라서 그런 탓도 있겠지만 도윤이 세진이라면 끔찍할 정도로 아끼고 있었다.

졸업식장에 들어서니 많은 사람들이 학사모를 쓴 채 사진을 찍느라 정신이 없었다. 세진을 안고 있던 도윤의 옆으로 미주와 영재, 현석과 석준이 다가왔다.

"이야, 공주님 많이 컸네."

"어쩜 이렇게 부녀가 붕어빵이냐."

"크면 아주 미남 되겠어."

"야, 미남이 뭐냐. 미남이. 미녀겠지."

"그래도 확실히 뭐랄까, 도윤이랑 똑같이 생겨서 중성적인 매력이 강하다고 할까?"

그건 도윤도 계속 느끼고 있었다. 그리고 세진이 좋아하는 장난감들은 예쁜 바비인형들이 아니었다. 총이나, 로봇, 칼 같은 것이었다. 그리고 얼마 전에는 태권도 학원과 검도 학원을 다니겠다고 해서 민숙의 속을 뒤집었다. 거기다 치마는 죽도록 싫어하고 입히려고 하면 기절할 듯 울면서 떼를 썼다. 도윤은 왠지 그 모습이 익숙했다. 그건 자신이 어릴 때 했던 짓들이었다. 거기다 오늘 겨우 치마를 입혀서 지금 세진은 입술이 잔뜩 나와 있었다. 그래서 하는 수 없이 도윤이 계속 세진을 안고 있었다.
 "쿡, 근데 진짜 너무 똑같이 생겼다."
 "둘째는 안 갖냐?"
 "얘 하나 키우기도 힘들어. 둘째는 무슨."
 도윤이 그렇게 말하며 민숙을 찾았다. 하지만 민숙은 한주와 수다를 떠느라 정신이 없었다. 도윤은 왠지 속이 갑갑해지는 느낌에 결국 민숙을 끌고 졸업식장을 빠져나왔다. 세진은 이미 도윤의 품에 안겨 잠든 뒤였다.
 "갑자기 왜 그래?"
 "작은아버지 병원으로 가자."
 "왜?"
 "빨리!"
 다급해 보이는 도윤의 모습에 민숙이 운전하기 시작했다. 뭐가 그리 불안한지 도윤은 안절부절못했다. 차가 계속해서 막히자 도윤은 몇 번이나 입술을 질끈 깨물었다. 민숙은 손을 뻗어 그의 손을 잡았다. 그것만으로도 도윤은 많이 안정이 된 듯 했다.
 병원에 도착하자마자 원장실로 들어선 도윤에게 청천벽력 같은 말이 떨어졌다.
 "너와 똑같은 증상이 일어날 것 같다."
 도윤은 그 자리에서 털썩 주저앉았다. 그 끔찍하고 힘든 고통을 자식에게 주고 싶지 않았다. 가족들의 보살핌으로 이렇게 겨우 살아왔다. 그리고 살아가고 있었다. 이런 일이 일어나지 않을 거라고 생각했다. 도윤은 너무나 심각한 얼굴이었지만 민숙은 너무나도 여유로워 보였다.

"유전적인 문제인 걸까?"

"글쎄. 지금으로썬 거의 그런 것 같은데."

"그런 일을 당하고 세진이가 괜찮을까?"

"네가 잘 지도해 준다면 괜찮을 거라고 봐. 넌 이미 겪어 봤잖아. 거기다 우리 조카며느리도."

민숙이 고개를 끄덕였다. 하지만 도윤은 망연자실한 얼굴로 잠들어 있는 세진의 얼굴을 쓰다듬었다. 도윤은 자꾸 앞이 흐려지는 것 같아 고개를 들어야만 했다.

"그 생각을 못 했네. 날 닮은 아이가 생길 거라는 거. 아이를 낳지 말았어야 했어."

"최도윤!"

"도윤아!"

"삼촌. 난 어떻게 해야 하는 걸까?"

"이제껏 네가 해 왔던 대로 하면 돼. 하지만 도윤아. 역시 난 외국으로 나가는 게 좋다고 생각한다. 한국은…… 너무 좁아."

"마침 잘됐어. 나도 회사에서 프랑스로 가보는 게 어떻겠냐고 하는데. 도윤 씨. 우리 그렇게 하자."

아주 잠시 도윤은 생각에 잠겨 있었다. 그 모습이 너무 아파보이면서도 진중해 보여 두 사람은 말없이 도윤을 주시했다.

"아니. 역시 난 우리 세진이가 여기에서 살아가는 게 좋겠다고 생각해. 내가 잘 할게. 나보다 아프지 않게. 더 나은 삶을 살 수 있도록."

결국 민숙은 도윤의 의견에 손을 들어주었다. 도윤은 민숙을 끌어안으며 고맙다는 인사를 대신했다.

병원을 나오자 겨울치고는 따뜻한 바람이 불고 있었다.

"누가 붕어빵 아니랄까 봐 닮는 것도 어쩜 그리 똑같냐?"
"유민숙 여사. 또 슬슬 긁지?"
"아니, 뭐. 나는 남편이랑 우리 아들 사랑스럽다고."
"세진이가 잘 버틸 수 있을까?"
"버틸 수 있어. 최도윤 아들이니까. 그리고 유민숙 아들이니까. 당신이 만약 여자였다고 하더라도 난 결국 당신을 사랑하게 됐을 거야."
"거짓말. 그렇게 싫어했으면서."
 도윤이 장난기 가득한 음성으로 말했다. 하지만 그의 눈은 웃고 있었다.
"뭐, 그 때야……."
"사랑해. 진심이야. 앞으로도 계속 사랑할 거야. 앞으로 힘든 일이 있어도 우리 이렇게 꼭 같이 손잡고 있자."
 도윤이 민숙의 입에 살짝 입을 맞추었다. 그렇게 세 가족은 따뜻한 햇살을 받으며 천천히 앞으로 나아갔다. 그렇게 그들은 행복했다.